Se não fosse você

Obras da autora publicadas pela Editora Record:

Série **Slammed**
Métrica
Pausa
Essa garota

Série **Hopeless**
Um caso perdido
Sem esperança
Em busca de Cinderela

Série **Nunca, jamais**
Nunca, jamais
Nunca, jamais: parte 2
Nunca, jamais: parte 3

Série **Talvez**
Talvez um dia
Talvez agora

Série **É Assim que Acaba**
É assim que acaba
É assim que começa

O lado feio do amor
Novembro, 9
Confesse
Tarde demais
As mil partes do meu coração
Todas as suas (im)perfeições
Verity
Se não fosse você
Layla
Até o verão terminar
Uma segunda chance

COLLEEN HOOVER

Se não fosse você

Tradução de
Carolina Simmer

17ª edição

RIO DE JANEIRO
2025

CIP-BRASIL. CATALOGAÇÃO NA PUBLICAÇÃO
SINDICATO NACIONAL DOS EDITORES DE LIVROS, RJ

H759s
17ª ed.

Hoover, Colleen
Se não fosse você / Colleen Hoover; tradução Carolina Simmer. –
17ª ed. – Rio de Janeiro: Galera Record, 2025.

Tradução de: Regretting you
ISBN 978-85-01-11957-5

1. Ficção americana. I. Simmer, Carolina. II. Título.

20-65227

CDD: 813
CDU: 82-3(73)

Camila Donis Hartmann – Bibliotecária – CRB-7/6472

Título original norte-americano:
Regretting you

Copyright © 2019 by Colleen Hoover
COLLEN HOOVER® Registrado em *U.S. Patent and Trademark Office.*

Todos os direitos reservados. Proibida a reprodução, no todo ou em parte, através de quaisquer meios. Os direitos morais da autora foram assegurados.

Texto revisado segundo o novo Acordo Ortográfico da Língua Portuguesa.

Direitos exclusivos de publicação em língua portuguesa somente para o Brasil adquiridos pela
EDITORA RECORD LTDA.
Rua Argentina, 171 – Rio de Janeiro, RJ – 20921-380 – Tel.: (21) 2585-2000, que se reserva a propriedade literária desta tradução.

Impresso no Brasil

ISBN 978-85-01-11957-5

Seja um leitor preferencial Record
Cadastre-se no site www.record.com.br
e receba informações sobre nossos
lançamentos e nossas promoções.

Atendimento e venda direta ao leitor
sac@record.com.br

Este livro vai para a brilhante e fascinante Scarlet Reynolds. Mal consigo esperar para o impacto que você vai causar no mundo.

1

Às vezes fico me perguntando se os humanos são os únicos seres capazes de sentir um vazio existencial.

Não entendo como meu corpo pode estar cheio de tudo que nos preenche — ossos e músculos e sangue e órgãos —, e, ainda assim, meu peito parecer oco, como se pudesse ecoar caso alguém gritasse na minha boca.

Faz algumas semanas que me sinto assim. Minha esperança era que passasse logo, porque estou começando a me preocupar com o motivo por trás deste vazio. Tenho um namorado maravilhoso com quem estou há quase dois anos. Se eu não contar os momentos de intensa imaturidade adolescente de Chris (que são, no geral, incentivados pelo álcool), ele é tudo que quero em um namorado. Engraçado, bonito, ama a mãe, tem objetivos. Eu nem mesmo entendo como ele poderia ser a causa desse sentimento.

E então há Jenny. Minha irmã caçula e melhor amiga. Mas sei que meu vazio não é por causa dela. Jenny é minha principal fonte de alegria, apesar de sermos o completo oposto uma da outra. Ela é extrovertida, espontânea, fala alto, tem uma risada que eu daria tudo para ter. Sou mais quieta, e, com frequência, meus risos são forçados.

Sempre brincamos que somos tão diferentes que, se não fôssemos irmãs, nos odiaríamos. Jenny me acharia chata, e eu a acharia irritante, mas, *porque* somos irmãs e nossa diferença de idade é de apenas doze meses, nossas divergências acabam nos unindo. Temos nossos momentos de tensão, mas nunca terminamos uma briga sem resolver o problema. E, conforme crescemos, passamos a brigar menos e a ficar mais tempo juntas. Principalmente agora que ela está saindo com o melhor amigo de Chris, Jonah. Desde que os garotos se formaram na escola, no mês passado, nós quatro não nos desgrudamos.

Minha mãe poderia ser a fonte do meu humor atual, mas não faria sentido. Sua ausência já é corriqueira. Na verdade, já me acostumei com isso, então, meio que aceitei que eu e Jenny demos azar no quesito pais. Ela não participa da nossa vida desde que papai morreu, há cinco anos. Na época, eu ficava mais amargurada por ter que cuidar da minha irmã. Conforme fui amadurecendo, passei a me incomodar menos com o fato de não ter uma mãe presente, impondo um horário para voltarmos para casa, ou... se importando com as coisas. Sinceramente, é meio divertido ter dezessete anos e a liberdade que a maioria das pessoas da minha idade sonha.

Não houve nenhuma mudança recente na minha vida para explicar esse vazio profundo que sinto. *Ou talvez algo tenha mudado, e só estou com medo demais para notar.*

— Adivinhem só? — diz Jenny. Ela está no banco do carona. Jonah dirige, e ocupo o banco de trás com Chris. Durante minha sessão de introspecção, fiquei olhando meu reflexo na janela, então interrompo meus pensamentos e a encaro. Minha irmã virou no banco, seu olhar animado indo de encontro ao meu, depois para meu namorado. Ela está bem bonita hoje. Pegou emprestado um dos meus vestidos longos e preferiu manter um estilo simples, sem muita maquiagem. É impressionante a diferença entre a Jenny de quinze anos e a de dezesseis. — Hank disse que consegue arrumar pra gente hoje.

Chris ergue o braço e bate na mão de Jenny. Volto a olhar pela janela, sem saber se aprovo o fato de ela gostar de se drogar. Eu caí na pilha algumas vezes — resultado de ter uma mãe como a nossa. Mas Jenny só tem dezesseis anos e toma tudo que encontra em todas as festas a que vamos. Esse é um dos principais motivos para eu preferir *não* participar, porque sempre me senti responsável por minha irmã, já que sou mais velha e nossa mãe não presta atenção em nada do que fazemos.

Às vezes, também me sinto como a babá de Chris. O único neste carro de quem não preciso cuidar é Jonah, mas não por ele não beber nem se drogar. Ele apenas parece manter certo nível de maturidade independentemente de qualquer coisa que coloque no corpo. Sua personalidade é uma das mais consistentes que já conheci. Jonah é calmo quando está bêbado, chapado, feliz, e, de algum jeito, é calmo até quando fica irritado.

Ele e Chris são melhores amigos desde pequenos e parecem as versões masculinas de mim e Jenny, só que ao contrário. Chris e Jenny são o centro das atenções em todas as festas. Eu e Jonah somos os companheiros invisíveis.

Por mim, tudo bem. Prefiro não chamar atenção, tipo ficar camuflada no papel de parede e observar as pessoas com tranquilidade, do que ser a garota em cima de uma mesa no meio da sala, encarada por todo mundo.

— Essa festa fica muito longe? — pergunta Jonah.

— Mais uns dez quilômetros — responde Chris. — É perto.

— Perto daqui, talvez, mas longe da casa da gente. Quem vai dirigir na volta? — rebate Jonah.

— Eu, não! — dizem Jenny e Chris ao mesmo tempo.

Jonah me encara pelo espelho retrovisor. Ele me fita por um momento, e então assinto. Ele concorda. Sem dar uma palavra, nós dois decidimos permanecer sóbrios hoje.

Não sei como fazemos isso — nos falamos sem verbalizar nada —, mas sempre foi algo automático entre nós. Talvez por sermos muito parecidos, nossa mente está em sincronia na maior parte do tempo. Jenny e Chris não percebem. Eles não precisam se comunicar em silêncio com ninguém, porque tudo que querem dizer sai da boca deles mesmo quando não deveria.

Chris segura minha mão para me chamar. Quando o encaro, ele me beija.

— Você está bonita — sussurra ele.

Eu sorrio.

— Obrigada. Você também não está de todo ruim.

— Quer ficar na minha casa hoje?

Penso na ideia por um instante, mas Jenny se vira de novo e responde por mim:

— Ela não pode me deixar sozinha. Sou uma menor de idade prestes a passar as próximas quatro horas enchendo a cara e talvez usando substâncias ilegais. Quem vai segurar meu cabelo enquanto eu vomitar amanhã se ela ficar na sua casa?

Chris dá de ombros.

— Jonah?

Jenny ri.

— Jonah tem pais normais que querem que ele chegue em casa à meia-noite. Você sabe disso.

— Jonah acabou de se formar — insiste Chris, falando sobre o amigo como se ele não estivesse no banco da frente, escutando cada palavra. — Ele devia tomar vergonha na cara e passar uma noite inteira fora, só para variar.

Jonah estaciona em um posto de gasolina enquanto Chris fala isso.

— Querem alguma coisa? — pergunta ele, ignorando o assunto.

— Quero, vou tentar comprar cerveja — diz Chris, tirando o cinto de segurança.

Isso me faz rir.

— Só em olhar para você, já dá para ver que é menor de idade. Ninguém vai te vender cerveja.

Ele sorri para mim, encarando o comentário como um desafio. Então sai do carro e entra na loja, enquanto Jonah vai abastecer o carro. Eu estico a mão até o painel do carro e pego uma das balas de melancia que Jonah sempre deixa de lado. Melancia é o melhor sabor. Não entendo como alguém seria capaz de não gostar, mas, pelo visto, é o caso dele.

Jenny tira o cinto de segurança e engatinha para o banco de trás. Ela senta em cima das pernas e me encara.

— Acho que vou transar com Jonah hoje — diz minha irmã, com olhos travessos.

Pela primeira vez em uma eternidade, meu peito parece cheio, mas não de um jeito bom. É como se eu tivesse sido inundada com algum líquido espesso. Talvez lama.

— Você acabou de fazer dezesseis anos.

— A mesma idade que você tinha quando transou com Chris pela primeira vez.

— É, só que fazia mais de dois meses que a gente estava saindo. E ainda me arrependo. Doeu à beça, acabou em um minuto, e ele fedia a tequila. — Faço uma pausa, porque parece que acabei de insultar as habilidades do meu namorado. — Ele se aprimorou.

Jenny ri, mas então se recosta no banco com um suspiro.

— Já acho muito eu ter conseguido esperar dois meses.

Quero rir, porque dois meses não são nada. Eu preferia que ela esperasse um ano inteiro. Ou cinco.

Não sei por que sou tão do contra. Jenny tem razão — eu era mais nova do que ela na minha primeira vez. E, se minha irmã vai perder a virgindade com alguém, pelo menos que seja com um cara que sei que é legal. Jonah jamais se aproveitaria dela. Na verdade, faz um ano que ele a conhece, mas só a chamou para sair quando ela completou dezesseis anos. Jenny ficava frustrada com isso, mas foi uma atitude que ganhou meu respeito.

Eu suspiro.

— A gente só perde a virgindade uma vez, Jenny. Não quero que você passe por esse momento bêbada, na casa dos outros, na cama de um desconhecido.

Minha irmã mexe a cabeça de um lado para o outro, como se estivesse refletindo sobre o que falei.

— Então talvez a gente possa transar no carro dele.

Eu rio, mas não porque acho graça. Rio porque ela está zombando de mim. Foi exatamente assim que perdi minha virgindade com Chris. Apertada no banco de trás do Audi do pai dele. Foi uma experiência completamente desinteressante e muito vergonhosa, e, apesar de termos nos aperfeiçoado, seria legal se nossa primeira vez tivesse sido um momento digno de uma lembrança bonita.

Nem quero pensar nisso. Nem falar disso. É nesses momentos que penso o quanto é difícil ter minha irmã como melhor amiga — quero ficar empolgada por Jenny e ouvir todos os detalhes, mas, ao mesmo tempo, desejo protegê-la dos erros que cometi. Quero algo melhor para ela.

Eu a encaro com um olhar sincero, me esforçando ao máximo para não parecer maternal.

— Se acontecer hoje, pelo menos fique sóbria.

Jenny desdenha do meu conselho e engatinha de volta para o banco da frente, no mesmo instante em que Jonah entra.

Chris também retorna. *Sem* cerveja. Ele bate a porta e cruza os braços.

— É um saco ter cara de criança.

Eu rio e passo a mão em sua bochecha, fazendo com que se concentre em mim.

— Gosto da sua cara de criança.

O comentário o faz sorrir. Ele se inclina e me beija, mas se afasta assim que nossos lábios se encostam. Então dá um tapinha no banco de Jonah.

— Você devia tentar.

Chris tira dinheiro do bolso e estica o braço para a frente do carro, jogando as notas sobre o painel.

— Já não vai ter bebida demais lá? — pergunta Jonah.

— É a maior festa de formatura do ano. Nossa turma inteira vai estar lá, e todo mundo é menor de idade. Precisamos de toda ajuda possível.

Com relutância, Jonah pega o dinheiro e sai do carro. Chris me beija de novo, agora de língua. Mas se afasta bem rápido.

— O que é isso na sua boca?

Mordo a bala para quebrá-la.

— Bala.

— Quero experimentar — diz ele, trazendo a boca de volta à minha.

Jenny suspira no banco da frente.

— Parem. Vocês estão fazendo barulho.

Chris se afasta com um sorriso, mas também com um pedaço de bala na boca. Ele a mastiga enquanto coloca o cinto de segurança.

— Faz seis semanas que nós nos formamos. Que tipo de gente dá uma festa de formatura seis semanas depois? Não que eu esteja reclamando. Só parece que as comemorações já deviam ter acabado a essa altura.

— Não são seis semanas. São quatro — digo.

— Seis — insiste ele. — Hoje é onze de julho.

Seis?

Tento esconder de Chris a súbita onda de tensão que inunda todos os músculos do meu corpo, mas é impossível não reagir ao que ele acabou de dizer. Tudo em mim fica rígido.

Não faz seis semanas. *Faz?*

Se faz seis semanas... minha menstruação está duas semanas atrasada.

Merda. Merda, merda, merda.

A mala do carro de Jonah abre. Eu e Chris nos viramos exatamente quando Jonah a fecha e retorna para a porta do motorista. Quando ele entra no carro, exibe um sorriso presunçoso.

— Filho da puta — resmunga Chris, balançando a cabeça. — Ela nem pediu sua identidade?

Jonah liga o carro e saímos do posto.

— O segredo está no ar de confiança, meu amigo.

Observo Jonah esticar o braço até o outro assento e segurar a mão de Jenny.

Olho pela janela com o estômago embrulhado, a palma das mãos suando, o coração disparado, os dedos silenciosamente contando os dias desde minha última menstruação. Eu nem tinha pensado nisso. Sei que foi durante a formatura, porque Chris ficou chateado por não podermos transar. Mas eu esperava menstruar por esses dias, pensei que só havia um mês desde que os garotos se formaram. Nós quatro estávamos tão ocupados em fazer nada durante as férias de verão que nem pensei no assunto.

Doze dias. Estou doze dias atrasada.

Passei a festa inteira sem conseguir pensar em mais nada. O que mais quero é pegar o carro de Jonah emprestado, ir até uma farmácia vinte e quatro horas e comprar um teste de gravidez, só que ele faria perguntas. Jenny e Chris notariam minha ausência. Em vez disso, preciso passar a noite sendo inundada por uma música tão alta que sinto meus ossos vibrarem. A casa está lotada de corpos suados em todos os cantos, então não há para onde fugir. Estou com medo demais para pensar em beber, porque, se eu estiver grávida, não faço ideia do que é ou não permitido. Nunca me liguei muito em gravidez, então não sei exatamente o quanto um feto pode ser impactado pelo álcool. Nem quero arriscar.

Não acredito nisso.

— Morgan! — grita Chris do outro lado da sala. Ele está em cima da mesa. Há outro cara na mesa ao lado. Os dois estão brincando de se equilibrar em uma perna e tomar shots até alguém cair. É o jogo de bebidas favorito de Chris, eu detesto ficar ao seu lado nessa hora, mas ele acena para mim. Antes de eu conseguir atravessar a sala, o cara na outra mesa cai e Chris ergue um punho vitorioso no ar. Então pula para o chão assim que o alcanço. Ele passa um braço ao meu redor, puxando-me para perto. — Você está chata — diz ele. E leva seu copo até minha boca. — Beba. Vamos nos divertir.

Afasto o copo.

— Vou dirigir. Não quero beber.

— Não, Jonah vai dirigir. Você está livre.

De novo, Chris tenta me dar a bebida, mas eu a afasto outra vez.

— Jonah queria beber, então me ofereci para dirigir — minto.

Chris olha ao redor, procurando alguém. Sigo seu olhar e vejo Jonah sentado no sofá com Jenny, cujas pernas estão jogadas no seu colo.

— Você vai dirigir hoje, não é?

Jonah olha para mim antes de responder. É uma conversa silenciosa de dois segundos, mas ele percebe por minha expressão suplicante que preciso que minta para Chris.

Ele inclina um pouco a cabeça, curioso, mas então fita o amigo.

— Não. Vou encher a cara.

Chris deixa os ombros murcharem e me encara.

— Sei. Acho que vou ter que me divertir sozinho.

Tento não me chatear com suas palavras, mas é difícil.

— Está dizendo que não sou divertida quando estou sóbria?

— Você é divertida, mas a Morgan bêbada é a minha favorita.

Puxa. Fico um pouco triste com o comentário. Mas ele está bêbado, então vou perdoar sua colocação, mesmo que seja só para evitar uma briga. Não estou no clima. Tenho coisas mais importantes com que me preocupar.

Bato de leve no peito de Chris.

— Bem, a Morgan bêbada não vai aparecer hoje, então é melhor você se divertir com outras pessoas.

Assim que termino de falar, alguém agarra o braço de Chris e o puxa de volta para as mesas.

— Revanche! — grita o cara.

Com isso, minha sobriedade deixa de ser uma preocupação para ele, e aproveito a oportunidade para escapar de Chris, do barulho, das pessoas. Saio pela porta dos fundos e encontro uma versão mais tranquila da festa e ar fresco. Há uma cadeira vazia ao lado da piscina, e, apesar de ter um casal na água que parece estar fazendo coisas que deviam ser consideradas pouco higiênicas em uma piscina, por algum motivo me parece menos incômodo ficar ali do que dentro daquela casa. Posiciono minha cadeira de costas para a dupla, me recosto e fecho os olhos. Passo os minutos seguintes tentando não ficar obcecada com qualquer sintoma que posso ou não ter sentido no último mês.

Nem tenho tempo para refletir sobre como tudo isso pode afetar meu futuro quando escuto uma cadeira sendo arrastada pelo concreto atrás de mim. Não quero abrir meus olhos e ver quem é. Não vou conseguir lidar com Chris e sua bebedeira agora. Não vou conseguir lidar com Jenny e sua mistura de vinho barato, maconha e dezesseis anos.

— Está tudo bem?

Suspiro aliviada quando escuto a voz de Jonah. Inclino a cabeça e abro os olhos, sorrindo.

— Sim. Está.

Vejo em sua cara que ele não acredita em mim, mas tanto faz. Não há possibilidade de eu contar a Jonah que minha menstruação está atrasada, porque (a) não é da conta dele, (b) nem sei se estou grávida e (c) Chris será a primeira pessoa para quem vou contar caso eu esteja.

— Obrigada por mentir para Chris — digo. — Não estou com vontade de beber hoje.

Jonah assente, compreensivo, e me oferece um copo de plástico. Noto que ele trouxe dois, então aceito um.

— É refrigerante — diz ele. — Encontrei uma garrafa perdida em um cooler.

Tomo um gole e jogo a cabeça para trás. O gosto de refrigerante é melhor do que o de álcool.

— Cadê Jenny?

Jonah aponta com a cabeça para a casa.

— Tomando shots em cima da mesa. Não quis ficar assistindo.

Solto um gemido.

— Odeio tanto essa brincadeira.

Ele ri.

— Como é que a gente acabou ficando com pessoas que são nosso completo oposto?

— Sabe como é. Opostos se atraem.

Jonah dá de ombros. Acho estranho ele dispensar meu comentário assim. Ele me encara por um instante, então afasta o olhar e diz:

— Escutei o que Chris disse para você. Não sei se é por isso que veio para cá, mas espero que saiba que não era sério. Ele está bêbado. Você sabe como ele fica nessas festas.

Acho legal o fato de Jonah defender o amigo agora. Apesar de o meu namorado ser insensível de vez em quando, eu e ele sabemos que o coração de Chris é maior do que o de nós dois juntos.

— Eu até me irritaria se esse tipo de coisa acontecesse o tempo todo, mas é uma festa de formatura. Faz sentido. Ele está se divertindo e quer que eu me divirta também. E, de certa forma, é verdade. A Morgan bêbada é bem melhor do que a Morgan sóbria.

Jonah me encara, sério.

— Discordo completamente.

Assim que ele diz isso, afasto meu olhar e encaro meu copo. Faço isso porque tenho medo do que está acontecendo agora. Meu peito começa a parecer cheio de novo, mas de um jeito bom. Tudo que antes era ausência é substituído por calor, palpitações e emoção, e odeio isso, porque parece que acabei de descobrir o motivo para eu me sentir estranha nas últimas semanas.

Jonah.

Às vezes, quando estamos sozinhos, Jonah me olha de um jeito que, assim que ele afasta o olhar, eu me sinto completamente vazia. É uma sensação que nunca experimentei quando estou com Chris.

E que me deixa apavorada.

Até pouco tempo atrás, eu nunca tinha experimentado um sentimento assim, mas, agora que aconteceu, parte de mim parece desaparecer quando a sensação vai embora.

Cubro o rosto com as mãos. É uma merda perceber que Jonah Sullivan é primeiro da lista de todas as pessoas do mundo de quem quero ficar perto.

É como se meu peito estivesse em uma busca constante pelo pedaço que falta, e Jonah o segurasse na palma de sua mão.

Eu me levanto. Preciso me afastar dele. Sou apaixonada por Chris, então é desconfortável e incômodo ficar perto do seu melhor amigo e pensar essas coisas. Talvez o refrigerante seja responsável por eu estar me sentindo assim.

Ou o medo de estar grávida.

Talvez não tenha nada a ver com Jonah.

Faz uns cinco segundos que estou em pé quando, do nada, Chris aparece. Seus braços se apertam ao meu redor por um instante antes de ele nos jogar na piscina. Fico irritada e aliviada ao mesmo tempo, porque eu precisava me afastar de Jonah, mas, agora, estou afundando em uma piscina na qual não tinha nenhuma intenção de entrar completamente vestida.

Volto à superfície junto com Chris, mas, antes mesmo que eu tenha chance de reclamar, ele me puxa e me beija. Eu retribuo, porque é uma distração necessária.

— Cadê Jenny?

Eu e Chris olhamos para cima, e Jonah se agiganta sobre nós, olhando sério para meu namorado.

— Sei lá — responde Chris.

Jonah revira os olhos.

— Pedi que você ficasse de olho nela. Ela está bêbada.

Ele segue na direção da casa, à procura da minha irmã.

— Eu também — rebate Chris. — Nunca peça que um bêbado cuide de outro bêbado! — Chris se aproxima um pouco até me alcançar e, então, me puxa. Ele apoia as costas na borda da piscina e me posiciona segurando seu pescoço, encarando-o. — Desculpe pelo que falei antes. Não acho que nenhuma versão sua seja chata.

Faço beicinho, aliviada por ele ter reconhecido que foi um babaca.

— Eu só queria que a gente se divertisse. E você não parece estar se divertindo.

— Agora, estou.

Forço um sorriso porque não quero que ele note o turbilhão dentro de mim. Mas é impossível deixar de me preocupar, não importa quanto eu tente deixar a questão de lado até ter certeza do que está acontecendo. Estou preocupada por mim, por ele, por nós, pela criança que podemos trazer para o mundo antes de estarmos prontos. Não podemos bancar algo assim. Não estamos preparados.

Nem sei se Chris é a pessoa com quem quero passar o restante da minha vida. E isso, com certeza, é algo sobre o qual alguém devia ter certeza antes de gerar um ser humano.

— Quer saber qual é minha coisa favorita sobre você? — pergunta Chris. Minha camisa não para de flutuar na água, então ele a prende na frente da minha calça jeans. — Você é uma sacrificadora. Nem sei se essa palavra existe mesmo, mas é verdade. Você faz coisas que não quer para melhorar a vida das pessoas ao seu redor. Como dirigir. E isso não é comportamento de gente chata. Isso é heroico.

Eu rio. Chris fica lisonjeiro quando bebe. Às vezes, zombo dele por causa disso, mas, por dentro, adoro.

— Agora, você devia falar alguma coisa que ama em mim — continua ele.

Olho para cima e para a esquerda, como se precisasse pensar muito. Ele aperta minha cintura, brincalhão.

— Adoro como você é divertido — digo. — Você me faz rir, mesmo quando me deixa frustrada.

Chris sorri, e uma covinha aparece em seu queixo. Ele tem um sorriso tão bonito. Se eu estiver grávida, pelo menos espero que a criança tenha o mesmo sorriso de Chris. É a única coisa positiva que consigo pensar nessa situação.

Ergo a mão e toco na covinha, pronta para dizer que adoro seu sorriso, mas acabo falando:

— Acho que você vai ser um ótimo pai algum dia.

Não sei por que falei isso. Talvez esteja sondando o terreno. Vendo como será sua reação. Chris ri.

— Vou mesmo. Clara vai ser louca por mim.

Inclino a cabeça.

— Clara?

— Minha futura filha. Já escolhi o nome. Mas ainda estou pensando no de menino.

Reviro os olhos.

— E se a sua futura esposa odiar esse nome?

Ele sobe as mãos por meu pescoço e segura minhas bochechas.

— Você não vai odiar.

Então me beija. E, apesar de o beijo não preencher meu peito como os olhares de Jonah fazem, sou tranquilizada e reconfortada por este momento. Por suas palavras. Por seu amor.

Não importa o resultado do teste de gravidez que farei amanhã... tenho certeza de que ele vai me apoiar. Chris é esse tipo de pessoa.

— Galera, vamos embora — chama Jonah.

Eu e Chris nos afastamos e olhamos para cima. Jonah está segurando Jenny. Os braços da minha irmã estão em torno do pescoço do namorado, o rosto pressionado contra o peito dele. Ela geme.

— Eu falei para ela não subir na mesa — resmunga Chris, saindo da piscina.

Ele me ajuda a sair. Torcemos o máximo de água possível das nossas roupas antes de seguir para o carro. Por sorte, o estofado é de couro. Sento no banco do motorista, já que Chris acredita que Jonah estava bebendo. Jonah vai atrás com Jenny. Enquanto o carro se afasta da festa, Chris escolhe as músicas no rádio.

"Bohemian Rhapsody" começa a tocar, então ele aumenta o volume e resolve cantar. Alguns segundos depois, Jonah canta junto.

Surpreendentemente, eu me junto aos dois, baixinho. Nenhum ser humano é capaz de escutar essa música enquanto dirige e *não* cantar junto. Mesmo morrendo de medo de uma gravidez aos dezessete anos e sentindo coisas por certa pessoa sentada no banco traseiro que eu devia sentir por alguém acomodado no banco do passageiro.

2
Clara

Dezessete anos depois

Olho para o banco do passageiro e me encolho de nojo. Como sempre, há migalhas de algo não identificado emplastadas nas frestas do couro. Pego minha mochila e a jogo no banco de trás, junto com uma velha embalagem de fast-food e duas garrafas de água vazias. Tento limpar as migalhas. Acho que podem ser restos do bolo de banana que Lexie comeu na semana passada. Ou do bagel que eu comia enquanto íamos para a escola hoje cedo.

O tapete está coberto de trabalhos antigos amassados. Eu me estico para pegá-los e acabo guinando o carro para a vala antes de ajeitar o volante e decidir deixar os papéis onde estão. Não vale a pena morrer só para ter um carro limpo.

Quando alcanço a placa de Pare, faço uma pausa e contemplo meu dilema pelo tempo que ele merece. Posso seguir para casa, onde minha família se prepara para um dos nossos tradicionais jantares de aniversário. Ou posso pegar o retorno e voltar ao topo da colina, onde acabei de passar por Miller Adams parado no acostamento.

Ele me evitou o ano inteiro, mas não posso deixar alguém que conheço mais ou menos ilhado neste calor, não importa que exista um clima esquisito entre nós. Faz quase quarenta graus lá fora. Meu ar-condicionado está ligado, mas gotas de suor escorrem por minhas costas, ensopando meu sutiã.

Lexie usa o mesmo sutiã por uma semana inteira antes de lavá-lo. Ela diz que joga desodorante nele todas as manhãs. Para mim, usar um sutiã duas vezes sem lavar é quase tão ruim quanto usar a mesma calcinha por dois dias seguidos.

Que pena que a filosofia de limpeza que aplico aos meus sutiãs não é válida para meu carro.

Dou uma fungada e sinto cheiro de mofo. Cogito borrifar um pouco do desodorante que guardo no porta-luvas, mas decido que, se eu voltar para dar carona a Miller, meu carro vai estar cheirando a desodorante fresco, e não sei o que seria pior: um carro com cheiro natural de mofo ou um carro que cheira a desodorante de propósito, para *cobrir* o cheiro do mofo.

Não que eu queira impressionar Miller Adams. É difícil me preocupar com a opinião de um cara que parece fazer questão de me evitar. *Mas, por algum motivo, me importo.*

Nunca contei isso para Lexie, porque fico com vergonha, mas, no começo do ano, eu e Miller nos tornamos vizinhos de armário. Duas horas depois, Charlie Banks ocupou esse posto. Perguntei se tinham mudado o armário dele, e Charlie me contou que Miller lhe deu vinte pratas para trocarem.

Talvez não tenha nada a ver comigo, mas pareceu pessoal. Não sei bem o que fiz para Miller não gostar de mim, e tento não me importar com o motivo por trás disso. Mas não gosto do fato de ele não ir com a minha cara, então nem a pau que vou perder a oportunidade de desfazer essa impressão, porque *eu sou legal, droga!* Não sou essa pessoa horrível que ele pensa que sou.

Pego o retorno. Preciso que a opinião de Miller sobre mim mude, mesmo que seja apenas por puro egoísmo.

Quando chego ao topo da colina, eu o encontro parado ao lado de uma placa, segurando o celular. Não sei onde está seu carro, e Miller com certeza não parou no meio da estrada durante uma corrida. Ele está de calça jeans azul desbotada e camisa preta, por si só itens mortais neste calor, mas... juntos? É estranho encontrar alguém que busque morrer de insolação, mas cada um sabe de si.

Miller me observa enquanto faço a volta e estaciono logo atrás do seu carro. Ele está a cerca de um metro e meio de distância da frente do veículo, então vejo o sorrisinho em seu rosto enquanto guarda o celular no bolso e me encara.

Não sei se Miller compreende o efeito que sua atenção (ou falta de) pode causar em alguém. Ele olha para as pessoas de um jeito que faz com que se sintam a coisa mais interessante já vista no mundo. De algum jeito, seu corpo inteiro participa do olhar. Ele se inclina para a frente, as sobrancelhas unidas de curiosidade, concorda com a cabeça, escuta, ri, franze a testa. Suas expressões ao ouvir os outros são cativantes. Às vezes, fico observando de longe enquanto ele conversa com as pessoas — sentindo uma inveja secreta por receberem sua atenção. Sempre me perguntei como seria ter uma conversa de verdade com ele. Eu e Miller nunca nem nos falamos, mas já notei seus olhares no passado, e apenas uma gota minúscula de sua atenção me deixa arrepiada.

Estou começando a achar que eu não devia ter pegado o retorno, mas é tarde demais e estou aqui, então abro a janela e engulo o nervosismo.

— O próximo ônibus vai demorar pelo menos trinta dias para passar por aqui. Quer uma carona?

Miller me encara por um instante, depois olha para trás, para a estrada vazia, como se esperasse que uma opção melhor aparecesse. Ele seca o suor da testa, então fita a placa que segura.

O nervosismo que embrulha meu estômago é um sinal claro de que me importo muito com a opinião de Miller Adams, por mais que eu tente me convencer do contrário.

Odeio esse clima esquisito entre nós, apesar de eu não ter ideia do motivo por trás desse estranhamento. Mas a forma como ele foge de mim dá a impressão de que tivemos problemas no passado, quando, na verdade, nunca interagimos. É quase como terminar com um cara e depois não saber como manter uma amizade com ele.

Por mais que eu quisesse não desejar saber nada sobre ele, é difícil não almejar sua atenção, porque Miller é especial. E bonitinho. Ainda mais agora, com seu boné dos Rangers virado para trás e mechas de cabelo escuro aparecendo por baixo. Ele precisa muito de um corte. Geralmente, seu cabelo é mais curto, mas notei que, depois das férias de verão, está bem mais comprido. Gosto dele assim. Também gosto dele curto.

Merda. Eu estou prestando atenção no *cabelo* de Miller? Sinto como se meu subconsciente tivesse me traído.

Ele está chupando um pirulito, o que é comum. Seu vício em pirulitos é engraçado, mas também passa a impressão de arrogância. Acho que caras inseguros não andariam por aí chupando bala com tanta frequência, mas Miller sempre aparece na escola com um pirulito na boca e geralmente está com outro no final do almoço.

Ele tira o pirulito e lambe os lábios, e me sinto exatamente como a adolescente suada de dezesseis anos que sou.

— Você pode vir aqui por um segundo? — pergunta ele.

Estou disposta a lhe dar uma carona, mas sair nesse calor não faz parte dos meus planos.

— Não. Está quente.

Ele acena para que eu me aproxime.

— Vai ser rápido. Depressa, antes que me descubram.

Eu não quero mesmo sair do carro. Estou me arrependendo de ter voltado, apesar de finalmente ter conseguido a conversa com ele que sempre quis.

Mas é uma escolha difícil. Conversar com Miller é levemente melhor do que o vento gelado do ar-condicionado do meu carro, então reviro os olhos, dramática, antes de sair do veículo. Preciso que ele entenda o grande sacrifício que estou fazendo.

O betume fresco do pavimento gruda na sola dos meus chinelos. Faz vários meses que esta estrada está em obras, e tenho quase certeza de que meus calçados vão para o lixo por causa disso.

Ergo um dos meus pés e olho para a sola cheia de piche, gemendo.

— Vou te mandar a conta pelos meus sapatos.

Miller lança um olhar questionador para meus chinelos.

— Isso aí não é um sapato.

Olho para a placa que ele agarra. É a que indica os limites da cidade, mantida de pé por uma plataforma de madeira improvisada, apoiada por dois sacos de areia enormes. Por causa da obra, nenhuma das placas está presa ao chão.

Miller seca o suor da testa e então se inclina para baixo, pega um dos sacos de areia e o oferece para mim.

— Carregue isto e venha comigo.

Resmungo quando ele larga o saco de areia nos meus braços.

— Ir aonde com você?

Ele indica a direção de onde acabei de vir com a cabeça.

— A uns seis metros de distância.

Miller devolve o pirulito para a boca, pega o outro saco de areia e o joga tranquilamente por cima do ombro, então sai arrastando a placa. A plataforma arranha o pavimento, e pedacinhos de madeira quebram.

— Você está roubando a placa dos limites da cidade?

— Não. Só vou mudar o lugar dela.

Ele continua andando enquanto fico parada, observando-o arrastar a placa. Os músculos em seus antebraços estão repuxados, e me pergunto como é a aparência do restante do seu corpo fazendo tanto esforço. *Pare com isso, Clara!* O saco de areia faz meus braços doerem, e minha libido está acabando com meu orgulho, então, com relutância, começo a segui-lo pelos seis metros.

— Eu só queria te oferecer uma carona — digo para a nuca dele. — Nunca imaginei que ia acabar sendo cúmplice de seja lá o que está acontecendo.

Miller endireita a placa, joga seu saco de areia na base de madeira, depois tira o outro saco dos meus braços. Ele o coloca no lugar e ajeita a placa na direção certa. Então tira o pirulito da boca e sorri.

— Perfeito. Valeu. — Ele seca as mãos na calça jeans. — Posso pegar uma carona até minha casa? Juro que ficou uns dez graus mais quente no caminho para cá. Eu devia ter vindo com a picape.

Aponto para a placa.

— Por que mudamos essa placa de lugar?

Ele vira o boné de frente e baixa a aba para bloquear o sol.

— Moro a um quilômetro e meio daqui, para o lado de lá — diz Miller, apontando por cima do ombro com um dedão. — Minha pizzaria favorita não entrega fora dos limites da cidade, então toda semana mudo a placa um pouquinho de lugar. Meu plano é que ela fique do outro lado da nossa garagem antes de terminarem as obras e a cimentarem no chão.

— Você está mudando os limites da cidade? Para comer pizza?

Miller começa a andar na direção do meu carro.

— É só um quilômetro e meio.

— Não é ilegal adulterar placas de estrada?

— Talvez seja. Não sei.

Começo a segui-lo.

— Por que você está mudando a placa um pouco por vez? Não é melhor levar tudo de uma vez para outro lado da sua garagem?

Ele abre a porta do passageiro.

— Se eu for mudando aos poucos, é mais provável que não percebam.

Bom argumento.

Quando entramos no carro, tiro os chinelos cheios de piche e aumento a graduação do ar-condicionado. Miller coloca o cinto e pisa nos meus trabalhos. Ele se inclina para baixo e pega os papéis, então começa a folheá-los e analisar minhas notas.

— Só dez — diz ele, colocando a pilha no banco de trás. — É algo que acontece naturalmente, ou você estuda muito?

— Nossa, que enxerido. E é um pouco das duas coisas. — Começo a sair do acostamento quando Miller abre o porta-luvas e olha lá dentro. Ele parece um cachorrinho curioso. — O que você está fazendo?

Ele pega meu desodorante.

— Para o caso de uma emergência? — Ele sorri e abre a tampa, inalando. — O cheiro é bom.

Miller o devolve ao porta-luvas, depois pega uma embalagem de chicletes e tira um, me oferecendo outro. *Ele está me oferecendo meu próprio chiclete.*

Faço que não com a cabeça, observando enquanto ele inspeciona meu carro com uma curiosidade mal-educada. O chiclete não é comido, porque o pirulito continua na sua boca, mas guardado em um dos seus bolsos antes de ele começar a mudar as músicas no rádio.

— Você é sempre tão intrometido?

— Sou filho único. — A resposta é oferecida como se isso justificasse alguma coisa. — O que você está escutando?

— Minha playlist está em ordem aleatória, mas quem está cantando é Greta Van Fleet.

Miller aumenta o volume no finalzinho da música, então vem um breve silêncio.

— Ela é boa?

— Não é *ela*. É uma banda de rock.

O riff de guitarra de abertura da música seguinte estoura nas caixas de som, e um sorriso enorme se espalha pelo rosto dele.

— Eu estava esperando alguma coisa mais tranquila! — grita Miller.

Olho de volta para a estrada, me perguntando se Miller Adams é assim o tempo todo. Aleatório, enxerido, talvez até hiperativo. Nossa escola não é enorme, mas ele está no último ano, então não temos aulas juntos. Mas o conheço bem o suficiente para reconhecer que anda me evitando. Só que nunca estive neste tipo de situação com ele. Cara a cara. Não sei bem o que eu esperava, mas não era isto.

Miller estica a mão para pegar algo no painel na direção do seu banco, mas antes de eu perceber o que está acontecendo, ele já abriu. Tiro a pasta das suas mãos e a jogo no banco de trás.

— O que é aquilo? — pergunta ele.

É uma pasta com minhas inscrições para faculdade, mas não quero falar sobre esse assunto. É sempre motivo de briga entre mim e meus pais.

— Nada.

— Parecia uma inscrição de faculdade para estudar teatro. Você já está se inscrevendo em faculdades?

— Sério, você é a pessoa mais fofoqueira que já conheci. E não. Só estou reunindo tudo porque quero estar preparada. — *E as escondo no meu carro porque meus pais teriam um ataque se soubessem que quero mesmo ser atriz.* — Você já se inscreveu em alguma?

— Sim. Vou estudar cinema.

A boca de Miller se curva em um sorriso.

Agora ele está zombando de mim.

Miller começa a batucar no meu painel junto com a música. Estou tentando manter os olhos na estrada, mas ele me distrai. Em parte porque é um cara fascinante, mas também porque acho que precisa de uma babá.

De repente, ele dá um pulo, se empertigando, e isso me deixa nervosa, porque não faço ideia do motivo para seu susto. Miller tira o celular do bolso traseiro para atender a uma ligação que não escutei tocar com o barulho da música. Ele desliga meu rádio e tira o pirulito da boca. Não resta quase mais nada. Só uma bolinha vermelha minúscula.

— Oi, gata — diz ele para o telefone.

Gata? Eu me esforço para não revirar os olhos.

Deve ser Shelby Phillips, sua namorada. Faz mais ou menos um ano que os dois estão juntos. Ela estudava na nossa escola, mas se formou no ano passado e foi para uma faculdade a quarenta e cinco minutos daqui. Não desgosto dela, mas nunca interagimos. Shelby é dois anos mais velha que eu, e, apesar de dois anos não serem nada em anos de adultos, é muito em anos de ensino médio. A ideia de que Miller namora uma garota que cursa faculdade faz com que eu afunde um pouco no meu banco. Não sei por que me sinto inferior; é como se estar na faculdade automaticamente tornasse uma pessoa mais intelectual e interessante do que seria possível para alguém no segundo ano do ensino médio.

Encaro a estrada, apesar de querer descobrir todas as expressões que surgem no rosto de Miller durante a ligação. Não sei por quê.

— Estou indo para casa. — Ele faz uma pausa para a resposta dela e diz: — Achei que isso fosse amanhã à noite. — Outra pausa. Então: — Você passou direto.

Levo um segundo para perceber que Miller está falando comigo. Eu o encaro, e ele tampa o telefone com a mão. — Aquela ali era a entrada.

Piso forte no freio. Ele segura o painel com a mão esquerda e murmura, rindo:

— Merda.

Eu estava tão compenetrada, espionando a conversa dele, que esqueci o que fazia.

— Não — diz Miller para o telefone. — Fui dar uma volta, fiquei com muito calor, então peguei uma carona.

Escuto Shelby perguntar do outro lado da linha:

— Quem te deu carona?

Ele me olha por um instante e diz:

— Um cara. Não conheço. Posso te ligar daqui a pouco?

Um cara? Alguém é desconfiada.

Miller desliga o telefone no instante em que entro no seu terreno. É a primeira vez que vejo sua casa. Eu sabia onde ela ficava, mas nunca a vi por causa das fileiras de árvores que cercam a entrada, escondendo o que está por trás do cascalho branco.

Não é o que eu esperava.

É uma construção mais velha, pequena, de madeira, muito necessitada de uma pintura. A varanda da frente abriga o tradicional balanço e duas cadeiras, as únicas coisas acolhedoras no lugar.

Há uma velha picape azul na entrada da garagem e outro carro — não tão velho, mas, por algum motivo, em piores condições do que a casa — à direita, sobre blocos de concreto, com ervas daninhas crescendo nas laterais, engolindo a carcaça.

Estou um pouco chocada. Não sei por quê. Acho que imaginei que ele morava em alguma casa grandiosa, com um lago nos fundos e uma garagem com vaga para quatro carros. As pessoas na nossa escola às vezes são cruéis e parecem julgar a popularidade de alguém por um misto de aparência e dinheiro, mas, talvez, a personalidade de Miller compense sua falta de riqueza, porque ele parece popular. Nunca vi ninguém falar mal dele.

— Não era o que você estava esperando?

Suas palavras me tiram dos meus pensamentos. Estaciono o carro quando chego no final da entrada e me esforço ao máximo para fingir que não estou nem um pouco abalada com sua casa. Mudo completamente de assunto, estreitando os olhos para ele.

— Um *cara?* — pergunto, voltando à palavra que Miller usou para se referir a mim no telefonema.

— Não vou dizer para minha namorada que peguei carona com você — responde ele. — Vou acabar sendo interrogado por três horas.

— Parece um relacionamento muito divertido e saudável.

— E é, quando não estou sendo interrogado.

— Se você detesta tanto ser interrogado, talvez fosse melhor não adulterar os limites da cidade.

Ele já está fora do carro quando digo isso, mas se inclina para dentro para me olhar antes de fechar a porta.

— Se você prometer não contar que estou ajeitando o limite da cidade, não conto que foi minha cúmplice.

— Se você comprar chinelos novos para mim, vou esquecer que o dia de hoje aconteceu.

Miller sorri como se tivesse achado graça, e diz:

— Minha carteira está lá dentro. Venha.

Eu só estava brincando, e, baseado nas condições daquela casa, não vou aceitar seu dinheiro. Mas parece que, de algum jeito, criamos uma conexão sarcástica, então, se eu parecer solidária e recusar sua oferta, posso ofendê-lo. É divertido ofender Miller de brincadeira, mas não quero fazer isso *de verdade*. Além do mais, não posso rebater, porque ele já está seguindo para a casa.

Deixo meus chinelos no carro, sem querer sujar a casa de piche, e o sigo descalça pelos degraus que rangem, notando a madeira podre no segundo. Pulo por cima.

Ele repara.

Quando entramos na sala, Miller deixa os sapatos sujos ao lado da porta. Fico aliviada ao ver que o interior da casa é bem melhor do que o exterior. O lugar é limpo e organizado, mas a decoração se mantém brutalmente presa à década de 1960. Os móveis são antigos. Um sofá de feltro laranja, com o encosto coberto por uma tradicional manta artesanal, ocupa uma parede. Duas poltronas verdes, com aparência muito desconfortável, ocupam a outra. Elas têm o estilo da metade do século, mas sem a aparência futurista. É o oposto, na verdade. Tenho a impressão de que esses móveis não saem do lugar desde que foram comprados, bem antes de Miller nascer.

A única coisa que parece bem nova é uma poltrona reclinável virada para a televisão, mas seu ocupante aparenta ser mais velho que os móveis. Só consigo ver parte do seu perfil e o topo da sua careca enrugada, mas o pouco cabelo que resta é de um branco brilhante. Ele ronca.

Está quente aqui dentro. Quase mais quente do que do lado de fora. O ar que inalo suavemente é abafado e cheira a gordura de bacon. A janela da sala está aberta, ladeada por dois ventiladores oscilantes apontados para o homem. O avô de Miller, provavelmente. Ele é velho demais para ser seu pai.

Miller atravessa a sala e segue para um corredor. Começo a me sentir culpada por segui-lo para pegar seu dinheiro. Era só uma piada. Agora, parece uma demonstração muito patética do meu caráter.

Quando chegamos ao seu quarto, ele abre a porta, mas fico no corredor. Sinto uma brisa atravessar o cômodo e me alcançar. Ela afasta meu cabelo do ombro, e, apesar de o sopro ser quente, sinto alívio.

Meus olhos analisam o cômodo. Mais uma vez, o espaço não equivale às condições do exterior da casa. Há uma cama de casal apoiada na parede oposta. *Ele dorme ali. Bem ali, naquela cama, se revirando nos lençóis brancos durante a noite.* Eu me obrigo a afastar o olhar e observar o pôster enorme dos Beatles que ocupa o espaço onde normalmente haveria uma cabeceira. Fico me perguntando se Miller gosta de músicas antigas ou se o pôster está ali desde a década de 1960, igual aos móveis da sala. A casa é tão velha que eu não duvidaria que aquele fosse o quarto do avô dele quando era adolescente.

Mas o que realmente chama minha atenção é a câmera sobre a cômoda. Não é uma câmera barata. E há várias lentes de tamanhos diferentes ao seu lado. É um conjunto de dar inveja a qualquer fotógrafo amador.

— Você gosta de fotografia?

Miller segue meu olhar até a câmera.

— Gosto. — Ele abre a primeira gaveta da cômoda. — Mas minha paixão é o cinema. Quero ser diretor. — Ele olha para mim. — Eu daria tudo para estudar na Universidade do Texas, mas duvido que consiga uma bolsa. Então o jeito é ir para a faculdade comunitária.

Pensei que Miller estivesse zombando de mim no carro, mas, agora que vejo seu quarto, percebo que era sério. Há uma pilha de livros ao lado da cama. Um deles foi escrito por Sidney Lumet e se chama *Fazendo filmes*. Vou até lá e o pego, folheio as páginas.

— Você é muito enxerida — imita Miller.

Reviro os olhos e devolvo o livro ao lugar.

— A faculdade comunitária tem um departamento de cinema?

Ele balança a cabeça.

— Não. Mas me ajudaria a chegar a algum lugar que tenha. — Miller se aproxima, segurando uma nota de dez dólares entre os dedos. — Os sapatos do Walmart custam cinco pratas. Você pode fazer a festa.

Eu hesito, sem ter mais vontade alguma de aceitar seu dinheiro. Ele nota minha hesitação. Então suspira, frustrado; no instante seguinte, revira os olhos e enfia a nota no bolso da frente da minha calça jeans.

— A casa é uma merda, mas não sou pobre. Aceite o dinheiro

Engulo em seco.

Miller enfiou os dedos no meu bolso. Ainda consigo senti-los, apesar de não estarem mais lá.

Pigarreio e forço um sorriso.

— Foi um prazer fazer negócios com você.

Ele inclina a cabeça.

— Foi? Porque você parece estar se sentindo terrivelmente culpada por aceitar meu dinheiro.

Normalmente, sou uma boa atriz. Estou decepcionada comigo mesma.

Sigo para a porta, apesar de querer analisar melhor o quarto dele.

— Nada disso. Você estragou meus sapatos. Estava me devendo.

Saio do quarto e começo a atravessar o corredor, sem esperar ser seguida, mas Miller vem atrás de mim. Quando chego à sala, faço uma pausa. O velho saiu da poltrona. Ele está na cozinha, parado do lado da geladeira, abrindo uma garrafa de água. E me encara com curiosidade enquanto toma um gole.

Miller passa na minha frente.

— Tomou seus remédios, vovô?

Ele o chama de vovô. É meio fofo.

O vovô fita Miller e revira os olhos.

— Nunca me esqueci de tomar uma porcaria de remédio desde que a sua avó me largou nesta cidade. Não estou gagá.

— *Por enquanto* — brinca Miller. — E a vovó não te largou aqui. Ela teve um ataque cardíaco e morreu.

— De toda forma, ela me largou.

Miller olha para mim por cima do ombro e pisca. Não sei bem qual o motivo para a piscada. Talvez para amenizar o fato de que seu avô parece o Sr. Epaminondas, de *A casa monstro*, e seu neto querer me garantir de que ele é inofensivo. Estou começando a achar que Miller teve de onde puxar seu sarcasmo.

— Que abusado — resmunga o vovô. — Aposto vinte pratas que vivo mais do que você e toda a sua geração de indicados ao prêmio Darwin.

Miller ri.

— Cuidado, vovô. Seu lado maldoso está dando as caras.

O vovô me encara por um instante, depois volta a olhar para o neto.

— Cuidado, Miller. Sua infidelidade está dando as caras.

Ele ri dessa alfinetada, mas meio que fico com vergonha.

— Cuidado, vovô. Suas veias dilatadas estão dando as caras.

O vovô joga a tampa da garrafa de água e acerta Miller na bochecha.

— Vou tirar você do meu testamento.

— Fique à vontade. Você sempre me diz que sua única posse de valor é o ar.

O vovô dá de ombros.

— Ar que você não vai mais herdar.

Finalmente, eu rio. Antes do arremesso da tampa, estava na dúvida se aquela briga era amigável.

Miller pega a tampa e fecha a mão em torno dela. Então gesticula para mim.

— Essa é Clara Grant. Minha amiga da escola.

Amiga? *Sei*. Aceno rápido para seu avô.

— Prazer.

Ele inclina um pouco a cabeça para baixo, me encarando com seriedade.

— Clara Grant?

Concordo com a cabeça.

— Quando Miller tinha seis anos, ele cagou na calça no meio do supermercado porque morria de medo da descarga automática dos banheiros públicos.

Miller geme e abre a porta da frente, olhando para mim.

— Eu devia ter imaginado que não seria uma boa ideia trazer você aqui dentro.

Ele gesticula para que eu saia, mas continuo onde estou.

— Acho que não quero ir embora agora — digo, rindo. — Quero ouvir mais histórias do vovô.

— Tenho um monte — responde o vovô. — Na verdade, acho que você vai adorar esta. Tenho um vídeo de quando ele tinha quinze anos e estávamos na escola...

— *Vovô!* — repreende Miller, rapidamente o interrompendo. — Vá tirar uma soneca. Faz cinco minutos desde sua última.

Miller agarra meu punho e me puxa para fora da casa, fechando a porta.

— Espere. O que aconteceu quando você tinha quinze anos?

Espero que ele termine a história, porque preciso saber.

Miller balança a cabeça e parece um pouco envergonhado.

— Nada. Ele inventa um monte de merda.

Sorrio.

— Não, acho que é *você* quem está inventando merda. Preciso dessa história.

Miller segura meus ombros e me impulsiona na direção da escada da varanda.

— Você jamais vai descobrir. Nunca.

— Você não sabe como sou persistente. E gostei do seu avô. Talvez eu venha fazer umas visitas a ele — brinco. — Quando os limites da cidade mudarem, posso pedir uma pizza de pepperoni e abacaxi e escutar todas as histórias vergonhosas sobre você.

— *Abacaxi?* Na *pizza?* — Miller balança a cabeça, fingindo estar decepcionado. — Você não é mais bem-vinda aqui.

Desço a escada, pulando o degrau podre. Quando estou segura na grama, me viro.

— Você não tem direito de limitar minhas amizades. E abacaxi na pizza é delicioso. É uma mistura perfeita de doce e salgado. — Pego meu celular. — Seu avô tem Instagram?

Miller revira os olhos, mas está sorrindo.

— A gente se vê na escola, Clara. Nunca mais volte na minha casa.

Estou rindo enquanto sigo para o carro. Quando abro a porta e me viro, Miller está encarando o telefone. Nem olha para mim. No instante em que ele desaparece dentro da casa, uma notificação do Instagram faz meu telefone apitar.

Miller Adams começou a seguir você.

Sorrio.

Talvez aquilo tudo fosse coisa da minha cabeça.

Antes mesmo de eu sair do terreno da casa, ligo para minha tia Jenny.

3
Morgan

Jenny tira a faca da minha mão e me afasta da tábua de cortar.

— Morgan, pare. É seu aniversário. Você não devia fazer nada.

Apoio meu quadril na bancada e a observo começar a picar o tomate. Preciso me controlar, porque ela está cortando fatias muito grossas. A irmã mais velha dentro de mim ainda quer assumir o controle e corrigi-la, mesmo quando temos trinta e poucos anos.

Mas, sério. Daria para cortar três fatias em uma das dela.

— Pare de me julgar — diz Jenny.

— Não estou julgando.

— Está, sim. Você sabe que eu não cozinho.

— E era por isso que eu queria cortar o tomate.

Jenny ergue a faca como se fosse me cortar. Ergo minhas mãos na defensiva e sento sobre a bancada, ao seu lado.

— Então — diz Jenny, me olhando de soslaio. Pelo seu tom de voz, sei que está prestes a me contar algo de que não vou gostar. — Eu e Jonah resolvemos casar.

Surpreendentemente, não tenho nenhuma reação externa ao comentário. Mas, por dentro, as palavras parecem garras, arranhando meu estômago.

— Ele pediu você em casamento?

Jenny baixa a voz para um sussurro, porque Jonah está na sala.

— Na verdade, não. Foi mais uma conversa. Faz sentido esse ser nosso próximo passo.

— Nunca ouvi nada menos romântico.

Jenny estreita os olhos para mim.

— E o seu pedido de casamento foi diferente?

— *Touché.*

Odeio quando ela tem bons argumentos. Mas é verdade. Não foi um pedido de casamento bonito — não foi nem um pedido *simples*. No dia depois de eu contar a Chris que estava grávida, ele disse: "*Bem, acho que a gente devia casar.*"

Eu respondi: "*É, acho que sim.*"

E só.

Faz dezessete anos que temos um casamento feliz, então não sei por que estou julgando Jenny pela situação em que ela se meteu. Só que parece diferente. Jonah e Chris são pessoas completamente opostas, e nós dois pelos menos estávamos namorando quando engravidei. Nem sei o que está acontecendo com Jonah e Jenny. Os dois não se falavam desde o verão em que descobri que estava grávida, e, agora, ele reaparece de repente na nossa vida e talvez faça parte da nossa família?

O pai de Jonah faleceu no ano passado, e, apesar de fazer anos que nenhum de nós via ou falava com ele, Jenny resolveu ir ao funeral. Os dois acabaram passando a noite juntos, mas ele pegou um voo para casa, em Minnesota, no dia seguinte. Um mês depois, minha irmã descobriu que estava grávida.

Vou dar o braço a torcer para Jonah: ele não fugiu da responsabilidade. Resolveu suas pendências em Minnesota e voltou para cá um mês antes de Jenny dar à luz. Por outro lado, só faz três meses que isso aconteceu, então acho que minha hesitação tem mais a ver com o fato de que não sei exatamente quem é Jonah nesse estágio da vida. Os dois namoraram por dois meses quando Jenny estava na escola, e, agora, ele saiu do outro lado do país para criarem um filho.

— Quantas vezes vocês dois transaram?

Jenny me encara em choque, como se minha pergunta fosse invasiva demais.

Reviro os olhos.

— Ah, pare de se fazer de santa. Estou falando sério. Vocês passaram uma noite juntos e depois só se encontraram quando você estava grávida de nove meses. Seu médico já te liberou?

Jenny concorda com a cabeça.

— Na semana passada.

— E? — pergunto, esperando que ela me responda.

— Três vezes.

— Incluindo a primeira noite?

Ela faz que não com a cabeça.

— Quatro, acho. Ou... bem... *cinco*. Aquela noite conta como duas vezes.

Uau. Eles são praticamente desconhecidos.

— Cinco vezes? E agora você vai *casar* com ele?

Jenny termina de cortar os tomates. Ela os coloca no prato e começa a picar uma cebola.

— Não é como se a gente tivesse acabado de se conhecer. Você adorava Jonah na época da escola, quando a gente namorava. Não sei por que está implicando com ele agora.

Eu me afasto.

— Hum... vamos ver. Ele te deu um pé na bunda, se mudou para Minnesota no dia seguinte, desapareceu por dezessete anos, e, agora, de repente, quer que fiquem juntos pelo resto da vida? Me surpreende você achar que a minha reação é estranha.

— Nós temos um filho, Morgan. Não é por esse mesmo motivo que você está casada com Chris há dezessete anos?

E lá vai ela, usando outro bom argumento.

Seu telefone toca, então ela seca as mãos e o tira do bolso.

— Falando da sua filha. — Jenny atende o celular. — Oi, Clara.

A ligação está no viva-voz, então é doloroso ouvir Clara dizer:

— Você não está com a minha mãe, está?

Os olhos de Jenny se arregalam na minha direção. Ela começa a seguir de costas para a porta da cozinha.

— Não.

Jenny tira o telefone do viva-voz e desaparece na sala.

Não me incomoda o fato da minha filha preferir pedir conselhos à minha irmã em vez de falar comigo. O problema é que Jenny não faz ideia de como aconselhar Clara. Ela passou seus vinte anos na farra, terminando a faculdade de enfermagem aos trancos e barrancos, me procurando quando precisava de um lugar para ficar.

Geralmente, quando Clara liga para contar algo importante e Jenny não sabe o que responder, ela inventa alguma desculpa para desligar e então me liga para contar tudo. Eu lhe digo o que falar para Clara; então ela retorna a ligação e recita os conselhos como se tivesse pensado neles.

Gosto desse sistema, apesar de achar que o certo seria minha filha simplesmente conversar comigo. Mas entendo. Sou sua mãe. Jenny é a tia legal. Clara não quer que eu saiba sobre certas coisas, e aceito. Ela morreria de vergonha se descobrisse que sei de alguns de seus segredos. Como quando ela pediu a Jenny para marcar uma consulta na ginecologista para começar a tomar anticoncepcional alguns meses atrás, *só para garantir.*

Pulo da bancada e continuo a picar a cebola. A porta da cozinha abre, e Jonah entra. Ele aponta com a cabeça para a tábua de cortar.

— Jenny me disse que eu tenho que assumir o comando, porque você não pode cozinhar.

Reviro os olhos e solto a faca, saindo do caminho.

Encaro a mão esquerda dele, me perguntando como ficaria uma aliança em seu dedo anelar. Eu não consigo imaginar Jonah Sullivan comprometido com alguém. Ainda não acredito que ele voltou para nossa vida, e agora está aqui, na minha cozinha, picando cebolas em uma tábua de cortar que eu e Chris ganhamos de presente no casamento em que ele nem compareceu.

— Você está bem?

Olho para cima para encará-lo. Sua cabeça está inclinada, seus olhos azul-escuros cheios de curiosidade enquanto ele espera pela minha resposta. Tudo dentro de mim parece pulsar — meu sangue, minha saliva, meu ressentimento.

— Estou. — Abro um sorriso rápido. — Estou bem.

Preciso me concentrar em outra coisa — em *qualquer* coisa. Vou até a geladeira e a abro, fingindo procurar algo. Consegui evitar conversas a sós com ele desde sua volta. Não quero mudar isso agora. Especialmente no meu aniversário.

A porta da cozinha abre, e Chris entra com uma assadeira cheia de hambúrgueres recém-saídos da churrasqueira. Fecho a geladeira e encaro a porta da cozinha, que continua balançando às suas costas.

Odeio aquela porta mais do que qualquer outra parte da casa.

Sou grata pela casa, não me entenda mal. Ela foi presente de casamento dos pais de Chris quando eles se mudaram para a Flórida. Mas é a mesma casa em que Chris foi criado, e seu pai, e seu avô. O lugar é tombado, tem até uma plaquinha na frente. Ela foi construída em 1918 e me lembra todos os dias de que tem mais de um século: os pisos são barulhentos, o encanamento precisa de consertos constantes. Mesmo depois de termos feito uma reforma, seis anos atrás, sua velhice continua dando as caras em todas as oportunidades que encontra.

Chris queria manter a planta original depois da reforma. Então, apesar de muitas coisas serem novas, o fato de todos os cômodos permanecerem fechados e isolados uns dos outros não ajuda. Eu queria um conceito aberto. Às vezes, sinto como se não conseguisse respirar aqui dentro, com tantas paredes.

Agora, por exemplo, não consigo espionar a conversa de Jenny e Clara como eu gostaria.

Chris coloca a assadeira com os hambúrgueres no fogão.

— Preciso tirar os outros do fogo, e então termino. Clara já está chegando?

— Não sei — respondo. — Pergunte a Jenny.

Ele ergue as sobrancelhas, notando meu ciúme. Então sai da cozinha, e a porta fica balançando. Jonah a fecha com um pé e volta a cortar os legumes.

Apesar de nós quatro termos sido melhores amigos, agora vejo Jonah como um desconhecido. Fisicamente, ele continua o mesmo, com sutis diferenças. Quando éramos adolescentes, seu cabelo era mais comprido. Tão comprido que o prendia em um rabo de cavalo de vez em quando. Agora está mais curto, de um castanho mais escuro. Ele perdeu algumas das mechas cor de mel que apareciam no fim de todo verão, porém a cor fechada dá um destaque ainda maior ao azul dos seus olhos. Seus olhos sempre foram bondosos, até quando ele estava com raiva. Só dava para perceber sua irritação quando sua mandíbula angulosa ficava tensa.

Chris é o oposto. Ele tem cabelo louro, olhos esmeralda e uma mandíbula aparente mesmo quando está com a barba por fazer. Seu emprego exige uma aparência impecável, então sua pele lisa o faz parecer anos mais jovem do que realmente é. E ele tem uma covinha fofa que aparece no queixo quando sorri. Adoro quando ele sorri, mesmo depois de tantos anos de casamento.

Comparando os dois, é difícil acreditar que Jonah e Chris têm a mesma idade, trinta e cinco anos. Meu marido continua com a cara de bebê e poderia passar por um cara de vinte e poucos anos. Jonah, por outro lado, nitidamente tem trinta e cinco, e parece ter crescido vários centímetros, mesmo depois da escola.

Isso me faz pensar nas minhas mudanças desde a adolescência. Gosto de acreditar que ainda pareço tão jovem quanto Chris, mas com certeza me sinto mais velha do que trinta e três.

Bem. Trinta e *quatro*, agora.

Jonah esbarra em mim para pegar um prato no armário. Ele me olha e não desvia o olhar. Por sua expressão, sei que quer me dizer algo, mas provavelmente vai ficar quieto, porque vive se remoendo. Ele pensa mais do que fala.

— O quê?

Eu o encaro de volta — esperando por uma resposta.

Jonah balança a cabeça e se vira.

— Nada. Deixa para lá.

— Você não pode me olhar desse jeito e não me contar o que ia dizer.

Ele suspira, ainda de costas para mim enquanto pega a alface e a espeta com a faca.

— É seu aniversário. Não quero falar disso hoje.

— Tarde demais.

Ele me encara de novo com um olhar hesitante, mas cede e me conta o problema:

— Você mal falou comigo desde que voltei.

Uau. Direto ao assunto. Sinto meu peito e meu pescoço esquentando de vergonha por ser colocada contra a parede. Pigarreio.

— Estou falando com você agora.

Jonah aperta os lábios, como se tentasse ser paciente comigo.

— É diferente. As coisas parecem diferentes.

Suas palavras se espalham pela cozinha, e quero desviar delas, mas é tudo apertado demais aqui.

— Diferente do quê?

Ele seca as mãos em um pano de prato.

— De como eram. Antes de eu ir embora. A gente vivia conversando.

Quase zombo desse comentário ridículo. É claro que as coisas estão diferentes. Somos adultos agora, com filhos, responsabilidades. Não podemos simplesmente voltar à amizade despreocupada que tínhamos naquela época.

— Mais de dezessete anos se passaram. Você achou que iria voltar para cá e nada mudaria entre nós quatro?

Jonah dá de ombros.

— As coisas não mudaram entre mim e Chris. E entre mim e Jenny. Mas mudaram entre nós dois.

Alterno entre querer fugir da cozinha e gritar tudo que está entalado na minha garganta desde que ele foi embora de um jeito tão egoísta.

Tomo um gole do meu vinho para ganhar tempo antes de responder. Ele me encara com olhos cheios de decepção enquanto penso no que vou falar. Ou talvez esteja me encarando com desdém. Seja lá o que estiver sentindo, é o mesmo olhar com que me fitou segundos antes de ir embora, anos atrás.

E, da mesma forma como naquela época, não sei se ele está decepcionado consigo mesmo ou comigo.

Jonah suspira. Consigo sentir o peso de todos os seus pensamentos guardados.

— Desculpe por eu ter ido embora do jeito que fui. Mas você não pode ficar irritada comigo para sempre, Morgan.

Suas palavras saem baixinho, como se ele não quisesse que ninguém mais escutasse nossa conversa. Então, sai da cozinha e encerra o papo.

É só agora que me dou conta de como eu costumava me sentir preenchida quando Jonah estava por perto. Às vezes, naquela época, era sufocante quando dividíamos o mesmo ar, como se ele estivesse sendo egoísta e inalando mais do que o necessário, sem deixar quase nada para mim.

Essa mesma sensação opressiva está de volta, me cercando em minha cozinha.

Apesar de Jonah ter ido embora e a porta estar balançando, ainda sinto um peso no peito.

Assim que paro o movimento da porta com um pé, Jenny a abre de novo. A conversa que me recusei a ter com Jonah entra em segundo plano para ser remoída mais tarde, porque, agora, preciso saber tudo que Clara contou para minha irmã.

— Foi bobagem — começa Jenny, despreocupada. — Ela deu carona para um garoto da escola, e ele começou a seguir seu perfil no Instagram. Clara não sabia se ele estava dando em cima dela.

— Que garoto?

Jenny dá de ombros.

— Morris? Miller? Não lembro. O sobrenome é Adams.

Chris entra na cozinha e coloca outra assadeira sobre o fogão.

— Miller Adams? Por que estamos falando sobre Miller Adams?

— Você conhece ele?

Chris me lança um olhar que diz que eu deveria saber *exatamente* quem é Miller Adams, mas o nome não me parece familiar.

— É o filho de Hank.

— Hank? Ainda existe gente chamada *Hank* no mundo?

Chris revira os olhos.

— Morgan, fala sério. Hank Adams? A gente estudou com ele.

— Eu me lembro vagamente desse nome.

Chris balança a cabeça.

— É o cara que me vendia maconha. Acabou largando a escola no segundo ano. Foi preso por roubar o carro da professora de ciências. E mais um monte de merda. Tenho quase certeza de que faz uns anos que ele está na prisão. — Chris foca em Jenny. — Acho que ele foi pego dirigindo bêbado várias vezes ou algo assim. Por que estamos falando sobre seu filho? Clara não está saindo com ele, está?

Jenny pega a jarra de chá gelado na geladeira e fecha a porta com o quadril.

— Não. Estamos falando sobre um ator famoso chamado Miller Adams. Você está falando de um cara local. Pessoas diferentes.

Chris solta o ar.

— Graças a Deus. Essa é a última família com a qual ela devia se envolver.

Chris tem dificuldade em conversar sobre qualquer assunto que envolva sua filha e um garoto. Ele pega o chá das mãos de Jenny e sai da cozinha para colocá-lo na mesa de jantar.

Eu rio quando tenho certeza de que Chris não vai mais escutar.

— Um ator famoso?

Jenny dá de ombros.

— Não quero arrumar problemas para ela.

Minha irmã sempre pensou rápido. Ela tem tanto talento para improvisar que chega a dar medo.

Olho para a porta para ter certeza de que está fechada, depois encaro Jenny de novo.

— Jonah acha que odeio ele.

Jenny dá de ombros.

— É o que parece, às vezes.

— Eu nunca odiei Jonah. Você sabe disso. É só que... vocês mal se conhecem.

— Nós temos um filho juntos.

— Fazer um filho leva trinta segundos.

Jenny ri.

— Levou umas três horas, se você quer mesmo saber.

Reviro os olhos.

— Eu *não* quero saber.

Chris grita alguma coisa da sala para avisar que a comida está pronta. Jenny sai da cozinha com os hambúrgueres. Coloco o restante dos legumes no prato e levo para a mesa.

Meu marido senta de frente para Jenny e eu, ao lado dele. O que significa que Jonah fica de frente para mim. Nós conseguimos evitar contato visual enquanto fazemos nosso prato. Espero que o restante do jantar prossiga assim. É tudo que eu realmente quero no meu aniversário — pouco ou nenhum contato visual com Jonah Sullivan.

— Está animada para amanhã? — pergunta Chris a Jenny.

Ela concorda com a cabeça, empolgada.

— Você nem imagina o quanto.

Minha irmã é enfermeira no mesmo hospital em que Chris é chefe do controle de qualidade. Ela está em licença-maternidade desde que Elijah nasceu, seis semanas atrás, e amanhã é seu primeiro dia de volta.

A porta da frente é escancarada, e a melhor amiga de Clara, Lexie, entra.

— Vocês começaram sem mim?

— Você está sempre atrasada. Sempre começamos sem você. Cadê Clara?

— Vindo, eu acho — responde Lexie. — Eu ia pegar carona com ela, mas minha mãe me emprestou o carro. — Lexie olha ao redor da mesa, analisando todo mundo. Então acena com a cabeça para Jonah. — Oi, tio-professor.

— Oi, Lexie — responde ele, parecendo irritado com o apelido que a garota lhe deu.

Quando voltou, Jonah arrumou emprego na escola de Clara como professor de história. Ainda não consigo acreditar que ele seja professor. Nem me lembro de nenhum comentário dele sobre *querer* dar aula. Mas acho que não havia muitas opções em nossa cidadezinha no leste do Texas quando ele resolveu se mudar para cá e ajudar Jenny com Elijah. Jonah veio do mundo dos negócios, mas tudo que é necessário para se tornar professor por estas bandas é ter um diploma de bacharelado e se inscrever para a vaga. A escola não costuma ter muitos candidatos ao cargo graças ao salário de merda que oferece.

— Tem certeza de que você não vai se incomodar de cuidar de Elijah nesta semana? — pergunta Jenny para mim.

— Claro que não. Estou animada.

Estou mesmo. Ele vai começar a creche na próxima semana, então concordei em bancar a babá nos quatro dias em que Jenny vai trabalhar antes disso.

Às vezes, fico surpresa por eu e Chris não termos tido outro filho depois de Clara. Nós cogitamos a hipótese, mas nunca parecíamos ter a mesma opinião ao mesmo tempo. Houve um período em que eu queria mais um, só que ele estava trabalhando tanto que não se sentia pronto. Então, quando Clara tinha uns treze anos, Chris tocou no assunto, mas a ideia de ter um bebê e uma adolescente ao mesmo tempo me deixava um pouco apavorada. Não conversamos mais sobre isso desde então, e, agora que tenho trinta e quatro, não sei se quero recomeçar.

Elijah é a solução perfeita. Um bebê de meio expediente para eu brincar e depois mandar de volta para casa.

— Que pena que ainda estou na escola — diz Lexie. — Eu daria uma ótima babá.

Jenny revira os olhos.

— Não foi você que largou um cachorro aleatório no meu quintal porque achou que fosse meu?

— Ele parecia seu cachorro.

— Eu nem *tenho* um cachorro — rebate Jenny.

Lexie dá de ombros.

— Bem, achei que tivesse. Desculpe por ser proativa. — Ela finalmente senta após fazer seu prato. — Não posso demorar. Tenho um encontro, do Tinder.

— Ainda não acredito que você usa o Tinder — resmunga Jenny. — Você tem dezesseis anos. As pessoas não precisam ter pelo menos dezoito para criar um perfil?

Lexie sorri.

— No Tinder, eu *tenho* dezoito anos. E, por falar em surpresas, ainda estou chocada que você esteja em um relacionamento que dura mais do que uma noite. É tão incomum. — Ela olha para Jonah. — Sem querer ofender.

— Não me ofendi — responde ele com a boca cheia.

Jenny e Lexie sempre se alfinetam desse jeito. Eu acho divertido, principalmente porque as duas são tão parecidas. Quando estava na casa dos vinte, minha irmã teve uma infinidade de namorados e, se o Tinder existisse naquela época, ela seria sua rainha.

Eu, nem tanto. Chris é o único cara com quem saí. O único cara que beijei. Isso acontece quando você conhece seu futuro marido tão jovem. Caramba, a gente se conheceu antes mesmo de eu saber o que queria estudar na faculdade.

Acho que isso não fez diferença, porque não durei muito tempo lá. Ter Clara tão nova fez com que quaisquer planos que eu tivesse ficassem em segundo lugar.

Ando pensando muito nessas coisas ultimamente. Agora que minha filha está mais velha, sinto um vazio enorme dentro de mim, que parece sugar o ar de todos os dias que passam, quando tudo que faço é viver por Chris e Clara.

Clara finalmente chega em casa, em meio ao meu pensamento autodepreciativo. Então para a um metro e meio da mesa, ignorando todo mundo enquanto passa um dedo pela tela do telefone.

— Onde você estava? — pergunta Chris.

Clara chegou apenas meia hora mais tarde que o normal, mas ele reparou.

— Desculpe — responde ela, colocando o telefone sobre a mesa, ao lado do de Lexie, e se esticando por cima do ombro de Jonah para pegar um prato. — Tive teatro depois da escola, e aí um dos meus colegas precisou de carona. — Ela sorri para mim. — Feliz aniversário, mãe.

— Obrigada.

— Quem precisou de carona? — pergunta Chris.

Eu e Jenny nos olhamos na mesma hora em que Clara diz:

— Miller Adams.

Merda.

Chris larga o garfo sobre o prato.

Lexie diz:

— Como é que *é*? Eu não recebi uma ligação para ficar sabendo disso?

Chris olha para Jenny e depois para mim como se estivesse prestes a nos dar uma bronca por mentir. Aperto sua perna embaixo da mesa. Um sinal de que não quero que ele mencione que estávamos falando sobre isso. Ele sabe tão bem quanto eu que minha irmã é uma boa fonte de informações sobre o que acontece na vida da nossa filha, e, se revelar que Jenny me contou sobre a conversa das duas, todos seremos prejudicados.

— Por que você deu carona para Miller Adams? — pergunta ele.

— Sim — insiste Lexie. — Por que você deu carona para Miller Adams? Conte todos os detalhes.

Clara ignora a amiga, respondendo apenas ao pai.

— Foi menos de um quilômetro. Por que você está tão incomodado?

— Que isso não se repita — diz Chris.

— Eu acho que isso *devia* se repetir — rebate Lexie.

Clara encara Chris com incredulidade.

— Estava quente na rua. Eu não ia deixar ele voltar andando.

Chris ergue uma sobrancelha, algo que não faz com frequência, o que torna o gesto mais intimidante quando ocorre.

— Não quero que se meta com esse cara, Clara. E você não devia dar caronas para garotos. Não é seguro.

— Seu pai tem razão — acrescenta Lexie. — Só dê carona para caras gatos quando *eu* estiver junto.

Clara se recosta na cadeira e revira os olhos.

— Ah, meu Deus, pai. Miller não é um estranho, e não estamos saindo. Faz mais de um ano que ele namora.

— É, mas a namorada dele está na faculdade, então é como se ela não fosse causar problemas — comenta Lexie.

— Lexie? — Chris pronuncia seu nome como se fosse um aviso.

Ela concorda com a cabeça e passa um dedo sobre a boca, como se fechasse os lábios com um zíper.

Estou um pouco chocada por Clara estar sentada ali, fingindo que não acabou de ligar para Jenny e ficar levemente animada pelo garoto ter dado em cima dela. Pela forma como age tanto com Chris *quanto com* Lexie, parece que o que aconteceu foi uma bobagem. Mas sei que não foi, graças a Jenny. Encaro Clara, fascinada com sua dissimulação, ao mesmo tempo que me sinto levemente incomodada. Estou tão impressionada com sua capacidade de mentir quanto fico com a de *Jenny*.

É assustador. Eu não consigo mentir nem por um decreto. Fico aturdida, minhas bochechas coram. Faço tudo que posso para evitar brigas.

— Não me importa se ele é solteiro, casado ou bilionário. Prefiro que você não dê mais carona para esse menino.

Lexie faz o gesto de abrir o zíper imaginário dos seus lábios.

— Você é pai dela, não devia falar esse tipo de coisa. Quando um cara se torna proibido para uma adolescente, isso só faz com que ele seja mais desejado.

Chris aponta para Lexie com o garfo e olha ao redor da mesa.

— Quem fica convidando essa garota para as festas?

Eu rio, mas também sei que Lexie tem razão. Isso não vai acabar bem se Chris continuar assim. Estou sentindo. Clara já tem uma quedinha pelo garoto, e, agora, seu pai proibiu que se falem. Mais tarde, vou ter que avisar a ele para evitar o assunto se não quiser que Hank Adams se torne o futuro sogro da nossa filha.

— Acho que perdi a fofoca — diz Jonah. — Qual é o problema de Miller Adams?

— Não tem fofoca, e não há nada de errado com ele — garante Clara. — São só meus pais, sendo superprotetores como sempre.

Ela tem razão. Quando eu era jovem, minha mãe não cuidou de mim em sentido nenhum, e esse é o motivo para eu ter engravidado aos dezessete anos. Por isso, eu e Chris exageramos às vezes. Nós admitimos. Mas Clara é nossa única filha, e não queremos que acabe na mesma situação que nós.

— Miller é um bom garoto — diz Jonah. — Dou aula para ele. Completamente diferente de Hank naquela idade.

— Você dá aula para ele por quarenta minutos por dia — rebate Chris. — Não o conhece tão bem assim. Filho de peixe, peixinho é.

Jonah encara Chris depois desse comentário. Mas opta por não continuar a conversa. Às vezes, quando meu marido quer defender um argumento, não desiste até a outra pessoa ceder. Quando éramos mais novos, lembro que ele e Jonah se enfrentavam páreo a páreo. Jonah era o único que não desistia, nunca deixava Chris ganhar.

Mas algo mudou desde a sua volta. Ele fica mais quieto perto de Chris. Sempre o deixa dar a última palavra. E não acho que seja um sinal de fraqueza. Na verdade, é algo que me impressiona. Às vezes, meu marido ainda se comporta como o adolescente impetuoso que era quando nos conhecemos. Jonah, por outro lado, parece ter superado essa fase. É como se fosse uma perda de tempo tentar provar que Chris está errado.

Talvez esse seja outro motivo para eu não gostar de sua volta. Não gosto de ver Chris pelos olhos de Jonah.

— Por que você está dizendo essas coisas sobre ele? Filho de peixe, peixinho é? — pergunta Clara. — Qual é o problema dos pais de Miller?

Chris balança a cabeça.

— Não se preocupe com isso.

Clara dá de ombros e morde o hambúrguer. Fico feliz por ela não discutir. Às vezes, minha filha é muito parecida com o pai no quesito argumentativo. Você nunca sabe como ela vai reagir.

Eu, por outro lado, não discuto por nada. É algo que incomoda Chris de vez em quando. Meu marido gosta de provar que está certo, então, quando desisto e não lhe dou essa oportunidade, ele acha que ganhei.

Foi a primeira coisa que aprendi depois de nos casarmos. Às vezes, você precisa sair de uma briga para vencê-la.

Jonah parece tão disposto quanto o restante de nós para mudar de assunto.

— Você não entregou sua inscrição para o trabalho de cinema da Universidade do Texas.

— Eu sei — responde Clara.

— O prazo termina amanhã.

— Não consegui encontrar uma dupla. É difícil demais fazer tudo sozinha.

Fico incomodada por Jonah incentivar essa ideia. Clara quer estudar teatro na faculdade. Sei que ela se daria muito bem no curso, porque é uma atriz fenomenal. Mas também sei quais seriam suas chances de ser bem-sucedida em uma área tão competitiva. Sem mencionar que, se você for um dos poucos a alcançar o sucesso, terá que lidar com o preço da fama. Não quero isso para minha filha. Eu e Chris adoraríamos que o teatro fosse um hobby, não algo que ela usasse para se sustentar financeiramente.

— Você não quer ajudar? — pergunta Jonah, focado em Lexie.

Ela faz uma careta.

— De jeito nenhum. Eu já trabalho demais.

Jonah se volta para Clara.

— Amanhã, venha falar comigo antes da primeira aula. Sei de outro aluno que precisa de uma dupla, e posso perguntar se ele está interessado.

Minha filha concorda com a cabeça no mesmo instante em que Lexie começa a embrulhar o restante de seu hambúrguer.

— Aonde você vai? — pergunta Clara.

— Ao encontro do Tinder — responde Jenny por ela.

Clara ri.

— Ele pelo menos tem a nossa idade?

— É claro. Você sabe que detesto caras que estão na faculdade. Todos fedem a cerveja.

Lexie se inclina e sussurra alguma coisa na orelha de Clara. Ela ri, e a outra garota vai embora.

Minha filha começa a fazer perguntas a Jonah sobre os requisitos do trabalho de cinema. Jenny e Chris estão distraídos com sua própria conversa, discutindo tudo que ela perdeu no hospital enquanto estava de licença.

Eu não falo com ninguém e brinco com minha comida.

É meu aniversário e estou cercada por todas as pessoas que são importantes para mim, mas, por algum motivo, me sinto mais sozinha do que nunca. Eu devia estar feliz agora, mas há algo esquisito. Não sei exatamente o quê. Talvez eu esteja entediada.

Ou pior. Talvez eu seja *entediante*.

Aniversários causam esse tipo de coisa. Passei o dia inteiro analisando minha vida, pensando em como preciso de algo meu. Depois de termos Clara tão cedo, eu e Chris nos casamos, e ele sempre cuidou financeiramente de nós depois de se formar na faculdade. Eu fiquei responsável pela casa, mas Clara vai fazer dezessete anos daqui a dois meses.

Jenny tem uma carreira e um bebê, e está prestes a ter um marido.

Chris foi promovido três meses atrás, o que significa que, agora, passa ainda mais tempo no trabalho.

Quando Clara entrar na faculdade e se mudar, o que eu vou ter para fazer?

Depois que terminamos o jantar, meus pensamentos continuam empacados na minha situação. Estou colocando os pratos na lava-louça quando Jonah entra na cozinha. Ele segura a porta antes mesmo de ela começar a balançar. Gosto disso. Jonah é um bom pai e odeia a porta da minha cozinha. *Já são duas coisas.*

Talvez ainda exista esperança para nossa amizade.

Ele segura Elijah contra o peito.

— Um pano úmido, por favor.

É então que vejo que sua camisa está toda cuspida. Pego um pano e o molho antes de entregá-lo. Tiro Elijah dos seus braços enquanto ele se limpa.

Olho para meu sobrinho e sorrio. Ele parece um pouco com Clara nessa idade. Cabelo louro fino, olhos azul-escuros e a cabecinha redondinha. Começo a me balançar para a frente e para trás. Ele é um bebê tão bonzinho. Melhor que Clara. Ela vivia com cólicas e chorava o tempo todo. Elijah dorme e chora tão pouco que, às vezes, Jenny me liga quando ele está aos prantos só para ficarmos apreciando como ele é fofo nos seus momentos de irritação.

Olho para cima, e Jonah está nos observando. Ele afasta o olhar e pega a bolsa de fraldas.

— Tenho um presente de aniversário para você.

Fico confusa. Antes do jantar, ele parecia tão nervoso perto de mim. Agora, quer me dar um presente de aniversário? Ele me entrega algo sem embrulho. Um saco plástico enorme e fechado, cheio de... balas.

A gente tem doze anos agora?

Demoro um instante, porém, assim que vejo que é um saco inteiro de balas de melancia, quero sorrir. Mas, em vez disso, franzo a testa.

Ele lembrou.

Jonah pigarreia e joga o pano na pia. Depois pega Elijah.

— Nós estamos indo. Parabéns, Morgan.

Eu sorrio, e provavelmente esse é o único sorriso verdadeiro que abri para ele desde sua volta.

Temos um momento especial — um olhar trocado por cinco segundos, enquanto ele sorri e eu concordo com a cabeça — antes de Jonah sair da cozinha.

Não sei exatamente o que esses cinco segundos significaram, mas, talvez, seja algum tipo de trégua. Ele está se esforçando de verdade. É ótimo com Jenny, ótimo com Elijah, um dos professores favoritos de Clara.

Por que — mesmo quando Jonah é tão legal com todos que eu amo — continuo desejando que ele não fizesse parte da nossa vida?

Depois que Jenny, Jonah e Elijah vão embora, Clara segue para o quarto. É lá que ela curte a maioria de suas noites. Era comum ela ficar à noite comigo, mas isso antes de completar catorze anos.

Chris passa suas noites na companhia do iPad, assistindo a Netflix ou a esportes.

Eu desperdiço as minhas assistindo à tv. Sempre os mesmos programas. Minhas semanas são tão rotineiras. Costumo me deitar no mesmo horário, todos os dias.

Acordo na mesma hora todos os dias.

Frequento a mesma academia, faço a mesma série, cumpro as mesmas tarefas e cozinho as mesmas refeições programadas.

Talvez seja porque hoje é meu aniversário de trinta e quatro anos, mas sinto que essa nuvem paira sobre mim desde que acordei. Todos ao meu redor parecem ter um propósito, mas eu percebo que cheguei aos trinta e quatro anos sem ter uma vida própria, algo que não se resuma apenas em Clara e Chris. Eu não devia ser tão entediante. Alguns dos meus amigos da escola ainda nem começaram uma família, e minha filha em breve já vai sair de casa.

Chris entra na cozinha e tira uma garrafa de água da geladeira. Então pega o saco de balas e o inspeciona.

— Por que você comprou um saco inteiro do pior sabor?

— Foi presente de Jonah.

Ele ri e larga o saco na bancada.

— Que presente horroroso.

Tento não interpretar o fato de meu marido não lembrar que melancia é meu sabor favorito. Eu, necessariamente, não me lembro de todas as coisas de que ele gostava quando nos conhecemos.

— Vou chegar tarde amanhã. Não precisa se preocupar com o jantar.

Concordo com a cabeça, mas já me preocupei com o jantar. Está na panela elétrica, mas não digo nada. Ele está prestes a deixar a cozinha.

— Chris?

Ele para e se vira para mim.

— Estou pensando em voltar para a faculdade.

— Para quê?

Dou de ombros.

— Ainda não sei.

Ele inclina a cabeça.

— Mas por que agora? Você tem trinta e quatro anos.

Uau.

Chris imediatamente se arrepende do que disse quando vê como suas palavras me magoaram. Ele me abraça.

— Não foi isso que eu quis dizer. Desculpe. — Ele dá um beijo na lateral da minha cabeça. — Eu só não sabia que você continuava interessada em algo assim, já que recebo o suficiente para nos sustentar. Mas, se quer um diploma — ele me dá outro beijo, agora na testa —, entre na faculdade. Vou tomar banho.

Chris sai da cozinha, e encaro a porta, que começa a balançar para a frente e para trás. *Como eu odeio essa porta.*

Minha vontade é vender a casa e recomeçar; no entanto, Chris jamais aceitaria. Poderia ser algo para que eu pudesse gastar minha energia. Porque, agora, percebo minha energia acumulada. Sinto meu corpo inflando enquanto penso no quanto quero uma porta nova na cozinha.

Quem sabe amanhã eu não arranque a porta. Prefiro não ter porta nenhuma a ter uma que nem funcione corretamente. Portas deviam bater com um baita estrondo quando você está irritada.

Abro uma bala e a jogo na boca. O gosto me enche de nostalgia. Penso em quando éramos adolescentes e me vem o desejo de voltar às noites em que andávamos no carro de Jonah — eu e Chris no banco de trás e Jenny na frente. Jonah era viciado em balas, então sempre mantinha um saco delas no painel.

Ele nunca comia as de melancia. Era o sabor de que menos gostava, e o meu favorito, então sempre as deixava para mim.

Não acredito que tenha se passado tanto tempo desde que experimentei uma dessas. Juro que, às vezes, me esqueço de quem eu era e das coisas que eu amava antes de engravidar. É como se, no dia em que descobri a gravidez, eu tivesse me tornado uma pessoa diferente. Meu foco deixou de ser eu mesma. A vida passou a girar em torno daquele lindo e pequenino ser que está sendo criado.

Clara entra na cozinha, não mais um lindo e pequenino ser. Ela é linda e crescida. E, às vezes, sinto saudades da sua infância, quando minha filha se sentava no meu colo ou nós duas nos aconchegávamos na sua cama até que ela dormisse.

Clara enfia a mão no meu saco.

— Oba. Balas. — Ela pega uma e vai até a geladeira, abrindo a porta. — Posso beber um refrigerante?

— Está tarde. Cafeína não vai fazer bem.

Ela se vira e me encara.

— Mas é seu aniversário. A gente ainda não fez seu quadro.

Eu me esqueci do quadro de aniversário. Fico animada pela primeira vez hoje.

— É verdade. Então também quero um refrigerante.

Clara sorri enquanto vou ao armário de artesanato e pego meu quadro de aniversário. Minha filha pode ser velha demais para ser ninada, mas pelo menos ainda fica tão animada com nossas tradições quanto eu. Nós começamos esta quando ela fez oito anos. Chris não participa, então é algo que só eu e Clara fazemos duas vezes por ano. É como um quadro de sonhos, só que, em vez de criarmos um novo a cada ano, apenas acrescentamos desejos ao mesmo. Cada uma tem o seu, e só fazemos acréscimos nos nossos respectivos aniversários Ainda faltam dois meses para o de Clara, então pego o meu e deixo o dela no armário.

Minha filha senta ao meu lado à mesa da cozinha e escolhe uma canetinha roxa. Antes de começar a escrever, ela lê as coisas que acrescentamos nos anos anteriores. Então passa o dedo por algo que escreveu quando tinha onze anos. *Espero que minha mãe engravide este ano.* Ela desenhou até um chocalho minúsculo ao lado do desejo.

— Ainda não é tarde demais para me tornar uma irmã mais velha — diz ela. — Você só tem trinta e quatro anos.

— Não vai acontecer.

Clara ri. Eu olho para o quadro em busca dos objetivos que escrevi para mim mesma no ano passado. Encontro a foto de um jardim florido que colei no canto esquerdo, porque queria tirar os arbustos do quintal e substituí-los por flores. Fiz isso na primavera.

Encontro meu outro objetivo e franzo a testa quando o leio. *Encontrar algo para preencher todos os cantos vazios.*

Tenho certeza de que Clara achou que eu estava sendo literal quando escrevi isso. Na verdade, eu não queria encher todos os cantos da minha casa com alguma coisa. Meu objetivo era mais interno. No ano passado, eu já me sentia frustrada. Tenho orgulho do meu marido e da minha filha, mas, quando olho para mim e minha vida vejo que ela se separa das deles, há muito pouco do que me orgulhar. Sinto como se estivesse cheia de potencial desperdiçado. Às vezes, meu peito parece oco, como se eu tivesse passado a vida sem encontrar nada importante o suficiente para preenchê-lo. Meu coração está cheio, mas é a única parte do meu corpo que parece ter algum peso.

Clara começa a escrever seu objetivo para mim, então me inclino em sua direção para ler. *Aceitar que sua filha quer ser atriz.* Ela tampa a canetinha e a guarda na embalagem.

Seu objetivo faz com que eu me sinta culpada. Não é que eu não queira que ela siga seus sonhos. Só quero que seja mais realista.

— O que você vai fazer com um diploma inútil se essa história de teatro não der certo?

Clara dá de ombros.

— A gente pensa nisso quando precisar. — Ela puxa uma perna para cima da cadeira e apoia o queixo no joelho. — E você? O que queria ser na minha idade?

Encaro o quadro, me perguntando se sou capaz de responder à pergunta. Não sou.

— Não faço ideia. Eu não tinha talentos especiais. Não era muito boa em nenhuma matéria específica.

— Você era empolgada por alguma coisa como eu sou por atuar?

Reflito por um instante, mas não consigo me lembrar de nada.

— Eu gostava de sair com meus amigos e não pensar no futuro. Achei que resolveria o que fazer da vida quando estivesse na faculdade.

Clara indica o quadro com a cabeça.

— Acho que esse devia ser o objetivo deste ano. Descobrir o que empolga você. Porque *não pode* ser passar a vida como dona de casa.

— Poderia ser — respondo. — Algumas pessoas se sentem completamente realizadas nesse papel.

Eu *costumava* me sentir realizada. Só que isso mudou.

Clara toma outro gole de refrigerante. Escrevo sua sugestão *Encontrar algo que me empolgue.*

Minha filha pode não gostar de saber disto, mas ela é muito parecida comigo na sua idade. Confiante. Achava que sabia de tudo. Se eu tivesse que descrevê-la usando apenas uma palavra, seria *decidida*. Eu costumava ser decidida, mas, agora, sou só... Nem sei. Se tivesse que me descrever usando apenas uma palavra, com base no meu comportamento atual, seria *reclamona*.

— Quando você pensa em mim, qual é a primeira palavra que surge?

— Mãe — diz ela, instantaneamente. — Dona de casa. *Superprotetora.*

Clara ri desta última.

— Estou falando sério. Que palavra descreveria minha personalidade?

Ela inclina a cabeça e me encara por vários segundos demorados. Então, em um tom muito sincero e sério, diz:

— Previsível.

Fico boquiaberta de tão ofendida.

— *Previsível?*

— Quer dizer... não de um jeito ruim.

Será que *previsível* pode ser usado para descrever alguém de um jeito *bom*? Não consigo pensar em uma única pessoa no mundo que gostaria de ser chamada de previsível.

— Talvez eu quisesse dizer *confiável* — diz Clara. Ela se inclina para a frente e me abraça. — Boa noite, mãe. Feliz aniversário.

— Boa noite.

Minha filha vai para o quarto sem saber que me deixou magoada.

Não acho que ela quisesse ser maldosa, mas eu não queria escutar *previsível*. Porque é tudo que sei que sou e tudo que temia me tornar quando crescesse.

4
Clara

Eu provavelmente não deveria ter chamado minha mãe de previsível na noite passada, porque esta é a primeira vez em muito tempo que acordo para a escola e não a encontro na cozinha, preparando o café da manhã.

Talvez fosse melhor pedir desculpas, porque estou morrendo de fome.

Ela está na sala, ainda de pijama, assistindo a um episódio de *The Real Housewives*.

— O que tem para o café?

— Não estou com vontade de cozinhar. Coma um biscoito.

Eu realmente não deveria ter dito que ela era previsível.

Meu pai entra na sala, ajeitando a gravata. Ele para quando a vê deitada.

— Você está se sentindo bem?

Minha mãe gira a cabeça para nos fitar em sua posição confortável no sofá.

— Sim. Só não quis cozinhar.

Quando ela se vira de novo para a televisão, eu e papai trocamos um olhar. Ele ergue uma sobrancelha antes de se aproximar da minha mãe e lhe dar um beijo rápido na testa.

— A gente se vê à noite. Amo você.

— Também amo você — responde mamãe.

Sigo meu pai até a cozinha. Pego os biscoitos e lhe dou um.

— Acho que a culpa é minha.

— Por ela não ter feito café da manhã?

Concordo com a cabeça.

— Ontem à noite, falei que ela é previsível.

Papai franze o nariz.

— Ah. É, não foi muito legal da sua parte.

— Não quis dizer de um jeito ruim. Ela me pediu que a definisse em uma palavra, e essa foi a primeira em que pensei.

Ele se serve de uma xícara de café e se apoia na bancada, pensando.

— Bem... você não estava errada. Sua mãe gosta de rotina.

— Acorda todo dia às seis. O café fica pronto às sete.

— Jantar às sete e meia todas as noites — continua ele.

— Cardápios alternados.

— Academia às dez da manhã.

— Mercado nas segundas — acrescento.

— Roupa de cama lavada todas as quartas.

— Viu só? — digo, na defensiva. — Ela é previsível. Isso é mais um fato do que uma ofensa.

— Bem — começa ele —, teve aquela vez que chegamos em casa e encontramos um bilhete avisando que ela tinha ido com Jenny para um cassino.

— Eu lembro. Achamos que tinha sido sequestrada.

A gente pensou isso mesmo. Foi um comportamento tão atípico ela resolver viajar e dormir fora sem meses de planejamento que ligamos para as duas só para garantir que tinha sido mesmo minha mãe que escrevera o bilhete.

Meu pai ri e me puxa para um abraço. Adoro seus abraços. Ele usa as camisas de botão brancas mais macias do mundo para trabalhar, e, às vezes, quando seus braços estão ao meu redor, é como ter sido envolvida por um cobertor aconchegante. Só que o cobertor tem cheiro de ar livre e, de vez em quando, me dá broncas.

— Preciso ir. — Ele me solta e acaricia meu cabelo. — Divirta-se na escola.

— Divirta-se no trabalho.

Eu o sigo para fora da cozinha, e descobrimos que mamãe abandonou o sofá e está parada diante da televisão. Ela aponta o controle remoto para a tela.

— Travou.

— Deve ser o controle — diz papai.

— Ou o sinal — digo, tirando o controle dela.

Mamãe sempre aperta o botão errado e não consegue se lembrar de qual apertar para voltar ao seu programa. Aperto todos e nada funciona, então tiro tudo da tomada.

Tia Jenny chega enquanto tento religar a televisão.

— Ô de casa — diz ela, abrindo a porta.

Papai a ajuda com a cadeirinha de Elijah e um monte de coisas. Ligo a televisão, mas nada acontece.

— Acho que pifou.

— Ah, meu *Deus* — diz minha mãe, como se a ideia de passar o dia inteiro em casa com um bebê e sem televisão fosse um pesadelo.

Tia Jenny lhe entrega a bolsa de fraldas.

— Vocês ainda têm tevê a cabo? Ninguém mais assina isso.

Minha mãe é só um ano mais velha que tia Jenny, mas, às vezes, parece que é mãe de nós duas.

— A gente tenta explicar isso, mas ela insiste em continuar assinando — comento.

— Não quero assistir a meus programas em um iPad — rebate mamãe, na defensiva.

— Na nossa televisão dá para acessar a Netflix — explica meu pai. — Você pode assistir lá.

— Meus canais de reality show não passam na Netflix — responde ela. — Vamos manter a tevê a cabo.

A conversa está me deixando com dor de cabeça, então tiro Elijah da cadeirinha para curtirmos um minuto juntos antes de eu sair para a escola.

Fiquei tão animada quando descobri que tia Jenny estava grávida. Sempre quis um irmão, mas meus pais não quiseram mais filhos depois de mim. Ele é o mais perto que vou conseguir de um, então espero que a gente seja bem próximo. Elijah é a pessoa que mais quero que goste de mim.

— Deixa eu pegar Elijah um pouquinho... — diz meu pai, tirando o bebê de mim.

Acho legal o quanto papai gosta do sobrinho. Isso meio que me faz desejar que ele e mamãe *tivessem* outro filho. Não é tarde demais. Ela só tem trinta e quatro anos. Eu devia ter escrito isso no quadro de aniversário ontem.

Tia Jenny entrega uma lista de instruções para minha mãe.

— Aqui estão os horários das refeições dele. E como esquentar o leite. E sei que você tem o número do meu celular, mas deixei escrito só para o caso da sua bateria acabar. E anotei o de Jonah.

— Já criei um ser humano antes — avisa minha mãe.

— É, mas faz tempo — responde tia Jenny. — Alguma coisa pode ter mudado desde então.

Ela vai até meu pai e dá um beijo na cabeça de Elijah.

— Tchau, querido. A mamãe te ama.

Enquanto tia Jenny sai, pego minha mochila depressa, porque precisamos conversar. Eu a sigo pela porta da frente, mas ela só se dá conta da minha presença quando está quase no carro.

— Miller parou de me seguir no Instagram ontem à noite.

Ela se vira, surpresa com minha presença repentina.

— Já? — Minha tia abre a porta do carro e se apoia. — Ele se irritou com alguma coisa que você disse?

— Não, a gente não se fala desde que saí da casa dele. Não postei nada. Nem comentei nas fotos dele. Não entendo. Por que me seguir e parar horas depois?

— As redes sociais são muito confusas.

— Garotos também.

— Mas não tanto quanto nós — conclui ela. Então inclina a cabeça, me analisando. — Você gosta dele?

Não consigo mentir para tia Jenny.

— Não sei. Tento não gostar, mas Miller é tão diferente de todos os outros caras da escola. Ele faz questão de me ignorar e está sempre chupando pirulitos. E seu relacionamento com o avô é esquisito, mas de um jeito fofo.

— Então... você gosta de um garoto porque ele te ignora, chupa pirulitos e tem um avô esquisito? — Tia Jenny faz cara de preocupada. — Esses... esses motivos são estranhos, Clara.

Dou de ombros.

— Quer dizer, ele também é bonitinho. E, pelo visto, quer estudar cinema na faculdade. A gente tem isso em comum.

— Já é alguma coisa. Mas parece que você mal o conhece. Eu não levaria essa história do Instagram para o lado pessoal.

— Eu sei. — Suspiro e cruzo os braços. — Ficar a fim de alguém é tão idiota. Já estou de mau humor por saber que ele parou de me seguir, e são só sete da manhã.

— Talvez a namorada tenha visto que ele estava te seguindo e tenha ficado irritada — sugere tia Jenny.

Pensei nessa possibilidade por um instante hoje cedo. Mas não gostei de pensar em Miller e na namorada falando sobre mim.

Meu pai sai pela porta da frente, então tia Jenny se despede de mim com um abraço e entra no carro, porque o dela está estacionado atrás do de nós dois. Entro no meu e envio uma mensagem para Lexie enquanto aguardo minha tia manobrar.

Espero que tenha recebido minha mensagem ontem sobre te buscar meia hora mais cedo. Você não respondeu.

E continuo aguardando uma resposta ao parar na frente da casa de Lexie

Quando estou prestes a ligar, ela sai cambaleando, a mochila pendurada no cotovelo enquanto tenta calçar um sapato. Lexie precisa parar e se apoiar no capô do carro para enfiá-lo no pé. Então se aproxima da porta, o cabelo despenteado, restos de rímel sob os olhos. Ela parece um furacão bêbado.

Lexie entra no carro e fecha a porta, largando a mochila no chão. Então pega a nécessaire de maquiagem.

— Você acabou de acordar?

— Sim, quatro minutos atrás, quando você mandou a mensagem. Desculpe.

— Como foi seu encontro do *Tinder?* — pergunto, sarcástica.

Lexie ri.

— Não acredito que sua família achou mesmo que tenho um perfil no Tinder.

— Você mente sobre isso toda vez que vai lá em casa. Por que eles achariam que não é verdade?

— Eu trabalho demais. Só tenho tempo para a escola e o trabalho, e talvez um banho se tiver sorte. — Ela abre a nécessaire. — Aliás. Você ficou sabendo de Miller e Shelby?

Viro a cabeça na sua direção.

— Não. O que houve?

Lexie abre o rímel assim que me aproximo de uma placa de Pare.

— Pare aqui um minutinho.

Ela começa a passar o rímel, e espero para ouvir as notícias sobre Miller Adams e a namorada. Que coincidência essa ser a primeira coisa que Lexie disse e a única em que consigo pensar desde que dei carona para ele ontem.

— O que houve com Miller e Shelby?

Lexie passa o aplicador para o outro olho. Ela continua sem responder, então pergunto de novo.

— Lexie, o que houve?

— Caramba — diz ela, enfiando o bastão de volta na embalagem. — Espere um segundo. — Então gesticula para que eu continue dirigindo enquanto passa o batom. — Eles terminaram ontem.

Essa é a melhor coisa que já ouvi sair da sua boca.

— Como você sabe?

— Emily me contou. Shelby ligou para ela.

— Por que eles terminaram?

Estou tentando não me importar. Tentando *muito*.

— Pelo visto, por sua causa.

— Por *minha* causa? — Olho de volta para a estrada. — Que ridículo. Eu dei uma carona para ele até em casa. A gente passou três minutos juntos, no máximo.

— Shelby acha que ele a traiu com você.

— Parece que Shelby não confia nos outros.

— Foi só isso mesmo? — pergunta Lexie. — Uma carona?

— Sim. Foi *insignificante* nesse nível.

— Você gosta dele? — pergunta ela.

— Não. Claro que não. Ele é um babaca.

— Não é. Ele é muito legal. Tão legal que chega a ser irritante.

Lexie tem razão. Ele é mesmo. *Ele só é babaca comigo.*

— Não achou esquisito meu pai sugerir que ele é problemático?

Lexie dá de ombros.

— Nem tanto. Seu pai não gosta nem de mim, e eu sou maravilhosa.

— Meu pai gosta de você — respondo. — Ele só implica com as pessoas de quem gosta.

— E talvez Miller seja assim também — sugere ela. — Talvez ele só ignore as pessoas de quem gosta.

Finjo que não ouvi esse comentário. Lexie se concentra em terminar a maquiagem, mas minha cabeça está girando. *Será que a briga deles teve alguma coisa a ver com aquela carona boba?*

É provável que tenha sido a carona somada ao fato de Miller começar a me seguir no Instagram. O que explicaria por que ele parou de me seguir na noite passada. O que prova que ele está tentando reatar com ela.

— Você acha que os dois vão voltar?

Lexie olha para mim e sorri.

— Que diferença faz para você? Foi *insignificante*.

Jonah me obriga a chamá-lo de Sr. Sullivan na escola. Tenho certeza de que ele gostaria que eu o chamasse de tio Jonah fora daqui, mas uso apenas Jonah. Ainda não o conheço tempo suficiente para considerá-lo meu tio, apesar de ele ter um filho com tia Jenny. Talvez eu acrescente o título depois de os dois se casarem de verdade. Mas, por enquanto, tudo que sei sobre ele foi o que ouvi meus pais comentando — que partiu o coração de Jenny na época da escola e foi embora da cidade sem avisar. Nunca perguntei a ninguém sobre o motivo do término. Acho que não me importava com isso antes, mas, por algum motivo, hoje estou curiosa.

Quando entro na sala, Jonah está sentado à sua mesa, corrigindo trabalhos.

— Bom dia — diz ele.

— Bom dia.

Meu primeiro tempo de aula é com ele, então jogo a mochila no lugar de sempre, mas me acomodo na carteira diante da sua mesa.

— Jenny deixou Elijah com sua mãe? — pergunta Jonah.

— Sim. Fofo como sempre.

— Ele é fofo mesmo. Puxou o pai.

— Rá. Não. Ele puxou a *mim* — corrijo.

Jonah junta os papéis e os afasta. Antes de ele começar a falar sobre o trabalho de cinema, deixo minha curiosidade tomar conta de mim.

— Por que você terminou com tia Jenny na época da escola?

Jonah levanta a cabeça rápido, erguendo as sobrancelhas. Então solta uma risada nervosa, como se não quisesse ter essa conversa comigo. Nem com ninguém.

— Nós éramos jovens. Acho que nem lembro mais.

— Minha mãe não ficou muito feliz quando tia Jenny engravidou de você no ano passado.

— Eu sei que não. A gente não planejou bem as coisas.

— É meio hipócrita da parte dela, levando em consideração que meus pais me tiveram com dezessete anos.

Jonah dá de ombros.

— Só seria hipócrita se a ação contra a qual alguém se opõe ocorresse *depois* da oposição.

— Seja lá o que isso significa.

— Significa que as pessoas aprendem com seus erros. Isso não as torna hipócritas. Só experientes.

— Ninguém te ensinou na faculdade a não dar lições de moral antes do sinal da primeira aula?

Jonah se recosta na cadeira, um brilho de divertimento no olhar.

— Você me lembra sua mãe na sua idade.

— Ah, meu Deus.

— É um elogio.

— De que forma?

Jonah ri.

— Você ficaria surpresa.

— Pare de me ofender.

Jonah ri de novo, mas só estou mais ou menos brincando. Eu amo minha mãe, mas não quero *ser* ela.

Ele pega duas pastas na mesa e me entrega.

— Preencha isto, mesmo que depois mude de ideia. Se você ganhar, vai ser algo ótimo para mencionar nas suas inscrições para a faculdade. Sem contar que vai ter gravações para seu portfólio de atriz.

Abro a pasta e dou uma olhada.

— Então, quem é que está procurando uma dupla?

— Miller Adams. — Minha cabeça se ergue assim que Jonah diz o nome. Ele continua falando: — Quando vocês comentaram sobre ele na noite passada, me lembrei de ter lido nas observações do professor responsável pelo programa no ano passado que Miller estava na equipe classificada. O que significa que tem experiência. Pedi que ele se inscrevesse este ano, mas ganhei um não. Ele disse que está ocupado e é muito trabalho. Mas, se vocês participarem juntos, talvez a ideia pareça mais interessante.

Não vou mentir — no fundo, eu estava torcendo para ser Miller Adams, ainda mais porque ele me contou que gosta de cinema. *Mas Jonah não estava no mesmo jantar que eu na noite passada?*

— Por que você inventaria de colocar nós dois para trabalhar em dupla depois do que meu pai disse ontem?

— Sou professor, não casamenteiro. Miller é perfeito para esse trabalho. E é um bom garoto. Seu pai está enganado.

— De toda forma, ele foi bem enfático.

E já sei que não vou obedecer a nada do que disse.

Jonah me encara por um segundo, pensativo, então cruza os braços sobre a mesa.

— Eu sei. Escute, é só uma sugestão. Acho que o trabalho vai ser bom para você, mas, se seu pai não quer que participe, não posso fazer nada. Por outro lado... você não precisa da permissão de ninguém para se inscrever. Só vai precisar de autorização dos seus pais para enviar o material, e faltam meses para isso.

Eu meio que gosto de ver Jonah me incentivando a desobedecer ao meu pai. Talvez ele e tia Jenny sejam mesmo perfeitos um para o outro.

A porta se abre, e Miller Adams entra. *Valeu pelo aviso, Jonah.*

A primeira coisa que noto são seus olhos vermelhos, inchados. Parece que ele não dormiu. Sua camisa está amassada; o cabelo, todo bagunçado.

Miller olha para Jonah, para mim, e para Jonah novamente. Ele permanece na porta e aponta para mim enquanto olha para o professor.

— É com *ela* que você quer que eu me inscreva?

Jonah concorda com a cabeça, confuso com a reação de Miller. *Eu não estou confusa. Já me acostumei a vê-lo querendo distância de mim.*

— Foi mal, mas não vai dar certo — diz Miller. Ele me encara. — Sem querer ofender, Clara. Tenho certeza de que você entende.

Acho que a namorada dele é mesmo *o motivo.*

— Imaginei depois que você parou de me seguir no Instagram cinco horas depois de me adicionar.

Miller entra na sala e joga a mochila em uma mesa, desabando na cadeira.

— De acordo com Shelby, eu não devia nem ter te seguido.

Eu rio.

— Ela terminou o namoro porque dei uma carona para você em um calor de quarenta graus. Acho isso meio problemático.

— Ela terminou comigo porque menti sobre a carona.

— Sei. E você mentiu porque sabia que ela terminaria o namoro se descobrisse a verdade. E esse é o problema.

Jonah participa da conversa se inclinando para a frente e olhando de um para o outro. Então empurra a cadeira para trás e se levanta.

— Preciso de café. — Ele joga a outra pasta na mesa de Miller e segue para a porta. — Vocês dois se resolvam e me avisem o que decidirem até o fim do dia.

Jonah vai embora, e eu e Miller ficamos sozinhos na sala, nos encarando. Ele afasta o olhar e folheia os papéis na pasta.

Mais uns minutos de sono teriam lhe caído bem. Fico me sentindo mal por Jonah ter pedido a Miller que chegasse mais cedo só por causa disso. Parece que ele foi atropelado por um caminhão entre o tempo que o deixei em casa no dia anterior e o momento em que acordou hoje cedo. Dá para ver que a briga com Shelby, seja lá como foi, está pesando em sua consciência.

— Você parece bem arrasado — digo.

— Estou mesmo — responde Miller com um tom entorpecido.

— Bem... nem tudo está perdido. Desilusões amorosas fazem bem para o desenvolvimento do caráter.

Miller ri, apesar de ser uma risada seca. Ele fecha a pasta e olha para mim.

— Shelby nunca me perdoaria se descobrisse que me inscrevi com você nesse trabalho.

— Então já está certo?

Miller não ri. Na verdade, parece um pouco irritado por eu fazer piada às suas custas. É óbvio que ele não está no clima para isso. E, sinceramente, eu meio que não culpo Shelby por lhe dar um pé na bunda. Se meu namorado mentisse para mim sobre estar em um carro com outra garota, e depois começasse a segui-la no Instagram, ele também seria meu ex.

— Desculpe, Miller. Tenho certeza de que ela é ótima. Se eu puder ajudar de algum jeito, talvez confirmar sua história, é só me pedir.

Ele abre um sorriso grato para mim e levanta, seguindo para a porta da sala. E deixa a pasta sobre a mesa.

— Você devia se inscrever mesmo assim.

Concordo com a cabeça, mas não quero fazer o trabalho sozinha. Por alguns segundos esperançosos, fiquei animada com a possibilidade de ser a dupla de Miller. Agora que senti o gostinho dessa ideia, todas as outras opções parecem horríveis.

Segundos depois, ele desaparece.

Encaro a pasta sobre sua mesa antes de pegá-la e preenchê-la. Nunca se sabe — Shelby e Miller talvez não voltem, e seria péssimo se ele não se inscrevesse só porque tem uma namorada ciumenta.

Jonah volta com dois cafés logo após eu terminar os formulários. Ele me entrega uma das bebidas e se apoia na mesa de um jeito casual.

Faz alguns meses desde seu retorno, e, mesmo assim, não faz ideia do quanto eu detesto café. E é por isso que ainda não o chamo de *tio* Jonah.

— O que foi aquilo? — pergunta ele.

— A namorada de Miller me odeia. Bem... a *ex*-namorada.

Tomo um gole do café por educação. Que nojo.

— Então ela não deve ser um problema, não é?

Eu rio.

— Até parece. — Entrego as duas pastas para ele. — Preenchi tudo, de qualquer maneira. Não conte para Miller. Se ele mudar de ideia, pelo menos vamos ter feito a inscrição dentro do prazo.

— Gosto do jeito como você pensa — diz Jonah, colocando o café sobre a mesa e pegando um pedaço de giz.

Ele está escrevendo a data no quadro quando dois dos meus colegas de classe entram.

Volto para o meu lugar. A sala começa a encher. Jonah se vira e olha meu café sobre a carteira.

— Clara. Alunos não podem trazer bebidas para a sala de aula. Se isso se repetir, vou mandar você para a sala da detenção.

Reviro os olhos, mas quero rir de sua capacidade de entrar no modo professor com tanta facilidade, mesmo que esteja só brincando comigo.

— Sim, Sr. Sullivan — digo em um tom zombeteiro.

Jogo o café no lixo, então pego meu telefone e mando uma mensagem para tia Jenny no caminho de volta para a mesa.

      Eu: Está ocupada?
Tia Jenny: No caminho para o trabalho.
      Eu: É rápido. Duas coisas. O pai do seu filho é muito metido a besta. E Miller e Shelby terminaram. Não sei se vai durar muito.
Tia Jenny: Por que eles terminaram? Por causa da carona?
      Eu: Pelo visto, foi por ele ter me seguido no Instagram.
Tia Jenny: Que boa notícia! Agora você vai poder sair com o cara que tem um avô esquisito.
      Eu: Não chamei o avô dele de esquisito. Falei que o relacionamento deles era esquisito, mas fofo. E Miller quer voltar com a namorada, então não sei se tenho chance.
Tia Jenny: Ah, que droga. Então não fique atrás dele. Você não quer ser a outra. Acredite em mim.
      Eu: Você já foi a outra? Preciso saber dessa história. Foi por isso que você e Jonah terminaram na época da escola?

Os pontos no telefone indicam que tia Jenny está digitando. Espero para descobrir sobre seu drama adolescente divertido, mas os pontos param.

> Eu: Eu te conto tudo. Você não pode insinuar que teve um caso e não explicar.
> Eu: Jenny?
> Eu: Tia Jenny?

— Clara, guarde o telefone.

Jogo o celular na mochila com uma velocidade impressionante. Não sei de quem tia Jenny foi amante, mas, se Jonah não sabe nada sobre isso, acho que não seria bom para o relacionamento dos dois se ele confiscasse meu telefone e lesse minhas mensagens. Na hora do almoço, vou ligar para ela e obrigá-la a me contar. Mesmo que envolva Jonah, quero saber.

5
Morgan

Uma vez, me disseram que basta uma ligação para todos desabarmos no chão.

É uma verdade absoluta. Minha voz sai em um sussurro trêmulo quando pergunto:

— Ele está bem?

Espero a enfermeira do outro lado da linha afirmar que Chris vai se recuperar. Mas tudo que recebo é um longo período de silêncio. Parece que alguém está retorcendo minha coluna como uma toalha molhada. Quero dobrar meu corpo de dor, mas não é uma sensação física. É uma angústia intangível que parece fatal.

— Não sei os detalhes — responde a enfermeira. — Só me informaram que o trouxeram há pouco tempo, então tente chegar aqui o mais rápido possível.

Solto um "tudo bem" engasgado antes de desligar, mas tenho quase certeza de que ela teria me passado mais informações se a situação não fosse tão ruim.

Se a situação não fosse tão ruim, o próprio Chris teria me ligado.

Elijah está no meu colo. Ele estava no meu colo quando o telefone tocou, e, agora, eu o agarro com mais força, ainda ajoelhada no chão da sala. Por pelo menos um minuto, permaneço paralisada ali. Mas, então, meu sobrinho boceja, e isso me faz voltar para a terrível realidade.

Ligo para Jenny primeiro, mas a ligação vai direto para a caixa postal. É seu primeiro dia de volta ao trabalho. Ela só vai pegar o celular na hora do almoço. Mas a notícia vai correr pelo hospital, e minha irmã logo vai descobrir o que aconteceu.

Penso em ligar para Jonah logo depois, para ele vir buscar Elijah, mas não tenho seu número salvo no meu telefone. Corro para o papel que Jenny me entregou hoje cedo e digito o número que ela anotou. Entra direto na caixa postal. *Ele está dando aula.*

Posso tentar ligar para a escola e avisar a ele daqui a pouco, mas cada segundo que perco tentando entrar em contato com alguém é tempo que demoro para chegar ao hospital. Coloco Elijah na cadeirinha, pego sua bolsa de fraldas, minhas chaves, e saio.

O trajeto até o hospital passa em um borrão. Fico murmurando orações, apertando o volante, olhando rápido para meu telefone no banco do carona, esperando Jenny me retornar.

Ainda não vou ligar para Clara, ela está na escola. Preciso saber que Chris está bem antes de preocupá-la.

Se ainda não tiverem avisado a Jenny que Chris sofreu um acidente, pedirei que lhe enviem uma mensagem assim que eu chegar. Ela pode pegar Elijah então.

Por enquanto, meu sobrinho tem que ficar comigo, então pego a bolsa de fraldas e a cadeirinha e corro para a entrada da emergência. Sou mais rápida do que as portas automáticas. Mas preciso parar por alguns segundos para que elas se abram o suficiente para que eu possa passar. Assim que entro, vou direto para a recepção. Não reconheço a enfermeira atrás da mesa. Eu costumava conhecer todo o pessoal do hospital, o fato da esposa de Chris saber o nome de todos durante as festas do trabalho era bom para a reputação dele, mas a rotatividade de funcionários é tão grande que nem tento mais me atualizar.

— Onde está o meu marido?

As palavras saem em pânico. Os olhos dela são solidários.

— Quem é o seu marido?

— Chris. — Estou ofegante. — Chris Grant. Ele trabalha aqui, o trouxeram há pouco tempo.

A expressão dela muda quando digo seu nome.

— Vou chamar alguém para ajudar. Acabei de começar meu turno.

— Você pode mandar uma mensagem para minha irmã? Ela também trabalha aqui. Jenny Davidson.

A enfermeira concorda com a cabeça, mas sai apressada, sem tentar entrar em contato com Jenny.

Coloco a cadeirinha de Elijah sobre o assento mais próximo. Tento ligar para Jenny de novo, depois para o celular de Jonah, mas os dois vão direto para a caixa postal.

Não tenho tempo para aguardar até que a enfermeira descubra que porra está acontecendo. Ligo para o hospital e peço para falar com a ala da maternidade. A ligação é transferida depois dos trinta segundos de espera mais torturantes da minha vida.

— Maternidade, como posso ajudar?

— Preciso falar com Jenny Davidson. Uma das enfermeiras daí. É uma emergência.

— Espere um pouco, por favor.

Elijah começa a chorar, então coloco o telefone no viva-voz, sobre o banco, para tirá-lo da cadeirinha. Ando de um lado para o outro, esperando Jenny atender, esperando uma enfermeira, esperando um médico, *esperando, esperando, esperando.*

— Senhora?

Agarro o telefone.

— Jenny está na escala de amanhã. Ela ainda não voltou da licença-maternidade.

Balanço a cabeça, frustrada. Elijah está ficando mais agitado. É fome.

— Não, ela voltou hoje de manhã.

Há um momento de hesitação do outro lado da linha antes de ela repetir.

— Jenny está na escala de amanhã. Estou aqui desde cedo, e ela não veio.

Antes de eu começar a brigar, as portas externas se abrem, e Jonah vem correndo. Ele faz uma pausa rápida, quase como se não esperasse que eu já estivesse ali. Desligo o telefone e o jogo em uma cadeira.

— Graças a Deus — digo, passando Elijah para o pai.

Enfio a mão na bolsa e pego uma chupeta. Coloco-a na boca de Elijah e volto para a recepção, toco a sineta três vezes.

Agora, Jonah está ao meu lado.

— O que você sabe?

— Nada — respondo, irritada. — Só me contaram no telefone que foi um acidente de carro.

Finalmente encaro Jonah, e nunca o vi assim antes. Pálido. Inexpressivo. Por um instante, fico mais preocupada com ele do que comigo mesma, então tiro Elijah de seu colo. Ele vai até uma cadeira e senta. No meio da minha histeria interna, a irritação começa a dar as caras. Chris é meu marido. Jonah devia estar mais preocupado comigo do que consigo mesmo agora.

A sala de espera está tão vazia que chega a ser preocupante. Elijah só se torna mais agitado, então sento a três cadeiras de distância de Jonah e tiro uma mamadeira da bolsa de fraldas. Está fria, mas é o que temos. No instante em que a coloco na boca do bebê, ele para de choramingar e começa a devorá-la.

Meu sobrinho cheira a talco. Fecho os olhos e pressiono uma bochecha no topo de sua cabeça quente, torcendo para a distração me ajudar a não desmoronar. Lá no fundo, sinto que as coisas podem não terminar bem. Se não estão deixando a gente ver Chris, significa que ele deve estar em cirurgia. Com sorte, uma cirurgia pequena.

Quero minha irmã. Jonah não é alguém capaz de me consolar em um momento como este. Na verdade, seria melhor que ele não estivesse aqui, mas, se eu conseguir falar com Jenny, ela vai tornar tudo mais claro. E talvez consiga descobrir mais informações sobre Chris. Talvez Jonah já tenha falado com ela.

— Jenny está vindo? — Ergo a cabeça assim que Jonah foca o olhar em mim. Ele não me responde. Apenas me encara com a testa franzida, então continuo: — Tentei ligar para ela, mas a pessoa que atendeu ao telefone na maternidade ficou insistindo que seu nome não está na escala.

Os olhos de Jonah se apertam enquanto sua cabeça balança.

— Não estou entendendo — diz ele.

— Pois é. Eu expliquei que Jenny começava hoje, mas a mulher continuou insistindo.

— Por que você tentou ligar para Jenny?

Ele levanta. A confusão que emana de seu corpo está me deixando mais nervosa do que antes.

— Jenny é minha irmã. É claro que quero falar com ela e contar sobre Chris.

Jonah balança a cabeça.

— O que *houve* com Chris?

O que houve com Chris?

Estou tão confusa.

— Como assim? O hospital me ligou e disse que Chris sofreu um acidente. Por que outro motivo eu estaria aqui?

Jonah engole em seco, esfregando o rosto com as mãos. De algum jeito, seus olhos se tornam ainda mais preocupados.

— Morgan. — Ele se aproxima de mim. — Eu vim porque *Jenny* sofreu um acidente.

Se eu já não estivesse sentada, teria caído.

Não emito um som. Apenas o encaro e tento processar tudo. Balanço a cabeça e tento falar, mas minhas palavras saem fracas.

— Você deve ter entendido errado. Os dois não podem ter sofrido...

— Espere aqui — diz Jonah.

Ele vai até a recepção e toca a sineta. Pego meu telefone e ligo para o número de Jenny. Caixa postal de novo. Ligo para o número de Chris. Talvez tenha acontecido algum erro no sistema. O telefone dele também vai para a caixa postal.

Só pode ser um engano.

Alguns segundos se passam sem ninguém dar sinal de vida, então Jonah vai até as portas que levam à emergência. Ele bate nelas até alguém finalmente aparecer na recepção. Reconheço a enfermeira na mesma hora. Ela se chama Sierra. Sua filha é da turma de Clara. Ela me encara, e então seus olhos se focam em Jonah.

— Acho que houve algum engano — diz ele.

Estou ao seu lado agora, segurando Elijah. Não sinto minhas pernas. Nem sei como andei da cadeira até aqui.

— Quem sofreu um acidente? Quem está na emergência? — Não consigo segurar as perguntas que jorram de mim. — Foi meu marido ou minha irmã?

Os olhos de Sierra vão de mim para Jonah, e então para a mesa diante dela.

— Vou buscar alguém que possa ajudar, Morgan.

Jonah agarra o cabelo quando ela se afasta.

— *Droga.*

Fica claro que ninguém quer estar na nossa presença. As pessoas estão nos evitando, e isso me apavora. Ninguém gosta de dar notícias ruins.

— Os dois não podem ter se machucado — sussurro. — Não podem.

— E não se machucaram — responde Jonah. Sua voz é tão confiante que quase acredito nisso. Mas então ele esfrega a testa e se apoia na parede. — Quem ligou para você? O que disseram?

— O hospital. Uns vinte minutos atrás. A pessoa especificou que era Chris. Ninguém falou de Jenny.

— Foi a mesma coisa comigo, mas me contaram dela.

Nesse instante, Sierra volta, dessa vez abrindo as portas.

— Venham comigo.

Ela não nos leva para um quarto. Vamos para outra sala de espera, dentro da ala da emergência.

Elijah está no colo do pai agora. Nem percebi quando ele o tirou de mim. Sierra diz para sentarmos, mas nós dois continuamos de pé.

— Ainda não sei nada sobre a condição deles.

— Então foram *mesmo* os dois? — pergunta Jonah. — Jenny e Chris?

Ela concorda com a cabeça.

— Ah, meu Deus — sussurro.

Baixo a cabeça entre as mãos. Duas lágrimas enormes escorrem por minhas bochechas.

— Sinto muito, Morgan — diz Sierra. — Vocês podem esperar aqui, e volto assim que souber de alguma coisa.

Ela sai da sala e fecha a porta.

Jonah senta ao meu lado.

Faz menos de dez minutos que estamos na emergência, mas o fato de não sabermos nada dá a impressão de que horas se passaram.

— Talvez o carro de um dos dois tenha quebrado — murmura Jonah. — Deve ser por isso que estavam juntos.

Assinto, mas minha mente não consegue processar a frase agora. Não sei por que os dois ocupavam o mesmo carro. Não sei por que Jenny mentiu e disse que ia trabalhar hoje. Nem me importo com nada disso. Só preciso saber que eles estão bem.

Jonah prende um Elijah adormecido na cadeirinha, levanta e começa a perambular pela sala. Vejo a hora no meu celular. Preciso pedir a alguém para buscar Clara. Uma amiga minha. Ou Lexie. Quero que alguém esteja com ela antes que a notícia do acidente chegue por outra fonte.

Eu devia ligar para os pais de Chris.

Não, vou esperar. Quero saber se ele está bem primeiro. Os dois moram na Flórida. Não há muito o que possam fazer de lá além de se preocupar sem necessidade.

Jonah liga para a mãe e pergunta se ela pode vir buscar Elijah. Antes de ele desligar, chamo sua atenção.

— Será que ela pode buscar Clara?

Jonah concorda com a cabeça, compreendendo, e então pede à mãe que busque minha filha na escola. Então liga para a escola e me passa o telefone. Aviso que a mãe dele vai buscá-la.

Clara já se encontrou com ela algumas vezes, mas vai ficar confusa, e a mãe de Jonah não está na lista de pessoas que podem buscá-la na escola. Só não quero que ela venha dirigindo sozinha até aqui. Clara vai ficar preocupada e em pânico, e não faz tanto tempo assim que tirou a carteira.

Mais alguns minutos se arrastam. Jonah passa o tempo ligando para a delegacia, tentando descobrir mais informações sobre o acidente. Não lhe contam muita coisa. Ele pergunta o modelo do carro que bateu. Era o de Jenny. Um Toyota Highlander. Um homem estava no volante. Mas não fornecem outras informações.

— Por que Chris estava dirigindo o carro dela? — pergunta Jonah. Eu encaro a pergunta como retórica, mas ele murmura outra: — Por que ela mentiu sobre trabalhar hoje?

Continuo vigiando meu telefone como se Jenny ou Chris fossem me ligar para contar que estão bem.

— Morgan — diz Jonah.

Não olho para ele.

— Você acha... será que eles estão tendo um...

— Não termine essa frase — rebato.

Não quero escutar isso. Nem pensar nisso. É um absurdo. É incompreensível.

Levanto e começo a perambular pelo espaço da sala que ainda não foi perambulado por Jonah. Nunca me irritei tanto com sons. Os bipes vindo do corredor, as batidas dos dedos de Jonah contra a tela do telefone enquanto ele manda mensagens para os celulares de Jenny e Chris, os autofalantes chamando médicos e enfermeiras de um lugar para outro, o barulho dos meus sapatos contra o piso de madeira. Estou extremamente irritada com tudo, mas a cacofonia de sons é a única coisa em que desejo pensar agora. Não quero nem imaginar os motivos para Chris e Jenny estarem no mesmo carro.

— Clara já vai chegar. E minha mãe — diz Jonah. — Precisamos bolar uma desculpa para Chris e Jenny estarem juntos.

— Por que mentir? Tenho certeza de que devia ser por causa do trabalho.

Jonah encara o chão, mas vejo que sua fisionomia está cheia de desconfiança. Preocupação. *Medo.*

Limpo as lágrimas e concordo com a cabeça, porque sei que ele pode estar certo. Prefiro acreditar que está errado, mas sua mãe e Clara podem fazer perguntas. Elas vão querer detalhes ou vão começar a ter as mesmas dúvidas que eu e Jonah. Não podemos dizer que não sabemos por que os dois estavam juntos. Isso só deixaria minha filha mais desconfiada, sem necessidade.

— Podemos dizer que o pneu de Chris furou e Jenny lhe deu uma carona para o trabalho — sugiro. — Pelo menos até os dois poderem se explicar.

Nós fazemos contato visual... algo que evitamos desde que entramos na emergência. Jonah assente, pressionando os lábios, e alguma coisa em seu olhar acaba comigo.

Como se sentisse que estou prestes a desabar... a perder as forças... ele se aproxima e me puxa para um abraço reconfortante. Estou com medo, agarrada aos seus braços, com os olhos fechados bem apertados, quando a porta finalmente se abre.

Nós nos separamos. Jonah dá um passo para a frente, mas, quando vejo o olhar do médico, ando para trás.

Ele começa a falar, mas não sei exatamente o que diz, porque suas palavras não significam nada para mim. Encontro as respostas em seus olhos pesarosos. Na forma como seus lábios se curvam para baixo nos cantos. Em sua postura cheia de remorso.

Quando o médico nos diz que não havia nada que pudessem fazer, Jonah desaba em uma cadeira.

E eu só... *desmorono*.

6
Clara

Quando eu era mais nova, colecionava globos de neve. Havia uma prateleira cheia deles no meu quarto, e, às vezes, eu os chacoalhava, um atrás do outro, e depois sentava na minha cama para assistir aos flocos e purpurina dançando dentro do vidro.

Depois de um tempo, o interior do globo começava a se acalmar. Tudo ficava imóvel, e então minha prateleira voltava a seu estado calmo, tranquilo.

Eu gostava deles porque me lembravam da vida. De como, às vezes, parece que alguém está sacudindo o mundo ao seu redor, e as coisas vêm voando de várias direções, mas, se você esperar por tempo suficiente, tudo começa a se acalmar. Eu gostava da sensação de saber que a tempestade interior sempre acaba se acalmando.

Esta semana provou para mim que nem todas as tempestades melhoram. Às vezes, os danos são catastróficos demais para serem consertados.

Faz cinco dias desde que a mãe de Jonah apareceu na escola para me levar para o hospital. E de lá para cá parece que estou dentro de um globo de neve que alguém sacudiu e depois jogou no chão. Sinto como se minha vida tivesse em cacos, e eles estivessem espalhados pelo piso de madeira empoeirado de alguém.

Fui quebrada de um jeito irreparável.

E só posso culpar a mim mesma pelo que aconteceu.

É injusto como um acontecimento... um segundo... pode abalar todo o seu mundo. Virar sua vida de pernas para o ar. Acabar com cada um dos momentos felizes que levaram àquele segundo avassalador.

Estamos todos agindo como se nossa garganta estivesse cheia de lava. Como se só o silêncio não nos ferisse.

Minha mãe fica perguntando se estou bem, e só consigo concordar com a cabeça. Além dessas palavras, ela permanece tão quieta quanto eu. É como se estivéssemos em um pesadelo — no qual não queremos comer, beber ou falar. E nossa única vontade é gritar, mas não adianta tentar, porque nada sai de nossa garganta oca.

Não sou de chorar. Acho que puxei minha mãe nesse sentido. Choramos juntas no hospital. Jonah e sua mãe também. Mas, assim que saímos de lá e fomos para a funerária, minha mãe se tornou tão equilibrada e serena quanto as pessoas esperam. Ela consegue aparentar coragem em público e guardar suas lágrimas para o quarto. Sei disso porque faço a mesma coisa.

Meus avós chegaram da Flórida há três dias. Estão aqui em casa. Minha avó ajuda nos afazeres domésticos, e tenho certeza de que isso está sendo bom para mamãe. Ela teve que planejar um funeral não só para o marido, mas também para a irmã.

O funeral de tia Jenny foi ontem. O de papai é agora.

Minha mãe insistiu para que fossem separados, o que me irritou. Ninguém quer passar por isso em dois dias seguidos. Nem os mortos.

Não sei o que é mais cansativo. Os dias ou as noites. Durante os dias desde o acidente, a porta da nossa casa não para de abrir e fechar. Pessoas trazendo comida, oferecendo seus pêsames, aparecendo para ver como estamos. A maioria trabalhava com eles no hospital.

Passo as noites com o rosto enterrado no meu travesseiro ensopado.

Sei que minha mãe quer acabar logo com isso. Que está pronta para os sogros voltarem para casa.

Eu estou pronta para voltar para casa.

Passei a maior parte da cerimônia segurando Elijah. Desde que tudo aconteceu, não sei por que quero tanto segurá-lo. Talvez a juventude do meu primo seja um pouco reconfortante em meio a tanta morte.

Ele começa a ficar inquieto em meus braços. Não é fome — a mãe de Jonah acabou de alimentá-lo. Troquei sua fralda antes de a cerimônia começar. Talvez não goste do barulho. O pastor que minha mãe escolheu parece não saber como segurar um microfone. Seus lábios ficam roçando a superfície. Toda vez que o homem se aproxima das caixas de som, elas chiam.

Quando Elijah começa a chorar alto, olho para o fim do banco em busca de Jonah, mas seu assento está vazio. Por sorte, estou sentada na outra extremidade, perto da parede. Em silêncio, saio dali sem precisar andar pelo meio da igreja. A cerimônia já está quase no fim, de toda forma. Haverá a oração, depois todo mundo vai passar pelo caixão e nos abraçar, e pronto.

Já abracei a maioria dessas pessoas ontem, no funeral de tia Jenny. Não estou com vontade de repetir a dose. Esse é um dos motivos para minha insistência em segurar Elijah. Não posso abraçar ninguém enquanto seguro meu primo.

Saio da capela, vou para o hall, coloco Elijah no carrinho e o levo para fora. Ironicamente, o dia está lindo. O sol aquece minha pele, mas a sensação não é boa. Parece injusto. Meu pai adorava dias assim. Uma vez, ele faltou ao trabalho e me levou para pescar, só porque o clima estava maravilhoso.

— Ele está bem?

Olho para a esquerda, e Jonah está apoiado na parede da igreja, na sombra. Ele se empurra para longe dos tijolos e vem na nossa direção. Acho estranho sua ausência lá dentro. Supostamente, meu pai e Jonah eram melhores amigos, e ele resolveu não participar do funeral?

Acho que não posso falar muito. Também estou aqui fora.

— Elijah estava ficando agitado, então vim para cá.

Jonah coloca a palma da mão sobre a cabeça do filho, passando o dedão pela sua testa.

— Pode voltar. Acho que já vamos para casa.

Estou com inveja por ele poder ir embora. *Eu* quero ir embora.

Não entro de novo. Sento em um banco bem na porta da capela e observo Jonah empurrar o carrinho pelo estacionamento. Depois de prender Elijah na cadeirinha e guardar o carrinho na mala, ele acena para mim enquanto entra no carro.

Eu aceno de volta, incapaz de esconder minha pena. Elijah ainda não completou nem dois meses, e Jonah terá que criá-lo sozinho agora.

Meu primo nunca vai saber como era tia Jenny.

Talvez eu devesse anotar algumas das minhas lembranças favoritas antes de começar a esquecê-las.

Esse pensamento traz à tona minha tristeza. Eu vou começar a esquecê-los. Tenho certeza de que isso não vai ser imediato, mas vai acontecer, com o tempo. Vou esquecer como meu pai era desafinado cantando as músicas de John Denver a plenos pulmões enquanto cortava a grama. Vou esquecer como tia Jenny piscava para mim sempre que minha mãe dizia algo que deixava transparecer seu lado autoritário. Vou esquecer como meu pai sempre tinha cheiro de café ou grama fresca, e como tia Jenny cheirava a mel, e, quando eu me der conta, vou ter esquecido o tom da voz deles e como era o rosto dos dois ao vivo.

Uma lágrima escorre por minha bochecha, depois outra. Eu deito no banco e encolho as pernas. Fecho os olhos e tento não me deixar engolir por mais culpa. Porém o sentimento enrosca seus braços ao meu redor, me apertando tanto que tira o ar de meus pulmões. Desde que me contaram sobre o acidente, eu soube, no fundo, por que ele aconteceu.

Eu estava trocando mensagens com tia Jenny.

Ela me respondeu no começo... e então parou. Nunca recebi uma resposta, e, duas horas depois, veio a notícia.

Seria bom pensar que a culpa não foi minha, mas tia Jenny disse que estava a caminho do trabalho quando mandei a mensagem. Eu devia ter ficado mais preocupada sobre ela ler as mensagens enquanto dirigia, mas só pensei em mim mesma e nos meus problemas.

Fico me perguntando se mamãe sabe que a batida aconteceu por causa da minha conversa com tia Jenny. Se eu não tivesse insistido em falar com ela naquele instante — se tivesse esperado até que chegasse ao hospital —, minha mãe não teria perdido a irmã e o marido. Não teria que passar pelo fardo de enterrar duas das pessoas mais importantes da sua vida.

Jonah não teria perdido Jenny. Elijah não teria perdido a mãe.

Eu não teria perdido meu pai — o único homem que já amei.

Será que olharam o telefone de tia Jenny? Seria possível descobrir que ela estava mandando mensagens e dirigindo?

Sei que, para minha mãe, descobrir que tudo aconteceu porque eu queria que tia Jenny falasse comigo enquanto dirigia só seria outra fonte de sofrimento.

Essa percepção faz com que eu não queira estar aqui, em um funeral em que todas as lágrimas são derramadas por minha culpa.

— Oi.

Meus olhos se abrem ao som da voz dele. Miller está parado à minha frente, as mãos nos bolsos da calça. Sento no banco, esticando o vestido para cobrir minhas coxas. Estou surpresa em vê-lo. Ele está de terno. Todo de preto. É horrível saber que meu corpo consegue, de algum jeito, sentir tamanha tristeza e ser atiçado com uma pontada de atração assim que Miller surge. Seco as lágrimas do rosto com a palma das mãos.

— Oi.

Ele aperta os lábios e olha ao redor, como se aquela situação fosse tão desconfortável quanto acho que é.

— Eu quis dar um pulo aqui. Para ver como você estava.

Não estou bem. Não mesmo. Quero dizer isso, mas a única coisa que sai é:

— Não quero estar aqui.

Não estou pedindo que ele me leve a algum lugar. Apenas estou sendo sincera sobre o que sinto agora. Mas ele indica o estacionamento com a cabeça.

— Então vamos.

Miller dirige a velha picape azul que estava na frente de sua casa no dia em que lhe dei carona. Nem sei o modelo da picape, mas a cor é igual à do céu agora. As janelas estão abertas, então imagino que o ar-condicionado não funcione mais. Ou talvez ele só goste de dirigir com as janelas abertas. Puxo meu cabelo para cima e faço um coque para que pare de bater na minha cara. Prendo as mechas soltas atrás das orelhas e apoio o queixo no braço enquanto olho pela janela.

Não pergunto aonde vamos. Nem me importo. Só sei que, a cada quilômetro que me afasto daquela funerária, mais a pressão no meu peito é aliviada.

Está tocando uma música, e peço a Miller que aumente. Nunca a escutei antes, mas é bonita e não tem ligação alguma com meus pensamentos. A voz do cantor é tão tranquilizante que parece um curativo. Assim que ela acaba, peço que a toque de novo.

— Não dá — diz Miller. — É o rádio. A picape é velha demais para bluetooth.

— Qual era o nome da música?

— "Dark Four Door", de Billy Raffoul.

— Gostei.

Volto a olhar pela janela quando outra música começa. Ele tem bom gosto. Eu queria poder fazer isto o dia inteiro, todos os dias. Andar por aí escutando canções tristes enquanto Miller dirige. Por algum motivo, a tristeza musical acalma a tristeza da minha alma. É como se quanto mais melancólica for a música, melhor eu me sinto. Canções dramáticas são como drogas, acho. Fazem mal à beça, mas trazem uma sensação boa.

Não falo com propriedade. Nunca usei drogas, então nunca testei essa comparação específica. Nunca nem fumei maconha. É difícil ter atitudes rebeldes normais da adolescência quando se tem pais que se esforçam para compensar os erros que *eles* cometeram quando tinham a sua idade.

— Você está com fome? — pergunta Miller. — Com sede?

Eu paro de olhar a janela e me viro para ele.

— Não. Mas meio que quero ficar chapada.

Seus olhos se desviam um instante da estrada e se focam em mim. Ele abre um sorrisinho.

— Claro que quer.

— Estou falando sério — digo, me empertigando. — Nunca experimentei antes, e quero muito sair da minha cabeça hoje. Você tem maconha?

— Não — responde Miller.

Eu afundo no banco, decepcionada.

— Mas sei onde você pode conseguir.

Dez minutos depois, Miller estaciona atrás do cinema da cidade. Então me pede que espere na picape. Quase digo para ele deixar para lá, que foi só uma ideia aleatória. Mas parte de mim está curiosa para saber se isso vai melhorar minha tristeza. A essa altura, eu faria qualquer negócio.

Ele entra no cinema e, menos de um minuto depois, volta com um cara que parece um pouco mais velho que nós. Talvez tenha uns vinte e poucos anos. Não o reconheço. Os dois vão até um carro, e, em quinze segundos, dinheiro e maconha são trocados. *Simples assim.* Parece tão fácil, mas o nervosismo me deixa agitada. Maconha não é legalizada no Texas, e Miller só tem dezessete anos.

Sem contar que ele tem uma câmera de monitoramento de trânsito novinha em folha nesta picape velha. Tenho certeza de que ela não filmou a transação, mas, se ele fosse preso agora, a polícia revistaria o carro, provavelmente assistiria ao vídeo e escutaria que as drogas eram para mim.

Meu joelho está balançando de nervosismo quando Miller entra na picape.

Ele dirige até a lateral do cinema e embica para a estrada, de forma que vemos o estacionamento todo. Então tira um saquinho do bolso. O baseado já está pronto.

A picape é tão velha que tem um daqueles acendedores de cigarro embutidos. Miller o liga e me entrega o baseado. Eu o encaro, sem saber o que fazer com aquilo. Então olho para ele, esperançosa.

— Você não vai acender para mim?

Ele balança a cabeça.

— Eu não fumo.

— Mas... você tem um fornecedor.

Miller ri.

— Ele se chama Steven. Trabalha comigo, não vende maconha. Mas sempre tem.

— Bem, mas que merda. Eu não achei que ia ter que fazer tudo sozinha. Nunca nem acendi um cigarro.

Pego meu telefone e abro o YouTube. Procuro como acender um baseado e começo a assistir a um vídeo.

— O YouTube tem tutoriais sobre como fumar maconha? — pergunta Miller.

— Pois é, que escândalo.

Ele acha graça. Dá para ver pela expressão em seu rosto. Então chega mais perto para assistir ao vídeo comigo.

— Tem certeza de que você quer ficar chapada? Suas mãos estão tremendo.

Ele tira o telefone de mim.

— Seria falta de educação mudar de ideia agora. Você já pagou.

Miller continua segurando o celular virado para a gente. Quando o vídeo termina, tiro o acendedor do buraco e o encaro com hesitação.

— Aqui. Posso tentar.

Eu lhe passo o acendedor, e Miller acende o baseado como um profissional. Isso meio que me faz questionar sua afirmação inicial. Ele traga uma vez, depois sopra a fumaça na direção oposta a mim, pela janela aberta. Então passa o baseado para mim, mas, quando tento tragar, acabo tossindo e babando tudo. Não sou tão elegante quanto ele.

— Se você não fuma maconha, como é que sabe tão bem o que fazer?

Miller ri.

— Eu não disse que nunca tinha fumado. Só que nunca acendi um antes.

Tento de novo, mas ainda não desce bem.

— Que nojento — engasgo.

— Fica melhor quando está na comida.

— Então por que é que você não me arranjou na comida?

— Porque Steven não tinha, e não gosto muito de drogas.

Encaro o baseado que seguro entre dois dedos e me pergunto como vim parar aqui quando devia estar no funeral do meu pai. Acho que também não gosto muito de drogas. Não parece algo natural para mim.

— E do que é que você *gosta*? — pergunto, voltando a olhar para Miller.

Ele recosta a cabeça no banco e pensa um pouco.

— Chá gelado. E broas de milho. Adoro broas de milho.

Solto uma gargalhada. Não era o que eu estava esperando. Enrolo um pouco antes de tragar de novo. Lexie ficaria horrorizada se me visse agora.

Merda. Lexie.

Eu nem contei a ela que fui embora do funeral. Olho para meu telefone, mas ela não mandou mensagem. Só recebi uma da minha mãe, quinze minutos atrás.

Mãe: Cadê você?

Viro a frente do celular. Se eu não estiver vendo a mensagem, ela não existe.

— E você? — pergunta Miller. — Do que gosta?

— De atuar. Mas você já sabe disso.

Ele faz uma careta.

— Por algum motivo, quando você me perguntou do que eu gostava, achei que estivéssemos falando das coisas que gostamos de ingerir.

Eu sorrio.

— Não, pode ser qualquer coisa. O que deixa você fissurado? Qual é a única coisa na vida da qual nunca abriria mão?

É bem capaz de ele responder Shelby.

— Fotografia — responde Miller, rápido. — Filmar, editar. Qualquer coisa que me coloque atrás de uma câmera. — Ele inclina a cabeça e sorri para mim. — Mas você já sabe disso.

— É por isso que tem uma câmera no carro? — pergunto, apontando para ela. — Porque precisa estar atrás da câmera mesmo enquanto dirige?

Ele concorda com a cabeça.

— Também tenho esta. — Miller abre o porta-luvas e pega uma GoPro. — Sempre carrego alguma câmera comigo. Nunca se sabe quando aquele momento fotográfico perfeito vai surgir.

Acho que talvez ele goste tanto de filmagens quanto eu gosto de atuar.

— Pena que sua ex não vai deixar a gente participar juntos do trabalho de cinema. Nós provavelmente seríamos uma boa dupla. — Levo o baseado à boca de novo, apesar de odiá-lo. — Quanto a gente precisa fumar antes de começar a se sentir anestesiado?

— *Nem sempre* a gente se sente anestesiado. Às vezes, ficamos nervosos e paranoicos.

Olho para o baseado, decepcionada.

— Bem, que bosta. — Procuro algum lugar para jogá-lo fora, mas a picape não tem cinzeiro. — O que eu faço com isso? Não gostei.

Miller o tira da minha mão e aperta a ponta com os dedos. Então sai da picape, joga o baseado no lixo e volta.

Que cavalheiro. Primeiro compra maconha para mim, depois joga tudo fora.

Hoje foi um dia muito esquisito. E ainda não sinto nada. Continuo cheia de tristeza.

— Eu voltei com Shelby.

Retiro o que disse. Eu senti isso.

— Que droga — respondo.

— Na verdade, não.

Giro a cabeça e olho bem para ele.

— Não... é, sim. É uma droga. Você nem devia ter tocado nesse assunto.

— Não toquei — responde ele. — Foi você. Você acabou de dizer que ela é minha ex, e achei melhor deixar claro que voltamos.

Nem sei por que Miller está me dizendo isso. Inclino a cabeça, estreitando os olhos.

— Acha que estou a fim de você? É por isso que fica me contando sobre seu namoro quando estamos juntos?

Miller sorri.

— Você é nervosinha.

Eu rio, desviando meu olhar porque estou com medo de a risada se transformar em choro. Mas é engraçado. Triste e engraçado ao mesmo tempo, porque minha mãe costumava dizer que meu pai também era nervosinho. Comprovando que filho de peixe, peixinho é.

Miller deve estar achando que me ofendeu, porque se inclina um pouco para a frente, tentando chamar minha atenção.

— Eu não quis dizer de um jeito negativo.

Dispenso seu comentário com um aceno de mão, mostrando que não me ofendi.

— Está tudo bem. Você tem razão. Sou nervosinha. Gosto de discutir, mesmo quando sei que estou errada. — Eu o encaro. — Mas estou melhorando. Já aprendi que, às vezes, você precisa sair de uma briga para vencê-la.

Tia Jenny me disse isso uma vez. É algo de que tento me lembrar sempre que fico na defensiva.

Miller sorri de um jeito amigável, e não sei se a maconha finalmente fez efeito ou se é seu sorriso que está me deixando tonta. De toda forma, a dor de cabeça que sinto há cinco dias de tanto chorar desaparece.

— Se você voltou com Shelby, por que veio ver como eu estou? Tenho certeza de que ela não vai gostar.

Seu rosto assume uma expressão culpada. Miller segura com força o volante, depois deixa as mãos escorregarem pela lateral.

— Eu ia me sentir mais culpado se *não* falasse com você.

Quero muito destrinchar esse comentário, mas nossa conversa é estragada pela intromissão de um carro que para ao nosso lado. Olho pela janela aberta e me empertigo.

— Bosta.

— Entre no carro, Clara.

As palavras da minha mãe soam firmes e altas, mas talvez seja porque as janelas estão abertas e ela parou tão perto da picape que acho que não vou conseguir abrir a porta.

— É a sua mãe? — sussurra Miller.

— Aham. — Mas, por mais estranho que pareça, não fico tão nervosa quanto deveria. Talvez a maconha tenha mesmo ajudado, porque meio que quero rir da presença dela ali. — Esqueci que temos um aplicativo de busca. Ela consegue me encontrar em qualquer lugar.

— Clara — repete minha mãe.

Miller ergue uma sobrancelha.

— Boa sorte.

Eu lhe dou um sorriso apertado e abro a porta. E vejo que estava certa — não consigo sair.

— Você parou perto demais, mãe.

Ela respira fundo devagar e dá marcha a ré. Quando a porta é liberada, saio sem nem olhar para Miller. Vou até o carro da minha mãe e entro. Ela não diz nada enquanto se afasta do cinema.

Nada até as palavras:

— Quem era aquele?

— Miller Adams.

Consigo sentir seu desgosto, apesar do silêncio. Alguns segundos depois, ela vira a cabeça para mim.

— Ah, meu Deus. Você está chapada?

— Ahn?

— Você estava fumando maconha com aquele garoto?

— Não. A gente só estava conversando.

Eu não pareço muito convincente.

Ela solta um *humpf* e diz:

— Você está fedendo a maconha.

— Estou?

Eu cheiro meu vestido, o que é uma idiotice, porque alguém que sabe que não está fedendo a maconha não se cheiraria para saber se está fedendo a maconha.

A mandíbula dela trinca ainda mais quando nossos olhares se encontram. Algo me entregou completamente. Abro o quebra-sol e vejo meus olhos injetados. *Eita, que rápido.* Fecho o quebra-sol em seguida.

— Não acredito que você saiu do funeral do seu pai para fumar maconha.

— Só fui embora no final.

— Era o *funeral* do seu pai, Clara!

Ela está irritadíssima. Suspiro e olho pela janela.

— Por quanto tempo estou de castigo?

Minha mãe bufa, frustrada.

— Vou decidir depois que conversar com seu pa...

Sua boca se fecha quando ela percebe o que estava prestes a dizer.

Não tenho certeza, porque continuo olhando pela janela, mas acho que minha mãe chora até chegarmos em casa.

7
Morgan

Dois anos, seis meses e treze dias. Essa é a quantidade exata de tempo que eu e Clara vamos conseguir nos bancar com o seguro de vida de Chris se continuarmos vivendo como se nada tivesse mudado. A pensão dele não vai chegar nem perto do seu salário, o que significa que decisões precisam ser tomadas. Gastos precisam ser revistos. A poupança para a faculdade de Clara talvez sofra uns cortes. Preciso arrumar um emprego. Uma *carreira*.

Ainda assim... Não consigo levantar da cama ou do sofá para encarar nada disso. Sinto como se quanto mais horas se passarem entre o acidente e meu momento atual, menor ficará a dor. E quando a dor passar, talvez minha falta de vontade de fazer tudo que precisa ser feito diminua.

Acho que a melhor maneira de sair do ponto A (tristeza) e chegar ao ponto B (menos tristeza) seja dormir. Acho que Clara também se sente assim, porque passamos a maior parte do fim de semana na cama.

Ela mal falou comigo desde o funeral. Tirei seu telefone assim que a encontrei fumando maconha. Mas também não estou no clima para conversar ultimamente, então não forço a barra.

Não forço a barra, mas lhe dou abraços. Não sei se faço isso porque preciso deles ou porque estou preocupada com a forma como ela está lidando com tudo. Na terça, o acidente vai completar uma semana, e não faço ideia se Clara deve voltar para a escola amanhã ou se precisa de mais tempo. Eu lhe daria mais tempo se ela precisasse, mas ainda não tocamos nesse assunto.

Dou uma olhada no quarto dela para ver se está tudo bem. Não sei como lidar com esse tipo de tristeza. Nunca tivemos que enfrentar nada tão terrível. Eu me sinto perdida sem Chris. E até sem Jenny. Os dois sempre foram as pessoas com quem eu falava quando precisava desabafar ou queria ser tranquilizada sobre como educo Clara.

Minha mãe morreu alguns anos atrás, mas, de toda forma, ela seria a última pessoa para quem eu pediria conselhos maternais. Tenho amigas, mas nenhuma delas passou por esse tipo de perda inesperada. Sinto como se eu estivesse navegando em águas desconhecidas por todos que conheço. Quero que Clara faça terapia, mas só daqui a um mês. Assim ela vai ter tempo para digerir a parte mais dolorosa do luto antes de forçá-la a fazer algo que sei que não vai agradá-la.

A casa nunca esteve tão silenciosa. Não há nem o som da televisão ao fundo, porque aquela porcaria continua quebrada. Era Chris quem lidava com todas as contas, então nem tenho certeza do nome da nossa operadora. Vou acabar descobrindo com o tempo.

Sento no chão da sala. Está escuro, e tento meditar, mas, na verdade, a única coisa que faço é tentar pensar em qualquer coisa além de Chris e Jenny, só que é difícil. Quase todas as minhas lembranças incluem os dois.

Eles foram parte de todos os marcos da minha vida. Minha gravidez inteira de Clara. O nascimento dela. Nosso casamento, nossos aniversários, formaturas, férias em família, churrascos, encontros no cinema, pescarias e viagens para acampar, o nascimento de Elijah.

Todos os momentos importantes da minha vida incluíram Chris e Jenny. Eles eram meu mundo inteiro, e vice-versa. E é por isso que me recuso a contemplar o motivo para os dois estarem juntos. Não é possível que eles me trairiam dessa maneira. Que trairiam *Clara* dessa maneira. Eu saberia.

Eu *com certeza* saberia.

Meus pensamentos são interrompidos pela campainha.

Vejo o carro de Jonah pela janela enquanto sigo para a entrada. Não sinto alívio ao vê-lo, porque preferia não receber visitas, mas sua presença também não causa a irritação de sempre. É claro que estou arrasada por Jenny e Chris, mas tenho bom senso suficiente para entender que a situação é pior para Jonah do que para mim. Ele tem um bebê para criar.

Pelo menos eu tinha Chris, Jenny e meus sogros para ajudar com Clara.

Jonah só tem a mãe.

Acho que ele também tem a mim. Mas não sou de grande ajuda no momento.

Abro a porta, chocada com o que vejo. Jonah não faz a barba há alguns dias. E nem parece ter tomado banho. Ou dormido. Ele provavelmente não anda dormindo mesmo, porque *eu* não consigo dormir mesmo sem ter um filho pequeno para cuidar.

— Oi — diz ele, sua voz inexpressiva.

Abro mais a porta para deixá-lo entrar.

— Cadê Elijah?

— Minha mãe quis passar umas horas com ele.

Isso me deixa feliz. Jonah precisa de uma folga.

Não sei o motivo da visita, mas estou com medo de ele querer falar sobre o que aconteceu. Provavelmente veio analisar o motivo para os dois estarem juntos. Por mim, eu nunca tocaria nesse assunto. Quero fingir que nada aconteceu. O sofrimento de perdê-los já é suficiente. Não quero acrescentar mais esses dois sentimentos: a raiva e a sensação de ter sido traída.

Só quero sentir saudade. E acho que não tenho forças suficientes para odiá-los.

Passamos apenas uns cinco segundos parados em silêncio na sala, mas parece bem mais. Não sei o que fazer. Vamos sentar no quintal dos fundos? Ou à mesa da sala de jantar? No sofá? É uma situação estranha, porque não tenho mais qualquer intimidade com Jonah. Desde que ele voltou, meu hábito sempre foi evitá-lo, e, como não posso fazer isso agora, sinto como se estivéssemos fazendo algo completamente novo.

— Clara está em casa?

Concordo com a cabeça.

— Sim. No quarto.

Ele olha para o corredor.

— Eu queria conversar em particular, acha que é possível?

A sala de estar é o cômodo mais afastado do quarto de minha filha. Tenho uma visão direta do corredor e verei se ela sair de lá, então aponto a poltrona para ele e sento no sofá diante da entrada.

Jonah se inclina para a frente, apoiando os cotovelos nos joelhos, segurando o queixo com os dedos esticados. Ele solta um suspiro pesado.

— Não sei se é cedo demais para ter esta conversa — começa ele —, mas tenho tantas perguntas.

— Eu *nunca* quero ter esta conversa.

Jonah suspira, se recostando na poltrona.

— Morgan.

Odeio como ele diz meu nome. Cheio de decepção.

— De que adiantaria, Jonah? Nós não sabemos por que eles estavam juntos. Se começarmos a analisar tudo, talvez a gente encontre respostas que não queremos.

Ele aperta o queixo. Passamos um minuto inteiro sentados em um silêncio absoluto, incômodo. Então, como se tivesse um pensamento novinho em folha, os olhos de Jonah encontram os meus.

— Onde está o carro de Chris? — Pela forma como afasto o olhar, ele percebe que eu estava tentando evitar pensar nisso. — Ele saiu daqui de carro naquele dia, não foi?

— Sim — sussurro.

Eu andei me perguntando sobre o carro, mas não tentei encontrá-lo. Estou com medo daquilo que sua localização poderia provar. Prefiro passar a vida inteira sem saber onde ele está do que encontrá-lo estacionado em algum hotel.

— Ele tinha OnStar?

Concordo com a cabeça. Jonah tira o telefone do bolso e sai de casa para fazer um telefonema. Vou correndo para a cozinha, porque preciso de uma bebida. Estou enjoada. Encontro a garrafa de vinho que Jonah e Jenny trouxeram para o meu aniversário, na semana passada. Nunca a abrimos, porque já tínhamos outra aberta. Tiro a rolha e me sirvo de uma taça.

Ela está quase vazia quando Jonah entra na cozinha.

Seu rosto está completamente pálido, e basta um olhar para saber que as notícias não são boas. É bem provável que meu maior medo esteja prestes a se tornar realidade, e, apesar de eu não querer saber, tenho que perguntar.

Cubro a boca com a mão, hesitante.

— Onde ele está? — sussurro.

O rosto de Jonah transmite as palavras antes mesmo de elas serem pronunciadas.

— Estacionado no Langford.

Tiro a mão da boca e aperto a barriga. Devo parecer que estou prestes a desmaiar, porque Jonah tira a taça de vinho de mim e a coloca com cuidado sobre a bancada.

— Liguei para o hotel — continua ele. — Estavam deixando mensagens na caixa postal de Chris. Disseram que podemos ir pegar as chaves e as coisas que deixaram no quarto deles.

No quarto *deles*.

No quarto de hotel da minha irmã e do meu marido.

— Não consigo, Jonah. — Minha voz é um sussurro sofrido.

A expressão no rosto dele agora é solidária. Jonah segura meus ombros e baixa a cabeça.

— Você precisa ir. O carro vai ser rebocado amanhã se a gente não buscá-lo hoje à noite. Você precisa do carro, Morgan.

Meus olhos estão cheios de lágrimas. Aperto os lábios e concordo com a cabeça.

— Certo, mas não quero saber o que tem dentro do quarto.

— Tudo bem. Você pode trazer o carro de Chris para casa, e eu cuido do resto.

Eu e Chris nos hospedamos no Langford uma vez. Foi no nosso aniversário de dois anos de casamento, antes de eu finalmente largar a faculdade. Ele trabalhava nos fins de semana e não conseguiu folga, então fez a reserva para uma noite de quarta. Minha mãe ficou com Clara, e passamos a noite inteira juntos. *Dormindo.*

Foi um paraíso.

Nós dois estávamos tão exaustos, cuidando de um bebê e tentando terminar os estudos, que, assim que conseguimos um momento de paz, aproveitamos. A gente só tinha dezenove e vinte anos. Não éramos nem velhos o suficiente para comprar álcool, mas nosso cansaço equivalia ao de alguém com o dobro da nossa idade.

Chegamos ao ponto em que o valor da creche era mais alto do que o meu salário de meio expediente. Nós mal conseguíamos pagar as contas, e a única explicação lógica seria eu ficar em casa com Clara. Chris disse que eu poderia terminar a faculdade depois que ele conseguisse seu diploma, mas nunca voltei. Depois que ele conseguiu emprego, as dificuldades financeiras diminuíram, e entramos em uma rotina confortável.

Eu estava satisfeita com minha vida. Achei que isso fosse mútuo. Mas, talvez, meu marido não estivesse tão feliz quanto pensei.

Estou sentada no carro de Jonah. Estacionamos ao lado do SUV de Chris. Jonah pegou a chave do quarto na recepção e entrou para encontrar as do carro. Faz cinco minutos que está lá dentro. Eu recosto a cabeça no banco e fecho os olhos, rezando em silêncio. Torcendo para ele voltar e me contar que as coisas que os dois deixaram para trás provam que estávamos completamente enganados. Mas eu já sei. No fundo do meu coração, sei que fui traída da pior maneira possível pela única pessoa que achei que jamais me magoaria.

Minha irmã. Minha melhor amiga.

O fato de Chris ter feito uma coisa dessas dói como uma punhalada no meu coração.

Mas Jenny? Minha alma está em frangalhos.

Quando Jonah volta para o carro, joga a mala de Jenny no assento de trás. A mala que eu e Chris lhe demos de presente de Natal no ano passado. Ele me entrega as chaves do carro.

Encaro a mala, me perguntando por que minha irmã precisaria dela. Jenny saiu de casa naquela manhã para trabalhar em um turno de doze horas — não para uma viagem. Por que precisaria de uma mala?

— Por que a mala estava lá?

Jonah não responde. Sua mandíbula parece dura como concreto enquanto ele encara o nada.

— Por que Jenny precisaria de uma mala, Jonah? Ela disse que ia trabalhar, não é? Não ia passar a noite fora.

— O uniforme dela está lá dentro — responde ele.

Mas algo em sua voz me faz pensar que isso é mentira.

Jenny levou uma mala para poder *tirar* o uniforme depois de sair da minha casa. Mas o que ela pretendia vestir?

Eu me estico para o banco de trás; ele segura meu punho e me impede. Puxo o braço e viro para o outro lado, tentando alcançar a mala de novo. Jonah me bloqueia, então passamos os próximos segundos nos debatendo no carro até ele passar os dois braços em torno de mim, tentando me trazer de volta para o lugar, mas já abri o zíper.

Assim que vejo o acabamento de renda preta da lingerie delicada, desabo sobre o banco do passageiro. Olho para a frente. Imóvel. Tento não deixar as imagens surgirem na minha cabeça, mas saber que minha irmã pretendia usar lingerie para meu marido deve ser uma das piores coisas imagináveis.

Jonah também não se mexe.

Em silêncio, lidamos com a realidade do que aquilo significa. Minhas dúvidas são devoradas por nossa nova verdade terrível. Eu me encolho, puxando os joelhos contra o peito.

— Por quê? — Minha voz se arrasta pelas paredes da minha garganta. Jonah estica um braço consolador, mas o empurro para longe. — Quero ir para casa.

Ele fica imóvel por um instante.

— Mas... o carro de Chris.

— Não quero aquela *merda* de carro!

Jonah me encara por um segundo, depois concorda com a cabeça. Ele liga o motor e dá marcha a ré para sairmos da vaga, deixando o SUV de Chris no mesmo lugar em que já estava havia uma semana.

Espero que ele seja rebocado. Está no nome de Chris — não no meu. Não quero ver aquele carro na minha casa. Por mim, ele pode ser penhorado pelo banco.

Assim que Jonah para na frente da minha casa, escancaro a porta do passageiro. Parece que estou prendendo a respiração desde que saímos do Langford, mas sair para o ar fresco da noite não me ajuda em nada a encher meus pulmões.

Não espero que Jonah venha atrás de mim, mas ele vem. Quando começa a me seguir pelo quintal, viro para encará-lo antes de abrir a porta da frente.

— Você sabia que os dois tinham um caso?

Ele nega com a cabeça.

— Claro que não.

Meu peito sobre e desce rápido. Estou com raiva, mas não de Jonah. Acho que não. Estou com raiva de tudo: de Chris, de Jenny, de todas as lembranças que tenho dos dois juntos; sei que, agora, essa é minha nova obsessão. Vou ficar o tempo todo me perguntando quando começou, o que cada olhar trocado significava, o que cada conversa entre eles queria dizer. Será que tinham piadas internas? Será que as faziam na minha frente? Será que riam da minha incapacidade de perceber o que acontecia entre os dois?

Jonah dá um passo hesitante para a frente. Estou chorando agora, mas não são as lágrimas de tristeza que passaram a semana inteira me atacando. Estas lágrimas vêm de uma angústia mais profunda, se é que isso é possível.

Tento puxar o ar, mas é como se meus pulmões estivessem entupidos. Jonah parece ficar mais preocupado conforme me observa, então se aproxima, invadindo meu espaço pessoal, dificultando ainda mais minha respiração.

— Sinto muito — diz ele, tentando acalmar o pânico dentro de mim.

Eu o empurro, mas não entro em casa. Não quero que Clara me veja assim. Estou arfando alto agora, e o fato de eu tentar parar de chorar não ajuda. Jonah me leva até uma cadeira na varanda da frente e me obriga a sentar.

— Não consigo... — Estou ofegante. — Não consigo respirar.

— Vou buscar um copo de água para você.

Ele entra, e, assim que a porta fecha, começo a chorar de soluçar. Cubro a boca com as mãos, tentando parar. Não quero estar triste. Nem com raiva. Só quero me sentir anestesiada.

Vejo algo pelo canto do olho, então me viro para a casa ao lado. A Sra. Nettle está espiando por trás da cortina da sala de estar, me observando chorar.

Essa mulher é a vizinha mais enxerida que já tivemos. Fico irritada por saber que ela está me vigiando, provavelmente se divertindo por me ver no meio de um ataque de pânico.

Quando ela se mudou, três anos atrás, não gostou da cor da nossa grama por achar que não combinava com a dela. Então tentou convencer a associação de moradores a nos obrigar a replantar o quintal com alfafa em vez de grama inglesa.

E isso foi no primeiro mês. Desde então, as coisas só pioraram.

Meu Deus, a raiva aleatória pela vizinha de oitenta anos está piorando minha respiração.

Meu coração bate tão rápido agora que consigo senti-lo martelando no meu pescoço. Levo a mão ao peito no mesmo instante em que Jonah volta com a água e senta ao meu lado, se certificando de que eu tome um gole. Depois outro. Ele coloca o copo na mesa entre nós.

— Incline seu tronco para a frente e coloque a cabeça entre os joelhos — orienta ele.

Obedeço sem questionar.

Jonah puxa o ar devagar, querendo que eu o imite. Imito. Ele repete isso umas dez vezes, até meu coração diminuir bastante o ritmo. Quando me sinto menos à beira de um ataque cardíaco, levanto a cabeça e me recosto na cadeira, tentando encher novamente meus pulmões com ar. Solto um suspiro demorado, depois olho para a casa vizinha. A Sra. Nettle continua bisbilhotando por trás da cortina.

A mulher nem tenta esconder que é fofoqueira. Mostro o dedo do meio para ela, e dá certo. As cortinas são fechadas com força, e a luz da sala de estar é apagada.

Um som baixo sai da garganta de Jonah, como se ele quisesse rir. Talvez seja engraçado me ver mostrando o dedo do meio para uma mulher de oitenta anos. Mas seria impossível para mim rir de qualquer coisa agora.

— Como você consegue ficar tão calmo? — pergunto.

Ele se recosta na cadeira e olha de esguelha para mim.

— Não estou calmo — responde Jonah. — Estou magoado. Irritado. Mas não perdi tanto quanto você, então acho que é natural termos reações diferentes.

— Não perdeu tanto quanto eu?

— Chris não era meu irmão — respondeu ele, direto. — Não passei metade da minha vida casado com Jenny. Os dois te sacanearam mais do que a mim.

Desvio o olhar de Jonah, porque suas palavras fazem eu querer me retrair. Não gosto dessa descrição. *"Os dois te sacanearam.."*

É a explicação perfeita para como me sinto, mas nunca imaginei que Jenny e Chris poderiam ser culpados por essa sensação.

Eu e Jonah passamos um tempo em silêncio. Parei de chorar, então talvez fosse melhor entrar agora que me acalmei. Ando tentando esconder minhas emoções de Clara. Não a tristeza. A tristeza é natural. Não me importo de mostrar que estou triste. Mas não quero que ela perceba minha raiva. Clara jamais pode descobrir o que Jenny e Chris fizeram. Ela já passou por coisas demais.

Nem imagino como minha filha agiria se descobrisse a verdade sobre os dois. Ela já se rebelou o suficiente com um comportamento completamente atípico.

— Clara foi embora mais cedo do funeral de Chris. Eu a encontrei no cinema fumando maconha com aquele menino. Miller Adams. Lembra que você disse que era um bom garoto?

Não sei por que acrescento esta última parte, como se, por algum motivo, aquilo fosse culpa de Jonah.

Ele suspira.

— Nossa.

— Pois é. E a pior parte é que não sei como lidar com isso. Nem por quanto tempo devo deixá-la de castigo.

Jonah se impulsiona e levanta da cadeira.

— Clara está sofrendo. Todos nós estamos. Duvido que teria feito algo assim em outras circunstâncias. Talvez seja melhor deixar o comportamento dela passar batido essa semana.

Assinto com a cabeça, mas discordo. Seria apropriado ignorar algo mais leve do que usar drogas. Talvez se ela tivesse chegado de madrugada em casa. Não posso ignorar o fato da minha filha ter saído do funeral do pai para se drogar. Sem contar que ela estava justamente com o garoto com quem Chris lhe proibiu de sair. Se eu deixar isso para lá, que outras coisas minha tolerância poderia causar?

Eu levanto, pronta para entrar. Abro a porta e me viro para Jonah. Ele está sob o portal agora, olhando para os pés, e diz:

— Preciso buscar Elijah. — Então olha para cima, e não consigo discernir se está segurando as lágrimas ou se eu apenas esqueci que, tão perto assim de Jonah Sullivan, o azul de seus olhos parece líquido. — Você vai ficar bem?

Solto uma risada desanimada. Minha bochecha ainda está molhada das lágrimas, e ele quer saber se vou ficar bem?

Faz uma semana que não estou bem. Não estou bem agora. Mas dou de ombros e digo:

— Vou sobreviver.

Jonah hesita como se quisesse dizer mais alguma coisa. Só que fica quieto. Ele volta para o carro, e fecho a porta.

— O que houve?

Eu me viro e encontro Clara parada na entrada do corredor.

— Nada — respondo, quase rápido demais.

— Jonah está bem?

— Sim, ele só... está sendo difícil. Cuidar sozinho de Elijah. Ele queria fazer umas perguntas.

Não sou a melhor mentirosa da família, mas, tecnicamente, isso não é mentira. Tenho certeza de que *está* sendo difícil para Jonah. É seu primeiro filho. Ele acabou de perder Jenny. Lembro quando Clara era bebê e Chris estudava em tempo integral, trabalhando todos os dias em que não tinha aula. Sei como é difícil fazer tudo por conta própria. Já passei por isso.

Por outro lado, Elijah é um bebê mais tranquilo do que Clara foi. Os dois parecem gêmeos, mas suas personalidades são completamente diferentes.

— Quem está com Elijah? — questiona ela.

Escuto a pergunta, mas não consigo responder porque meus pensamentos não seguem em frente. Eles estão empacados na última coisa que se passou pela minha cabeça.

Os dois parecem gêmeos.

Agarro a parede depois de ser golpeada com uma revelação de cinco mil quilos.

— Por que você saiu com Jonah? — pergunta Clara. — Aonde vocês foram?

Elijah não parece em nada com Jonah. Ele é igualzinho a Clara.

— Mãe — diz ela, mais enfática, tentando conseguir uma resposta.

E Clara é igualzinha a Chris.

As paredes diante de mim começam a pulsar. Dispenso Clara com um aceno de mão porque sei que sou uma péssima mentirosa e sinto que ela descobriria imediatamente a verdade.

— Você continua de castigo. Vá para o quarto.

— Eu não posso vir para a *sala?* — pergunta ela, confusa.

— Clara, *vá* logo — digo com firmeza, precisando que ela saia dali para eu não desmoronar completamente na sua frente.

Ela sai batendo os pés.

Corro para o meu quarto e bato a porta.

Como se a morte dos dois não bastasse, os golpes continuam vindo, ficando cada vez mais fortes.

8
Clara

Saí de casa assim que minha mãe foi para o quarto e bateu a porta. Estou proibida de sair, então tenho certeza de que isso vai aumentar meu tempo de castigo, mas, a essa altura, estou pouco me lixando. Não aguento mais ficar enfurnada naquela casa. Tudo me lembra meu pai. E sempre que olho para minha mãe, ela está sentada em silêncio em lugares aleatórios, encarando o nada.

Ou brigando comigo.

Sei que ela está sofrendo, mas não é a única. Eu só perguntei onde estava Elijah e por que ela saiu de casa com Jonah, mas sua reação foi um exagero.

É assim que as coisas vão ser de agora em diante? Meu pai morreu, então ela se sente na obrigação de compensar sua ausência e ser ainda mais rígida comigo? *Quem fica de castigo a ponto de não poder ir nem na sala da própria casa?*

Estou proibida de usar o celular, então minha mãe não vai conseguir me encontrar. Fiquei com medo de ela chamar a polícia, então, antes de sair, deixei um bilhete dizendo: "*Estou muito triste. Vou passar umas horas na casa de Lexie, mas volto às dez.*" Eu sabia que, se acrescentasse a parte do "triste", talvez ela não ficasse tão irritada. O luto é uma porcaria, mas também é uma ótima desculpa.

Fui de carro até a casa de Lexie, torcendo para ela estar lá, mas não dei sorte.

Agora, estou sentada no estacionamento do cinema, encarando a picape de Miller.

Vim para cá porque achei que seria bom passar uma hora e meia dentro de uma sala escura e me ajudaria a esquecer da existência do mundo exterior. Mas, agora que sei que ele está trabalhando hoje, talvez seja melhor não entrar. Vai parecer que vim para cá de propósito, atrás dele.

Será que foi isso mesmo? Nem eu sei.

De toda forma, não é porque Miller tem namorada que vou deixar de vir ao cinema sempre que ele estiver trabalhando. Também não vou deixar de vir só porque acho que vai ser esquisito.

Quer dizer, o cara comprou drogas para mim. Não dá para ficar mais esquisito que isso.

A cabine de venda de ingressos do lado de fora está fechada, mas vejo Miller lá dentro. Eu o observo pelas portas de vidro por um instante. Ele limpa o balcão da bombonière enquanto Steven, o cara que lhe vendeu a maconha, varre pipocas caídas aleatoriamente pelo chão.

O silêncio reina no saguão do cinema quando entro, então os dois erguem a cabeça ao escutarem a porta abrir.

Miller esboça um sorrisinho para mim e para de limpar o balcão. De repente, estou mais nervosa do que esperava.

Ele pressiona as palmas sobre o vidro e se inclina para a frente quando me aproximo.

— Achei que você fosse ficar de castigo.

Dou de ombros.

— Fiquei. Minha mãe tirou meu telefone e disse que não posso sair do quarto. — Leio o cardápio atrás da cabeça dele. — Fugi.

Miller ri.

— As últimas sessões começaram meia hora ou quarenta e cinco minutos atrás, mas você pode escolher a que quiser. A sala quatro é a mais vazia.

— O que está passando lá?

— *Interstate*. É um filme de ação.

— Eca. Tudo bem.

Tiro dinheiro da bolsa, mas ele me dispensa com um aceno de mão.

— Não precisa. Parentes não pagam. Se alguém perguntar, diga que é minha irmã.

— Eu quase prefiro pagar a fingir que somos irmãos.

Miller ri e pega um copo grande.

— O que você quer beber?

— Sprite.

Ele me entrega o refrigerante e depois molha um monte de guardanapos na pia às suas costas. Eu o encaro, confusa, quando recebo o papel molhado.

— Você está suja — diz Miller, passando um dedo pela própria bochecha. — Maquiagem. De chorar.

— Ah.

Eu limpo as bochechas. Não me lembro de ter passado rímel hoje. Parece que estou seguindo minha rotina sem me dar conta. Nem percebi que chorei pelo caminho todo até aqui. Droga, é bem capaz de eu ainda estar chorando. Não sei mais. Parece que a culpa por saber que estava trocando mensagens com tia Jenny na hora do acidente e o vazio que sinto por perder os dois nunca irão embora. As lágrimas que antes surgiam apenas à noite agora me seguem durante o dia. Achei que o tempo facilitaria as coisas, mas, por enquanto, só serviu para acumular meus sentimentos. Meu coração parece inchado, como se fosse explodir caso qualquer tragédia minúscula surja.

Miller enche um saco grande de pipoca para mim enquanto limpo o rímel.

— Quer manteiga?

— Muita.

Jogo os guardanapos em uma lixeira próxima, sem me preocupar se limpei tudo. Ele enche a pipoca de manteiga.

— Não esqueça. Se um funcionário pedir o ingresso, você é minha irmã — diz ele enquanto me passa o saco.

Coloco duas pipocas na boca enquanto me afasto.

— Valeu, maninho.

Miller faz uma cara sofrida quando o chamo assim, quase como se a brincadeira fosse nojenta. Gosto de ver que ele acha repulsiva a ideia de sermos parentes. Isso significa que existe uma chance de ele ter nos imaginado juntos de um jeito completamente diferente.

A pipoca está murcha.

Com certeza foi porque a bombonière já tinha fechado quando Miller encheu o saco. Não posso esperar pipoca fresca no fim da noite. Mas está tão ruim que acho que ela deve ter saído da pilha de restos que passam o dia inteiro na pipoqueira, desde que estouraram de manhã.

Mesmo assim, estou comendo.

Escolhi um lugar na última fileira, porque só tem duas pessoas aqui dentro, no meio. Não quis sentar na frente delas porque meu plano era chorar durante a sessão toda, mas acaba que o filme é interessante o suficiente para me distrair.

Eu não disse que ele era *bom*. Só interessante.

Pelo menos a personagem principal é interessante. É uma mulher durona que não leva desaforo para casa, com cabelo esvoaçante na altura do ombro que balança a cada movimento seu. Passei mais tempo concentrada no cabelo dela do que na história. Meu cabelo é comprido, bate no meio das costas. Meu pai adorava ele assim e me convencia a não cortar sempre que eu cogitava a ideia.

Pego uma mecha e passo os dedos pelo comprimento. Estou cansada dele. Acho que vou cortar em um futuro próximo. Uma mudança cairia bem.

— Oi — sussurra Miller. Olho para cima quando ele se acomoda ao meu lado. — Como está o filme?

— Não sei. Estou pensando em cortar meu cabelo.

Ele enfia a mão na pipoca e pega um punhado, depois se recosta na poltrona e apoia os pés na da frente.

— Tenho uma tesoura na bombonière.

— Não quis dizer agora.

— Ah. Bem, quando você estiver pronta. A tesoura está sempre aqui, então apareça quando quiser que eu corte.

Dou uma risada.

— Eu não disse que queria que *você* cortasse.

— Tudo bem, mas acho melhor avisar. Steven tem mais talento para varrer pipoca do chão e vender maconha do que para cortar cabelo.

Reviro os olhos, apoiando os pés na poltrona diante de mim.

— Chinelos novos? — pergunta ele, olhando para meus pés.

— Pois é. Tive que fazer umas paradas bem bizarras para conseguir esses chinelos.

Miller pega mais um punhado de pipoca, e passamos alguns minutos em silêncio. O filme termina, e as outras pessoas no cinema se levantam quando os créditos começam a rolar. Ele pega mais pipoca.

Não estamos fazendo nada errado, mas sinto como se estivéssemos. Antes de ele sentar ao meu lado, minha sensação era de estar anestesiada, mas, agora, meu corpo vibra de adrenalina. Nossos braços não estão nem encostados. Eu ocupei os dois descansos, e Miller está inclinado para longe de mim, provavelmente para evitar qualquer tipo de contato.

Mas, mesmo assim, parece errado. Ele está sentado ao lado da única garota da qual não deveria, e nós dois sabemos disso. E apesar de eu me sentir culpada, me sinto bem ao mesmo tempo.

Os créditos ainda estão passando quando Miller diz:

— A pipoca está bem murcha.

— Nunca comi uma pipoca tão ruim.

— Está quase acabando — diz ele, indicando o saco. — Nem parece que você odiou.

Dou de ombros.

— Não sou exigente.

Mais silêncio entre nós. Miller sorri para mim, e uma onda de calor me inunda. Encaro o saco de pipoca e o sacudo como se estivesse procurando por uma boa, porque não quero olhar para ele e me sentir assim sobre alguém que tem namorada. Não quero me sentir assim por ninguém. Por causa de tudo que aconteceu na semana passada, qualquer sensação remotamente boa faz com que eu pense que sou uma merda de ser humano. Mas Miller continua me encarando e ainda não fez menção de ir embora, e, como ele está bloqueando o caminho para o corredor, me sinto na obrigação de puxar papo.

— Há quanto tempo você trabalha aqui?

— Um ano. — Ele se acomoda ainda mais na cadeira. — Não é grande coisa. Acho que trabalhar em um cinema parece mais legal na teoria do que na prática. Passo a maior parte do tempo limpando as coisas.

— Mas você pode assistir a todos os filmes que quiser, não é?

— É por isso que continuo aqui. Assisti a todos os lançamentos desde que comecei. É como se eu estivesse me preparando para minha carreira. Pesquisa.

— Qual é seu filme favorito?

— De todos? — pergunta ele.

— Escolha um dos últimos dez anos.

— Não consigo — responde ele. — Tem tantos bons, e adoro todos por motivos diferentes. Gosto da técnica de *Birdman*. Gosto das atuações em *Me chame pelo seu nome*. *O fantástico Sr. Raposo* é minha animação favorita, porque Wes Anderson é genial pra caralho.

— Miller me encara. — E você?

— Acho que *O fantástico Sr. Raposo* não conta. Acho que tem mais de dez anos do lançamento. — Apoio minha cabeça na poltrona e olho para o teto. É uma pergunta difícil. — Sou igual a você. Não sei se tenho um filme favorito. Costumo avaliar mais pelos atores do que pela história. Emma Stone talvez seja minha atriz favorita. E Adam Driver é o melhor ator da nossa época, mas acho que ainda não encontrou o melhor papel da sua vida. Ele estava ótimo em *Infiltrado na Klan*, mas não gosto muito dos seus outros filmes.

— Mas você viu a esquete de Kylo Ren?

— Vi! — exclamo, me empertigando. — No *Saturday Night Live*? Ah, meu Deus, foi tão engraçado.

Eu sorrio, e isso me deixa mal. Parece estranho sorrir quando estou tão cheia de tristeza, mas é assim que Miller faz eu me sentir sempre que estou ao seu lado. Ele é o único que parece capaz de me distrair de tudo, ao mesmo tempo em que é a única pessoa com quem não posso conviver. *Obrigada, Shelby*.

Que droga. Não gosto de pensar nessas coisas, apesar de estarmos juntos agora. Mas quando eu voltar à escola, tudo será como era antes. Miller vai manter a distância. Vai respeitar seu namoro com Shelby, o que só fará com que eu o admire ainda mais.

E eu vou continuar para baixo.

— Preciso ir — digo.

Miller hesita antes de se mexer.

— É, acho que meu intervalo terminou há dez minutos.

Nós dois nos levantamos, mas não posso ir para o corredor porque ele está bloqueando o caminho, me olhando, sem se mexer. Apenas me encara como se quisesse falar mais alguma coisa. Ou *fazer* mais alguma coisa.

— Sinto muito pelo que aconteceu — diz Miller.

A princípio, não entendo do que ele está falando, e então a ficha cai. Pressiono os lábios e concordo com a cabeça, mas não digo nada porque esse é o último assunto sobre o qual quero conversar ou pensar.

— Eu devia ter dito isso naquele dia. No funeral.

— Tudo bem — respondo. — Estou bem. Ou pelo menos vou *ficar* bem. Com o tempo. — Eu suspiro. — Espero.

Miller me encara como se quisesse me dar um abraço, e torço para que faça isso. Mas ele acaba se virando e seguindo para o corredor, na direção da saída.

Paro no banheiro antes de ir embora. Ele pega uma lata de lixo e a arrasta até a sala de onde acabamos de sair.

— Até logo, Clara.

Eu não me despeço. Entro no banheiro e não me dou ao trabalho de fingir que as coisas serão iguais da próxima vez que nos virmos. Miller vai me evitar para ser completamente fiel e tal, e *dane-se*. Está tudo bem. Preciso parar de interagir com ele de toda forma, porque, por mais que eu me sinta bem nos momentos em que estamos juntos, está começando a doer quando nos separamos. E não preciso acrescentar mais sofrimento à pilha de sentimentos horríveis que já tenho.

Quando chego em casa, espero encontrar minha mãe esperando por mim, irritada e pronta para brigar. Em vez disso, a casa está em silêncio. A luz do quarto dela está apagada.

125

Ao entrar no meu quarto, me surpreendo quando vejo meu celular sobre o travesseiro.

Uma oferta de paz. Que inesperado.

Deito na cama e leio as mensagens. Lexie quer saber se vou à aula amanhã. Eu não pretendia voltar tão cedo, mas ficar em casa parece pior do que a escola, então respondo que sim.

Abro o Instagram e dou uma olhada no perfil de Miller. Sei que falei que precisava parar de interagir com ele, e vou fazer isso. Mas, primeiro, preciso lhe mandar uma mensagem. Só uma. Depois, nossas interações podem voltar a ser como foram no último ano. Inexistentes.

> Só queria agradecer pelo filme grátis e a pipoca horrível. Você é o melhor irmão que eu já tive.

Miller não me segue, então imagino que a mensagem vá parar em uma caixa de entrada secundária e passar despercebida por um mês. Mas ele me responde em poucos minutos.

> Miller: Conseguiu o telefone de volta?

Sorrio e viro de barriga para baixo quando a mensagem chega.

> Eu: Sim. Estava no meu travesseiro quando cheguei. Acho que é uma oferta de paz.
> Miller: Sua mãe parece maneira.

Reviro os olhos. *Maneira* é muito generoso.

> Eu: Ela é ótima.

Até coloco um emoji sorrindo para minha resposta parecer mais convincente.

Miller: Você vai à escola amanhã?
Eu: Acho que sim.
Miller: Ótimo. É melhor eu parar de falar com você por aqui. Acho que Shelby sabe minha senha.
Eu: Uau. Você vai pedir a mão dela num futuro próximo?
Miller: Você adora implicar com meu namoro.
Eu: É meu passatempo preferido.
Miller: Acho que eu facilito as coisas.
Eu: Ela sempre foi ciumenta? Ou você fez por merecer?
Miller: Shelby não é ciumenta. Ela só tem ciúme de você.
Eu: O quê?! Por quê?
Miller: É uma longa história. E chata. Boa noite, Clara.

É uma história chata? *Que seja*. Vou passar a noite toda pensando no fato de que Miller tem uma história que me inclui.

Eu: Boa noite. Não se esqueça de apagar as mensagens.
Miller: Já apaguei.

Encaro o telefone, sabendo que eu devia parar, mas envio uma última mensagem.

Eu: Aqui está meu número, para o caso do seu coração ser partido de novo.

Envio meu telefone, mas Miller não responde. Provavelmente é melhor assim.

Volto para as fotos dele e vou descendo a página. Já fiz isso antes, mas não desde que paramos para conversar de verdade. Miller sabe usar bem a câmera. Há algumas fotos dele com Shelby, mas a maioria é de coisas aleatórias. Nenhuma dele sozinho, e, por algum motivo, gosto disso.

A imagem que chama minha atenção é uma foto em preto e branco da placa dos limites da cidade. Eu rio e clico duas vezes nela para curti-la.

Estou rolando o *feed* quando recebo uma mensagem de texto de um número desconhecido.

Encrenqueira.

A mensagem me faz rir. De verdade, não curti a foto com más intenções. Só achei graça nela e, por um instante, esqueci que minha curtida poderia fazer com que ele fosse interrogado pela namorada.

Imediatamente salvo o número de Miller nos meus contatos. Fico me perguntando se ele vai salvar o meu usando meu nome real ou um falso. Shelby surtaria se soubesse que ele tem meu telefone. E tenho certeza de que, se ela sabe a senha do Instagram de Miller, provavelmente fuxica seu celular também.

Eu: Você vai salvar meu número com um nome falso para não arrumar briga?

Miller: Eu estava pensando nisso. Que tal Jason?

Eu: Jason é uma boa. Todo mundo conhece um Jason. Ela não vai desconfiar.

Sorrio, mas é um sorriso que dura apenas um segundo. Penso na última mensagem que tia Jenny mandou para mim. *"Você não quer ser a outra. Acredite em mim."*

Ela tem razão. Tia Jenny sempre tinha razão. *O que eu estou fazendo?*

Eu: Deixa para lá. Não salve meu número com um nome falso. Não quero ser Jason no seu telefone e não quero ser

sua irmã de mentira no cinema. Ligue para mim quando
eu puder ser só Clara.

Os pontos surgem na tela. Desaparecem.
Ele não me responde.
Depois de alguns minutos, dou um print das nossas mensagens
e apago seu número.

9
Morgan

Acabei de cair em um sono leve quando levo um susto com uma batida à porta. Sento na cama e estico o braço para sacudir Chris.

Seu lado da cama está vazio.

Eu encaro o colchão, me perguntando quando vou parar de fazer esse tipo de coisa. Faz menos de duas semanas desde a morte dos dois, mas já peguei o telefone pelo menos cinco vezes para ligar para ele ou Jenny. É um gesto tão natural que simplesmente esqueço de tudo o que aconteceu. E então sou obrigada a encarar de novo minha tristeza.

Outra batida à porta. Minha cabeça gira na direção do som. Meu coração acelera com o conhecimento de que vou ter que lidar com essa situação independentemente de estar pronta ou não. Antes, quando algo inesperado acontecia no meio da madrugada, Chris sempre resolvia o problema.

Visto um roupão e corro para a porta para evitar que o visitante acorde Clara. As batidas são tão insistentes que começo a me irritar. É melhor que não seja a Sra. Nettle tentando me culpar por alguma coisa. Uma vez, ela nos acordou às duas da madrugada para reclamar de um esquilo na árvore do nosso quintal.

Acendo a luz da varanda e uso o olho mágico; fico aliviada ao ver que não é a Sra. Nettle. É só Jonah, desgrenhado e segurando Elijah contra o peito. Mas meu alívio desaparece no segundo seguinte, quando percebo que é meia-noite, e Jonah não tem o hábito de aparecer aleatoriamente aqui a uma hora dessas. Alguma coisa deve ter acontecido com o bebê.

Abro a porta.

— Está tudo bem?

Jonah balança a cabeça, seus olhos exibindo um brilho desvairado enquanto ele passa por mim e entra na casa.

— Não.

Fecho a porta e me aproximo dos dois.

— Ele está com febre?

— Não, ele está bem.

Fico confusa.

— Você acabou de dizer que ele não está bem.

— *Ele* está bem. *Eu*, não. — Jonah me passa Elijah, e verifico a temperatura da testa do meu sobrinho só para garantir. Não há febre, então começo a procurar alguma assadura. Não consigo pensar em nenhum outro motivo para uma visita tão tarde da noite. — Ele está *bem* — repete Jonah. — Perfeito, feliz, alimentado, e eu... — Ele balança a cabeça e volta para a porta da frente sem Elijah. — Para mim, chega. Não consigo fazer isso.

Um mau pressentimento me inunda. Corro atrás de Jonah e bloqueio seu caminho, pressionando minhas costas contra a porta.

— Como assim você não consegue *fazer* isso?

Ele dá um passo para trás e vira de costas. Então entrelaça as mãos atrás da cabeça. Percebo que aquilo que a princípio achei ser medo é, na verdade, desolação. Jonah não precisa me contar por que está tão nervoso. Eu já sei a reposta.

Ele vira, me encarando de novo, seus olhos cheios de angústia e lágrimas. E acena uma mão para Elijah.

— Ele sorriu pela primeira vez hoje. — Jonah faz uma pausa, como se o que estivesse prestes a dizer fosse doloroso demais para ser posto em palavras. — Elijah, meu *filho*, tem a porra do *sorriso* de Chris.

Não, não, não. Eu balanço a cabeça, sentindo o sofrimento que exala dele.

— Jonah... — Escuto a porta do quarto de Clara abrindo antes de eu conseguir processar o que aquilo tudo significa. Minha expressão pesarosa logo se transforma em súplica. — Por favor, não faça isso agora — imploro, sussurrando. — Não quero que Clara descubra o que os dois fizeram. Ela vai ficar arrasada.

Os olhos de Jonah se focam em algo atrás de mim. Imagino que em Clara.

— O que houve? — pergunta ela.

Eu me viro, e minha filha está parada na entrada do corredor, esfregando os olhos sonolentos.

Baixinho, Jonah murmura:

— Não consigo fazer isso. Desculpe.

Ele abre a porta. E vai embora.

Vou até Clara e enfio Elijah em seus braços.

— Já volto.

Jonah está quase alcançando o carro quando bato a porta da frente e saio correndo. Ele escuta meus passos e se vira.

— Por que Jenny contaria uma mentira tão *enorme* para mim? — Ele está completamente angustiado, agarrando o cabelo e então se debruçando sobre o carro, como se não soubesse o que fazer com as mãos. Sua cabeça baixa entre os ombros em um sinal de derrota. — Uma coisa é me trair, mas me fazer acreditar que eu era o pai do seu *filho*? Que tipo de pessoa *faz* uma coisa dessas, Morgan?

Jonah sai de perto do carro e vem na minha direção. Nunca o vi tão irritado, e acabo dando passos pequenos para trás.

— Você sabia que ele não era meu filho? — Ele me encara como se, por algum motivo, eu tivesse alguma participação naquela farsa. — Foi por isso que ela apareceu do nada no funeral do meu pai? Por que precisava esconder de quem estava grávida? Isso foi algum plano nojento?

Suas palavras me magoam um pouco, porque é claro que eu não sabia de nada disso. Só comecei a suspeitar que Chris poderia ser o pai de Elijah há pouco tempo, mas esta é a primeira vez que falo com Jonah desde que pensei nisso.

— Você acha mesmo que eu deixaria os dois fazerem isso?

Ele agarra os lados da cabeça, frustrado, e depois joga os braços para a frente.

— Eu não sei! Você passou metade da vida com Chris. Como é que pode *não* ter desconfiado que ele era pai de Elijah? — Jonah volta para o carro, mas então pensa em mais alguma coisa para dizer que provavelmente vai me irritar ainda mais. — Você sabia que os dois estavam transando, Morgan. No fundo, sabia, mas nós dois sabemos como você tem talento para ignorar o que está bem na sua cara!

Sim. Com certeza estou bem mais irritada agora do que há dez segundos.

Jonah dá um passo para trás, como se suas palavras tivessem voltado como um bumerangue e acertado sua barriga. A raiva dele é imediatamente engolida pela expressão arrependida de seus olhos.

— Você já acabou? — pergunto.

Ele concorda com a cabeça, mas o gesto é rápido.

— Onde está a bolsa de fraldas de Elijah?

Jonah vai até o carro e abre a porta de trás. Então me passa a bolsa. Ele encara o concreto sob seus pés, esperando eu me afastar.

— Você é *tudo que ele tem*, Jonah.

Ele ergue a cabeça e me encara por um instante antes de balançar a cabeça devagar.

— Na verdade, *você* é tudo que ele tem. Elijah é filho da sua irmã. Não há absolutamente nada de mim nele. — As palavras não saem com a mesma raiva de antes. Agora, Jonah está apenas sereno e arrasado.

Eu o encaro com um olhar suplicante. É impossível imaginar como seria estar na sua situação, então me esforço para não julgar aquela reação, mas Jonah ama Elijah. Ele não vai abandonar um bebê que está criando há dois meses, não importa o quanto esteja magoado. E vai acabar se arrependendo disso. Quando falo, meu tom é mais gentil:

— Você é o único pai que Elijah conhece. Vá para casa. Durma. Venha buscá-lo amanhã.

Volto para casa. Minha intenção não é bater a porta, mas é isso que faço. Elijah se assusta e começa a chorar. Clara está sentada no sofá com ele, então eu o tiro dos seus braços para ela voltar para a cama.

— O que houve com Jonah? — pergunta ela. — Ele parecia irritado.

Tento diminuir o incidente o máximo possível, apesar de saber que sou uma péssima mentirosa.

— Ele só está cansado. Eu me ofereci para cuidar de Elijah hoje e lhe dar um descanso.

Clara me encara por um momento. Ela sabe que estou mentindo, mas não me pressiona. No entanto, revira os olhos ao passar por mim.

Quando minha filha volta para o quarto, levo Elijah para o meu e sento na cama, mantendo-o no colo. Ele está completamente acordado agora, mas parou de chorar.

E está sorrindo.

Jonah tem razão. Quando meu sobrinho sorri, uma covinha funda surge no centro de seu queixo.

Ele fica a *cara* de Chris.

10
Clara

Todo mundo achava que Jonah voltaria a dar aula na segunda, mas ele não apareceu. Mamãe disse que ele buscaria Elijah na segunda, mas hoje já é quarta, e ele também não deu as caras.

Não sei o que está acontecendo, porque ela não me conta, então não faço ideia do que dizer quando Lexie me encontra no meu armário depois do último tempo e pergunta:

— O que houve com o tio-professor?

Fecho o armário e dou de ombros.

— Não sei. Acho que teve um colapso nervoso. Jonah deixou Elijah com a gente na noite de sábado, e a única coisa que consegui escutar ele dizer antes de sair correndo da casa foi: *"Não consigo fazer isso. Desculpe."*

— Que merda. Sua mãe ainda está com Elijah?

O jeito como Lexie mastiga seu chiclete faz parecer que estamos falando sobre ir ao shopping em vez da possibilidade de Jonah ter abandonado o filho.

— Está.

Ela se apoia no armário ao meu lado.

— Isso não é promissor.

— Está tudo bem. Ele deve passar lá hoje. Acho que só precisava recuperar o sono perdido.

Lexie sabe que estou inventando desculpas. Ela dá de ombros e estoura uma bola de chiclete.

— É, talvez. Mas acho melhor eu avisar. Meu pai está "recuperando o sono perdido" há treze anos.

Eu rio para agradá-la, mas Jonah não tem nada a ver com o pai biológico de Lexie. Não que eu conheça o homem. Mas Jonah jamais faria algo assim com Elijah.

— Minha mãe disse que ele saiu enfurecido de casa no dia logo depois do Natal, gritando: *"Cansei disso!"* E nunca mais voltou. — Ela estoura outra bola. — Se meu pai tem talento para uma coisa nesta vida, é se cansar. Faz treze anos que ele está cansado.

Lexie fecha a boca de repente e olha para algo atrás de mim. Seu foco mudou de repente para outra coisa. Ou para outra *pessoa*.

Eu me viro e vejo Miller se aproximando. Os olhos dele encontram os meus, e, por três segundos inteiros, nos encaramos. Ele está tão concentrado em mim que precisa virar um pouquinho o pescoço quando passa por nós, antes de parecer se obrigar a olhar para o outro lado.

A gente não se fala desde a noite em que trocamos mensagens. Gosto do fato de ele não ter vindo atrás de mim, ao mesmo tempo que odeio isso. Quero que Miller seja um ser humano decente, mas também gostaria muito que ele não se importasse tanto com seu namoro.

Lexie assobia.

— Eu senti isso.

Reviro os olhos.

— Não sentiu nada.

— Senti, sim. O jeito como ele olhou para você... foi tipo...

— Voltando para Jonah — digo, me afastando do armário. — Ele é um bom pai. Só precisa de um tempo.

— Aposto cinquenta pratas que ele não volta.

Lexie me segue para a saída que leva ao estacionamento.

— Volta para onde? — pergunto. — Para a escola? Ou para buscar Elijah?

— Os dois. Ele não veio para cá só porque Jenny engravidou? Ele deve querer voltar para a vida que tinha antes. Recomeçar. Fingir que o último ano nunca aconteceu.

— Você é terrível.

— Não. Os *homens* são terríveis. Pais são *mais* terríveis ainda — argumenta ela.

Encolho um pouco os ombros com esse comentário. Então suspiro, pensando no meu pai.

— O meu não era. Ele era o melhor de todos.

Lexie para de andar.

— Clara, desculpe. Sou uma idiota.

Eu volto e agarro sua mão, puxando-a para a frente comigo.

— Está tudo bem. Mas você se enganou sobre Jonah. Ele é como o meu pai. Um dos bons. E ama Elijah demais para abandoná-lo desse jeito.

Nós andamos um metro e meio antes de Lexie parar de novo, me puxando junto. Eu me viro, dando as costas para o estacionamento, de olho nela.

— O que houve?

— Não vire agora, mas Miller parou do lado do seu carro.

Eu arregalo os olhos.

— Sério?

— Sim. E preciso de uma carona para casa, mas não quero atrapalhar caso ele esteja esperando para falar com você, então vou voltar para a escola. Mande uma mensagem quando eu puder sair.

— Tudo bem — assinto.

Meu estômago se revira de nervoso.

— E outra coisa, pare de ser mentirosa. Está na sua cara que você gosta dele. Se usar a palavra *insignificante* para falar de Miller mais uma vez, vou te bater.

— Certo.

Lexie volta para a escola, e respiro fundo. Então viro e sigo para o carro, fingindo não notar a presença de Miller até eu chegar à minha porta. As janelas da picape estão fechadas, e o motor, ligado. Ele está sentado lá dentro, apenas olhando para a frente, com um pirulito na boca. Nem presta atenção em mim.

É bem provável que nem saiba que parou ao meu lado, e aqui estou eu, achando que é de propósito. Sou uma idiota.

Começo a virar para meu carro, mas paro quando Miller abre sua porta do passageiro.

E é então que ele vira a cabeça devagar e me olha cheio de expectativa, como se eu devesse entrar na picape.

Penso no assunto. Gosto da forma como me sinto perto dele, então, apesar de saber que não devia lhe dar o gostinho de ser capaz de me convocar para dentro do seu carro com apenas um olhar, entro mesmo assim. Eu sou patética nesse nível.

Quando fecho a porta, sinto como se uma corrente elétrica tivesse me seguido e se trancado junto com a gente. O silêncio entre nós só torna a sensação mais perceptível. Sinto meu corpo pulsar da barriga à garganta, como se meu coração tivesse inchado e ocupado meu torso inteiro.

A cabeça de Miller está recostada no assento, seu corpo voltado para a frente, mas seus olhos me fitam. Eu o encaro da mesma forma, mas não estou tão relaxada. Minhas costas permanecem empertigadas contra o banco de couro.

O ar-condicionado funciona, apesar do que achei da última vez que entrei aqui. Está ligado no máximo, soprando meu cabelo na boca. Fecho a ventilação e uso os dedos para afastar uma mecha.

Os olhos de Miller seguem o movimento, se demorando em meus lábios por um instante.

O jeito como ele me encara faz com que seja muito difícil respirar direito. Como se minha reação à sua presença fosse perceptível. Os olhos dele descem para meu peito ofegante, apesar de ser um movimento muito rápido.

Miller tira o pirulito da boca e agarra o volante, desviando o olhar de mim.

— Mudei de ideia. Preciso que você vá embora.

Essas palavras me deixam pasma. E também muito confusa.

— Mudou de ideia sobre o quê?

Miller me encara de novo e, por algum motivo, parece indeciso. Ele respira fundo devagar.

— Não sei. Eu fico muito confuso perto de você.

Ele fica confuso perto de *mim*? Isso me faz sorrir.

Meu sorriso faz Miller franzir a testa.

Não faço ideia do que está acontecendo. Não sei se odeio ou se gosto desta situação, mas entendo que não vou conseguir lutar por muito tempo contra o que causa os sentimentos que tenho perto dele, seja lá o que for. Miller me encara como se estivesse quase chegando ao seu limite.

— Você precisa resolver o que quer, Miller.

Ele assente.

— Acredite em mim. Eu sei. É por isso que preciso que você saia da picape.

Essa conversa toda é tão bizarra que só consigo rir. Minha risada finalmente arranca um sorriso dele. Mas então Miller geme e pressiona a testa contra o volante, agarrando-o com as duas mãos.

— *Por favor*, saia da picape, Clara — sussurra ele.

Eu devia odiar o fato de ele estar travando alguma batalha moral agora. Gosto dessa sensação — de pensar que Miller se sente atraído por mim — bem mais do que achar que ele me detesta.

Tento pensar em Shelby. Saber que Miller tem uma namorada que ama e com quem se importa me faz controlar a vontade de me aproximar e lhe dar um beijo. Mas sei que não vou fazer nada para ajudá-lo a evitar esse impulso, porque continuo sentada na picape apesar de ele já ter me pedido três vezes para sair.

Talvez eu até piore ainda mais a situação quando estico o braço e tiro o pirulito de sua mão.

— Miller? — Ele vira a cabeça, ainda pressionada contra o volante, e me encara. — Você também está me confundindo.

Coloco o pirulito na boca e seguro a maçaneta.

Miller mantém a cabeça virada para me observar saindo. Assim que fecho a porta, ele a tranca e dá marcha à ré como se estivesse com a maior pressa do mundo para se livrar de mim.

Entro no meu carro totalmente convencida de que tia Jenny se enganou sobre uma coisa. Ela disse que garotas eram mais confusas que garotos. Não acredito nem um pouco nisso.

Saio da vaga depois que Miller desaparece. Quando viro a esquina, meu telefone toca. É Lexie.

Merda. Lexie.

Atendo.

— Desculpe. Já estou dando a volta.

— Você me esqueceu.

— Eu sei. Sou a pior pessoa do mundo. Estou voltando agora.

11
Morgan

Dois anos, seis meses e treze dias. Esse era o tempo que o seguro de vida de Chris *deveria* durar na pior das hipóteses quando fiz as contas. Mas o acréscimo de uma criança vai nos colocar na pobreza. Não posso arrumar um emprego se eu tiver que cuidar de um bebê. Não posso bancar uma creche se eu conseguir um emprego. Não posso entrar na justiça contra Jonah para receber pensão porque ele não é o pai.

Quando Elijah começa a chorar, junto meus papéis e vou cuidar dele. *De novo*. Achei que meu sobrinho fosse completamente diferente de Clara nessa idade, mas estou começando a achar que me enganei. Porque tudo que essa criança fez nos últimos dias foi chorar. Ele tira cochilos ocasionais, mas, no geral, chora. Não sei se é porque minha presença é estranha. Elijah está acostumado com Jenny, e faz um bom tempo que não escuta sua voz. E não escuta a de Jonah desde a noite de sábado. Eu me esforço ao máximo para fingir que vai dar tudo certo, mas estou começando a me preocupar, porque Jonah não respondeu nenhuma das minhas mensagens até agora.

É provável que ele não volte. E eu o culparia? Jonah tem razão — sou eu que tenho um parentesco de sangue com esse bebê. Não ele. É como se Elijah *fosse* inteiramente minha responsabilidade. Apesar do que está escrito na certidão de nascimento, Jonah não tem obrigação alguma de criar uma criança gerada por minha irmã e meu marido.

Eu estava torcendo para que os dois meses que Jonah e Elijah passaram juntos fossem suficientes para formar aquele laço indestrutível entre pai e filho, e que Jonah caísse em si e voltasse, arrependido e inconsolável. Mas isso não aconteceu. Hoje é o quarto dia, e cá estou eu, possivelmente prestes a criar um recém-nascido no meio de tanto caos.

Na noite passada, sentada na sala de estar com meu sobrinho no colo, enquanto ele passava uma hora inteira berrando, não consegui pensar em outra coisa. Na verdade, comecei a rir no meio da gritaria, histérica. E fiquei me perguntando se estava enlouquecendo. É assim que as pessoas loucas sempre são representadas na televisão. Rindo em situações medonhas, quando deveriam reagir de forma mais apropriada. Mas eu só conseguia rir, porque minha vida é uma verdadeira merda. É uma merda. É. Uma. Merda. Meu marido morreu. Minha irmã morreu. O filho ilegítimo dos dois foi deixado na minha casa para eu criar, quando minha própria filha mal fala comigo. Não tenho capacidade de lidar com isso tudo.

E não posso nem assistir à televisão para fugir desta vida de merda, porque aquela porcaria continua quebrada.

— Eu devia ligar para lá.

— Ligar para onde?

Eu me viro, surpresa ao ver Clara em casa. Nem escutei a porta abrir.

— Ligar para onde? — repete ela.

Não me dei conta de que tinha feito o comentário em voz alta.

— Para a operadora da tevê a cabo. Sinto falta dos programas.

Clara balança a cabeça como se quisesse dizer: *Tevê a cabo é coisa do passado, mãe.* Mas ela fica quieta. Só se aproxima e tira Elijah do meu colo.

Há duas operadoras na cidade, mas dou sorte e acerto a nossa na primeira tentativa. Fico aguardando na linha por uma eternidade antes de finalmente conseguir confirmar uma visita. Quando desligo, Clara está me encarando do sofá.

— Você dormiu?

Ela deve ter perguntado isso porque continuo usando as roupas de ontem e não penteei o cabelo. Nem lembro se escovei os dentes. Geralmente, faço isso assim que acordo e antes de dormir, mas não tem sido o caso, porque Clara tem razão. Eu *não* dormi. Quanto tempo será que alguém consegue funcionar assim?

Pelo visto, para Elijah, a resposta é sete horas, porque esse foi o período de intervalo entre sua última soneca e a de agora.

— Ligue para Jonah e diga para ele vir buscar o filho. Você parece prestes a desmaiar.

Evito responder, tirando Elijah dos braços dela.

— Você pode ir comprar fraldas? Só tenho mais uma, e acho que a dele está suja.

— Jonah não pode trazer mais? — pergunta Clara. — A responsabilidade não é dele?

Desvio o olhar, porque minha filha me encara como se eu fosse transparente feito água.

— Dê uma folga para Jonah — digo. — O mundo dele virou de cabeça para baixo.

— O nosso mundo também virou de cabeça para baixo. Isso não é motivo para abandonar um bebê.

— Você não entenderia. Ele precisa de um tempo. Minha carteira está na cozinha — respondo, continuando a evitar colocar a culpa em Jonah, por mais que eu queira.

Clara pega meu dinheiro e sai.

Quando fico sozinha com Elijah, coloco-o no berço improvisado que fiz. Ele finalmente está dormindo, e não faço ideia de quanto tempo isso vai durar, então aproveito para ir à cozinha e lavar suas mamadeiras.

Ele não toma leite materno desde que Jenny morreu, mas parece estar aceitando bem a fórmula. O problema é que tenho muito mais louça para lavar.

Estou esfregando uma das mamadeiras quando acontece.

Começo a chorar.

Ultimamente, quando começo, não consigo parar. Choro com Elijah à noite. Choro com ele durante o dia. Choro no banho. Choro no carro.

Sinto uma dor de cabeça e uma tristeza incessantes; às vezes, só queria que tudo acabasse. Tudo. O mundo inteiro.

Você sabe que sua vida é uma merda quando está lavando mamadeiras, rezando para o juízo final chegar.

12
Clara

Há vários caminhos que posso pegar da minha casa para o mercado, ou da minha casa para a escola, ou da minha casa para praticamente qualquer lugar na cidade. Um deles é a rua principal que atravessa o centro, a rota mais curta. A outra é o retorno, que é fora de mão para mim, porém, mesmo assim, é minha opção favorita há praticamente duas semanas.

Porque é o único caminho que passa pela casa de Miller Adams. A placa dos limites da cidade está um pouco mais para trás, e entendo agora porque ele faz a mudança aos poucos. A menos que você esteja prestando atenção para ver se ela continua no mesmo lugar, seria difícil notar uma diferença de seis metros a cada semana. Mas eu notei. E sorrio sempre que vejo a placa em um lugar diferente.

Passo por aqui na esperança de Miller estar no acostamento de novo, me dando motivos para parar. Só que nunca o vejo.

Sigo para o mercado, apesar de não fazer ideia do tipo nem do tamanho das fraldas que devo comprar. As mensagens que mando para minha mãe quando chego lá não são respondidas. Ela deve estar ocupada com Elijah.

Abro o contato de Jonah. Encaro a tela, me perguntando por que minha mãe não quer pedir as fraldas para ele. Também estou curiosa sobre o motivo para ela estar cuidando de Elijah há tanto tempo.

Era óbvio que aquela história sobre Jonah precisar descansar era mentira. Dava para ver nos olhos da minha mãe. Ela estava preocupada. Estava torcendo para ele *só* precisar descansar.

Mas e se Lexie tiver razão? E se Jonah resolver não voltar para buscá-lo?

Se for o caso, é mais uma coisa para eu acrescentar à lista de tragédias que causei. Jonah está estressado por ter perdido a mãe do seu filho e não sabe como criá-lo sozinho, e nada disso estaria acontecendo se não fosse por mim.

Preciso consertar esse problema, mas, para isso, preciso saber exatamente o que está acontecendo.

Resolvi não ligar para Jonah. Guardo o celular no bolso, saio do mercado sem as fraldas, entro no carro e vou direto para a casa dele. Já que tia Jenny não está aqui para me ajudar, e minha mãe com certeza não quer me contar a verdade, a única forma de encontrar respostas é indo direto à fonte.

Escuto o som da televisão quando me aproximo da porta. Solto um suspiro de alívio, porque, se a tevê está ligada, Jonah provavelmente não foi embora da cidade. *Ainda.* Toco a campainha e escuto ruídos lá dentro. Depois passos.

Os passos diminuem, como se estivessem se afastando, tentando fugir do visitante. Começo a bater à porta para deixar claro que não vou embora até ele abrir. Se for preciso, entro pela janela.

— Jonah! — grito.

Nada. Tento virar a maçaneta, mas a porta está trancada, então bato de novo com a mão direita enquanto toco a campainha com a esquerda. Faço isso por trinta segundos inteiros até escutar os passos de novo.

A porta abre. Jonah está vestindo uma camisa.

— Você podia esperar um segundo para eu me vestir — diz ele.

Empurro a porta e passo por ele, entrando na casa sem ser convidada. Não venho aqui desde a semana antes de Jenny morrer. É incrível como um homem é capaz de estragar um lugar.

Não que tenha chegado ao ponto de estar nojento, mas com certeza alcançou um nível patético. Roupas no chão. Caixas de pizza vazias na bancada. Dois sacos de batata frita abertos no sofá. Parecendo envergonhado pelo estado da casa, *como deveria estar*, Jonah começa a juntar o lixo e levá-lo para a cozinha.

— O que você está fazendo? — pergunto.

Jonah pisa no pedal da lixeira, e a tampa abre. Acho que seu plano era jogar tudo lá dentro, mas não tem espaço, então ele solta o pedal e deixa as coisas sobre a bancada da cozinha, junto a outra pilha de lixo.

— Limpando — responde ele. Então tira a tampa da lixeira e começa a fechar o saco.

— Você me entendeu. Por que minha mãe está com Elijah desde domingo?

Jonah tira o saco da lixeira e o coloca ao lado da porta da cozinha, que leva à garagem. Ele para por um instante e olha para mim como se cogitasse me responder com a verdade. Mas então balança a cabeça.

— Você não entenderia.

Estou cansada de ouvir isso. É como se os adultos achassem que ter dezesseis anos faz com que uma pessoa não consiga compreender palavras. Eu entendo o suficiente para saber que não há motivo no mundo para um pai se afastar do filho. Nem o luto.

— Você não está nem um pouco preocupado com ele?

Jonah parece se ofender com a pergunta.

— É claro que estou.

— Você demonstra isso de um jeito engraçado.

— Minha cabeça não está boa.

Eu rio.

— Pois é. Nem a da minha mãe. Ela perdeu o marido e a irmã.

A resposta de Jonah é seca.

— Eu perdi meu melhor amigo, minha noiva e a mãe do meu filho.

— E, agora, seu filho perdeu você. Parece justo.

Jonah suspira, se apoiando na bancada. Ele olha para o chão, e percebo que minha presença aqui faz com que se sinta culpado. *Ótimo*. Ele merece se sentir culpado. E eu ainda não acabei.

— Você acha que está sofrendo mais do que a minha mãe?

— Não — responde ele na mesma hora. De um jeito convincente.

— Então por que está jogando suas responsabilidades para cima dela? A sua tristeza não é maior, e agora você largou seu filho lá em casa, como se os seus sentimentos fossem mais importantes do que a situação em que ela está.

Jonah pensa no que eu disse. Dá para notar a ficha caindo, porque sua expressão fica angustiada. Ele se empurra para longe da bancada e vira as costas para mim, como se eu fosse a causa do seu remorso.

— Elijah aprendeu a virar ontem à noite — digo.

Ele vira, seus olhos encontrando os meus.

— Sério?

Balanço a cabeça.

— Não. Mas ele vai fazer isso daqui a pouco, e você vai perder.

Jonah trinca a mandíbula. Consigo perceber sua mudança segundos antes de ela acontecer.

— O que eu estou fazendo? — sussurra ele.

Então corre para a mesa de jantar, pega as chaves do carro. E vai para a porta da garagem.

— Aonde você vai?

Jonah para, olha para mim.

— Buscar meu filho.

Ele abre a porta da garagem, mas, antes que saia, eu grito:

— Posso ficar e limpar a casa por cinquenta pratas!

Jonah volta para a sala, tira a carteira do bolso. Pega duas notas de vinte e uma de dez, e me entrega. Então faz algo inesperado. Ele se inclina para a frente e me dá um beijo rápido na testa. Quando se afasta, me encara com um olhar intenso.

— Obrigado, Clara.

Eu sorrio e sacudo as três notas, mas sei que ele não agradecia pela minha oferta de limpar a casa. Jonah me agradeceu por ajudá-lo a recuperar o juízo.

13
Morgan

Estou na lavanderia, lavando de novo as poucas roupas que tenho de Elijah, quando escuto a porta da frente abrir e fechar. Clara deve ter voltado do mercado com as fraldas. Continuo chorando. Que surpresa. Seco os olhos antes de ligar a secadora e voltar para a sala.

Quando viro no corredor, fico paralisada.

Jonah está parado na sala.

Segurando Elijah. Aconchegando-o contra o peito, beijando o topo da sua cabeça sem parar.

— Desculpe — escuto ele sussurrar. — O papai está muito, muito arrependido.

Não quero interromper o momento. Eu me sinto reconfortada com a cena, o que é estranho, porque estava tão furiosa apenas minutos antes. Mas vejo na cara de Jonah que ele percebeu que não é capaz de abandonar o filho. Não importa quem é seu pai biológico, foi Jonah quem o criou. É Jonah quem Elijah reconhece e ama. Fico feliz por ele não ter transformado meus piores medos em realidade.

Vou para meu quarto e deixo os dois sozinhos por um instante enquanto arrumo a bolsa de fraldas. Quando volto para a sala, Jonah continua no mesmo lugar. Ainda abraça Elijah como se fosse incapaz de se desculpar o suficiente. Como se o bebê conseguisse entender o que aconteceu.

Ele olha para cima, e fazemos contato visual. Por maior que seja meu alívio agora por saber que seu amor por Elijah vai além de qualquer DNA que os dois compartilhem ou não, continuo um pouco irritada por ele ter demorado quatro dias para cair em si.

— Se você abandonar esse bebê de novo, vou pedir a custódia.

Sem hesitar por um segundo, Jonah atravessa a sala e passa os braços em torno de mim, encaixando minha cabeça sob seu queixo.

— Desculpe, Morgan. Não sei o que eu estava pensando. — A voz dele soa desesperada, como se fosse possível que eu não o perdoasse. — Desculpe.

A questão é que... eu nem *culpo* Jonah.

Se Chris e Jenny já não estivessem mortos, eu mataria os dois por fazerem isso com ele. Passei os últimos dias pensando nisso. Jenny devia saber que havia uma possibilidade de Chris ser pai de Elijah. E se ela sabia, *Chris* sabia. Fico me perguntando por que permitiriam que Jonah acreditasse mesmo por um instante ser pai de uma criança que não é sua. E o único motivo que consigo imaginar não é bom o suficiente.

Acredito que os dois guardaram segredo porque tinham medo das consequências de contar a verdade. Clara jamais os perdoaria. Acho que Jenny e Chris fariam qualquer coisa para esconder isso dela. Inclusive usar Jonah para manter a mentira dos dois.

Pelo bem de Clara, fico aliviada por terem escondido tudo tão bem. Mas, por Jonah — e por Elijah —, estou furiosa.

E é por isso que não tento fazer Jonah se sentir mais culpado. Ele precisava de tempo para se ajustar a uma notícia tão traumática. Não precisa ficar com a consciência pesada também. Ele voltou e está arrependido, e nada mais importa agora.

Jonah continua me abraçando, pedindo desculpas, como se eu precisasse de explicações mais do que Elijah. Não preciso. Eu entendo completamente o que aconteceu. Só estou aliviada por saber que meu sobrinho não vai crescer sem pai. Essa era minha maior preocupação.

Eu me afasto de Jonah e lhe entrego a bolsa de fraldas.

— Acabei de colocar os macacões dele na secadora. Você pode vir buscar depois.

— Obrigado — diz Jonah. Ele dá um beijo na testa de Elijah e o encara por um instante antes de se preparar para ir embora. Eu os sigo pela sala. Quando Jonah chega à porta, se vira e repete, colocando ainda mais convicção em sua voz: — *Obrigado*.

Assinto.

— Está tudo bem, Jonah. Sério.

Quando a porta fecha, desabo sobre o sofá, aliviada. Acho que nunca estive tão exausta. Da vida. Da morte. De *tudo*.

Acordo uma hora depois, na mesma posição, quando Clara volta para casa.

Sem fraldas.

Esfrego meus olhos sonolentos, me perguntando o que ela estava fazendo se não foi comprar o que pedi. Como se não bastasse o cansaço de passar a semana inteira cuidando de um bebê, ter uma filha adolescente que resolve começar sua fase rebelde no dia do funeral do pai é a cereja no topo do bolo.

Eu a sigo até a cozinha. Ela abre a geladeira, e paro às suas costas, tentando ver se sinto cheiro de maconha de novo. Não sinto, mas, hoje em dia, os adolescentes gostam de mascar aquelas balas. É mais fácil de esconder.

Clara olha por cima do ombro com uma sobrancelha erguida.

— Você está me cheirando?

— Onde você estava? Eu pedi para comprar fraldas.

— Elijah continua aqui?

— Não. Jonah veio buscá-lo.

Ela desvia de mim.

— Então não precisamos de fraldas.

Ela tira do bolso o dinheiro que lhe dei e o coloca sobre a bancada. Então segue para a porta da cozinha, mas tenho sido tolerante demais. Clara só tem dezesseis anos. Tenho o direito de saber onde ela estava.

— Você foi se encontrar com aquele garoto?

— Que garoto?

— O garoto que te deu maconha no funeral do seu pai.

— Achei que a gente já tivesse virado essa página. E não.

Ela tenta passar por mim de novo, mas continuo na sua frente, ainda bloqueando a porta.

— Você não pode mais sair com ele.

— Hum. *Não* estamos saindo. E, se estivéssemos, ele não é um cara ruim. Posso ir para o meu quarto, por favor?

— Depois de você me contar onde estava.

Clara joga os braços para cima.

— Eu estava limpando a casa de Jonah! Por que você sempre imagina o pior?

Não acredito nisso. Por que ela limparia a casa de Jonah?

— Veja no aplicativo, se acha que estou mentindo. Ligue para Jonah.

Ela passa espremida por mim e empurra a porta.

Acho que eu devia ter olhado no aplicativo antes. Só parece que, mesmo com ele, não sei o que Clara anda fazendo. Meu celular indicava que ela estava no cinema no dia do funeral de Chris, mas com certeza não tinha uma notificação de que estava usando drogas. Sinto como se o aplicativo fosse inútil a esta altura.

Eu devia cancelar a assinatura, porque custa caro. Mas Chris usava sua conta para pagar, e seu telefone provavelmente foi destruído no acidente. Ele não estava na caixa de pertences que tiraram do carro de Jenny.

E, mesmo que eu o *encontrasse*, nem saberia a senha. Essa devia ter sido minha primeira pista sobre todas as coisas que ele escondia de mim. Mas quem precisa de pistas quando você nem imagina que deveria estar bancando a detetive? Nunca suspeitei que havia algo errado.

Lá vou eu de novo.

Acho que estou com saudade de quando Elijah estava aqui. Ele me distraía. Eu não precisava pensar no que Jenny e Chris faziam quando todos os minutos eram ocupados por meu sobrinho. Jonah tem sorte nesse sentido. Elijah provavelmente vai mantê-lo tão ocupado e exausto que seu cérebro não vai ter tempo para outras preocupações.

Posso tomar um pouco de vinho. Quem sabe um banho de espuma. Talvez ajude.

Faz uns trinta segundos que Clara saiu da cozinha, mas a porta continua balançando para a frente e para trás. Eu a seguro, depois encaro as costas da minha mão, a palma pressionada contra a madeira. Fixo o olhar na aliança. Ela foi presente de Chris no nosso aniversário de dez anos de casamento. Passei a usá-la no lugar do anel de ouro que ele comprou para mim quando éramos adolescentes.

Jenny o ajudou a escolher.

Será que os dois já tinham um caso nessa época?

Pela primeira vez desde que coloquei esta aliança, sinto a necessidade de tirá-la. Eu a arranco do dedo e a jogo contra a porta. Não sei onde aterrissa, e não me importo.

Empurro a porta da cozinha e vou para a garagem em busca de algo que me ajude a solucionar pelo menos *um* problema na minha vida.

Quero muito um facão, ou um machado, mas só encontro um martelo. Volto com ele para a cozinha para acabar com essa maldita porta de uma vez por todas.

Acerto a madeira com o martelo. Fica um amassado bonito.

Golpeio de novo, me perguntando se não teria sido mais fácil simplesmente soltar as dobradiças. Mas talvez eu só precisasse descontar minha raiva em alguma coisa.

Bato no mesmo lugar, uma vez após a outra, até a madeira começar a lascar. Com o tempo, um buraco vai surgindo, e consigo ver a sala do outro lado. É uma sensação gostosa. Isso meio que me preocupa.

Mas continuo batendo. Sempre que acerto a madeira, a porta balança para longe de mim. Bato de novo quando ela volta. Eu e meu martelo entramos em um ritmo até o buraco ter pelo menos trinta centímetros.

Coloco toda a minha força no próximo golpe, mas o martelo prende na madeira e escorrega das minhas mãos. Quando a porta volta para mim, interrompo seu movimento com um pé. Vejo Clara através do buraco. Ela está parada na sala, me encarando.

E parece espantada.

Estou com as mãos no quadril agora. Minha respiração está ofegante pelo esforço de fazer o buraco. Limpo o suor da testa.

— Você enlouqueceu de verdade — diz Clara. — Eu estaria melhor se fugisse de casa.

Empurro a porta, mantendo-a aberta com a mão. Se ela acha que ficar aqui comigo é tão ruim assim...

— Então pode fugir, Clara — digo, séria.

Ela balança a cabeça, como se *eu* fosse motivo de decepção, e volta para o quarto.

— A porta fica do outro lado! — grito.

Clara bate a porta do quarto, e só levo três segundos antes de me arrepender por ter gritado. Se ela for um pouco parecida comigo nessa idade — e é —, deve estar fazendo a mala e planejando escapar pela janela.

Eu não falei sério. Só estou frustrada. Preciso parar de descontar as coisas na minha filha, mas a forma como ela age comigo a torna um alvo fácil.

Vou até seu quarto e abro a porta. Clara não está fazendo a mala. Está apenas deitada na cama, encarando o teto. *Chorando.*

Meu coração se aperta de culpa. Eu me sinto péssima por perder a paciência com ela. Sento na cama e passo a mão por sua cabeça, arrependida.

— Desculpe. Não quero que você fuja.

Dramática, Clara vira e encara a direção oposta. E abraça o travesseiro.

— Vá *dormir*, mãe. Por favor.

14
Clara

Tomei minha primeira xícara cheia de café há duas semanas, na manhã que minha mãe abriu um buraco aleatório na porta da cozinha. Desde então, descobri a única coisa que talvez consiga me salvar da depressão que já dura um mês.

Starbucks.

Não é como se eu nunca tivesse entrado em uma Starbucks antes. Mas sempre fui aquele tipo de pessoa que pede chá em cafeterias Porém, agora que a insônia se tornou uma realidade, já provei quase todas as bebidas do cardápio e tenho até a minha favorita. O clássico Caramelo Macchiato grande, sem substituir nem acrescentar nada.

Levo minha bebida para uma mesa vazia, a mesma em que sento quase todos os dias nas últimas duas semanas. Quando não estou na casa de Lexie depois da escola, venho para cá. A situação anda tão tensa na minha casa que não quero estar lá. Nos dias de aula, preciso voltar às dez da noite, se não tiver dever de casa. Nos fins de semana, o horário é meia-noite. E a verdade é que, desde a última briga que tive com minha mãe, nunca chego antes das dez.

Se ela não está exigindo saber aonde vou e com quem estou nem me cheirando em busca de sinais de uso de drogas, está vagando deprimida pela casa, esburacando portas aleatórias.

E, então, há tudo sobre o que não conversamos. O fato de que eu estava trocando mensagens com Jenny no dia em que os dois morreram. E sei aonde ela e Jonah foram no dia em que saíram juntos — ao Langford. Vi no aplicativo. Naquela noite, perguntei o que tinha acontecido, mas ela não quis me responder. Se eu tocasse no assunto de novo, tenho a impressão de que escutaria uma mentira.

As coisas parecem desequilibradas entre nós. Não estamos sincronizadas. Não sabemos mais conversar agora que perdemos papai e Jenny.

Ou talvez seja eu. Não sei. Só sei que não consigo estar em casa agora. Odeio a forma como me sinto lá. É estranho não ver meu pai, e tenho medo de que as coisas nunca mais voltem a ser como eram. Antes, eu me sentia no meu lar. Agora, sinto como se estivesse em um hospital, e eu e minha mãe somos as únicas pacientes.

É triste me sentir mais confortável na Starbucks do que na minha própria casa. Lexie trabalha no Taco Bell cinco dias da semana, e está lá hoje, então me aconchego no meu cantinho da terra da cafeína e abro um livro.

Li apenas algumas páginas quando meu telefone vibra na mesa. Eu viro a tela e vejo a nova notificação do Instagram.

Miller Adams começou a seguir você.

Encaro a notificação, absorvendo seu significado por um instante. Será que Shelby terminou com ele de novo? Essa é sua forma de se vingar dela?

Sinto um sorriso começando a se formar, mas eu o interrompo, porque já estou desnorteada. *Entre na minha picape. Saia da minha picape.* Vamos ser amigos no Instagram. Não, não vamos ser amigos. Tudo bem, certo, vamos ser amigos.

Não vou me permitir ficar feliz com isso até saber que raios ele está fazendo. Abro nossas mensagens no Instagram, já que apaguei seu número, e envio uma.

    Eu: Partiram seu coração de novo?
    Miller: Acho que fui eu que parti o dela agora.

É impossível evitar meu sorriso agora. Ele é grande demais para ser controlado.

    Miller: O que você está fazendo agora?
    Eu: Nada.
    Miller: Posso ir aí?

Minha casa é o *último* lugar onde quero que ele esteja.

    Eu: Vamos nos encontrar na Starbucks.
    Miller: Estou indo.

Baixo o telefone e pego o livro de novo, mas sei que não vou conseguir me concentrar nas palavras enquanto espero. Mas não faz diferença, porque, cinco segundos depois, Miller arrasta uma cadeira vazia até minha mesa. Ele senta com o encosto virado para a frente. Apoio o livro no peito e o encaro.

— Você já estava aqui?

Miller sorri.

— Eu estava na fila para pegar meu café quando mandei a mensagem.

O que significa que ele provavelmente me viu sorrindo feito uma idiota.

— Que invasão de privacidade.

— A culpa não é minha se você não presta atenção no que está acontecendo ao seu redor.

Ele tem razão. Quando estou aqui, não tenho noção do que acontece à minha volta. Às vezes, passo duas horas lendo e, quando fecho o livro, fico surpresa ao ver que não estou em casa.

Guardo o livro na bolsa e tomo um gole de café. Então me recosto na cadeira, analisando Miller. Ele parece melhor. Menos arrasado desta vez. Na verdade, parece satisfeito, mas não faço ideia de quanto tempo isso vai durar antes de ele perceber o quanto sente falta de Shelby e parar de me seguir no Instagram de novo.

— Não sei se gosto de ser seu plano reserva para quando você arruma problema com sua namorada.

Miller abre um sorriso gentil.

— Você não é meu plano reserva. Gosto das nossas conversas. E não tenho mais namorada, então já não sinto mais culpa quando falo com você.

— Você acabou de resumir um plano reserva. Quando sua prioridade não dá certo... passe para a segunda opção.

Uma atendente chama o nome de Miller, mas ele passa cinco segundos inteiros me encarando antes de afastar a cadeira da mesa e ir buscar o café. Quando volta, não retoma a conversa. Muda completamente de assunto.

— Quer dar uma volta?

Ele toma um gole de café, e não faço ideia de como algo tão simples quanto um cara bonitinho bebendo algo pode ser tão atraente, mas é, então pego minha bolsa e levanto.

— Claro.

160

Com exceção de alguns encontros escondidos que tive no ano passado com um cara chamado Aaron, nunca saí com ninguém. Não que eu ache que isso seja um encontro de verdade, mas é inevitável fazer uma comparação, mesmo que seja com a única que tive. Meus pais sempre foram extremamente superprotetores, então nunca me dei ao trabalho de perguntar se podia sair com um cara. A regra sempre foi que eu poderia namorar depois que fizesse dezesseis anos, mas faz quase um ano desde o meu aniversário, e evitei tocar no assunto. A ideia de levar um garoto para conhecer meus pais sempre foi apavorante, então, se eu quisesse sair com alguém, geralmente preferia fazer isso às escondidas, com a ajuda de Lexie.

Mas, mesmo diante da minha pouca experiência, entendo o suficiente sobre o assunto para saber que o silêncio é inimigo de um bom encontro. Você precisa tentar preenchê-lo com perguntas bobas que ninguém quer responder, e, então, se conseguir aguentar as respostas péssimas, talvez consiga dar uns amassos no fim da noite.

Porém o que está acontecendo comigo e Miller *não* é um encontro. Nem de longe. Isso porque não trocamos uma palavra desde que entramos na picape, apesar de já estarmos há meia hora aqui. Ele não me força a responder perguntas que não quero que sejam feitas, e não o obrigo a me contar todos os detalhes do seu término com Shelby. Somos só duas pessoas, escutando música, *apreciando* o silêncio.

Estou adorando. Talvez isso seja melhor até que meu cantinho aconchegante na Starbucks.

— Esta picape era do vovô — diz Miller, quebrando nosso silêncio confortável. Mas a interrupção não me irrita. Na verdade, estive realmente me perguntando por que ele dirige um carro tão velho e se existe uma história por trás disso. — Ele o comprou zero quando tinha vinte e cinco anos. E foi o único carro que dirigiu durante a vida.

— Quantos quilômetros ele rodou?

— Eram pouco mais de trezentos e vinte mil antes de a picape ser desmontada e tudo ser trocado. Agora são... — Miller levanta a mão para olhar o painel atrás do volante. — Trinta mil novecentos e dezoito.

— Seu avô ainda dirige?

Miller balança a cabeça.

— Não. Ele não tem mais saúde para isso.

— Achei que ele parecia ótimo.

Miller coça o queixo.

— Ele tem câncer. Os médicos deram seis meses, no máximo.

Sinto como se eu tivesse levado um soco na barriga, nem o conheci direito, só falei uma vez com ele.

— Ele gosta de fingir que nada está acontecendo e que está se sentindo bem. Mas sei que está assustado.

Começo a ficar curiosa sobre a família de Miller. Tipo como é sua mãe, e por que meu pai parecia detestar tanto o pai dele.

— Vocês são muito próximos?

Miller apenas concorda com a cabeça. Pela maneira como se recusa a dar uma resposta em voz alta, sei que vai ser muito difícil para ele quando acontecer. E isso me deixa triste.

— Você devia escrever tudo.

Ele me olha de soslaio.

— Como assim?

— Escreva tudo o que você quer lembrar sobre ele. É surpreendente como a gente se esquece rápido das coisas.

Miller sorri para mim, parecendo agradecido pelo conselho.

— Vou fazer isso — diz ele. — Prometo. Mas também é por esse motivo que passo a maior parte do tempo com uma câmera enfiada na cara dele.

Eu devolvo o sorriso e olho pela janela. Não falamos mais até a picape parar de novo na Starbucks, quinze minutos depois.

Estico as costas e depois os braços antes de tirar o cinto de segurança.

— Obrigada. Eu precisava disso.

— Eu também — concorda Miller.

Ele se apoia na porta do motorista, a cabeça apoiada na mão enquanto me observa pegar a bolsa e abrir a porta.

— Você tem bom gosto para músicas.

— Eu sei — responde ele, seus lábios abrindo um sorrisinho brincalhão.

— A gente se vê na escola amanhã?

— Até lá.

A forma como Miller olha para mim dá a entender que ele não quer que eu vá embora, mas nada é dito, então saio da picape. Fecho a porta e viro para o meu carro, mas escuto o som da porta dele abrindo enquanto procuro as chaves.

Miller está ao meu lado agora, apoiado no meu carro. Seu olhar é intenso. Meu corpo inteiro o sente.

— A gente devia sair de novo. Está ocupada amanhã à noite?

Interrompo a busca pelas chaves e faço contato visual. Amanhã à noite seria legal, mas ficar um pouco mais com ele hoje seria melhor ainda. Ainda falta uma hora antes de eu precisar voltar para casa.

— A gente pode fazer alguma coisa agora.

— Aonde você quer ir?

Olho para as portas da Starbucks, já ansiosa por outra dose de cafeína.

— Seria muito bom tomar outro café.

Todas as mesas menores estavam ocupadas, então tivemos de escolher entre uma mesa com seis cadeiras ou o sofá.

Miller seguiu para o sofá, e não achei ruim. Nós dois sentamos e relaxamos, as cabeças apoiadas nas almofadas, nos encarando. Coloquei os pés em cima do sofá, e Miller levantou uma perna.

Nossos joelhos se encostam.

Agora, boa parte da Starbucks está vazia, e já bebi quase todo meu café, mas não paramos de falar e rir, nem mesmo por poucos segundos. Esta versão de nós é tão diferente de quando estávamos na picape antes, mas me sinto à vontade da mesma maneira.

Estar com ele parece natural. Seja no silêncio, na conversa, nas risadas. Tudo é tão confortável, e eu não tinha me dado conta de que sentia falta disso. Mas sentia. Desde o acidente, tudo na minha vida parece ter ganhado bordas afiadas, e passei o último mês caminhando por esse mundo no escuro, na ponta dos pés, tentando não me machucar.

Não falamos sobre o término do seu namoro, apesar da minha curiosidade sobre o que teria acontecido. Minha esperança era que evitássemos falar sobre o acidente e tudo que ocorreu desde então, mas Miller acaba de me perguntar como está minha mãe.

— Bem, eu acho. — Tomo o último gole do café. — Peguei ela tentando destruir a porta da cozinha com um martelo sem motivo nenhum. Agora, faz duas semanas que tem um buraco aleatório lá.

Miller sorri, mas é um sorriso compreensivo.

— E você? — pergunta ele. — Já destruiu alguma coisa?

Dou de ombros.

— Não. Estou bem. Quer dizer... só faz pouco mais de um mês. Ainda choro todas as noites. Mas já se tornou um pouco mais fácil levantar da cama. — Balanço meu copo de café vazio. — Passar a gostar de cafeína ajudou.

— Quer outro?

Faço que não com a cabeça e coloco o copo na mesa ao meu lado. Então me ajeito no sofá para ficar mais confortável. Miller me imita, e estamos ainda mais próximos agora.

— Pode me fazer um favor? — pergunto.

— Depende do favor.

— Um dia, quando você virar um diretor famoso, pode exigir que os copos de café tenham líquido dentro quando estão nas mãos dos atores em cena?

Ele ri. Alto.

— Essa é a coisa que mais me incomoda — responde Miller. — Os copos estão sempre vazios. E quando os colocam em uma mesa, dá para ouvir o nada lá dentro.

— Assisti a um filme em que o ator estava com raiva, sacudindo o copo de café, e não caía nem uma gota. Acabei me distraindo, e isso estragou o filme todo.

Miller sorri e aperta meu joelho.

— Eu prometo. Todos os copos de café no meu set estarão cheios.

Sua mão continua no meu joelho. É óbvio demais o que está acontecendo para eu fingir não notar, mas tento. Só que fico olhando para baixo. Gosto de ver a mão dele lá. Gosto da sensação do seu dedão fazendo carinho para trás e para a frente.

Gosto de como me sinto quando estamos juntos. E não tenho certeza, mas acho que ele também. Nós dois não paramos de sorrir. Sei que já corei pelo menos três vezes durante nossa conversa.

A gente sabe que o interesse é mútuo, então não estamos tentando nos fazer de bobos. Para mim, é apenas uma questão de saber o que se passa pela cabeça dele. No que está pensando... se Shelby continua sendo uma preocupação.

— Então — diz Miller. — Você já escolheu a faculdade? Ainda quer estudar teatro?

Essa pergunta me faz suspirar.

— Eu quero muito, mas minha mãe é tão contra. E meu pai também era.

— Por quê?

— As chances de darem certo são mínimas, então eles querem que eu estude algo mais prático.

— Já vi você atuando. Nasceu para isso.

Eu me empertigo no sofá.

— Sério? A que peça você assistiu?

Eu faço teatro todo ano na escola, mas nunca notei Miller na plateia.

— Não lembro qual foi. Só me lembro de você no palco.

Sinto meu rosto corar de novo. Eu me recosto no sofá e abro um sorriso tímido.

— E você? Pelo menos já se inscreveu na Universidade do Texas? Ou em qualquer lugar?

Ele balança a cabeça.

— Não. Não podemos bancar uma faculdade dessas, e, sinceramente, preciso ficar por aqui. Por causa do vovô.

Quero perguntar sobre isso, mas Miller parece triste quando toca no assunto. Não sei se é porque não há outra pessoa para cuidar do seu avô caso ele se mude ou se é porque jamais o abandonaria de toda forma. Provavelmente uma mistura das duas coisas.

Fico incomodada por nossa conversa chateá-lo, então tento mudar de assunto.

— Preciso confessar uma coisa.

Miller me encara com expectativa, esperando que eu continue.

— Preenchi a inscrição do trabalho de cinema.

Ele sorri.

— Que bom. Fiquei com medo de você acabar não participando.

— Talvez eu tenha inscrito você também.

Ele me encara, estreitando os olhos.

— Para o caso de eu terminar com Shelby?

Concordo com a cabeça.

Ele ri um pouco e depois diz:

— Obrigado. — Há uma pausa. — Então nós somos uma dupla?
Dou de ombros.

— Se você quiser. Mas, bem, se você e Shelby acabarem voltando, vou entender se não...

Miller se inclina para a frente, baixando a cabeça enquanto me encara.

— Não vou voltar com Shelby. Esqueça isso.

Uma declaração tão rápida, mas com uma mensagem tão forte que faz uma onda de calor subir pelo meu peito.

Ele parece tão sério que fico nervosa quando continua a falar.

— Antes, quando você disse que era meu plano reserva, me deu vontade de rir. Porque, na verdade, Shelby era meu plano reserva para *você*. — Um sorriso tímido se espalha pelo rosto de Miller. — Faz quase três anos que sou a fim de você.

Suas palavras me deixam tão chocada que não consigo falar por um momento. Então balanço a cabeça, confusa.

— Três anos? Por que você nunca fez nada?

— Nunca achei o momento certo — responde ele, rápido. — Quase tentei, uma vez, mas aí você começou a sair com aquele cara...

— Aaron.

— Isso. *Aaron*. E então comecei a namorar com Shelby. Você e Aaron terminaram dois meses depois.

— E aí você começou a me evitar.

Miller parece arrependido quando digo isso.

— Você percebeu?

Concordo com a cabeça.

— Você pagou vinte pratas para trocar de armário com um cara no primeiro dia de aula deste ano. Levei para o lado pessoal — digo, rindo, mas estou sendo completamente sincera.

— Quis manter distância. Shelby era minha amiga antes de começarmos a namorar, então ela sabia que eu gostava de você.

Muita coisa faz sentido agora.

— Foi por isso que você disse que ela tem ciúme de mim e não de outras garotas?

— Pois é.

Miller se encosta no sofá, agora com ar despreocupado, apoiando a cabeça no encosto. E me observa enquanto absorvo tudo que acabou de contar. Seu olhar é tão vulnerável — como se sua confissão tivesse exigido muita coragem, e ele estivesse nervoso com a minha reação.

Nem sei o que dizer. Meio que quero mudar de assunto, porque fiquei sem graça. Não consigo pensar em nada capaz de impressioná-lo ou de lhe causar a mesma sensação boa que suas palavras me causaram. Por isso, a coisa mais aleatória do mundo sai da minha boca.

— Sua picape tem nome?

Miller aperta os olhos, como se estivesse se perguntando de que raios estou falando. Então ri, e é a melhor risada, profunda.

— Tem. Nora.

— Por que Nora?

Ele hesita. Adoro o sorriso que surge nos seus lábios.

— É uma música dos Beatles.

Eu me lembro do pôster dos Beatles pendurado em seu quarto.

— Então você é fã dos Beatles?

Miller concorda com a cabeça.

— Tenho muitas bandas favoritas. Adoro música. Ela alimenta minha alma.

— Qual é sua letra favorita?

Ele nem hesita.

— Não é dos Beatles.

— E de quem é?

— De uma banda chamada Sounds of Cedar.

— Nunca ouvi falar, mas gostei do nome.

— Se eu contar minha letra favorita deles, você vai querer ouvir todas as músicas que já escreveram.

Abro um sorriso esperançoso.

— Ótimo. Fale algumas estrofes.

Miller se inclina um pouquinho e sorri enquanto repete a letra.

— Desde o momento em que a conheci, acreditei em você. Agora que finalmente a deixei, acredito em mim.

Deixo a letra pairar entre nós enquanto fitamos um ao outro. Fico me perguntando se essa é sua parte favorita por causa do término recente com Shelby ou se ele já gostava da música antes. Mas não vou perguntar. Em vez disso, suspiro.

— Uau — sussurro. — É trágico e inspirador ao mesmo tempo.

Ele abre um sorriso doce.

— Eu sei.

Não consigo esconder como me sinto com Miller agora. Fico grata pela minha tristeza desaparecer por alguns instantes enquanto estou na sua companhia; por ele não fingir ser alguém diferente do que é; por ele ter terminado com a namorada antes de tentar alguma coisa comigo. E, apesar de não nos conhecermos bem, eu o conheço o suficiente para saber que é uma boa pessoa.

Esta última parte me atrai muito — a parte que foi ao funeral do meu pai apenas porque queria ver como eu estava. Gosto mais disso do que da aparência, do senso de humor ou da voz desafinada dele.

Há um turbilhão de sentimentos no meu peito agora, e tenho medo de a cafeteria começar a girar se eu não encontrar meu centro gravitacional. Então me inclino para a frente e pressiono os lábios contra os dele, só para me equilibrar.

É um beijo rápido. Inesperado para nós dois, acho. Quando me afasto, estou mordendo a boca, nervosa, me perguntando se agi certo. Apoio a cabeça no sofá e espero a reação de Miller. Seus olhos não se afastam dos meus.

— Não achei que nosso primeiro beijo seria assim — diz ele, baixinho.

— Assim como?

— Fofo.

— Como você achou que seria?

Os olhos dele passam para os poucos clientes restantes ali dentro.

— Não posso mostrar aqui.

Quando seu olhar encontra o meu de novo, a satisfação em seu sorriso preguiçoso me enche de confiança.

— Então vamos para a picape.

A expectativa por nosso segundo beijo me deixa ainda mais nervosa do que o primeiro. Saímos da Starbucks de mãos dadas. Miller segue para a picape e abre a porta do passageiro para mim. Eu entro, e ele a fecha, depois dá a volta para o lado do motorista.

Não sei por que estou tão nervosa. Provavelmente porque está tudo acontecendo de verdade. Eu e Miller. Miller e eu. Como seria nosso nome de casal? Cliller? Millerra?

Argh. Os dois são péssimos.

Miller fecha sua porta.

— Que cara é essa?

— Que cara?

Ele aponta para meu rosto.

— Essa aí.

Eu rio, balançando a cabeça.

— Nada. Estou me preocupando por antecipação.

Miller pega minha mão e me puxa. Nós nos aproximamos no meio do banco. Essa é a parte legal das picapes antigas. Os bancos são compridos, sem nada para separar os passageiros. Agora, estamos ainda mais perto do que no sofá. Nosso rosto está mais próximo, nosso corpo também. Tudo está bem mais próximo. A mão de Miller para na parte externa da minha coxa, e me pergunto qual será o sabor do pirulito dele.

— Como assim está se preocupando por antecipação? Você se arrependeu de ter me beijado?

Eu rio, porque esta é a última coisa da qual me arrependo.

— Não. Só pensei em como nosso nome de casal seria horrível.

Vejo o alívio tomar conta do rosto dele. Mas então o canto de seus olhos se apertam.

— Ah. É. Seriam horríveis.
— Qual é seu nome do meio?
— Jeremiah. E o seu?
— O tradicional *Nicole*.
— Que nome enorme.

Eu rio.

— Idiota.

Vejo nos seus olhos que ele está bolando uma alternativa.

— Jerecole?
— Horroroso.

Começo a pensar em opções, mas então cai a ficha de como aquilo é esquisito. Nós demos um selinho. Só passamos parte de uma noite juntos sem Miller estar comprometido com outra pessoa, mas agora estamos aqui, conversando sobre nomes de casal. Quero acreditar nos meus sentimentos, mas a verdade é que ele não está solteiro há tempo suficiente para resolver se quer levar adiante o que temos.

— Você está com aquela cara de novo — alerta Miller.

Suspiro, desviando meu olhar. Olho para baixo e pego sua mão.

— Desculpe. É só que... — Faço uma pausa antes de voltar a encará-lo. — Tem certeza de que quer fazer isso? Quer dizer, você terminou com Shelby hoje. Ou ontem. Nem sei quando, mas tanto faz. Não quero começar alguma coisa com você e ser dispensada na próxima semana.

O silêncio, após meu comentário, paira dentro da picape por mais tempo do que seria confortável. Continuamos de mãos dadas, e Miller faz carinho de leve na minha coxa com a outra mão. Ele suspira, mais forte do que eu gostaria. Esse tipo de suspiro geralmente antecede palavras desagradáveis.

— Sabe aquele dia na picape em que você disse para eu decidir o que queria?

Assenti.

— Foi nesse dia que terminei com Shelby. Não foi hoje nem ontem. Faz semanas. E, para ser sincero, eu já sabia o que queria bem antes daquilo. Só não estava disposto a magoar Shelby.

Nada mais é dito com palavras. Apenas com o olhar. Os olhos dele encontram os meus com uma sinceridade tão determinada que perco o ar. Miller transfere a mão da minha perna para meu cotovelo, depois lentamente roça os dedos por meu braço, subindo até o pescoço, parando na minha bochecha.

Estou ofegante, observando seus olhos analisarem meu rosto e pararem nos meus lábios.

— Nicomiah seria bom — sussurro.

O momento é interrompido pela risada de Miller. Então a mão desliza para minha nuca, e ele me puxa para sua boca, ainda sorrindo. É um beijo doce a princípio, parecido com o que lhe dei na cafeteria. Mas então sua língua passa por meus lábios e toca a minha, e toda a doçura desaparece.

Agora a coisa ficou séria.

Reajo com uma avidez quase vergonhosa, puxando-o para mais perto, querendo que ele e o beijo afastem as últimas gotas de tristeza que ainda boiam dentro de mim. Agarro seu cabelo, e uma das mãos dele desce pelas minhas costas.

Nunca senti algo tão bom e perfeito antes. Na verdade, a apreensão começa a aumentar dentro de mim, sabendo que o beijo terá que acabar em algum momento.

Ele agarra minha cintura e me puxa para mais perto, e sento em seu colo. Nossa nova posição o faz gemer, e o gemido faz com que eu o beije com ainda mais vontade. Não consigo me controlar. Miller tem mais gosto de café do que de pirulito, mas não me importo, porque adoro o gosto de café agora.

Os dedos dele roçam a pele sob meu cóccix, e é fantástico como um toque tão simples pode causar uma reação tão forte. Afasto a boca, com medo da sensação. Da intensidade. É tudo novo para mim, e fico um pouco assustada.

Miller me puxa, enterrando o rosto no meu pescoço. Meus braços estão ao seu redor, minha bochecha está pressionada no topo de sua cabeça. Sinto a respiração dele batendo no meu pescoço em rajadas fortes, quentes.

Ele suspira, apertando mais os braços em torno de mim.

— Esse era mais ou menos o tipo de primeiro beijo que eu estava esperando.

Eu rio.

— Ah, é? Você gostou mais desse do que do meu beijo fofo?

Miller balança a cabeça e se afasta um pouco para me olhar.

— Não, eu adorei o beijo fofo também.

Sorrio e pressiono meus lábios de leve contra os seus, para lhe dar outro beijo fofo.

Ele suspira contra minha boca e me beija de volta, sem língua, só lábios macios e um suave sopro de ar. Então espia por cima do meu ombro, olhando para o relógio e se recosta no banco.

— Você perdeu a hora de voltar para casa — diz Miller com desânimo, como se desejasse que pudéssemos passar a noite toda na picape.

— Estou muito atrasada?

— Quinze minutos.

— Bem, que droga.

Miller me tira de cima dele e então sai da picape. Eu abro minha porta para saltar, e ele entrelaça os dedos aos meus enquanto me acompanha até meu carro. Então abre a porta para mim, apoiando um braço no teto. Nós nos beijamos de novo antes de eu entrar.

Não acredito em tudo que estou sentindo agora. Antes de vir para cá hoje, eu vivia muito bem sem Miller. Agora, acho que todos os minutos que passarmos separados serão uma tortura.

— Boa noite, Clara.

— Boa noite.

Ele me encara por um instante sem fechar a porta. Então geme.

— Amanhã parece tão longe.

Adoro a forma como Miller descreve perfeitamente a forma como me sinto. Ele fecha a porta e se afasta. Mas não para de me observar, não volta para a picape até que eu saia do estacionamento e siga para casa... atrasada.

Isso vai ser divertido.

15
Morgan

Fiquei sentada na varanda dos fundos, refletindo. Não sei bem sobre o quê. Minha mente parece uma bolinha de pingue-pongue, indo de pensamentos sobre Chris para pensamentos sobre como preciso começar a procurar emprego, para pensamentos sobre voltar para a faculdade, para pensamentos sobre Clara e como ela ainda não voltou para casa. São quase dez e meia, então lhe envio uma mensagem. *De novo*.

    Você está atrasada. Venha para casa, por favor.

Clara tem passado muito tempo fora, e não faço ideia de onde ou com quem ela está; mal temos nos falado. E quando ela *está* aqui, fica no quarto. O aplicativo sempre mostra sua localização na casa de Lexie ou na Starbucks, mas quem passa tanto tempo assim dentro de uma cafeteria?

Escuto uma leve batida na porta da varanda e olho para cima, quase esquecendo que Jonah está aqui há vinte minutos, consertando a porta da cozinha. Levanto e prendo o cabelo atrás das orelhas quando ele aparece.

— Você tem um alicate?

— Tenho quase certeza que Chris tem, mas sua caixa de ferramentas tem tranca. Talvez eu tenha um na minha caixa.

Entro e vou para a lavanderia. Tenho minha própria caixa de ferramentas para consertar as coisas quando Chris não estivesse por perto. Ela é preta e cor-de-rosa. Foi um presente de Natal que ganhei de Chris uns anos atrás.

Jenny ganhou uma igual. O pensamento é uma punhalada.

Às vezes, acho que as coisas estão melhorando, mas então as memórias mais simples me lembram de como tudo continua uma porcaria. Pego minha caixa e a entrego a Jonah.

Ele a abre vasculha o conteúdo. E não encontra o que quer.

— As dobradiças são velhas — explica ele. — Não consigo tirar a última porque está muito gasta. Acho que tenho um negócio lá em casa que pode ajudar, mas já está tarde, então posso voltar amanhã?

Jonah fala como se estivesse esperando uma resposta, então assinto.

— Sim. Claro.

No dia anterior eu havia enviado uma mensagem para ele, explicando que não conseguia tirar as dobradiças da porta da cozinha e pedindo ajuda. Jonah prometeu que viria no dia seguinte à noite, mas talvez um pouco tarde, depois de buscar a irmã no aeroporto. Ele sequer perguntou por que eu queria soltar as dobradiças da porta. Ao chegar, nem questionou por que havia um buraco enorme na madeira. Apenas começou a fazer o que pedi.

Enquanto o acompanho até a porta, espero ser questionada sobre o que aconteceu, mas ele não pergunta. O silêncio me incomoda, então começo a falar sobre algo que não me interessa nem um pouco.

— Quanto tempo sua irmã pretende ficar na cidade?

— Até domingo. Ela adoraria ver você. É só que... sabe como é. Ela não sabia se você queria receber visitas.

Não quero, mas, por algum motivo, sorrio e digo:

— Eu também adoraria.

Jonah ri.

— Não adoraria, não.

Dou de ombros, porque ele está certo. Eu mal a conheço. Nós nos encontramos uma vez quando éramos adolescentes, e depois nos falamos por dez minutos no dia seguinte ao nascimento de Elijah. E ela esteve nos dois funerais. E isso resume a nossa suposta amizade.

— É verdade. Eu estava sendo educada.

— Você não precisa ser educada — diz Jonah. — Nem eu. É a única vantagem dessa situação toda. Ganhamos uma licença de seis meses para sermos babacas. — Eu sorrio, e ele indica seu carro com a cabeça. — Vamos até lá?

Eu o sigo até o carro, mas, antes de entrar, ele apoia as costas na porta do motorista e cruza os braços.

— Sei que você provavelmente não quer tocar nesse assunto tanto quanto eu. Mas é algo que afeta os filhos da gente, então...

Coloco as mãos nos bolsos de trás da calça jeans. Suspiro e olho para o céu noturno.

— Eu sei. Precisamos falar disso. Porque se for verdade...

— Clara e Elijah são meios-irmãos — afirma Jonah.

É estranho ouvir essa possibilidade em voz alta. Solto o ar devagar, nervosa com o que isso significa.

— Você pretende contar a ele um dia?

Jonah concorda com a cabeça, devagar.

— Um dia. Se Elijah perguntar. Se o assunto surgir. — Ele suspira. — Sinceramente, não sei. O que você acha? Quer que Clara saiba?

Eu me abraço. Não está frio, mas, por algum motivo, estremeço.

— Não. Por mim, Clara nunca vai descobrir. Ela ficaria arrasada.

Jonah não parece irritado por eu estar basicamente pedindo para que ele esconda a verdade do próprio filho. Ele só parece triste com nossa situação.

— Odeio que a gente tenha que limpar a bagunça deles.

Concordo. É um desastre. Um desastre que ainda nem consegui entender de verdade. É muito para digerir tão cedo e muito para ser discutido agora. Mudo de assunto, porque, de toda forma, nenhuma decisão será tomada agora.

— O aniversário de Clara é daqui a duas semanas. Pensei em manter a tradição do jantar, mas não sei se ela vai querer. Talvez seja esquisito sem os dois aqui.

— Você devia perguntar a ela — sugere Jonah.

Dou uma risada desanimada.

— Não estamos nos entendendo. Sinto como se eu vivesse pisando em ovos com ela. Qualquer ideia que vier de mim será descartada.

— Clara vai fazer dezessete anos. Seria mais estranho se o relacionamento de vocês fosse perfeito.

Fico grata por ele dizer isso, mas também sei que não é uma verdade absoluta. Conheço muitas mães que se dão bem com as filhas adolescentes. Só não sou uma dessas sortudas. Ou talvez não seja uma questão de sorte. Talvez eu tenha cometido algum erro no percurso.

— Não acredito que ela vai fazer dezessete anos — diz Jonah. — Eu me lembro do dia em que você descobriu que estava grávida.

Também lembro. *Foi um dia antes de ele ir embora.*

Desvio o olhar para o concreto sob meus pés. Encarar Jonah traria à tona muitas emoções, e, a essa altura, estou cansada para sentir qualquer coisa. Pigarreio e dou um passo para trás no mesmo instante em que faróis iluminam o quintal ao nosso redor. Olho para cima e vejo Clara estacionar.

Jonah encara isso como um sinal para ir embora, então abre a porta do carro.

— Boa noite, Morgan.

Ele acena para Clara antes de entrar. Eu lhe dou um aceno silencioso e o observo se afastar. Seu carro já está no fim da nossa rua quando Clara salta.

Cruzo os braços e a encaro com expectativa.

Minha filha fecha sua porta e me cumprimenta com um aceno de cabeça, mas entra em casa. Eu a sigo até a sala, onde ela tira os sapatos ao lado do sofá.

— O que foi aquilo? — pergunta ela.

— O que foi o quê?

Clara gesticula para a varanda.

— Você e Jonah. No escuro. Foi estranho.

Estreito os olhos, me perguntando se ela só está tentando mudar meu foco.

— Por que você está tão atrasada?

Clara olha para o telefone.

— Estou?

— Está. Eu mandei mensagens. Duas.

Ela passa os dedos pela tela.

— Ah. Não escutei. — Então guarda o telefone no bolso de trás. — Desculpe. Fiquei estudando na Starbucks... perdi a noção do tempo. Não percebi que já era tão tarde. — Ela aponta por cima do ombro enquanto dá passos para trás na direção do corredor. — Preciso de um banho.

Nem me dou ao trabalho de pressioná-la a me dar uma resposta mais convincente. Seria inútil.

Vou para a cozinha e pego uma bala de melancia. Então me apoio na bancada e olho distraída para o buraco na porta, me perguntando por que Jonah mencionou o dia em que descobri que estava grávida de um jeito tão despretensioso, como se aquele não tivesse sido um dos piores da minha vida.

Talvez Jonah tenha tocado no assunto porque, com sua partida no dia seguinte, ele não tenha sido tão afetado quanto nós.

Eu me obriguei a nunca mais pensar naquela semana desde que ela aconteceu, mas, agora que Jonah a mencionou, todas as sensações daquele dia começam a repassar em minha mente.

Nós estávamos no lago. Eles três foram nadar, e eu estendi minha toalha na grama e sentei para ler um livro. Todos saíram da água ao mesmo tempo, mas só Jonah veio na minha direção. Chris e Jenny correram pela margem até o parquinho.

— Morgan! — gritou minha irmã. — Vamos no balanço!

Ela subia de costas pela colina, tentando me convencer.

Balancei a cabeça e a dispensei com um aceno de mão. Eu não estava no clima para brincadeiras. Nem queria ter ido ao lago para começo de conversa, mas Chris insistira. Meu plano era passarmos a noite sozinhos, sem Jonah e Jenny. Precisávamos conversar a sós, mas não tivemos um segundo de privacidade naquele dia. Às vezes, Chris não tinha noção nenhuma do que eu sentia, apesar do meu comportamento estar obviamente esquisito desde a noite anterior, quando percebi o atraso de minha menstruação.

— O que deu em você hoje? — perguntou Jonah enquanto sentava na grama ao meu lado. — Está meio estranha.

Quase ri da sua escolha de momento.

— Chris pediu que você conversasse comigo?

Jonah me encarou como se, de algum jeito, eu o tivesse ofendido.

— Chris nem se tocou.

Essa resposta me surpreendeu. Eu tinha notado que ele andava alfinetando Chris. Eram comentários bobos. Inofensivos. Mas notei.

— Achei que vocês dois fossem melhores amigos.

— E somos — disse Jonah. — Eu faria qualquer coisa por ele.

— Às vezes, você age como se não gostasse de Chris.

Jonah não me contradisse. Em vez disso, ele focou no lago diante de nós, como se meu comentário o forçasse a uma reflexão.

Peguei uma pedra e a joguei na direção do lago. Ela nem chegou a alcançar a água.

— As bebidas acabaram — disse Chris, vindo correndo. Ele se jogou dramaticamente na grama e me puxou. Então me beijou. — Vou ao mercado. Quer vir?

Finalmente nós teríamos um momento sozinhos, e fiquei aliviada. A gente tinha muito o que conversar.

— Claro.

— Preciso fazer xixi — disse Jenny. — Também vou.

Tive que me controlar para não revirar os olhos; toda vez que surgia uma oportunidade para ficar a sós com Chris e contar o que estava acontecendo comigo, algo ou alguém se intrometia.

— Vá com Jenny — sugeri, suspirando. — Eu espero.

— Tem certeza? — perguntou Chris enquanto levantava com um pulo.

Concordei com a cabeça.

— É melhor você correr. Ela já está subindo a colina.

Chris virou e saiu em disparada.

— Você está roubando!

Eu me virei e olhei para Jonah, que dividia a toalha comigo, apoiando os braços nos joelhos dobrados. Ele encarava o lago. Dava para sentir algo fervilhando em sua mente.

— O que deu em *você* hoje? — questionei, repetindo sua pergunta.

Os olhos dele encontraram os meus.

— Nada.

— Tem alguma coisa... — insisti.

O olhar que Jonah me lançou naquele instante parou meu coração. Era a mesma sensação que eu costumava ter sempre que ele me olhava — como se, de alguma forma, sua visão atravessasse meus olhos e descesse por minha coluna.

O reflexo do lago fazia seus olhos parecerem líquidos. Comecei a perceber que eu o encarava do mesmo jeito, então virei o rosto.

Jonah soltou um suspiro pesado e sussurrou:

— Acho que, talvez, a gente tenha se enganado.

Esse comentário me fez perder o fôlego. Não perguntei sobre o que nos enganamos, porque tive medo da resposta.

Tive medo de que ele dissesse que estávamos com as pessoas erradas. É claro, Jonah poderia ter respondido qualquer coisa, mas apenas pensei: que outro motivo ele teria para os olhares que me lançava? Eu tentava ignorá-los, uma vez que nós dois nunca tivemos nenhuma ligação romântica. Mas tínhamos uma conexão; algo que nunca senti com Chris.

Eu odiava aquilo. Odiava o fato de Jonah sempre saber quando algo me incomodava, enquanto Chris nem prestava atenção. Odiava o fato de podermos trocar um olhar e sabermos imediatamente o que o outro estava pensando. Odiava como ele sempre guardava as balas de melancia para mim porque era um gesto fofo, e eu não gostava de saber que o melhor amigo do meu namorado era fofo comigo. Além do mais, ele e Jenny tinham acabado de começar a namorar. Ao contrário dela, eu jamais teria traído minha irmã.

E foi por isso que, naquele dia, às margens do lago, quando Jonah sussurrou *"Acho que, talvez, a gente tenha se enganado"*, falei a única coisa que seria um balde de água fria para nós dois.

— Estou grávida.

Jonah me encarou em silêncio, embasbacado. Vi seu rosto empalidecer. Minha confissão o deixou abalado.

Ele se levantou e se afastou um pouco. Era como se sua cabeça estivesse fervilhando com um milhão de perguntas. Ao se reaproximar, ele parecia ter encolhido uns cinco centímetros.

— Chris sabe?

Balancei a cabeça, observando como os olhos de Jonah tinham passado de líquidos para gélidos em questão de segundos.

— Não. Ainda não contei.

Jonah mordeu o lábio inferior por um instante, assentindo, assimilando minhas palavras. Ele parecia irritado. Ou arrasado.

Então se virou e foi para a areia, entrando na água. Eu o observei com os olhos lacrimejantes. O sol estava se pondo, e o lago ficou escuro. Não consegui enxergar até onde Jonah havia nadado. Ele levou tanto tempo na água que só retornou à areia quando Chris e Jenny chegaram ao estacionamento.

Jonah sentou de novo na toalha, ensopado e prendendo o fôlego. Eu me lembro de observar as gotas de água que pingavam de sua boca.

— Vou terminar com Jenny. — Fiquei perplexa com a confissão. Então ele me encarou, incisivo, como se suas próximas palavras fossem as mais importantes que diria na vida. — Você vai ser uma ótima mãe, Morgan. Chris tem muita sorte.

Era um comentário gentil, mas seu olhar parecia sofrido. E, por algum motivo, senti como se ele estivesse se despedindo de mim, mesmo antes de eu saber que era *efetivamente* uma despedida.

Jonah se levantou e caminhou para o estacionamento.

Minha cabeça girava. Eu queria correr atrás dele, mas o peso daquele dia inteiro me prendia no lugar. Só consegui observar enquanto ele dizia a Jenny que queria ir embora. Fiquei olhando enquanto os dois entravam no carro e partiam.

Quando Chris começou a descer a colina, eu devia ter me sentido aliviada por, finalmente, podermos conversar sozinhos, mas eu estava arrasada. Ele sentou ao meu lado e me passou uma garrafa de água.

Eu amava Chris. Nós teríamos um filho, apesar de eu ainda não ter lhe contado. Mas me sentia culpada, porque, durante todo o tempo em que namoramos, seus olhares nunca me causaram calafrios. Eu tinha medo de nunca mais sentir algo assim. Eu tinha medo de ter me enganado, de que talvez eu amasse Chris, mas não estivesse *apaixonada* por ele.

Ele passou um braço em torno de mim.

— Gata? O que houve?

Sequei meus olhos, respirei fundo e disse:

— Estou grávida.

Não esperei por uma reação. Imediatamente me levantei e fui chorando para o carro. Até mesmo naquele momento, culpei meus hormônios pelas lágrimas. Culpei a descoberta da gravidez. Joguei a culpa delas em tudo, exceto naquilo que realmente as causara.

No dia seguinte, Jonah contou para Jenny que ia morar com a irmã e cursar a faculdade em Minnesota. Ele fez as malas, comprou uma passagem de avião e sequer se despediu de mim ou do melhor amigo.

Chris e Jenny ficaram muito chateados com sua partida, mas eu estava tão atordoada com a descoberta da gravidez que não tinha tempo para me importar com o fato de que ele tinha ido embora. Por muitas semanas, consolei minha irmã e forcei Chris a se concentrar em nós e no bebê, em vez de no melhor amigo que o abandonara. Tentei não pensar mais em Jonah.

Mal sabia eu que essa rotina se prolongaria por longos anos. Que eu seria a esposa dedicada, cuidando da casa, da filha e das necessidades de Chris. Que eu seria leal à minha irmã caçula, ajudando-a a estudar para a faculdade de enfermagem, a resolver os problemas em que ela se envolvia com vinte e poucos anos, a dar abrigo sempre que ela precisava recolocar a vida nos trilhos.

No dia em que descobri que estava grávida, parei de viver por mim.

Acho que chegou a hora de entender quem eu deveria ter sido antes de ter começado a só cuidar dos outros.

16
Clara

Apesar de saber que meu atraso de meia hora irritou minha mãe, não consigo parar de sorrir. O beijo em Miller valeu a pena. Toco meus lábios.

Nunca fui beijada daquele jeito. Os caras que beijei antes pareciam estar com pressa, querendo enfiar a língua na minha boca antes que eu mudasse de ideia.

Miller foi o oposto. Tão paciente, mas de um jeito caótico. Era como se ele já tivesse passado tanto tempo pensando em me beijar que queria saborear cada segundo.

Acho que sempre vou sorrir quando pensar no que aconteceu hoje. Isso meio que me deixa ansiosa com o dia seguinte, na escola. Não faço ideia do que vai acontecer com a gente agora, mas o beijo pareceu marcar uma mudança. Só não sei exatamente que mudança será.

O telefone vibra no bolso de trás da calça. Deito na cama e o pego, depois deito de costas. É uma mensagem de Miller.

> Miller: Não sei você, mas, às vezes, quando alguma coisa importante acontece, chego em casa e penso em tudo que eu queria ter feito diferente. Tudo que queria ter dito.

Eu: Isso está acontecendo agora?
Miller: Sim. Acho que não fui totalmente sincero com você.

Viro de barriga para baixo, querendo aliviar a náusea que acabou de me atravessar. A gente estava indo tão bem...

Eu: Sobre o que você mentiu?
Miller: Não menti. Só não fui totalmente sincero, se é que existe uma diferença. Deixei de contar um monte de coisas que quero que saiba.
Eu: Tipo o quê?
Miller: Tipo por que faz tanto tempo que estou a fim de você.

Espero que Miller continue, mas isso não acontece. Encaro tão intensamente meu telefone que quase o derrubo quando ele toca de repente. É Miller. Hesito antes de atender, porque raramente falo ao telefone. Prefiro mandar mensagens. Mas ele sabe que estou no celular, então não posso deixar a ligação cair na caixa postal. Arrasto o dedo pela tela, saio da cama e vou ao banheiro para ter mais privacidade. Sento na borda da banheira.

— Alô?
— Oi — diz ele. — Desculpa. É coisa demais para escrever.
— Você está me deixando nervosa com todas essas insinuações.
— Ah. Não, são só coisas boas. Não se preocupe. Eu só devia ter falado ao vivo. — Miller puxa o ar com força e, então, quando o solta, começa a falar: — Quando eu tinha quinze anos, assisti a uma peça sua na escola. Você era a personagem principal e, em certo momento, apresentou um monólogo que durou uns dois minutos inteiros. E você foi tão convincente, parecia tão triste, que eu queria subir no palco para te dar um abraço. Quando a peça finalmente terminou e os atores voltaram para se apresentar, você estava sorrindo e gargalhando,

e não havia sinal nenhum daquela personagem no seu rosto. Fiquei maravilhado, Clara. Você tem um carisma que acho que nem percebe, mas é fascinante. Eu era um cara magricela do segundo ano, e, apesar de ser um ano mais velho, ainda era desengonçado, tinha acne e me sentia inferior a você, então nunca tive coragem de me aproximar. Aí outro ano passou, e continuei te admirando de longe. Tipo naquela vez que você se candidatou a tesoureira da escola e tropeçou no palco, mas pulou, deu um chutinho estranho no ar, jogou os braços para cima e fez todo mundo na plateia rir. Ou naquela vez que Mark Avery puxou a alça do seu sutiã no corredor, e você estava tão de saco cheio de ele viver fazendo isso que o seguiu até a sala, enfiou a mão dentro do moletom, tirou o sutiã e o jogou na cara dele. Lembro que gritou alguma coisa tipo *"Se você quer tanto encostar num sutiã, pode ficar com o meu, seu tarado!"*. E saiu batendo os pés. Foi épico. Tudo que você faz é épico, Clara. E é por isso que nunca tive coragem de me aproximar, porque uma garota épica precisa de um cara igualmente épico, e acho que nunca me senti épico o suficiente. Eu disse tantos *épicos* em quinze segundos. Desculpe.

Quando finalmente para de falar, Miller está ofegante.

Meu sorriso é tão grande que minhas bochechas doem. Eu não fazia ideia de que ele se sentia assim. *Não fazia ideia.*

Espero alguns segundos para me certificar de que seu discurso acabou; então respondo. Tenho certeza que dá para perceber pela minha voz que estou sorrindo.

— Primeiro, é difícil acreditar que, *um dia na vida*, você já foi inseguro. E segundo, você também é muito épico, Miller. Sempre foi. Mesmo quando era magrelo e tinha acne.

Ele dá uma risadinha.

— Sério?

— Sério.

Escuto ele suspirar.

— Que bom que tirei esse peso da consciência então. A gente se vê na escola amanhã?

— Boa noite.

Nós desligamos, e não sei quanto tempo fico sentada ali, encarando o telefone. Não consigo nem processar a seriedade de tudo que ouvi. Ele gosta mesmo de mim. Ele gosta de mim *há muito tempo*. Não acredito que fui tão cega.

Um pouco depois, destravo a tela do telefone porque preciso ligar para tia Jenny e contar a ela todos os detalhes da conversa. Estou descendo meus contatos quando me dou conta.

Não posso ligar para ela. Nunca mais vou poder ligar para ela.

Quando a ficha finalmente vai cair?

Conto a novidade antes mesmo de Lexie colocar o cinto de segurança.

— Beijei Miller Adams, e acho que estamos juntos agora.

— Eita. Certo — diz ela, assentindo. — Mas... o que houve com Shelby?

— Faz duas semanas que eles terminaram.

Lexie assimila essa informação por um instante. Eu saio com o carro de sua casa, e ela fica olhando para a frente, pensando. Então me encara e diz:

— Não sei, Clara. Parece meio rápido, como se ele estivesse usando você para superar o término.

— Eu sei. Pensei a mesma coisa, mas não acho que seja isso. Não dá para explicar, mas... sei lá. Tenho a sensação de que ele não tinha a mesma conexão com Shelby.

Sinto o olhar de Lexie.

— Eu sou sua amiga, então preciso dizer isto, mas é doideira pensar assim. Miller passou um ano inteiro com Shelby. Depois de um beijo, acha que ele gosta mais de você do que dela?

Parece loucura, mas Lexie não estava lá.

— Você me conhece melhor do que ninguém, Lex. Sabe que não sinto essas coisas por qualquer um. Acho que devia me levar mais a sério.

— Desculpe — diz ela. — Talvez você tenha razão. Talvez Miller Adams esteja loucamente apaixonado por você, e o namoro de doze meses com Shelby tenha sido só uma desculpa para te deixar com ciúmes.

— Agora você está gozando da minha cara.

— Foi só um beijo, Clara! Do jeito que você está falando, parece que estão namorando. É claro que estou gozando da sua cara.

É fácil ver como pareço ridícula pelo ponto de vista de Lexie. Mas continuo achando que estou certa. Mudo de assunto, porque ela não vai entender.

— Mas foi um beijo muito bom — digo, sorrindo.

Lexie revira os olhos.

— Que ótimo. Só não namore com ele por enquanto. Vocês *não* estão namorando, estão?

— Não. Acho que não. A gente só se beijou. Ele nem me convidou para um encontro.

— Que bom. Quando ele convidar, finja que está ocupada.

— Por quê?

— Para não parecer que gosta tanto dele.

Que conselho confuso.

— Por que eu não quero que Miller saiba que gosto dele?

— Porque ele pode perder o interesse. Você vai assustar o garoto.

— Isso não faz sentido algum.

— Garotos funcionam assim.

— Vamos ver se entendi. Se eu gostar de um cara, e ele gostar de mim, a gente precisa fingir que *não* se gosta para não pararmos de nos gostar?

— Olha, não fui eu que inventei as regras — diz Lexie. Ela se recosta no banco, meio que desmoronando. — Não acredito nisso. Nós sempre fomos solteiras juntas. Nossa amizade vai mudar completamente.

— Não vai, não.

— Vai, sim — diz ela. — Você vai sentar com Miller no almoço. Ele vai começar a encontrar com você antes e depois da escola. Você vai ficar ocupada demais para sair comigo nos fins de semana.

— Você vive trabalhando.

— É, mas eu posso tirar um dia de folga, e, agora, você não vai mais querer me fazer companhia.

— Da próxima vez que você tirar uma folga, vamos passar o dia juntas.

— Jura?

Ergo meu dedo mindinho como sinal de promessa, e Lexie o entrelaça com o dela assim que entramos no estacionamento da escola.

Ela inclina a cabeça.

— Que saco. Ele está esperando você.

Vejo Miller parado perto da sua picape, ao lado da vaga que sempre estaciono. A simples visão de Miller esperando por mim já me faz sorrir. Lexie solta um gemido quando vê que ele sorri de volta.

— Já estou odiando — reclama ela.

Lexie salta do carro assim que paro e encara Miller por trás do capô.

— Essa história entre vocês dois é séria mesmo?

Ah, meu Deus. Saio correndo do carro e fito Miller de olhos arregalados.

— Não responda. — Eu me viro para Lexie. — *Pare* com isso.

Ela não olha para mim, ainda focada em Miller.

— Você tem algum amigo solteiro, já que roubou a minha amiga? Ele ri.

— Acho que consigo arrumar uns dois para você.

Lexie fecha a porta do carro.

— Só dois?

Ela pisca para mim e segue sozinha para a escola. Eu me sinto um pouco culpada, porque Lexie tem razão. As coisas vão mudar um pouco entre nós.

— Como foi sua noite? — pergunta Miller, chamando minha atenção de volta para ele.

— Não consegui dormir.

— Nem eu — diz ele, ajeitando a mochila no ombro. Então se inclina e me beija, só um selinho rápido. — Você passou a noite toda pensando em mim?

Ergo um ombro.

— Talvez.

Ele segue comigo na direção da escola.

— Lexie está falando sério? Ela quer mesmo um namorado?

— Não sei. Ela é minha melhor amiga, mas nunca sei ao certo quando ela está brincando.

— Então não sou o único?

Faço que não com a cabeça enquanto Miller abre a porta para mim. Quando entramos, ele segura minha mão como se aquilo fosse natural. Minha opinião pode ser um pouco parcial, mas gosto de como nos encaixamos. Ele é pelo menos uns doze centímetros mais alto que eu, só que isso não impede de, juntas, nossas mãos ficarem em uma altura confortável.

Tudo parece tão certo... *até deixar de parecer.*

Quarenta e cinco dias. Essa é a quantidade de tempo que os dois estão mortos, e não faço ideia de como consigo caminhar por esses corredores, sorrindo como se não tivesse perdido duas das pessoas mais importantes da minha vida. Fico me sentindo cheia de culpa, porque minha mãe quase não sorri mais. Nem Jonah. Não apenas roubei vidas com minha indiferença pela segurança de tia Jenny enquanto ela dirigia, mas também roubei os sorrisos de todas as pessoas que meu pai e minha tia deixaram para trás.

Sigo para a sala de Jonah, e Miller vai comigo, segurando a porta para mim quando chegamos lá. Jonah está sozinho quando entramos, ainda de mãos dadas.

Ele encara nossas mãos, e, de novo, sinto a culpa me atravessar. Quanto tempo vou demorar até não sentir peso na consciência por minha felicidade? Eu não devia passar cada segundo do dia deprimida? E não apenas alguns períodos. Me desvencilho da mão de Miller enquanto coloco minhas coisas na mesa.

Jonah inclina a cabeça, curioso.

— Vocês dois estão juntos agora?

— Não responda — peço a Miller.

— *Tudo bem*, então — comenta Jonah, voltando a se concentrar nos papéis que segura. — Já começaram o trabalho de cinema?

— Não. Somente na noite passada foi que contei a Miller que inscrevi a gente.

Jonah olha para ele.

— Ainda está esperando a permissão da sua namorada?

— Não tenho mais namorada. — Miller olha para mim. — Ou talvez tenha uma nova? — Ele parece confuso quando se vira de novo para Jonah. — Acho que ela ainda não quer que eu conte para as pessoas que estamos juntos.

— Estamos? — pergunto. — Juntos?

— Não sei — diz Miller. — É você quem fica me dizendo para não responder a ninguém.

— Eu só não queria que você se sentisse pressionado a colocar um rótulo em tudo.

— Agora me sinto pressionado a *não* colocar um rótulo.

— Bem, Lexie disse que, se eu demonstrasse que gosto de você, acabaria assustando-o.

Miller ergue uma sobrancelha.

— Se aquele telefonema ontem não assustou você, acho que estamos bem. Se gosta de mim, não quero que finja o contrário, ou vou ficar traumatizado.

— Eu gosto de você. Muito. Não fique traumatizado.

— Que bom — avalia Miller. — Também gosto de você.

— Que bom — respondo.

— *Que bom* — acrescenta Jonah, nos lembrando da sua presença. — A data de entrega do trabalho é no fim do semestre. Comecem logo.

— Está bem — respondemos eu e Miller ao mesmo tempo.

Jonah revira os olhos e volta para trás da mesa. Miller se afasta de mim.

— Encontro você depois da aula.

Eu sorrio.

Ele sorri de volta, mas quando sai da sala, fecho o sorriso e franzo a testa. Mais uma vez, me sinto culpada até por sorrir.

— Nossa.

Olho para Jonah.

— O que foi?

— Essa sua cara. Seu sorriso sumiu assim que ele foi embora. Está tudo bem?

Assinto, mas não dou continuidade na conversa.

Porém Jonah não desiste.

— Clara. Qual é o problema?

Balanço a cabeça, porque é uma idiotice.

— Não sei. Só... me sinto culpada.

— Por quê?

— Só faz quarenta e cinco dias, e hoje acordei feliz. Estou me sentindo uma pessoa terrível por me sentir bem, mesmo que seja apenas por um segundo.

Especialmente porque o acidente foi culpa minha. Mas deixo essa parte fora da minha confissão.

— Bem-vinda ao parque de diversões — diz ele.

Eu o encaro com um olhar questionador. Jonah então começa a se explicar.

— Depois de uma tragédia, é comum a sensação de que a gente despencou de um penhasco. No entanto, quando começamos a aceitar a situação, vemos que não é o caso. Na verdade, estamos apenas em uma montanha-russa eterna, que atingiu o ponto mais baixo. E, então, vamos subir, depois descer e, enfim, ficar de ponta-cabeça por um bom tempo. Talvez esse tempo dure para sempre.

— E eu devia me sentir melhor com essa explicação?

Jonah dá de ombros.

— Não sei como fazer você se sentir melhor. Estou na mesma montanha-russa.

A porta é aberta, e os alunos começam a entrar. Não consigo parar de encarar Jonah. Há rugas no canto de seus olhos, e seus lábios parecem levemente curvados para baixo.

Sinto um aperto no peito por vê-lo tão estressado, ou triste, ou seja lá o que for essa expressão em seu rosto. Ele sempre foi introspectivo e um pouco sério, mas seus olhos pareciam felizes. Acho que, desde o acidente, não passei tempo suficiente olhando para seu rosto para saber o quanto ele mudou depois de tudo que aconteceu.

Fico me perguntando o quanto minha mãe teria mudado. Também quase não olho mais para ela. Talvez seja por causa da minha consciência pesada.

Miller não está me esperando depois da aula como prometeu. Como não sei qual a aula que ele teria no primeiro tempo, fico enrolando um pouco no corredor para esperá-lo.

— Clara?

Viro ao escutar a voz da minha mãe. Em uma das mãos ela segura uma pasta enquanto na outra carrega a bolsa da Louis Vuitton. Como é uma bolsa reservada para ocasiões especiais, não consigo entender o que ela veio fazer aqui, muito menos por que a bolsa saiu do armário, mas fico nervosa na mesma hora.

— O que houve?

Minha mãe ergue a pasta.

— Vim me candidatar a uma vaga de emprego.

— Aqui?

— Estão precisando de professores substitutos. Achei que eu poderia tentar por alguns meses. Para ver se gosto. Resolvi voltar para a faculdade.

O corredor começa a esvaziar. Olho ao redor para me certificar de que ninguém está escutando.

— Isso é *sério*?

Ela me encara como se eu tivesse acabado de ofendê-la.

— Qual é o problema de eu voltar para a faculdade?

Não quis ser ofensiva. Se ela quiser voltar a estudar, fico feliz. Mas não estou nem um pouco animada com a ideia da minha mãe começar uma carreira na escola em que estudo. A gente já não se dá bem em casa. Nem consigo imaginar a possibilidade de ela me dar aula.

Balanço a cabeça.

— Não quis dizer...

Minhas palavras são interrompidas quando lábios beijam minha bochecha e um braço envolve minha cintura.

— Eu estava procurando por você. Em que sala costuma estudar nos tempos livres?

Encaro Miller de olhos arregalados. Então viro de novo para minha mãe. A expressão no meu rosto faz com que ele desvie o foco de mim e olhe para ela. Sinto seu corpo enrijecer, e, então, Miller afasta o braço de mim. É a primeira vez que o vejo envergonhado. Ele estica a mão para minha mãe a fim de se apresentar oficialmente. Ela apenas encara a mão e depois olha para mim.

Miller começa a murmurar um pedido de desculpas:

— Desculpe, Sra. Grant. Achei que fosse uma amiga de Clara. A senhora... a senhora parece muito nova.

Minha mãe está me encarando com irritação, ignorando-o.

— Ela *é* nova — digo para Miller. — Tinha dezessete anos quando eu nasci.

Minha mãe não perde tempo quando, finalmente, se reporta a ele.

— Somos mulheres muito férteis. Tenha cuidado.

Ah, meu Deus.

Cubro os olhos por um breve instante. Não consigo nem olhar para ele quando digo:

— A gente se fala na hora do almoço.

De esguelha, vejo Miller assentir e seguir em disparada na direção oposta.

— Não acredito que você disse aquilo para ele.

— Você está saindo com esse garoto agora? — pergunta ela, gesticulando para o corredor atrás de mim. — Achei que ele tivesse namorada.

— Eles terminaram.

— Por que não me contou?

— Porque eu sabia que você não ia gostar.

— Tem razão. Não gostei. — Seu tom de voz aumenta. Fico aliviada por não ter ninguém no corredor. — Desde o dia que você começou a passar tempo com esse garoto, seu comportamento mudou. Fugiu do funeral do seu pai, usou drogas, nunca fica em casa, volta tarde da rua. Ele não é uma boa influência, Clara.

Não quero brigar agora. Mas ela está completamente enganada sobre Miller. Fico irritada por minha mãe colocar a culpa do meu comportamento em um cara e não no fato de que, talvez, as poucas decisões erradas que tomei tenham sido resultado do que aconteceu quarenta e cinco dias atrás. Aquilo me influenciou mais do que qualquer namorado; saber que minhas mensagens para tia Jenny foram o motivo por trás dessa tragédia toda.

— Não sei mais nada do que está acontecendo na sua vida. Você não me conta nada.

Reviro os olhos.

— Agora que tia Jenny não está mais aqui para contar a você todos os meus segredos?

Sua raiva é substituída por uma expressão de choque, como se ela realmente não desconfiasse que eu sabia que tia Jenny lhe contava tudo. Então minha mãe apenas parece irritada. Magoada.

— Por que acha que sua tia me contava tudo, Clara? É porque todos os conselhos que ela dava a você *vinham* de mim. Jenny passou os últimos cinco anos copiando as mensagens que eu escrevia e mandando para você, fingindo que eram dela.

— Mentira — respondo com raiva.

— É *verdade*. Então pare de falar comigo como se eu não soubesse o que é melhor para você ou como se não entendesse do que estou falando.

Ela está mentindo sobre tia Jenny.

E mesmo que não estivesse... mesmo que minha mãe fosse responsável pela maioria dos conselhos que tia Jenny me dava, por que estragaria essa minha ilusão? Graças a mim, tia Jenny nunca mais vai voltar, e minha mãe tirou aquilo que eu mais gostava na minha tia, jogou tudo num liquidificador e me enfiou goela abaixo.

Odeio sentir que estou prestes a chorar. Sinto tanta raiva dela. De mim. Eu me viro para ir embora antes de dizer algo que possa levar minha mãe a me pôr de castigo, mas ela segura meu braço.

— Clara.

Puxo meu braço e me solto. Viro e dou um passo rápido na direção dela.

— Obrigada, mãe. Obrigada por *estragar* uma das coisas que eu mais amava na minha tia!

Quero muito dizer que ela é uma vaca, mas não quero irritá-la. Quero que se sinta culpada. Quero que se sinta tão culpada quanto eu desde o acidente.

Dá certo, porque minha mãe imediatamente parece estar envergonhada por querer levar o crédito pela amizade que eu tinha com tia Jenny.

— Desculpe — sussurra ela.

Eu me afasto, deixando-a sozinha no corredor.

17
Morgan

Por que eu disse aquilo? Por que senti a necessidade de levar o crédito agora que Jenny morreu?

Eu sei por quê. Estou chateada e magoada com o que minha irmã fez comigo, e o fato de Clara ainda pensar na tia como uma santa só piora minha dor. Eu queria que ela soubesse que Jenny não tinha ideia de como oferecer conselhos maduros e que aprendeu comigo tudo que lhe ensinou. Por algum motivo, eu queria levar o crédito por isso. Crédito de que não preciso. É como se eu quisesse que minha filha compartilhasse toda a raiva que sinto por sua tia e seu pai.

Eu me sinto péssima. Ela tem razão. Eu a magoei e estraguei suas lembranças de Jenny por puro egoísmo. Porque estou irritada com minha irmã. Porque ela *me* magoou.

Isso só faz aumentar ainda mais a certeza de que não posso deixar que Clara saiba o que Jenny e Chris fizeram. Essa pequena revelação já a deixou bastante arrasada. Ela foi quase às lágrimas com apenas o que eu disse.

Meu Deus, como isso dói. Dói tanto que só quero sair daqui. Deste prédio. Quero ir para casa. Eu nunca devia ter cogitado a ideia de me candidatar a uma vaga de emprego nesta escola. Que adolescente quer passar o dia inteiro, todo dia, com a mãe?

Viro e saio correndo pelo corredor, tentando segurar as lágrimas até chegar ao lado de fora. Estou a três metros da porta.

— Morgan?

Fico paralisada ao escutar meu nome. Viro e encontro Jonah parado na porta da sala. Ele sabe imediatamente que não estou bem.

— Venha até aqui — convida ele, gesticulando para eu entrar.

Uma parte enorme de mim quer continuar andando, mas uma parte menor quer encontrar um refúgio, e a sala de aula vazia de Jonah parece um bom lugar.

Ele pressiona a parte inferior das minhas costas e me guia para uma cadeira. Então me entrega um lenço de papel. Aceito e seco os olhos, pressionando-os para controlar as lágrimas. Não sei o que acontece, mas é como se eu finalmente estivesse no meu limite, tivesse perdido as rédeas com Clara, e agora esteja forçando Jonah a ser meu terapeuta temporário. Simplesmente começo a falar sem parar.

— Sempre achei que estava sendo uma boa mãe. Essa foi a única função que exerci desde os dezessete anos. Chris trabalhava no hospital, e minha responsabilidade era cuidar de Clara. Então sempre que ela fazia algo positivo ou nos surpreendia, eu ficava orgulhosa. É como se eu tivesse cultivado esse pequenino ser humano maravilhoso, e sentia orgulho dela. Orgulho de mim mesma. Mas, desde que Chris morreu, comecei a achar que, talvez, não tenha sido eu a responsável pelas boas atitudes dela. Clara não fazia besteiras antes de o pai morrer. Não usava drogas, não mentia sobre ter um namorado nem sobre aonde ia. E se, na verdade, as melhores atitudes dela tenham sido influenciadas por Chris e não pelo fato de eu ter, nesse tempo todo, achado que eu tinha uma ótima filha por eu ter sido uma ótima mãe? Porque, agora que ele não está mais aqui, nós duas só despertamos o pior uma da outra.

Quando comecei a falar, Jonah estava apoiado na mesa. Agora, ele se senta na carteira diante de mim, se inclina para a frente e apoia as mãos nos joelhos.

— Morgan, me escute.

Eu fungo e presto atenção.

— Nós dois temos trinta e poucos anos... é inevitável que tragédias aconteçam na nossa vida. Mas Clara só tem dezesseis. Ninguém nessa idade deveria lidar com uma situação tão traumática. Ela está perdida no meio do luto. Você só tem que deixar que ela encontre o próprio caminho, como fez comigo.

A voz de Jonah é tão calma agora que consigo me reconfortar um pouco com suas palavras. Concordo com a cabeça, grata por seu convite para entrar na sala de aula. Num gesto tranquilizador ele se estica e, com as mãos, aperta a minha.

— Clara não está passando por um momento ruim porque Chris desapareceu. Ela está passando por um momento ruim porque ele nunca mais vai voltar. Existe uma diferença.

Uma única lágrima escorre por minha bochecha. Eu não esperava que Jonah me consolasse, mas ele tem razão. Ele tem razão sobre Clara, e isso me faz pensar que sua lógica também pode ser aplicada a mim. A presença de Chris não fazia tanta diferença quanto sua ausência faz agora.

Jonah ainda está segurando minhas mãos quando a porta da sala abre. É Miller. Ele entra e para a alguns metros de mim. A forma como me encara dá a impressão de que Clara o encontrou e lhe contou o quanto eu a magoei no corredor.

Ergo uma sobrancelha em advertência.

— Espero que você não tenha vindo me explicar como devo educar minha filha.

Miller dá um passinho para trás. Seus olhos vão de mim para Jonah. Ele parece sem graça quando diz:

— Hum. Não, senhora? Eu só... — Ele aponta para a cadeira que ocupo. — A senhora está no meu lugar.

Ah. Ele veio para a aula.

Olho para Jonah em busca de confirmação. Ele assente e diz:

— Miller tem razão. Você está no lugar dele.

Será que eu ainda tenho mais vergonha para passar hoje?

— Está tudo bem, posso sentar em outro lugar — ameniza Miller.

Eu levanto, gesticulando para a cadeira. Hesitante, o garoto se aproxima e senta.

— Não sou louca — digo a ele, tentando justificar a atitude que acabei de ter. E talvez a que tive no corredor, antes. — Só estou tendo um dia péssimo.

Miller olha para Jonah em busca de confirmação. Ele assente.

— Ela tem razão. Não é louca.

Miller ergue uma sobrancelha e afunda na cadeira, tirando o celular do bolso e querendo escapar daquela conversa.

Outros alunos começam a entrar na sala, então Jonah me acompanha até a porta.

— Passo na sua casa mais tarde para terminar de soltar a porta.

— Obrigada. — Faço menção de ir embora, mas então percebo como odeio a ideia de ficar sozinha lá, pensando nas vergonhas do dia. A única coisa que poderia me distrair de tudo seria Elijah. — Será que posso buscar Elijah na creche? Estou com saudade.

— Ele ia adorar. Já coloquei seu nome na lista de pessoas que podem buscá-lo. Vou direto para sua casa quando eu terminar aqui.

Antes de me virar, eu sorrio com os lábios apertados. Vou para o carro arrependida de não ter dado um abraço em Jonah nem lhe agradecido melhor. Ele merece.

18
Clara

Miller desliza sua bandeja sobre a mesa, ao meu lado.
— Sua mãe me odeia.

Com ar despreocupado, ele abre uma lata de refrigerante e toma um gole.

Não vou tentar amenizar as coisas e dizer que ele está errado.
— Somos dois.

A cabeça dele vira na minha direção.
— Vocês *duas* me odeiam?

Eu rio, balançando a cabeça.
— Não. Minha mãe odeia *nós* dois. — Distraída, giro minha garrafa de água na mesa. — Brigamos depois que você foi embora. Não por sua causa. Só por... coisas. Ela meio que me chateou.

Miller não parece tão despreocupado agora. Ele percebe que estou incomodada, então se vira para mim, ignorando a comida na sua frente.
— Você está bem?

Assinto.
— Sim. A gente só está passando por uma fase ruim.

Ele se inclina e pressiona a testa contra a lateral da minha cabeça.

— Sinto muito por este ano estar sendo uma droga para você. — Ele beija minha cabeça e se afasta, tirando os picles do seu prato e colocando-o no meu. — Pode ficar com meus picles. Isso ajuda?

— Como você sabe que gosto de picles?

Miller abre um sorrisinho.

— Passei três anos tentando não ficar encarando você na hora do almoço. É esquisito, eu sei.

— Mas também é fofo.

Ele sorri.

— Essa é uma boa descrição de mim. Esquisito e fofo.

— *Muito* esquisito e fofo.

Lexie coloca a bandeja do outro lado da mesa.

— Quero alguém esquisito e fofo também. Já encontrou um namorado para mim?

— Ainda não — responde Miller. — Só faz quatro horas desde que você pediu.

Lexie revira os olhos.

— Até parece que tempo faz diferença na sua vida. Você está beijando minha melhor amiga minutos depois de ter dado um pé na bunda da sua namorada de um ano.

Solto um gemido.

— Comporte-se, Lexie. Miller ainda não conhece você bem o suficiente para ser alvo do seu sarcasmo.

— Não é sarcasmo. Ele literalmente terminou com a namorada e deu em cima de você. — Ela olha para Miller. — Estou mentindo?

Miller não parece estar irritado com Lexie. Ele coloca uma batata frita na boca.

— É verdade — diz ele. Então olha para mim e pisca. — Mas Clara sabe o que aconteceu.

— Bem, eu não sei — continua Lexie. — Não sei nada sobre você. Nem sei seu nome do meio. Também é uma marca de cerveja?

Eu olho para Miller quando entendo a pergunta dela.

— Ah, nossa. Não percebi que seu nome e sobrenome são marcas de cerveja.

— Não foi intencional. Miller era o sobrenome de solteira da minha mãe. — Ele se vira para Lexie. — É Jeremiah.

— Tão *normal* — diz ela, parecendo decepcionada. E come uma colherada do pudim, lambendo a colher por um segundo. Então a tira da boca e aponta para ele. — Quem é seu melhor amigo, Miller Jeremiah Adams? Ele é gato? Solteiro?

— Meus amigos são todos gatos e solteiros — responde Miller.
— O que exatamente você quer?

Lexie dá de ombros.

— Não sou exigente. Prefiro louros com olhos azuis. Alguém com um senso de humor irônico. Um pouco mal-educado. Que odeia passar tempo com outras pessoas. Não se importa em namorar uma garota que é viciada em compras e está sempre certa. Atlético. Mais de um metro e oitenta. E católico.

Eu rio.

— Você não é católica.

— Não, mas católicos são rígidos e precisam se confessar o tempo todo, então talvez ele peque menos que, sei lá, um batista.

— Seu raciocínio é tão, tão errado — digo.

— Conheço o cara certo — responde Miller, levantando. — Quer que eu o chame?

— Agora? — pergunta Lexie, se animando.

— Já volto.

Miller se afasta, e Lexie olha para mim, mexendo as sobrancelhas.

— Talvez eu goste do seu namorado. Ele quer agradar sua melhor amiga.

— Você não disse que eu ainda não podia chamar Miller de namorado?

— Eu estava sendo irônica — declara ela. — Quis dizer que gosto do seu *amigo*.

Nós ficamos olhando enquanto Miller senta à sua mesa habitual do almoço. Ele fala com um cara chamado Efren. Eu o conheço das aulas de teatro, mas ele não se encaixa em nenhum dos quesitos de Lexie. Ou melhor, nas *exigências*.

Efren tem cabelo preto, é mais baixo que ela, e com certeza não é atlético. Veio das Filipinas há alguns anos, antes de começar o ensino médio. Do outro lado do refeitório, ele sorri para nós, mas Lexie geme e tapa o rosto com a mão, bloqueando sua visão.

— Ele está falando sério? Efren Beltran?

— A gente estava na mesma turma de teatro. Efren é muito legal. E bonitinho.

Lexie arregala os olhos, como se aquilo fosse uma traição.

— Ele tem, tipo, um metro e setenta!

Ela espia entre os dedos e vê Miller voltando com o amigo. Lexie solta um gemido e baixa a mão, mas não esconde que está decepcionada com a escolha.

— Este é Efren — diz Miller. — Efren, essa é Lexie.

Os olhos dela se estreitam na direção de Miller antes de irem para o outro garoto.

— Você, por um acaso, é católico?

Ele senta ao seu lado. E parece achar a reação de Lexie mais engraçada do que ofensiva.

— Não, mas moro a quinhentos metros de uma igreja católica. Posso me converter, se precisar.

Eu já gosto dele, mas tenho a impressão de que Lexie não vai mudar de ideia com tanta facilidade.

— Você parece meio inexperiente — diz ela em um tom quase acusatório. — Já namorou antes?

— Conta se for pela internet? — pergunta Efren.

— Não. Com certeza não.

— Então... não.

Lexie balança a cabeça.

Miller resolve se intrometer e olha para o amigo.

— Achei que você e Ashton tivessem saído por um tempo. Isso conta, não é?

Efren indica que não, balançando a cabeça.

— As coisas esfriaram antes mesmo de esquentarem.

— Que droga — diz Miller.

— Seu pai é muito alto? — pergunta Lexie a ele. — Você acha que vai crescer mais?

— Não sei — responde Efren, dando de ombros. — Meu pai saiu de casa quando eu tinha três anos. Nem me lembro da cara dele.

Vejo as sobrancelhas de Lexie levantarem muito sutilmente.

— O meu também. No Natal.

— Agora entendi essa marra toda — diz Efren.

Ela dá de ombros.

— Não sei. Acho que eu já era marrenta antes dos três anos. Deve ser por isso que ele fugiu.

Efren assente.

— Bem provável. Se a gente começar a namorar, é melhor não se acostumar muito comigo, porque é capaz de eu cansar do seu comportamento e ir embora também.

Lexie tenta não sorrir, mas tenho certeza de que o sarcasmo de Efren é mais atraente para ela do que sua altura, caso ele fosse alto.

Sinceramente, eu não esperava que esta conversa chegasse a lugar nenhum, mas os dois parecem estar em nível de igualdade no quesito alfinetadas. Talvez ela até concorde em sair com ele.

Eu olho para Miller, que abre um sorriso travesso antes de comer outra batata.

— Efren é um cara muito legal — sussurra ele. — Ela pode se surpreender se lhe der uma chance.

Miller pega uma batata e a leva à minha boca. Eu a como, e então ele se inclina e me beija.

É só um selinho — dura, talvez, dois segundos —, mas são dois segundos longos demais, porque, um instante depois, alguém nos cutuca no ombro. Nós dois olhamos para cima e encontramos a inspetora do almoço nos encarando.

— Nada de beijos no refeitório. Guardem as bandejas e venham comigo. Detenção durante o almoço.

Olho para Miller e balanço a cabeça.

— Estamos saindo juntos há catorze horas, e você já está me colocando em encrenca.

Ele ri.

— A gente já fazia coisas ilegais juntos havia mais de catorze horas. Você se esqueceu da placa?

— Vamos — ordena a inspetora.

Ela nos segue enquanto guardamos as bandejas. Miller surrupia meu saco de batatas quando ela se distrai e o enfia na frente da calça jeans, cobrindo-o com a camisa.

A inspetora nos leva até a biblioteca, onde registra nossa presença. Eu nunca fui para a sala da detenção na hora do almoço. Esta é minha primeira vez, e estou um pouco animada.

Nós sentamos a uma mesa vazia. O inspetor está jogando no celular, com os pés apoiados na mesa. Ele não presta atenção na gente.

Miller começa a mexer sua cadeira aos poucos, sem ninguém perceber. Lembro do seu plano para mudar o lugar da placa dos limites da cidade.

Depois de um tempo, ele se aproxima tanto de mim a ponto de nossas coxas e nossos braços se tocarem. Essa proximidade é boa. Gosto da sensação de estar perto dele. Também gosto do seu cheiro. Normalmente, ele cheira a sabão. Desodorante, talvez. Às vezes, cheira a pirulito. Mas, agora, cheira a salgadinhos ultraprocessados.

Minha barriga ronca, então Miller se recosta devagar na cadeira e enfia a mão na calça jeans. Ele retira o saco de batatas e dá uma tossidinha quando o abre, para encobrir o barulho.

O inspetor da sala da detenção olha para nós. Miller encara a mesa e tenta parecer inocente. Quando o cara volta para seu jogo, Miller estica o saco para mim. Os biscoitos estão todos quebrados, então pego o maior que consigo encontrar e o coloco na boca antes de o inspetor perceber.

Comemos o saco todo desse jeito, nos alternando entre pegar fragmentos de biscoito escondidos e chupá-los até ficarem murchos para que não façam tanto barulho ao serem mordidos. Quando o saco termina, limpo as mãos na minha calça jeans e levanto um braço.

— Com licença?

O inspetor olha para cima.

— Podemos pegar um livro?

— Podem. Vocês têm sessenta segundos.

Alguns instantes depois, nos encontramos no mesmo corredor; a boca de Miller está na minha e minhas costas, pressionadas contra uma parede de livros. Nós rimos enquanto nos beijamos, nos esforçando para não fazer barulho.

— Vão colocar a gente na sala da detenção de novo — sussurro.

— Espero que sim. — A boca dele se encontra com a minha de novo, e elas estão salgadas agora. Suas mãos descem das minhas bochechas para minha cintura. Sua língua é macia, mas os beijos são rápidos. — É melhor a gente voltar. Só temos trinta segundos.

Concordo com a cabeça, mas entrelaço seu pescoço e o puxo para mais perto. Nós nos beijamos por mais dez segundos antes de eu afastá-lo. Suas mãos continuam na minha cintura.

— Vá ao cinema hoje — sussurra Miller.

— Você vai trabalhar?

Ele assente.

— Vou, mas deixo você entrar de graça. Posso até fazer pipoca fresca dessa vez.

— Combinado.

Miller me dá um beijo na bochecha e pega um livro aleatório atrás de mim. Também pego um, e voltamos para nosso lugar.

É difícil ficar parada agora. Ele me deixou completamente eufórica, e quero segurar sua mão ou lhe dar outro beijo, mas temos que nos contentar em ficar encostando nossas pernas. Depois de um tempo, ele se inclina na minha direção e sussurra:

— Podemos trocar de livro?

Olho para o que Miller pegou, e ele o fecha para mostrar a capa. *Um guia ilustrado do ciclo reprodutor feminino.*

Abafo meu riso com a mão e deslizo meu livro para ele.

Quando voltamos para o meu armário depois da sala da detenção, Lexie aparece. Ela se enfia entre mim e Miller.

— Ele é engraçado. — Acho que está falando de Efren. — Baixinho, mas engraçado.

— Vocês deviam ir ao cinema comigo hoje — sugiro.

Lexie faz som de quem está com ânsia de vômito.

— Nesses anos todos que você me conhece, quando fomos ao cinema juntas?

Penso no assunto, e a resposta é nunca. Só que sempre achei isso normal.

— Você tem alguma coisa contra cinemas? — pergunta Miller.

— Hum, *tenho*. Eles são nojentos. Você sabe quanto esperma tem em uma poltrona daquelas?

— Que nojo — digo. — Quanto?

— Não sei, mas acho que deviam pesquisar.

Lexie se afasta do armário e vai embora. Eu e Miller ficamos olhando para ela.

— Sua amiga é interessante — comenta ele.

— É, sim. Mas, agora, não sei se quero ir ao cinema hoje.

Miller se inclina na minha direção.

— Sou eu que limpo o cinema, e o lugar é um brinco. É melhor você aparecer lá. Às sete?

— Tudo bem. Eu vou. Mas, se você puder passar desinfetante na última fileira de todas as salas, seria ótimo. — Ele se inclina para se despedir de mim com um beijo, mas empurro seu rosto. — Não quero ir para a sala da detenção de novo.

Miller ri enquanto se afasta.

— A gente se vê daqui a seis horas.

— Até logo.

Não digo que existe a possibilidade de eu não ir. Ainda não conversei com minha mãe sobre isso. Depois do que aconteceu no corredor hoje, ficou óbvio que ela não quer que eu saia com Miller. Provavelmente vou passar um tempo na casa de Lexie depois da escola e, então, mentir, dizendo que vamos ao cinema juntas.

Estou ficando boa em enganar minha mãe. É mais fácil do que contar a verdade.

19
Morgan

Jonah bate baixinho à porta da frente antes de abri-la.

Quando ele entra, estou no sofá com Elijah, que dorme.

— Cheguei na creche bem na hora da soneca dele — sussurro.

Jonah olha para Elijah e sorri.

— Eles dormem tanto nessa idade. Eu meio que odeio isso.

Eu rio baixinho.

— Você vai sentir saudade quando ele começar a não querer dormir.

Jonah indica a garagem com a cabeça.

— Não tive tempo de passar em casa depois do trabalho. Posso tentar destrancar a caixa de ferramentas de Chris?

Assinto. Ele segue naquela direção, e passo Elijah para o moisés. Então o coloco do outro lado da sala, na esperança de que o barulho da cozinha não o acorde.

Jonah volta com a caixa de ferramentas de Chris e a leva para a cozinha. Vou atrás para ajudá-lo com a porta.

Eu lhe entrego uma faca, e ele leva apenas alguns segundos para arrombar a tranca. Então abre a tampa e tira a bandeja de cima para procurar o que precisa na parte inferior, maior.

De repente, um olhar perplexo surge em seu rosto. E esse olhar faz com que eu me aproxime da caixa de ferramentas para olhar o interior.

Nós dois encaramos o que estava escondido sob a bandeja de cima. Envelopes. Cartas. Cartões. Vários, todos endereçados a Chris.

— São seus? — pergunta Jonah.

Eu faço que não com a cabeça e dou um passo para trás, como se a distância fosse capaz de fazer os papéis desaparecerem. Sempre que sinto que uma das minhas muitas feridas está prestes a cicatrizar, algo acontece para abri-la de novo.

Com a letra de Jenny, o nome de Chris está escrito no verso de todos os envelopes abertos. Jonah mexe neles.

Meu coração acelera, sabendo que ali poderiam estar as respostas para todas as nossas perguntas. Quando o caso começou? Por quê? Chris estava apaixonado por ela? Ele a amava mais do que a mim?

— Você vai ler? — pergunto.

Jonah balança a cabeça, determinado. Sua decisão é tão definitiva. Invejo sua falta de curiosidade. Ele entrega tudo para mim.

— Você pode fazer o que quiser, mas não me interessa o que está escrito aí.

Encaro as cartas em minhas mãos.

Jonah pega o que precisa na caixa de ferramentas e a empurra, indo cuidar da última dobradiça trabalhosa.

Eu levo as cartas para o quarto e as jogo na cama. Até segurá-las é doloroso. Não quero olhar para elas enquanto Jonah estiver aqui, então saio e fecho a porta. Posso resolver o que fazer mais tarde.

Sento na banqueta próxima da bancada da cozinha e encaro meus pés, sem conseguir pensar em nada além das cartas, por mais que me esforce para mudar de foco.

Se eu ler o que Jenny escreveu, vou finalmente encerrar o caso? Ou isso só vai piorar minha dor?

Parte de mim tem medo de que as coisas piorem. As pequenas lembranças já são péssimas o suficiente; pela manhã, uma delas quase me fez chorar.

Eu e Jenny estávamos no centro da cidade no ano passado, uma semana antes do aniversário de Chris. Ela estava determinada a comprar para ele um quadro abstrato específico de uma loja. Em todos os nossos anos de casamento, jamais vi meu marido se interessar por arte. Mas a pintura, por algum motivo, fazia Jenny se lembrar dele. Nunca pensei muito no assunto. Afinal, eles eram cunhados. Eu adorava a forma como os dois se davam bem.

O quadro fica pendurado na cozinha, sobre a bancada móvel que deixo encostada na parede.

Eu o encaro agora.

— No ano passado, Jenny insistiu em dar esse quadro de presente de aniversário para Chris.

Jonah para o que está fazendo e olha para o quadro às suas costas. Então seus olhos passam rapidamente por mim antes de retornarem à porta.

— Eu disse que ele ia detestar, e sabe o que ela respondeu?

— O quê? — pergunta Jonah.

— Ela disse: *"Você não conhece Chris tão bem quanto eu."*

Os ombros de Jonah enrijecem, mas ele fica quieto.

— Lembro que ri; achei que fosse brincadeira. Mas, hoje, sabendo o que sei, imagino que ela estivesse falando sério. Jenny realmente achava que conhecia meu marido melhor do que eu, mas acredito que tenha deixado aquilo escapulir. Agora, sempre que olho para o quadro, fico me perguntando qual é sua história. Os dois estavam juntos quando o viram pela primeira vez? Ele mencionou que tinha gostado? Todas as lembranças que tenho dos dois eram concretas. Só que, quanto mais penso nelas, quanto mais penso neles, tudo parece se transformar. E odeio isso.

Jonah finalmente solta a porta da dobradiça. Ele a apoia contra a parede antes de se debruçar na bancada e pegar uma bala. Fico surpresa quando a enfia na boca.

— Você odeia melancia.

— Oi?

— Você acabou de comer uma bala de melancia. E as detesta.

Ele não me responde. Quando começa a falar, está encarando o quadro.

— Na noite antes do acidente, quando a gente estava à mesa, Chris perguntou se Jenny estava animada para o dia seguinte. Eu nem desconfiei quando ela disse *"Você nem imagina o quanto"*, porque aquele supostamente seria seu dia de voltar ao trabalho, e achei que fosse disso que estavam falando. Mas era sobre passarem o dia juntos no Langford. Os dois estavam conversando sobre isso bem na nossa cara.

Eu não tinha parado para pensar sobre aquele momento. Mas Jonah tem razão. Jenny olhou nos olhos de Chris e, mais ou menos, sugeriu que estava empolgada para dormirem juntos. Um calafrio subiu pelos meus braços, então os esfrego.

— Odeio os dois. Odeio os dois por mentirem para você sobre Elijah. Odeio os dois por se fazerem de sonsos com a gente.

Agora juntos, encaramos a pintura.

— Mas que quadro horroroso — diz ele.

— É mesmo. Elijah pintaria algo melhor.

Jonah vai até a geladeira e pega a caixa de ovos. Assim que a porta da geladeira fecha sozinha, ele abre a caixa, pega um dos ovos e o acomoda na mão. De repente, ele o arremessa contra o quadro. Eu observo a gema escorrer pelo canto direito e cair no chão.

Espero que ele saiba que vai limpar isso.

Jonah está na minha frente agora, oferecendo um ovo.

— Dá uma sensação boa. Experimente.

Aceito o ovo e pulo da banqueta. Impulsiono o braço para trás como se fosse lançar uma bola e arremesso o ovo contra a pintura.

Ele tem razão. É gostoso observá-lo se espatifar sobre uma memória que Jenny e Chris criaram juntos. Tiro outro ovo da caixa e o jogo. Depois outro.

Infelizmente, só havia quatro ovos lá dentro. O estoque acabou, mas sinto que estou apenas começando.

— Pegue outra coisa — peço, incentivando Jonah a abrir a geladeira.

Por algum motivo, destruir uma das memórias dos dois faz meu corpo ser preenchido por uma onda de adrenalina, algo que eu nem sabia estar precisando. Estou pulando na ponta dos pés, pronta para arremessar outra coisa, quando Jonah me entrega um dos potes de plástico com pudim de chocolate. Eu olho para ele, dou de ombros e o arremesso contra o quadro. A ponta do pote plástico fura a tela.

— A ideia era você *abrir* o pudim, mas também deu certo assim.

Eu rio e pego outro pudim das suas mãos, abro a tampa. Jogo o doce na pintura, mas sua espessura dificulta o processo. Não é tão recompensador quanto o ovo. Mas, então, enfio os dedos no pote e me aproximo do quadro. E espalho o pudim sobre a tela.

Jonah me entrega outra coisa.

— Aqui. Use isto.

Olho para o frasco de maionese e sorrio.

— Chris odiava maionese.

— Eu sei — responde ele com um sorriso.

Enfio a mão inteira dentro do pote, pegando um punhado gelado de maionese antes de esfregar o máximo possível no quadro. Jonah está ao meu lado agora, espirrando mostarda na tela. Normalmente, eu ficaria nervosa com a sujeira que estamos fazendo, mas a satisfação é muito maior do que o desânimo pela futura limpeza.

Além do mais, estou rindo de verdade. O som é tão estranho que eu espalharia maionese pela casa inteira só para continuar me sentindo assim.

Esfreguei o pote praticamente inteiro no quadro quando Jonah começa a atacá-lo com um frasco de ketchup.

Meu Deus, que divertido.

Penso nas outras coisas na casa que podem abrigar memórias secretas dos dois e que podemos destruir. Aposto que também há quinquilharias na casa de Jenny e Jonah. E talvez ele tenha mais ovos do que eu.

O pote de maionese finalmente está vazio. Eu me viro para pegar outra coisa para jogar, mas a mistura de pés descalços, gema de ovo e pisos cria uma superfície nada confiável. Escorrego e seguro o braço de Jonah enquanto caio. Em uma questão de segundos, nós dois estamos deitados no chão da cozinha. Jonah tenta se levantar, mas nossa bagunça se espalhou por todos os cantos. A palma da sua mão escorrega no chão, e ele cai de novo.

Estou rindo tanto que giro em posição fetal; uso músculos que parecem terem sido atrofiados há séculos. É a primeira vez que rio desde a morte de Chris e Jenny.

Também é a primeira vez que escuto Jonah rir desde então.

Na verdade... não escuto a risada dele desde que éramos adolescentes.

Nossas gargalhadas começam a se dissipar. Eu suspiro na mesma hora em que Jonah vira para mim.

Ele não está mais rindo. Não está nem sorrindo. Na verdade, tudo que era engraçado parece desaparecer no instante em que fazemos contato visual, porque o silêncio reina agora.

A adrenalina que corre pelo meu corpo começa a se transformar, deixando de ser a necessidade de destruir um quadro e virando algo completamente diferente. É inquietante sair de um momento tão divertido e passar para um tão sério. Nem sei por que ficou tão sério, mas aconteceu.

Jonah engole em seco, e, então, em um sussurro rouco, diz:

— Nunca odiei as balas de melancia. Eu só separava porque sabia que elas eram suas favoritas.

Essas palavras me preenchem, lentamente aquecendo minhas partes mais frias. Eu o encaro em silêncio, não porque perdi a fala, mas porque essa deve ter sido a coisa mais gentil que um homem já me disse, e não saiu nem do meu marido.

Jonah estica a mão, afastando uma mecha grudenta de cabelo da minha bochecha. Assim que ele encosta em mim, sinto como se tivéssemos voltado àquela noite, sentados na grama, diante do lago. Ele me olha da mesma maneira que me olhou na época, pouco antes de sussurrar: *"Acho que, talvez, a gente tenha se enganado."*

Sinto que ele vai me beijar, e não sei o que fazer, porque não estou pronta para algo assim. Nem *quero* algo assim. Um beijo entre nós complicaria tudo.

Então por que estou me inclinando na sua direção?

Por que a mão dele está no meu cabelo agora?

Por que estou completamente obcecada por saber o gosto da sua boca?

A cozinha está tão silenciosa que, além da nossa respiração ofegante, consigo escutar o barulho do motor quando Clara estaciona o carro na frente da casa.

Jonah me solta e rapidamente deita de costas.

Eu me sento na mesma hora, puxando o ar. Nós nos levantamos e, imediatamente, começamos a limpeza.

20
Clara

O carro de Jonah está parado na entrada da minha casa. Espero que ele não tenha enlouquecido de novo e tenha vindo deixar Elijah por mais uma semana. Esta é a última coisa de que eu e minha mãe precisamos agora.

E não sei bem do que precisamos, mas necessitamos de alguma coisa. Uma intervenção? Férias uma da outra?

Espero que ela esteja tão pronta quanto eu para esquecer o que aconteceu hoje na escola. Se há uma coisa que gosto na minha mãe é sua capacidade de evitar brigas quando precisa de tempo para digerir algo. Não quero ser obrigada a ficar trancada em casa e conversar hoje, porque meu plano é entrar, trocar de roupa e sair para encontrar Miller no cinema. *Mas duvido que vá ser tão fácil assim.*

Quando entro, vejo Elijah dormindo no moisés, perto da parede. Começo a me aproximar dele para lhe dar um beijo rápido, mas minha atenção se volta para a cozinha.

A porta sumiu, mas essa não é a parte estranha.

A parte estranha é minha mãe e Jonah. *E a bagunça.*

Mamãe está de quatro no chão, limpando o piso com toalhas de papel. Jonah retira da parede o quadro que tia Jenny deu de aniversário para papai. A tela está toda suja. Inclino a cabeça, tentando ver melhor, mas não sei exatamente o que é.

Comida?

Dou alguns passos na direção da cozinha antes de conseguir entender a cena. Vejo um vidro de maionese vazio sobre a bancada. Potes de pudim vazios no chão. Uma caixa vazia de ovos na bancada. A camisa de Jonah e o cabelo da minha mãe estão sujos.

Que doideira é essa?

— Vocês fizeram uma guerra de *comida*?

Minha mãe olha na minha direção. Ela nem desconfiava que eu estava aqui. Jonah vira e quase escorrega. Ele deixa a pintura cair, mas se segura na bancada. Os dois trocam um olhar; depois me encaram.

— Hum — diz Jonah. — Nós, hum... não temos uma explicação decente.

Ergo uma sobrancelha, mas fico quieta. Se eu não julgar o comportamento estranho dos dois, talvez eles não me julguem por querer sair daqui.

— Sei. Bem... vou ao cinema com Lexie.

Espero escutar uma reclamação da minha mãe, mas o oposto acontece.

— Minha bolsa está no sofá, se você precisar de dinheiro.

Desconfiada, estreito os olhos. *Ela está me testando?* Talvez esteja se sentindo culpada pelo que me disse mais cedo.

Há algo errado, mas, se eu continuar parada aqui, talvez ela também perceba isso. Dou as costas para os dois e vou para o quarto trocar de roupa. Não me dou ao trabalho de pegar o dinheiro na bolsa. Miller nunca me cobra por nada.

Assim que entro no cinema, o rosto de Miller se ilumina, e ele para o que está fazendo para me encontrar do outro lado do balcão. Não há ninguém, então ele me puxa para um abraço e me beija.

— Espere por mim na sala um. Só preciso de cinco minutos.
— Mas... — Aponto para a bombonière. — Pipoca.
Miller ri.
— Vou levar.

Entro na sala um e fico surpresa ao ver que ela está completamente vazia, com as luzes acesas. Nem há nada passando na tela. Sento na última fileira, como sempre, e espero por Miller. Enquanto isso, abro o guia de horários do cinema no meu telefone para ver o que está passando aqui.

Nada.

A última sessão foi um desenho animado, que acabou há uma hora. Mando uma mensagem para Miller.

> Eu: Você disse sala um? Não tem sessão nenhuma aqui hoje.
> Miller: Fique aí. Já vou.

Alguns minutos depois, ele entra com uma bandeja de comida. Nachos, cachorros-quentes, pipoca e duas bebidas. Então sobe até a última fileira e senta ao meu lado.

— Acho que fomos muito maltratados na escola hoje — explica Miller. — Tenho certeza de que existe alguma lei que diz que estudantes precisam se alimentar no ambiente escolar. Mesmo que a gente tenha que levar a comida com a gente para a sala da detenção. — Ele me passa um copo e equilibra a bandeja nos encostos dos bancos à nossa frente. — Steven me deve uns cinco favores, então vai passar uma hora cuidando da bombonière.

Pego um cachorro-quente e um sachê de mostarda.

— Que ótimo. Então isto é um encontro?
— Não fique mal-acostumada. Eu geralmente não me esforço tanto.

Passamos os próximos minutos comendo e conversando. Deixo Miller falar na maior parte do tempo, porque gosto disso. Ele é animado e sorri bastante, e, sempre que encosta em mim, sinto aquele frio na barriga clichê.

Quando termina de comer, ele tira um pirulito do bolso.

— Quer um?

Estico a mão, então ele pega outro e me dá.

— Você tem um estoque disso? Está sempre com um na boca.

— Eu trinco os dentes. Os pirulitos ajudam.

— Se você continuar nesse ritmo, não vai ter dentes sobrando para trincar.

— Nunca tive uma cárie. E não finja que acha o gosto ruim.

Sorrio.

— O gosto é ótimo.

— Shelby odiava meu vício em pirulitos — comenta ele. — Dizia que minha boca ficava grudenta.

— Quem?

Faço a pergunta de brincadeira, mas Miller acha que fiquei ofendida por ele falar dela.

— Desculpe. Não quis tocar no assunto. Não quero ser aquele namorado que vive falando da ex.

— Na verdade, tenho muitas perguntas, mas não quero ser aquela namorada que te obriga a falar da ex.

Miller tira o pirulito da boca.

— O que você quer saber?

Penso um pouco. Há muito que quero saber, mas faço a pergunta mais urgente.

— Quando ela terminou o namoro naquele dia da carona, por que você ficou tão triste?

Ando me questionando como ele podia parecer tão chateado *naquele* dia, mas não ter problema nenhum com isso agora. Estou com medo de ele estar escondendo alguma coisa.

Seus dedos roçam o dorso da minha mão.

— Não fiquei triste, necessariamente, por Shelby ter terminado comigo. Fiquei triste porque ela achou que tinha sido traída, e eu não queria que pensasse assim. Então estava louco para convencê-la a acreditar em mim.

— Shelby sabe que você terminou com ela para ficar comigo?

— Não terminei com ela para ficar com você.

— Ah — digo, um pouco surpresa. — Você meio que deu a entender isso.

Miller se ajeita na cadeira, entrelaçando os dedos nos meus.

— Eu terminei o namoro porque, quando ia dormir à noite, não pensava nela. E, quando acordava de manhã, não pensava nela. Mas não foi só para poder ficar com você. Eu teria terminado mesmo que nós dois não ficássemos juntos.

Não parece haver muita diferença em terminar com alguém *para ficar* com outra pessoa ou *por causa* de outra pessoa, mas, quando ele explica, faz toda diferença do mundo.

— Foi estranho se acostumar? Vocês passaram muito tempo juntos.

Miller dá de ombros.

— É diferente. A mãe dela nunca se importou de eu dormir lá nos fins de semana, então ainda estou me acostumando a ficar em casa com o vovô nos sábados à noite.

— A mãe de Shelby deixava você dormir lá? Tipo... na cama dela?

— Não é normal, eu sei. Mas os pais dela são muito liberais com várias coisas. E, tecnicamente, Shelby é uma adulta na faculdade. Acho que isso fazia muita diferença.

— Minha mãe nunca vai deixar você dormir lá em casa. Só para avisar.

Miller ri.

— Depois de hoje eu ficaria surpreso se ela deixasse eu fazer uma visita durante o dia.

Odeio que ele se sinta assim. Odeio que minha mãe *tenha feito* ele se sentir assim. E, para ser sincera, fico com medo de isso incomodá-lo depois de um tempo, se ela nunca aceitá-lo como meu namorado.

Nem acredito que estou pensando numa coisa dessas. Miller Adams é meu *namorado*.

Nós dois estamos nos encarando agora, nosso corpo virado um para o outro nas poltronas do cinema. Está tão silencioso aqui que ouvimos os ruídos do filme que passa do outro lado da parede.

Tento não pensar em tudo que Miller acabou de contar, porque agora estou preocupada com todas as vezes em que ele dormiu na casa de Shelby. Com todas as vezes que dormiu na cama dela. Será que vai acabar sentindo falta disso? Nunca transei, e, do jeito que minha mãe anda se comportando, duvido que ela algum dia aceite que Miller entre na nossa casa. Talvez até me proíba de sair com ele, só para tentar nos obrigar a terminar. Espero que não, mas, por suas atitudes no último mês, não duvido.

Sinto como se Miller tivesse sido completamente sincero comigo, então quero retribuir. Encaro meu pirulito depois de tirá-lo da boca.

— Então. Só para você saber. Eu sou virgem.

— Sei uma solução para isso — responde Miller.

Meus olhos encontram os seus, mas então ele ri.

— Estou brincando, Clara. — Ele se inclina na minha direção e me dá um beijo no ombro. — Que bom que você me contou. Mas não estou com pressa. Nenhuma.

— Sei. Você está acostumado a fazer isso todo fim de semana. Vai acabar ficando de saco cheio de não transar e voltando para ela. — Eu imediatamente cubro a boca com a mão. — Ah, meu Deus, por que pareço tão insegura? Vamos fingir que eu não disse nada, por favor.

Miller ri um pouco, mas então me encara, intenso.

— Não precisa se preocupar. Eu já me sinto mais feliz, *sem* transar com você, do que me senti durante meu namoro inteiro com ela.

Eu gosto tanto dele. Mais do que achava possível. Sempre que passamos tempo juntos, gosto mais do que no minuto anterior.

— Quando eu decidir que estou pronta... espero que seja com você.

Miller sorri.

— Acredite em mim. Não vou convencer você a mudar de ideia.

Penso em como seria nossa primeira vez. Em *quando* vai ser. Olho para ele e sorrio.

— Nosso primeiro beijo foi um beijo clichê em uma cafeteria. Talvez eu devesse perder a virgindade de um jeito clichê também.

Miller ergue uma sobrancelha.

— Não sei. Acho que vamos ser proibidos de entrar de novo na Starbucks.

Eu rio.

— Estou falando da festa de formatura. É daqui a cinco meses. Se ainda estivermos juntos, quero perder a virgindade de uma forma bem clichê depois da festa.

Minha escolha de palavras faz Miller rir. Ele tira o pirulito da boca, pega o meu e coloca os dois na bandeja de comida. Então se inclina e me dá um beijo rápido. Quando se afasta, diz:

— Você está muito apressadinha. Eu ainda nem convidei você para a festa de formatura.

— Então me convide.

— Você não quer um daqueles pedidos elaborados?

Faço que não com a cabeça.

— Isso é besteira. Não quero nada elaborado.

Miller hesita, como se duvidasse de mim. Então assente e diz:

— Tudo bem, então. Clara Grant, quer ir à festa de formatura e, depois, fazer sexo clichê comigo?

— Eu adoraria.

Miller sorri e me beija. Eu o beijo de volta com um sorriso, mas sinto parte de mim murchar.

Tia Jenny teria adorado essa história.

21
Morgan

Talvez minha cozinha tenha ficado mais limpa do que nunca. Não sei se é porque Jonah sabe limpar as coisas como ninguém (ele cuidou da maior parte) ou se é porque tentou apagar qualquer prova daquele quase beijo na cozinha, para não termos nenhuma lembrança dele.

Meu sentimento de culpa é visível desde que Clara saiu para ir ao cinema. Jonah deve se sentir da mesma forma, porque limpamos em silêncio. E, assim que Elijah começou a despertar, me ofereci para lhe dar a mamadeira, já que o relacionamento com meu sobrinho é o único que parece estar dando certo na minha vida. Talvez ele esteja começando a me reconhecer, porque sorriu ao me ver.

Faz uma hora que estou distraindo o bebê na sala. Jonah limpou a cozinha inteira. Eu não esperava por isso, e até lhe disse para relaxar um pouco na limpeza, mas ele não me obedeceu. Eu teria ajeitado a bagunça, mas fiquei aliviada de verdade quando Elijah acordou. Prefiro não dividir um cômodo com Jonah no momento.

Elijah está cada vez mais forte. Sentei no sofá, e ele agora empurra as pernas contra minha barriga. Estamos nos comunicando através de barulhinhos de bebê quando Jonah aparece, levando a porta da cozinha para a garagem.

Meu sobrinho boceja, então o apoio contra meu peito e dou leves batidinhas em suas costas. Já passou da sua hora de dormir, e, apesar da soneca de meia hora que tirou enquanto eu e Jonah destruíamos a cozinha, Elijah parece prestes a desmaiar. Ele fica relaxado contra meu peito enquanto começa a adormecer. Pressiono minha bochecha contra o topo de sua cabeça, desejando mais do que tudo não me entristecer quando penso no azar que o bebê teve na vida.

Elijah tem sorte de ter Jonah. Um homem que não fugiu da responsabilidade, mesmo sabendo que existe grande chance de não ser seu pai. Espero, pelo bem de Jonah, que Elijah não sinta rancor se descobrir a verdade algum dia; que só passe a apreciar ainda mais o pai.

Jonah entra na sala e sorri ao ver Elijah dormindo contra meu peito. Ele senta ao nosso lado no sofá e faz carinho nas costas do filho. Então solta um suspiro baixinho, e, quando o encaro, vejo que está olhando para mim. Estamos sentados tão perto um do outro que nossas pernas se tocam.

Os sentimentos inesperados despertados mais cedo na cozinha retornam. Eu estava torcendo para ter sido apenas um evento isolado e que minha reação a Jonah permanecesse adormecida de agora em diante.

— Se afaste um pouco — sussurro.

Seus olhos se estreitam, como se ele não tivesse compreendido o que falei.

— Você está próximo demais. Preciso de espaço.

Jonah entende essa parte. E parece surpreso com minha reação. Ele vai para o outro canto do sofá, dramático. Agora, sinto como se eu o tivesse ofendido.

— Desculpe — digo. — Só estou... confusa.

— Não tem problema — responde ele.

Estico o pescoço para olhar para Elijah. Ele está tão relaxado que agora parece seguro passá-lo para o moisés. Preciso de ar fresco, então faço isso. Depois de acomodá-lo com delicadeza, aguardo a fim de garantir que ele não vai acordar; então eu o cubro.

Não olho para Jonah enquanto sigo para a varanda dos fundos. Tenho certeza de que ele virá no meu encalço, mesmo que eu não o convide. E, sinceramente, precisamos conversar sobre o que estava prestes a acontecer na cozinha, porque a última coisa de que preciso é que Jonah ache que existe alguma chance nesse sentido.

Ele fecha a porta de vidro quando se junta a mim na área externa. Ando de um lado para o outro, olhando o piso de pedra. Foi Chris quem o instalou, alguns anos atrás. Eu e Jenny o ajudamos, o que me fez lembrar do quanto foi divertido. Zombávamos de Chris por ele gostar de ouvir John Denver e cantar a plenos pulmões enquanto trabalhava. Ele nunca escutava John Denver. Apenas quando trabalhava na varanda. Como eu e Jenny passávamos a maior parte do tempo rindo dele enquanto o ajudávamos, então Chris nos trancou dentro da casa e terminou tudo sozinho.

Fico me perguntando se o caso deles começou antes disso.

Fico me perguntando, com mais frequência do que deveria, quando começou. Não sei por que torço para ser algo recente. A ideia de os dois terem passado anos juntos faz tudo parecer ainda mais pessoal. Acho que, se eu tiver coragem de ler as cartas que encontramos, talvez possa ter as respostas para todas as minhas perguntas.

Jonah senta na cadeira favorita de Chris. Foi presente de Jenny.

Meu Deus, como eu posso ser tão idiota? Que cunhados se dão tão bem quanto eles? Por que nunca enxerguei a verdade?

— Senta — diz Jonah. — Ver você andando está me deixando nervoso.

Desabo na cadeira ao seu lado. Fecho os olhos por um instante, tentando afastar as lembranças. Não quero pensar em tudo nesta casa que possa unir Jenny a Chris. Já destruí o quadro. Não quero ter que quebrar os móveis da varanda nem qualquer outra coisa que eu costume usar.

Quando abro os olhos, observo Jonah. Sua cabeça está confortavelmente apoiada no encosto da cadeira. Está virada na minha direção, mas ele não diz nada. Jonah pensa muito, mas fala pouco.

Não sei por que o silêncio me irrita agora.

— Diga alguma coisa. Está tudo tão quieto aqui.

Como se as palavras já estivessem na ponta da sua língua, ele diz:

— Se você não tivesse engravidado de Clara, teria deixado Chris?

— Que tipo de pergunta é essa?

Jonah dá de ombros.

— Sempre tive essa dúvida. Nunca soube se você decidiu ficar com ele por causa da Clara ou se porque era apaixonada por ele.

Desvio o olhar, porque, sinceramente, isso não é da sua conta. Se ele estivesse mesmo curioso para saber como seria minha vida, não teria ido embora sem avisar.

A voz de Jonah soa mais baixa quando insiste:

— Você não respondeu.

— Jonah, pare.

— Você pediu que eu falasse alguma coisa.

— Não quis dizer... — Eu suspiro. — Não sei o que quis dizer.

De repente, o ar parece abafado demais na varanda. Resolvo entrar, querendo me distanciar de Jonah. Mas ele me segue até o quarto. De novo, fecha a porta para nossa conversa não acordar Elijah. Ele parece um pouco incomodado por eu fugir e mudar de cômodo.

As cartas espalhadas sobre a cama parecem me encarar, me provocando.

— A gente vai falar sobre o que aconteceu na cozinha? — pergunta ele.

Começo a andar de um lado para o outro de novo, sem me importar se o incomodo.

— Nada aconteceu na cozinha.

Jonah me encara como se estivesse decepcionado com a minha incapacidade de lidar com o assunto de forma madura. Aperto a testa, tentando afastar a dor de cabeça que se aproxima com uma massagem. Não olho para ele enquanto falo:

— Você quer conversar? Certo. Tudo bem. Faz poucas semanas desde que fiquei viúva, e quase beijei outra pessoa. E como já não bastasse, foi *você* quem eu quase beijei. Estou me sentindo uma merda.

— Ai.

— E se Clara tivesse visto? Valeria mesmo a pena?

— Clara não tem nada a ver com isso.

— Clara tem, *sim*, a ver com isso. E Elijah *também*. Todo mundo tem a ver com isso, *menos* nós.

— Não acho.

Eu rio.

— É claro que você não acha.

— Como assim?

Balanço a cabeça, frustrada.

— Você passou dezessete anos sem manter contato com seus melhores amigos, Jonah. Você só se preocupa consigo mesmo e com as *suas* vontades. Nunca pensa em como suas ações afetam outras pessoas.

Ele me olha de um jeito que me atinge de forma profunda. Nunca vi Jonah olhar para ninguém assim. É um misto de confusão com mágoa.

— Uau — sussurra ele antes de se virar e sair do quarto, batendo a porta.

Jonah Sullivan, fugindo de novo. Por que isso não me surpreende?

Agora estou com raiva. Saio irritada do quarto, pronta para uma discussão, mas ele está saindo com Elijah. Ao me ver, Jonah percebe o nível da minha irritação, porque nossas expressões são idênticas. Mas ele apenas balança a cabeça e diz:

— Pare. Estou indo embora.

Mesmo assim, saio atrás dele porque ainda não sinto que tenha externado tudo. É como se eu fosse um poço infinito, cheio de coisas que preciso jogar na cara dele. Espero até que ele prenda Elijah na cadeirinha e feche a porta.

Assim que Jonah me encara, esperando que eu fale, não consigo pensar em nada para dizer.

Apenas fico parada, sem dar absolutamente um pio sequer.

Sinceramente, não sei por que estamos brigando. A gente nem se beijou. E, como nunca mais vou me envolver em uma situação parecida com ele, não faço ideia do motivo para eu ter ficado tão irritada.

Jonah se apoia no carro e cruza os braços. Ele espera um instante, permitindo que a calma se instaure entre nós. Então ergue a cabeça e me olha, cheio de emoção.

— Jenny era sua *irmã*. Não importava como eu me sentia sobre você, eu jamais ia querer causar conflito entre as duas. Fui embora porque, ao contrário de Jenny e Chris, eu *respeitava* os dois. Eu respeitava *você*. Por favor, nunca mais me chame de egoísta. Aquela foi a decisão mais difícil que já tomei na vida.

Ele entra no carro, bate a porta e vai embora.

Fico sozinha, no escuro, cheia de informações que preferia não saber e sentimentos que nunca me permiti confrontar.

Meus joelhos parecem trêmulos. Não tenho forças para entrar e pensar em tudo que aconteceu hoje, então apenas sento na grama, onde continuo sem ação desde que Jonah foi embora.

Baixo a cabeça entre as mãos, sentindo o peso do dia. Tudo que aconteceu com Clara na escola. Tudo que aconteceu com Jonah na cozinha. Tudo que ele acabou de dizer. E, apesar de haver uma parte de mim que precisava escutar aquilo, nada vai mudar. Porque eu e Jonah nunca daríamos certo, não importa quanto tempo se passe desde que Jenny e Chris deixaram de fazer parte de nossa vida. *Nós* seríamos considerados os vilões da história.

Clara não entenderia. E o que falaríamos para Elijah quando ele fosse mais velho? Que nós quatro resolvemos fazer uma troca de casais? Que tipo de exemplo seria esse?

Nada entre mim e Jonah seria uma boa ideia. Seria uma vida inteira de lembranças que prefiro esquecer. E, agora que ele disse tudo que, provavelmente, estava entalado havia dezessete anos, quero que desfaça o que disse. Quero voltar para ontem, quando a vida era mais fácil. Quando Jonah podia trazer Elijah para me visitar sem o clima pesado que vai pairar entre nós de agora em diante.

Sinto como se ele achasse que seu desabafo melhoraria as coisas, mas, para mim, a distância entre nós só aumentou. E não sei se um dia vai diminuir.

Éramos adolescentes. Não estávamos apaixonados. O que sentimos era atração, que é algo que confunde nossa cabeça; além disso, não vale a pena virar a vida de Clara de cabeça para baixo só por causa disso.

Olho para cima quando vejo faróis vindo em minha direção.

Clara.

Minha filha estaciona o carro e, quando sai, não me diz nada de imediato. Chego a pensar que não me notara, mas então Clara desvia da calçada e se senta na grama, ao meu lado. Ela dobra os joelhos até o queixo e abraça as pernas enquanto encara a rua escura.

— Estou preocupada com você, mãe.

— Por quê?

— Já é tarde. E você está sentada no quintal, no escuro. Chorando.

Estico a mão até a bochecha e seco as lágrimas que não senti. Solto o ar e olho para ela.

— Desculpe por hoje. Eu não devia ter dito aquilo.

Clara apenas concorda com a cabeça. Não sei se está aceitando meu pedido de desculpas ou concordando que eu devia ter ficado calada.

— Você esteve com Miller hoje?
— Sim.

Eu suspiro. Pelo menos ela está me contando a verdade.

— Ele não é um cara ruim, mãe. Eu juro. Você só precisa conhecê-lo melhor.

Ela defende o garoto, mas eu entendo. Quando você tem dezesseis anos, ignora todos os sinais de alerta. Eu bufo.

— Só tome cuidado, Clara. Não quero que você cometa o mesmo erro que eu.

Minha filha levanta e limpa a parte de trás da calça jeans.

— Não sou como você, mãe. E Miller não é como meu pai. E eu queria muito que você parasse de se referir a mim como um erro.

— Você sabe que não foi isso que quis dizer.

Não tenho ideia se Clara me ouviu, porque já está quase dentro de casa. E bate a porta.

Estou exausta demais para ir atrás dela. Deito de costas na grama e encaro as estrelas. As poucas que consigo ver.

Fico me perguntando se Chris e Jenny estão lá em cima, em algum lugar. Se conseguem me ver aqui. Se estão se sentindo culpados pelo que fizeram com a minha vida.

— Você é um idiota — sussurro para Chris. — Espero que esteja nos vendo agora, porque você estragou muitas vidas, seu *babaca* de merda.

Escuto passos na grama e me sento, assustada. Levo a mão à garganta e solto o ar ao ver a Sra. Nettle parada a alguns metros de distância.

— Achei que você tivesse morrido — diz ela. — Ainda mais quando a escutei xingando o Todo-Poderoso de babaca. — A mulher se vira para voltar para a própria casa. Quando chega à porta, acena a bengala para mim. — Isso é blasfêmia, sabia? Você devia começar a ir à igreja!

Quando ela entra, tenho que rir. A Sra. Nettle realmente me detesta.

Eu me levanto e entro. Quando chego ao quarto, vejo as cartas e os cartões espalhados pela cama. Minhas mãos tremem enquanto começo a contar. No total, há nove cartas e três cartões.

Quero e, ao mesmo tempo, não quero saber o que dizem. Tenho certeza de que só vou ficar mais nervosa se ler o que está escrito neles, e já tive nervosismo suficiente por um dia.

Guardo tudo no fundo da minha cômoda e decido esperar um dia melhor.

Se ele vier.

22
Clara

O fim de semana foi longo. Tanto Lexie quanto Miller trabalharam até tarde. Os únicos contatos que eu tive com Miller foram o tempo que passamos sentados durante seu intervalo na noite de sábado e as duas horas que nos falamos ao telefone no dia anterior. Também quase não conversei com minha mãe. Depois da esquisitice da noite de sexta, ela passou o sábado inteiro no computador, mandando currículos. Fiquei no meu quarto por boa parte do domingo, adiantando o dever de casa.

Chego mais tarde do que o normal na aula de Jonah. Sou a última a entrar antes de o sinal tocar, então fico surpresa quando ele se aproxima e se ajoelha diante da minha mesa. Ele não costuma me dar atenção especial na frente dos outros alunos.

— Como está sua mãe?

Dou de ombros.

— Bem, eu acho. Por quê?

— Ela não respondeu minhas mensagens no fim de semana. Só queria saber se estava tudo bem.

Eu me inclino para a frente, sem querer que ninguém escute o que vou dizer.

— Quando eu cheguei em casa na sexta à noite, ela estava sentada no gramado da frente, chorando. Foi estranho. Às vezes, acho que ela está prestes a ter um colapso nervoso.

Jonah parece preocupado.

— Ela disse por que estava chorando?

Olho ao redor, e todo mundo está conversando, sem prestar atenção em nós.

— Não perguntei. Ela passa mais tempo chorando do que qualquer outra coisa, então parei de perguntar.

O sinal toca, então Jonah volta para sua mesa. Mas ele parece distraído quando começa a explicar a matéria do dia. Parece cansado. Parece de saco cheio.

Fico um pouco decepcionada. Às vezes, acho que deve ser muito mais fácil ser adulto do que ser adolescente, porque, a essa altura, você já deveria saber o que está fazendo da vida. Os sentimentos estão mais amadurecidos, e isso melhora a capacidade de lidar com as crises. Mas ver Jonah tentando se concentrar agora e assistir à minha mãe tentando seguir em frente, como se ainda tivesse forças, é a prova de que preciso para constatar que adultos são tão perdidos quanto adolescentes. Eles só usam máscaras mais convincentes.

Isso me deixa decepcionada.

Meu telefone vibra no bolso. Espero até Jonah virar de costas para a turma antes de pegá-lo e colocá-lo sobre a mesa. Arrasto a tela e leio a mensagem de Miller.

Miller: Estou de folga hoje. Quer começar o trabalho de cinema?
Eu: Quero, mas prefiro ficar longe da minha mãe por enquanto. Pode ser na sua casa?
Miller: Claro. Apareça lá pelas cinco. Preciso levar vovô ao médico às três, então não vou te ver depois da aula.

Miller está esperando por mim na varanda quando paro na frente da casa às dez para as cinco. Ele corre até o carro e pula no banco do passageiro antes mesmo de eu sair.

— O vovô está dormindo — diz ele. — Vamos ao Munchies primeiro para deixá-lo descansar um pouco.

— O que é Munchies?

Ele olha para mim como se eu tivesse dito algo absurdo.

— Você nunca foi ao Munchies? O *food truck*?

Balanço a cabeça.

— Não.

Miller parece completamente perplexo.

— Então você nunca comeu o Mac?

— Isso é de comer?

Ele ri e coloca o cinto de segurança.

— É de *comer* — imita ele. — Espero que esteja com fome, porque você está prestes a ter a melhor experiência da sua vida.

Quinze minutos depois, estou sentada em uma mesa de madeira, encarando a câmera que Miller colocou em um tripé antes de ir pedir nosso lanche. Ela está apontada para mim. Ele disse que vai começar a filmar coisas aleatórias quando estivermos juntos. Vai ser bom ter filmagens extras para o trabalho. Ou um *rolo B*, como chamou. Às vezes, ele fala como se já fosse diretor de cinema.

Fui orientada a não encarar a câmera, porque temos que fingir que ela não existe, então é claro que eu a encaro e faço caretas o tempo todo que ele está na fila.

Sinceramente, nunca vi Miller tão entusiasmado com algo. Quase sinto mais ciúme de um sanduíche do que sentia de Shelby. *Esse é* o nível de animação dele. Pelo visto, *o Mac* é um queijo quente com recheio de macarrão cozido em água benta e mais molho de queijo.

Certo, a água benta não é um ingrediente de verdade, mas, do jeito que Miller fala, não me surpreenderia.

Quando ele volta para a mesa, coloca a bandeja diante de mim, abaixando-se como se fizesse uma reverência ao oferecer um presente à rainha. Eu rio e puxo a bandeja, pegando um sanduíche.

Miller senta perto de mim, com uma perna de cada lado do banco, e não do outro lado da mesa. Gosto disso. Gosto do quanto ele quer estar perto de mim.

Quando os sanduíches são abertos, Miller espera que eu dê uma mordida; ele quer ver minha reação ao provar. Aproximo o sanduíche da boca.

— Agora estou me sentindo pressionada a gostar.

— Você vai amar.

Mordo e apoio os braços na mesa enquanto mastigo. É delicioso. Não só o pão é o mais crocante e amanteigado que já provei, mas o macarrão com queijo é tão quente e cremoso que sinto vontade de revirar os olhos.

Mas dou de ombros, porque gosto de provocá-lo.

— É bonzinho.

Miller se inclina para a frente, incrédulo.

— É... *bonzinho?*

Concordo com a cabeça.

— Tem gosto de sanduíche.

— Quero terminar o namoro.

— O pão está meio velho.

— Eu te odeio.

— O queijo tem um gosto artificial.

Miller baixa seu sanduíche, pega o telefone e abre o Instagram.

— Vou parar de te seguir de novo.

Eu rio depois de engolir o primeiro pedaço e beijo sua bochecha.

— É a coisa mais gostosa que já coloquei na boca.

Ele sorri.

— Jura?

Assinto. Depois faço que não.

— Só é menos gostoso do que você depois de chupar um pirulito.

— Acho justo.

Miller pega seu sanduíche e dá uma mordida. Então geme, e o som me faz corar um pouco. Não acho que ele perceba, porque tira um pedacinho minúsculo do pão e estica a mão sobre a mesa, colocando-o ao lado de uma formiga. Depois de um tempo, ela o leva embora.

Ele me dá um beijo na bochecha e morde o sanduíche de novo.

— Já pensou qual tipo de filme a gente pode fazer?

Faço que não com a cabeça e limpo a boca com um guardanapo. Ele estica a mão e tira algo dos meus lábios com o dedão.

— Não temos muito tempo — continua ele.

— Faltam três meses.

— Isso não é muito. Vai ser trabalhoso.

— Droga — digo com um tom sarcástico. — Acho que vamos ter que passar muito tempo juntos então.

Miller segura o sanduíche com a mão enquanto esfrega minha perna com a outra. Ele é tão carinhoso. E não tem vergonha de me beijar em público. Nem na frente de uma câmera.

Desconfio que vamos acabar indo para a sala da detenção mais de uma vez este ano.

— Pare de olhar — diz ele, se referindo à câmera.

— Não consigo — respondo, virando para o outro lado. — Ela está bem na nossa cara.

— E você quer ser atriz?

Eu lhe dou uma cotovelada.

— É diferente. Isso — aceno para a câmera — é esquisito.

— Pode se acostumar, porque pretendo ter muitas gravações extras. Quero ganhar este ano. Da última vez que me inscrevi, ficamos em quarto.

— Na região inteira?

— No estado.

— O quê? Miller, que fantástico!

Ele dá de ombros.

— Nem tanto. Foi chato ficar em quarto. Eles só postam os três primeiros lugares no YouTube. Ninguém se importa com o quarto lugar. Já resolvi que nós dois vamos ganhar a medalha de ouro. — Ele se inclina e me beija, então se afasta e dá outra mordida no sanduíche. — Você acha ruim eu te beijar tanto? — Ele fala com a boca cheia, mas é meio fofo.

— Seria estranho alguém se incomodar com isso. Claro que não.

— Que bom.

— Eu gosto de você ser carinhoso.

Miller balança a cabeça, limpando a boca com um guardanapo.

— Mas a questão é essa. Não sou. Nunca fui assim com Shelby.

— Por que é diferente comigo?

Ele dá de ombros.

— Sei lá. Estou tentando entender. Só que nunca quis nada tanto quanto quero você.

Esse comentário me faz sorrir, mas levanto uma sobrancelha, implicante.

— Não sei, não, Miller. Você parecia animadinho demais para comer seu sanduíche.

Ainda resta metade do seu sanduíche, mas, assim que digo isso, ele levanta, vai até a lixeira mais próxima e o joga lá dentro. Então volta para a mesa.

— Aquele sanduíche não significava nada para mim. Se eu tivesse que escolher, preferiria sua língua na minha boca a ele sem nem pestanejar.

Franzo o nariz e me afasto.

— Você estava tentando ser sensual? Porque não deu certo.

Ele ri e me puxa para perto, pressionando a boca contra a minha. Mas não é um beijo fofo. Este é cheio de língua. E... *pão*.

Eu o empurro.

— Ainda tem *comida* na sua boca.

Finjo que vou vomitar e tomo um gole da minha bebida.

Seu copo já está vazio, então ele pega o meu e bebe.

Um instante depois, Miller lança um olhar triste para a lixeira e suspira.

— Eu joguei o sanduíche fora para defender meu argumento, mas queria muito comer o resto. — Ele olha para mim. — Seria nojento se eu revirasse a lixeira?

Dou uma risada.

— Seria. E eu nunca mais beijaria você de novo. — Passo o restante do meu sanduíche para o seu lado da mesa. — Aqui. Coma o meu. Não estou com fome.

Miller pega meu sanduíche e o come, depois termina minha bebida. Ele junta o lixo e joga tudo fora, depois volta para a mesa e senta do mesmo jeito, me puxando para perto. Então pressiona a testa contra a minha, sorri e se afasta, prendendo uma mecha de cabelo atrás da minha orelha.

— Acho que sou vidente. Eu sabia que a gente ia dar certo, Clara.

— Você não é vidente. Não faz nem uma semana que estamos juntos. Amanhã, pode dar tudo errado.

— Mas não vai dar. Tenho um bom pressentimento sobre nós.

— Isso é só tesão. Não é sexto sentido.

— É isso que você acha que existe entre nós? Tesão?

— O que mais seria? A gente mal se conhece.

— Eu abri mão de metade do meu sanduíche por você. Isso vai *bem* além de tesão.

Eu rio da insistência dele.

— É verdade. Foi um gesto muito magnânimo.

Eu me inclino e lhe dou um beijo, mas, quando começo a me afastar, Miller se aproxima, sem querer me soltar. Viro meu corpo na direção do seu e pressiono sua boca com a minha.

Normalmente, eu não seria tão afetuosa em público, mas somos os únicos aqui. Para um *food truck* que faz sanduíches maravilhosos, fico surpresa com o fato de o lugar não estar cheio.

Miller finalmente se afasta e olha para a câmera.

— É melhor a gente parar. Você é menor de idade, e, se esse filme virar um pornô, posso ser preso.

Adoro como ele me faz rir quando não quero.

Antes de sairmos do *food truck*, Miller comprou um sanduíche para o avô. Ele o entrega assim que entramos na sala.

— Isto é o que estou pensando? — pergunta vovô.

— O próprio.

O sorriso no rosto do vovô me faz sorrir também.

— Já disse que você é meu neto favorito?

— Eu sou seu *único* neto — responde Miller.

Ele pega o copo do avô e vai enchê-lo na cozinha.

— É por isso que você vai herdar tudo que tenho — diz vovô.

Miller ri.

— Um montão de ar, pelo visto.

O vovô se vira para mim.

— Clara, não é? — Ele começa a abrir o sanduíche. Sento em uma das poltronas verdes e assinto. — Eu já contei sobre quando Miller tinha quinze anos e fomos à escola... — A mão de Miller surge de trás da poltrona e arranca o sanduíche. Vovô olha para as mãos vazias. — Que diabos foi isso? — pergunta para o neto.

Miller senta na outra poltrona verde, mantendo o sanduíche como refém.

— Se você prometer que não vai contar essa história, devolvo o sanduíche.

— Para, Miller. — Solto um gemido. — Esta é a segunda vez que você não me deixa escutar a história.

O vovô olha para mim como se pedisse desculpas.

— Sinto muito, Clara. Eu contaria, mas você já provou um Mac?

Assinto, compreensiva.

— Tudo bem. Um dia desses, passo aqui quando Miller não estiver, e você vai poder me contar.

Miller entrega o sanduíche para o avô.

— Eu e Clara temos que fazer um trabalho. Vamos para o meu quarto.

— Não precisa mentir para mim — diz o vovô. — Eu já tive dezessete anos.

— Não é mentira — responde Miller. — A gente tem mesmo um trabalho.

— Sei.

Miller revira os olhos enquanto levanta da poltrona. Então pega minha mão e me puxa.

— Peço desculpas pelo meu avô.

— Por quê? Você está mentindo mesmo. A gente não tem trabalho nenhum.

Miller gira a cabeça.

— Temos, *sim*. — Ele lança um olhar crítico para o avô. — Vocês dois estão proibidos de conversar. São parecidos demais.

O vovô sorri para mim enquanto saímos da sala. Passando pelo corredor, dou uma olhada no banheiro. Miller nota minha pausa. Há vários frascos de remédio sobre a bancada, e o lembrete da doença do vovô faz meu estômago se revirar.

Quando entramos no quarto, Miller percebe que meu humor mudou.

— Está pensando no vovô?

Assinto.

— Pois é. É uma situação péssima, de verdade.

Ele tira os sapatos e deita no meio da cama, dando um tapinha no colchão. Também tiro os sapatos e subo, me aconchegando ao seu lado, passando um braço por sua barriga.

— Como foi o médico hoje?

Miller afasta meu cabelo, passando os dedos até as pontas.

— Falamos sobre o que deve acontecer nos próximos meses. Não é seguro para ele ficar sozinho enquanto estou na escola, então vamos ter que interná-lo em breve. No hospital, ele vai ter um acompanhante na maior parte do tempo, então já é um alívio. Não vou precisar parar de estudar.

Eu me apoio em um cotovelo.

— Essa era mesmo sua única opção?

— Era. Minha mãe morreu quando eu tinha dez anos, e era filha dele. Tenho um tio que mora na Califórnia, mas ele está longe demais para ajudar. Outros parentes sempre vêm visitar. Ajudam com o que podem. Mas moro com ele desde os dez anos, então a responsabilidade maior é minha.

Eu não fazia ideia de que a mãe dele tinha morrido.

— Sinto muito. — Balanço a cabeça. — É pressão demais para alguém da sua idade.

Miller toca minha bochecha.

— Você só tem dezesseis e já passou por tanta coisa. A vida não é fácil para ninguém. — Ele apoia minha cabeça no seu peito. — Não quero falar mais disso. Vamos mudar de assunto.

Miller tem um cheiro bom. De limão, desta vez.

— Quando é seu aniversário? — pergunto.

— Quinze de dezembro. — Ele faz uma pausa. — O seu é na semana que vem, não é?

Assinto, mas prefiro esquecer esse fato. Com meu aniversário, vem o tradicional jantar de aniversário, mas este será o primeiro sem papai e tia Jenny. Não quero pensar nisso, então mudo de assunto.

— Qual é sua cor favorita?

— Não tenho. Gosto de todas, menos laranja.

— Sério? Eu gosto de laranja.

— Mas não devia. É uma cor horrível — sugere ele. — Qual é a cor de que você menos gosta?

— Laranja.

— Você acabou de dizer que *gosta* de laranja.

— Você me fez duvidar de mim mesma, como se houvesse algo errado com laranja que nunca notei.

— Há *muita* coisa errada com laranja — diz ele. — A palavra nem rima com nada.

— Você não gosta da cor ou da palavra?

— Dos dois. Detesto os dois.

— Aconteceu alguma coisa específica para causar tanto ódio?

— Não. Foi natural, acho. Talvez eu tenha nascido assim.

— Existe algum tom de laranja que você deteste mais?

— Odeio todos — responde Miller. — Todos os tons de laranja, de manga a coral.

Eu rio.

— Esta é a conversa mais idiota que eu já tive.

— É, não temos talento para isso. Talvez a gente devesse só se beijar.

Afasto minha cabeça do peito dele e o encaro.

— Depressa, porque estou começando a esquecer qual é a graça que vejo em você.

Miller sorri e gira para cima de mim, afastando meu cabelo enquanto abre um sorriso preguiçoso.

— Precisa de um lembrete?

Concordo com a cabeça. Nosso corpo nunca esteve tão próximo. Nós já nos beijamos de pé. Já nos beijamos na picape. Já nos beijamos sentados. Mas nunca nos beijamos em uma cama, com o corpo dele entre minhas pernas. Miller apoia a boca na minha, mas não me beija. Então ajeita o travesseiro sob minha cabeça, depois chuta as cobertas, o tempo todo roçando os lábios nos meus.

— Está demorando muito — digo.

— Quero que você esteja confortável. — Ele mantém a boca perto da minha e levanta um pouquinho meu pescoço, tirando meu cabelo de trás de mim. Ele o passa por cima do meu ombro e sussurra: — Pronta?

Começo a rir, mas o som nem chega a sair, porque a língua de Miller afasta meus lábios, e minha quase risada se transforma em uma arfada. É diferente assim — com ele em cima de mim. *Melhor*. O beijo é gostoso. Movimentos lentos da língua dele. Seus dedos descendo pelo meu braço. Os meus passando por suas costas.

Mas então o sinto enrijecer entre as minhas pernas, o que me surpreende e me deixa mais confiante ao mesmo tempo. Enrosco as pernas em torno de sua cintura, querendo aliviar a ânsia que começo a sentir ali, mas isso só piora as coisas. O beijo se torna mais intenso, e Miller se pressiona contra mim, forçando um gemido a escapar da minha garganta. Ele pausa o beijo por um segundo, como se fosse afetado pelo som, mas então traz sua boca de volta com uma necessidade ainda mais urgente.

Levanto a parte de trás de sua camisa, querendo sentir sua pele sob minhas palmas. Passo as mãos por suas costas até chegar às curvas tensas dos músculos dos ombros dele. Quando me dou conta, estou puxando a camisa, querendo tirá-la. Miller obedece e nos separa pelos três segundos necessários para arrancar a blusa e jogá-la no chão.

Nada acontece nos próximos minutos que supere a remoção da camisa, mas nossa intensidade também não diminui. O amasso serve apenas para deixar nós dois subindo pelas paredes, arfando e sem vontade alguma de discutir o trabalho.

Depois de um tempo, Miller gira para se afastar de mim e deita de lado, sem desgrudar a boca da minha. Passamos um minuto nos beijando assim — não é tão empolgante, mas acho que essa é a ideia. Ele está tentando diminuir o ritmo de algo que nem tínhamos a intenção de começar.

Seus olhos estão fechados quando ele finalmente para de me beijar e encosta a testa na minha. Então leva a mão ao meu peito e a deixa lá, sentindo meu coração disparado contra sua palma. Quando se afasta e abre os olhos, sorri para mim.

— Sabe o que mais me irrita na cor laranja?

Eu rio.

— O quê?

— Todos os famosos que usaram aquele quadrado laranja para fazer propaganda do Fyre Festival. E você viu no que deu aquilo.

— É verdade. Laranja é a pior cor.

Ele deita de costas e encara o teto. Ficamos em silêncio por um instante, mas meu coração continua disparado.

— Você queria que eu parasse? — pergunta Miller.

— Parasse com o quê?

— De te beijar.

Dou de ombros.

— Na verdade, não. Eu estava gostando.

— Eu não estava. Não quis ir rápido demais, mas estava morrendo de vontade de tirar sua blusa. Não o sutiã. Só a blusa.

— Tudo bem.

Ele ergue as sobrancelhas.

— É?

— Claro.

— Seu sutiã é laranja?

— Não, é branco.

— Ótimo.

Miller gira para cima de mim e começamos a nos beijar de novo.

Basta dizer que não adiantamos nada do trabalho, mas ele também manteve sua palavra e nem tentou tirar meu sutiã.

23
Morgan

Acordo com o som do celular vibrando sobre a mesa de cabeceira. Olho para a janela, mas o sol ainda nem nasceu direito.

Ninguém me liga tão cedo.

Estico o braço, pego o aparelho e vejo o nome de Jonah na tela. Devolvo o telefone para a mesa e desabo de novo sobre o travesseiro.

Faz uma semana que não nos falamos, desde a noite em que quase nos beijamos. Recebi duas mensagens dele, perguntando como estou. Não respondi.

É difícil. Quero me afastar dele, mas, ao mesmo tempo, conviver com Elijah. É impossível separar um do outro, e isso é uma droga.

Espero que a gente possa combinar algum esquema de visitas. O ideal seria não precisarmos ir na casa um do outro para deixar ou pegar Elijah. Poderíamos mandá-lo de Uber.

O pensamento me faz rir. Mandar um bebê para casa de Uber. Fico me perguntando se o aplicativo tem uma classificação etária para passageiros.

O celular apita. Uma mensagem. Jogo o braço para a mesa de cabeceira de novo, pego o telefone e sento na cama ao ver quantas ligações perdidas e mensagens recebi de Jonah.

Afasto as cobertas e levanto, apertando a tela com pressa para retornar a ligação. Ele atende ao primeiro toque.

— Morgan?

— Elijah está bem?

Jonah suspira de alívio ao ouvir minha voz.

— Desculpe pedir a você, mas ele passou a noite toda com febre, então não vai poder ir para a creche. Mas não posso faltar ao trabalho hoje. Tenho que aplicar a prova do estado para os alunos do primeiro ano, e, depois da escola, tenho duas conferências para...

— É claro. — Levo a mão ao peito. Meu coração está disparado. Achei que fosse algo pior. — É claro. Pode trazer Elijah.

A voz de Jonah se torna mais tranquila. Menos em pânico.

— Só vou poder buscá-lo depois das seis.

— Tudo bem. Estou com saudade dele.

Passo os próximos vinte minutos cozinhando. Jonah parecia tão estressado ao telefone, vai precisar de energia extra hoje se Elijah teve febre durante a noite toda. Eu costumava fazer o mesmo com Chris. Nos seus dias mais atribulados, eu preparava burritos no café da manhã com bastante proteína para ele levar como lanche para o trabalho.

Talvez preparar café da manhã para Jonah também seja minha forma de pedir desculpas. Acho que fui dura demais com ele na semana anterior. Tenho sido muito severa com ele desde sua volta à nossa vida. De toda forma, os burritos podem melhorar a situação.

Também espero que estejamos evoluindo. Talvez a gente possa combinar uma rotina para Elijah participar da minha vida, e, quem sabe, eu e Jonah consigamos construir uma amizade de verdade. Tenho passado noites em claro, pensando em suas palavras na frente do carro, e, apesar de aquilo ter aumentado bastante o rancor que eu sentia por ele, também sei que os sentimentos que Jonah descreveu ficaram no passado.

Éramos adolescentes. Éramos pessoas diferentes. Ele não disse que *ainda* se sentia do mesmo modo. Apenas revelou que se sentia daquele jeito *antes*.

Faz vários meses que Jonah está de volta e não houve nenhum sinal, além daquele quase beijo, de que seus sentimentos continuem os mesmos. Então é óbvio que os anos de distanciamento apagaram o que ele sentiu por mim durante a adolescência, seja lá o que tenha sido. Caso contrário, ele não teria ido para a cama com Jenny, assim que se encontraram no ano anterior. E, se ainda nutrisse algum sentimento por mim, não teria ido morar com ela nem concordado com um casamento.

Isso só aumenta as esperanças de que poderemos ser amigos.

Estou colocando os burritos em um saco quando escuto uma batida à porta. Deixo Jonah entrar, mas paro por um segundo quando o vejo. Ele está arrumado hoje. De camisa preta de botão com mangas compridas e uma gravata preta e prata. A barba foi feita, e o cabelo finalmente foi cortado. Ele parece mais jovem. Penso em elogiá-lo, mas mudo de ideia.

Elijah se remexe na cadeirinha, então o solto e o pego no colo. Sinto o calor do seu corpo quando o apoio contra meu peito.

— Coitadinho. — Seu nariz parece entupido. — Ele está tomando algum remédio?

Jonah assente e tira alguns frascos da bolsa de fraldas.

— Fomos à emergência por volta da meia-noite. O médico me deu estes aqui, mandou que os alternassem a cada quatro horas. — Jonah levanta um dos frascos. — Dê este aqui daqui a duas horas. — Ele baixa a bolsa de fraldas. — Coloquei mais roupas e fraldas aí, caso você precise.

— Vocês foram ao hospital? Você conseguiu dormir esta noite?

Como se o comentário fosse um gatilho, Jonah boceja, cobrindo a boca com a mão. Então balança a cabeça.

— Vou ficar bem. Talvez ainda dê tempo para eu passar na Starbucks.

Ele abre a porta da sala para ir embora.

— Espere. — Vou até a cozinha e pego o saco, voltando correndo, antes que ele escape. — Fiz para você. Burritos de café da manhã. Parece que seu dia vai ser longo.

Jonah olha para mim com gratidão enquanto aceita o saco.

— Obrigado.

Há um tom de surpresa em sua voz, e tento não ficar satisfeita, mas fico. Eu me sinto bem por ajudá-lo. Faz tempo que o trato com rispidez.

— Vou mantendo você a par de como Elijah está, por mensagem. Não se preocupe. Ele está em boas mãos.

Jonah sorri.

— Nunca duvidei disso. Até mais tarde.

Assim que ele vai embora, Clara surge no corredor, arrumada para a escola. Ela vê Elijah no meu colo e se anima, esticando os braços.

— Passa para cá.

Eu entrego o bebê.

— Ele está doente. Não o beije. Você pode acabar contraindo também.

Clara o aninha contra o peito e lhe dá um beijo na testa mesmo assim.

— Bebês doentes precisam de todos os beijos do mundo.

É verdade. Quando Clara era bebê, quanto mais doente ela ficava, mais eu lhe dava abraços e beijos, desejando poder afastar todas as suas dores e incômodos. *Meu Deus, como sinto saudade daquela época.*

Tenho certeza de que, em algum momento no futuro próximo, vou sentir saudades *desta* época. Eu e Clara parecemos uma dupla impossível este ano, mas sei que ficarei triste quando ela se mudar e começar uma vida própria. Vou sentir saudade de tudo — das brigas, dos silêncios, dos castigos, do comportamento rebelde.

— Por que você está me olhando assim? — pergunta Clara.

Sorrio e a puxo para um abraço. Elijah está no seu colo, então ela não pode me abraçar de volta, mas já fico feliz por não tentar se afastar. Beijo a lateral da sua cabeça.

— Eu te amo.

Quando a solto, minha filha me encara com um olhar cauteloso. Então sorri e diz:

— Também te amo, mãe.

Ela segue para o sofá para sentar com Elijah.

— Fiz burritos de café da manhã. Deixei alguns na bancada para você.

Clara se empertiga.

— De bacon ou linguiça?

— Os dois.

— *Eba* — sussurra ela. Então olha para Elijah. — Eu te amo, amiguinho, mas tenho que tomar o café da manhã.

∞

Mando uma mensagem para Jonah por volta das dez para avisar que a febre de Elijah diminuiu um pouco. Recebo uma resposta ao meio-dia.

    Jonah: Ele conseguiu dormir?
    Eu: Não. Mas aposto que vai desmaiar quando a febre passar.
    Jonah: Tomara que ele espere até eu poder desmaiar também.
    Hoje foi o dia mais longo da vida, e ainda está na metade.
    O café da manhã me ajudou muito. Obrigado.

Eu: Estou preparando carne assada. Eu e Clara não vamos comer tudo, então você pode levar um pouco quando vier buscar Elijah.
Jonah: Perfeito. Obrigado de novo.

Duas horas depois, recebo outra mensagem.

Jonah: Ele já dormiu?
Eu: Tirou uma soneca de quinze minutos. Continua com febre, mas está menos agitado.

Depois, uma mensagem de Clara.

Clara: Eu e Miller precisamos fazer nosso trabalho depois da escola. Vamos para a Starbucks.
Eu: Que trabalho? Você não me falou nada de um trabalho com Miller.
Clara: Jonah pediu que nos inscrevêssemos em dupla no trabalho de cinema da Universidade do Texas. Temos menos de quatro meses para entregar tudo.

Mando uma mensagem para Jonah.

Eu: Você pediu a Clara que fizesse dupla com Miller Adams no trabalho de cinema?
Jonah: Sim. Algum problema?
Eu: Imagino que exista mais de um, considerando que ela começou a usar drogas com esse garoto. E Chris já tinha avisado que não queria os dois juntos.
Jonah: Miller não é tão ruim quanto você pensa. Chris nem conhecia o garoto, então a opinião dele não conta.

Eu: Mas eu já formei minha própria opinião. Miller convenceu Clara a sair mais cedo do funeral do pai. Os dois fumaram maconha. E, de acordo com uma mensagem que recebi da escola, foram para a detenção na semana passada por se beijarem no refeitório. Ela nunca fez nada assim antes de ele aparecer. E, mesmo que esse garoto não seja o responsável por tudo isso, prefiro que Clara namore alguém que a convença a NÃO fazer essas coisas, e não o tipo de pessoa que incentiva esse comportamento.
Jonah: Acho que esse garoto perfeito não existe.
Eu: Você não está me deixando mais tranquila.

Espero por uma resposta, mas não recebo nada.

Passo o restante da tarde tentando manter Elijah acordado, para ele dormir à noite com Jonah, mas, quando o relógio bate seis horas, não há mais o que fazer. Ele apaga. Seu corpinho fica relaxado em meus braços, profundamente adormecido enquanto o coloco no moisés. A febre finalmente cedeu, há duas horas a temperatura permanece normal; então acho que o pior já passou. Mas tenho a impressão de que Elijah vai dormir algumas horas agora e passar a noite toda acordado com o pai. Talvez eu devesse sugerir que o bebê fique aqui, para Jonah poder descansar.

Pego o telefone para mandar uma mensagem para sugerir exatamente isso quando ele bate à porta da frente. Olho para Elijah, mas o bebê nem se mexe com o som. Ao abrir a porta, sussurro:

— Ele acabou de dormir.

Jonah tirou a gravata. Os dois primeiros botões da camisa estão abertos, e seu cabelo parece mais bagunçado do que hoje cedo. Ele está mais bonito do que antes, apesar da exaustão que o consome. *Por que estou pensando nessas coisas?*

Gesticulo para irmos para a cozinha, para que eu embale a comida para ele levar. Tiro um pote do armário.

— Você já comeu? — pergunta Jonah.

— Ainda não.

— Então posso comer aqui.

Ele abre o armário ao meu lado, onde guardo os pratos, e pega dois. Devolvo o pote ao lugar e aceito um prato.

Está tudo bem. Casual. Amigos comem juntos.

Preparamos o nosso prato e nos sentamos à mesa. Por mais normal que seja jantar com outra pessoa, eu e Jonah nunca fizemos isso sem Chris e Jenny. Essa é a parte esquisita. Como se houvesse dois buracos enormes sugando a normalidade da refeição.

— Está muito gostoso — diz Jonah, comendo outra garfada. — Os burritos também estavam.

— Obrigada.

— Tudo que você cozinha é bom?

Assinto, confiante.

— Sou ótima na cozinha. Chris odiava ir a restaurantes, porque dizia que nada nunca era igual à comida de casa.

— Como ele não engordava? — Jonah balança a cabeça. — Eu engordaria se comesse algo assim todo dia.

— Ele malhava duas vezes por dia. Você sabe disso.

É estranho falar de Chris como se nós dois não o odiássemos, mas eu gosto. Com o tempo, seria bom manter todas as memórias boas sem a mancha das ruins. Nós temos muitas memórias boas juntos.

— Cadê Clara?

Aponto meu garfo para ele.

— Com aquele garoto. E a culpa é sua.

Jonah ri.

— Miller continua sendo um dos meus alunos favoritos. Não me importa o que você acha dele.

— Que tipo de aluna é Clara?

— Ótima — responde Jonah.

— Não, de verdade. Não diga o que eu quero ouvir. Quero saber como ela é quando não está perto de mim.

Jonah me encara em silêncio por um instante.

— Ela é fantástica, Morgan. Ótima. Sempre entrega o dever de casa. Tira boas notas. Não faz bagunça nas aulas. E é engraçada. Gosto do sarcasmo dela. — Ele sorri. — Acho que puxou isso de você.

— Ela é bem parecida comigo nessa idade.

— Ela é bem parecida com você agora. Você não mudou.

Solto uma risada pouco entusiasmada.

— Sei.

Jonah me encara com um olhar sério demais.

— Não mudou mesmo. Em nada.

Olho para o meu prato e brinco com a comida.

— Não sei se isso é um elogio. É meio patético eu continuar a mesma pessoa que era aos dezessete anos. Sem estudo. Sem experiência de trabalho. Com um currículo completamente vazio.

Jonah me encara por um momento, depois olha para o próprio prato, espetando a cenoura com o garfo.

— Eu não estava falando do seu currículo. Mas de todo o restante. Seu senso de humor, sua compaixão, seu bom senso, sua autoconfiança, sua disciplina. — Ele faz uma pausa rápida para pegar fôlego e diz: — Seu sorriso.

Jonah enfia o garfo na boca.

Olho para baixo, perdendo completamente o sorriso que ele acabou de mencionar, porque senti isso. Senti tudo que acabou de ser dito. Todos os elogios parecem dardos perfurando meu coração. Eu suspiro. Perco o apetite. Levanto e jogo o resto da minha comida no lixo.

Vou lavar o prato na pia. Meu peito está apertado. Minhas mãos tremem. Não gosto de ter nenhuma reação física à presença dele, mas amigos não falam esse tipo de coisa com o olhar que Jonah me lança.

Ele ainda sente alguma coisa por mim.

Não sei como processar isso, porque estou cheia de perguntas. Jonah traz seu prato vazio e o lava. Afasto as mãos e agarro a bancada, encarando a pia.

Ele está parado ao meu lado, me olhando.

Não posso olhar de volta. Estou com vergonha por sentir algo agora, mas sinto, e fico confusa, porque é ciúme puro. O sentimento sempre esteve aqui, mas nunca me permiti reconhecê-lo. Mas o ciúme veio à tona, intenso, querendo ser confrontado.

— Por que você transou com ela no ano passado?

Assim que a pergunta sai da minha boca, me arrependo. Mas, desde o dia que Jenny voltou para casa do funeral do pai de Jonah e me contou que passou a noite com ele, me enchi de raiva. Por algum motivo, eu me sentia traída por Jonah, apesar de ele não ser meu.

Jonah dá um passo na minha direção. Não nos encostamos, mas estamos perto o suficiente para sentir que estamos.

— Não sei. Talvez porque ela estivesse lá — diz ele, baixinho. — Ou talvez porque você *não* estivesse.

Eu o encaro.

— Eu não teria dormido com você, se é isso que quer dizer.

— *Não* foi isso que eu disse. É só que fiquei magoado por meu pai ter morrido e você não ter aparecido. Apesar de a gente não ter mantido contato, você sabia do funeral, porque Jenny foi. — Jonah suspira, pesaroso. — Talvez tenha sido porque eu queria magoar você.

— Esse é um péssimo motivo para transar com alguém.

Ele ri, sem parecer achar graça.

— É, bem, imagino que seja difícil para você entender. Você nunca esteve na minha situação. Nunca teve que ficar de longe, vendo a garota que amava construir uma vida com seu melhor amigo.

Essas palavras me deixam sem fôlego.

Jonah quebra o contato visual comigo.

— Às vezes, o ciúme leva as pessoas a fazer coisas idiotas, Morgan. — Ele se empertiga, sentindo que já está ali há tempo demais. — É melhor eu ir.

— Sim. — Minha voz sai fraca e rouca. — É melhor.

Jonah assente, decepcionado por eu concordar. Ele dá um tapinha na geladeira e sai da cozinha.

Assim que fico sozinha, encho meus pulmões de ar de novo. A presença de Jonah ainda paira ao meu redor enquanto ele junta as coisas de Elijah. Mas, antes de tirar o bebê do moisés, ele para e volta para a cozinha. Fica inerte na porta, com a bolsa de fraldas pendurada no ombro.

— Era mútuo?

Balanço a cabeça um pouco, revelando minha perplexidade.

— Não entendi.

— A forma como eu me sentia. Nunca soube. Às vezes, parecia que você sentia a mesma coisa, mas eu sabia que jamais admitiria por causa de Jenny. Só que... preciso saber. Você se sentia do mesmo jeito?

Meu coração voltou a martelar no peito. Jonah nunca me colocou contra a parede assim. É inesperado. É difícil admitir para outra pessoa algo que você acabou de assumir para si mesma.

Jonah larga a bolsa de fraldas e entra na cozinha a passos largos. Só para quando seu corpo e sua boca estão firmemente pressionados contra os meus.

É um choque completo. Agarro a bancada às minhas costas enquanto as mãos dele se firmam sobre minhas bochechas. Tantas sensações me assolam que fico trêmula e com medo de cair.

Pressiono as mãos contra o peito dele, pronta para empurrá-lo, mas, em vez disso, me vejo puxando-o para perto, agarrando sua camisa.

Quando Jonah abre meus lábios com os seus e sinto sua língua deslizar contra a minha, meu corpo inteiro estremece. São sensações demais de uma vez só. É um despertar, mas também uma morte. É a constatação de que passei a vida inteira beijando o homem errado.

Minha reação responde à pergunta. Nossos sentimentos com certeza são mútuos. Sempre foram, não importa quanto eu tenha me esforçado para negar nossa atração.

Meu corpo se molda ao dele, como se eu tivesse medo de alguma coisa se interpor entre nós caso nos afastemos.

E, então, infelizmente, isso acontece.

24
Clara

— Mãe?

É a única palavra que consigo dizer, mas é poderosa o suficiente para criar uma separação de um metro e meio entre os dois. Minha mãe vira de costas para mim. Jonah olha para os pés.

Eu apenas encaro a cena, sem acreditar.

Balanço a cabeça, tentando me convencer de que não acabei de ver aquilo. Minha mãe... beijando o noivo da sua irmã morta. Minha mãe... beijando o melhor amigo do seu marido morto.

Saio de perto da porta, como se o cômodo estivesse infestado de traição e eu tivesse medo de ser contaminada. Minha mãe respira fundo e me encara, com lágrimas escorrendo pelo rosto.

— Clara...

Não lhe dou a chance de se explicar. Realmente não quero saber por que aquilo estava acontecendo. Corro para o meu quarto, porque preciso de solidão antes de falar com os dois. Bato a porta e a tranco; então, só para garantir, coloco minha mesa de cabeceira na frente.

— Clara, abra a porta — pede minha mãe, a voz embargada e abafada pela porta, batendo o nó dos dedos contra a madeira.

— Clara — chama Jonah agora. — Abra a porta, por favor.
— Me deixem em paz!

Minha mãe chora. Escuto Jonah pedindo desculpas, mas a casa está tão silenciosa que sei que o pedido não é para mim. Ele está se desculpando com minha mãe.

— Vá embora — escuto ela dizer.

Os passos de Jonah se afastam pelo corredor.

Ela bate à porta de novo.

— Clara, *por favor*, abra. Você não entende. Foi... só abra a porta.

Desligo a luz.

— Vou dormir! Não quero falar com você hoje! Vá! Embora!

Eu me jogo na cama. As batidas à porta finalmente cessam. Menos de dois minutos depois, escuto a porta da frente bater.

Minha mãe tenta mais uma vez me convencer batendo à porta, mas viro de lado e a ignoro, cobrindo a cabeça com o travesseiro. Depois de alguns minutos tentando acalmar minha respiração, solto o travesseiro. As batidas cessaram, espero que seja definitivo. Escuto a porta do quarto dela sendo fechada do outro lado do corredor, o que significa que tenho até a manhã do dia seguinte para me convencer a não matá-la.

Eu levanto. Começo a perambular pelo quarto, minha pele fervilhando de raiva. *Como ela teve coragem de fazer uma coisa dessas? Faz só dois meses desde o acidente.*

Um pensamento me atravessa e me faz desabar de novo sobre a cama. Há quanto *tempo* isso está acontecendo?

Começo a me lembrar das últimas semanas. Jonah veio aqui várias vezes depois da morte de papai e tia Jenny. Minhas memórias tomam uma perspectiva completamente nova — a noite em que os dois estavam lá fora, no escuro, quando cheguei, a noite em que ele veio consertar a porta, a desculpa que deu sobre precisar voltar no dia seguinte para terminar. A vez que saíram juntos, e, quando olhei no aplicativo, vi que o telefone da minha mãe esteve no hotel Langford.

Isso foi só uma semana depois da morte deles.

Acho que vou vomitar.

Há quanto tempo os dois têm um caso?

Eu me sinto tão idiota. Jonah vive perguntando sobre ela na escola — se fazendo de preocupado.

Será que Elijah estava mesmo com febre hoje? Cacete, Jonah deve ter dormido aqui, e nem percebi, enfurnada no meu quarto. Isso explicaria por que ele estava aqui tão cedo. Por que minha mãe finalmente preparou o café da manhã pela primeira vez desde a morte do meu pai.

Espero que papai não tenha desconfiado. Passei esse tempo todo me sentindo tão culpada por, talvez, ter colaborado para estragar a vida de todo mundo, mas Jonah e minha mãe vêm estragando nossa vida desde antes do acidente!

Como ela teve coragem de fazer isso com Jenny? Não tenho uma irmã, mas que tipo de ser humano faria isso com alguém do seu próprio sangue?

Sinto tanto ódio da minha mãe agora. Sinto tanto ódio que nem me incomodaria se a gente nunca mais se falasse. Sinto tanto ódio que sento na beira da cama e penso em todas as maneiras de me vingar pelo que os dois fizeram com nossa família.

Estou esgotando o estoque de formas de me rebelar. Já usei drogas, fui mandada para a sala da detenção, menti, perdi o horário de voltar para casa. A única coisa que me resta para irritá-la seria transar com Miller. Minha mãe sempre me implorou que eu esperasse até ter, pelo menos, dezoito anos, o que nunca pretendi fazer, mas, se ela souber que perdi minha virgindade aos dezesseis, *e com Miller Adams*, vai ficar arrasada.

Olho para o relógio. Não são nem oito horas. Ainda me restam quatro horas para resolver isso antes do meu aniversário amanhã. E preciso muito de Miller agora. Sua presença é muito tranquilizadora, e é disso que estou necessitando.

Pego o telefone e ligo para ele.

— Oi — diz ele, atendendo na mesma hora. — E aí?

— A que horas você sai do trabalho?

— Só daqui a meia hora. Mas você ainda pode vir me dar um beijo de boa-noite antes do seu horário de voltar para casa.

— Quer vir para minha casa quando sair?

— Para sua casa? — Ele faz uma pausa. — Tem certeza?

— Tenho, mas entre pela janela do quarto.

— Ah, você está aprontando? — Consigo ouvir o sorriso em sua voz. — Tudo bem, mas nunca entrei na sua casa. Não sei qual é a sua janela.

— A primeira do lado direito da casa.

— Se eu estiver de frente para ela?

— Sim. E... traga camisinha.

Ele pausa por vários segundos demorados.

— Tem certeza?

— Tenho.

— É... Clara, a gente não precisa.

— Você me prometeu que não ia me convencer a mudar de ideia.

— Não sei se aquilo foi uma promessa. Só imaginei que levaria um tempo antes de a gente...

— Mudei de ideia. Não quero esperar até a formatura.

Miller fica em silêncio de novo. Então diz:

— Tudo bem. Certo. Chego aí em menos de uma hora.

Ligo o rádio para ajudar a abafar qualquer barulho que eu, ou Miller, possa fazer. Acendo duas velas; coloco uma do lado da cama e outra na janela, para ele conseguir enxergar o caminho pelo meu quarto escuro. Enquanto espero, tomo um banho. Tento colocar todas as lágrimas para fora antes de Miller chegar. Surpreendentemente, não há muitas. Estou com raiva demais para chorar, acho. Eu não sabia que era capaz de alcançar este nível de raiva, mas alcancei, e talvez ainda tenha espaço para *mais*. Quem sabe? Acho que vou descobrir do que realmente sou capaz quando, amanhã, eu encarar minha mãe.

Saio do chuveiro e me enrolo em uma toalha. Seco um pouco o cabelo com o secador para ele não ficar ensopado. Passo rímel e aperto minhas bochechas, porque estou pálida demais. Descobrir que sua mãe não é a pessoa que você pensava é algo que realmente suga suas energias.

Estou procurando um brilho labial quando escuto uma batidinha à janela. Corro para o closet para vestir alguma coisa, mas então lembro por que Miller veio. Ele veio tirar minha roupa. A toalha serve.

Abro a janela enquanto Miller tira a tela. Ao entrar, ele olha ao redor antes de se virar para mim. Quando seus olhos finalmente me encontram, ele confirma minhas reais intenções. Tenho certeza de que, até este momento, ele duvidava que eu estivesse falando sério sobre perder a virgindade. Mas, agora que estou parada na sua frente só de toalha, sua reação se torna física.

Miller morde o punho e franze o rosto enquanto me olha da cabeça aos pés.

— Puta *merda*, Clara.

Eu riria, mas ainda estou furiosa demais. E não quero que ele perceba meu humor. Preciso deixar isso de lado por tempo suficiente para fazer o que tem que ser feito.

Miller segura meu rosto com as duas mãos.

— Tem certeza absoluta de que é isso que você quer? — sussurra ele, graças a Deus.

A última coisa de que preciso é que minha mãe estrague essa parte da minha vida também.

Assinto.

— E a sua mãe? Cadê ela?

— No quarto. Tranquei a porta. É só não fazermos barulho. Além do mais, tem a música, então ela não vai escutar.

Miller concorda, mas parece nervoso. Eu não esperava nervosismo da sua parte.

— Desculpe eu ficar perguntando se você tem certeza. É que achei que isso fosse demorar um pouco para acontecer, então...

— Setenta por cento dos casais transa no primeiro encontro. Acho que nós fomos muito pacientes.

Miller ri baixinho.

— Você acabou de inventar uma estatística para se aproveitar de mim?

— Deu certo?

Ele puxa a camisa por cima da cabeça e a joga no chão.

— Teria dado certo até *sem* a estatística falsa.

Miller me beija, então. É um beijo de corpo inteiro — do tipo em que nossas pernas, troncos e braços ficam tão próximos que nem ar passa entre nós. Ele me guia até a cama, mas para antes das minhas pernas encostarem no colchão.

O beijo tornou tudo real. Antes, quando a raiva impulsionava minhas ações, eu sentia como se nada fosse acontecer. Mas, agora que ele está aqui, e sua camisa está no chão, e estou só de toalha, e estamos prestes a deitar na minha cama, tudo é muito real. Vou transar com Miller Adams.

E estou pronta. *Eu acho.*

Se minha mãe soubesse o que está acontecendo a três metros do seu quarto, ficaria destroçada.

Aham. Com certeza estou pronta.

A raiva me impulsiona a tirar a toalha. Quando faço isso, Miller arfa e encara o teto. Acho estranho ele ficar olhando para cima e não para mim.

— Estou aqui embaixo.

Suas mãos passam para o meu quadril, e ele apenas as deixa lá, ainda encarando o teto.

— Eu sei. É só que... Acho que estou acostumado a sexo ser como beisebol. Sabe, preciso alcançar muitas bases antes de chegar no final. Parece que estou roubando.

Eu rio.

— Você acabou de fazer um *home run*, Miller. É sua noite de sorte.

Ele finalmente baixa a cabeça, mas só olha para o meu rosto.

— Deite embaixo da coberta.

Eu sorrio, me deito na cama e me cubro enquanto Miller passa o tempo todo desviando o olhar. Ele começa a se juntar a mim, mas o interrompo.

— Tire a calça primeiro.

Ele inclina a cabeça.

— Por que estamos com tanta pressa?

— Porque sim. Não quero mudar de ideia.

— Talvez isso seja um sinal de que você não está pronta.

Meu Deus, por que ele não pode ser que nem os outros caras e agir como um babaca?

— Eu estou pronta. Muito pronta.

Miller se concentra no meu rosto por um momento, como se buscasse algum sinal de que estou mentindo. Acho que deve ter esquecido que sou uma ótima atriz. Ele finalmente levanta, abre a calça e remove. Está usando uma samba-canção com estampa de abacaxis.

— Que sensual.

Miller sorri.

— Achei que você fosse gostar.

Levanto a coberta, e ele deita comigo, mas então ergue um dedo.

— Um segundo. — Miller gira e estica o braço para pegar a calça jeans. Quando vira de novo, me mostra quatro camisinhas, como se a escolha fosse minha. — Comprei no posto de gasolina da esquina. Todas têm sabor de frutas.

— Por que elas têm sabor? Camisinhas são comestíveis?

A pergunta faz Miller rir.

— Não, é para... — De repente, ele cora. — Você sabe. Se você colocar a boca.

A resposta me deixa vermelha. Minha pergunta só serviu para mostrar como sou inexperiente. O máximo que fiz foi ficar sem blusa, dando uns amassos em Miller.

Tiro a camisinha com sabor de laranja da mão de Miller e a coloco na mesa de cabeceira.

— A laranja, não. Vai estragar o momento. Nem acredito que você trouxe uma coisa dessas para dentro da minha casa.

Ele ri.

— Desculpe. Era uma máquina de venda automática no banheiro masculino. Não dava para escolher o que saía de lá.

Miller pega uma das camisinhas restantes e joga as outras duas na mesa de cabeceira, junto com a laranja. Quando se vira para mim de novo, ele passa o braço para baixo da coberta e me puxa para perto.

Isso me assusta. A sensação da sua pele contra a minha. Saber que a samba-canção é a única coisa que nos separa. Ele enrosca a perna por cima de mim, e uma parte minha fica triste por eu estar apressando este momento; foi tão bom quando ficamos nos beijando na sua cama. Mas agora é diferente. Não é tão íntimo, porque tantas etapas são puladas, e sei disso, mas sinto como se eu já estivesse comprometida demais para mudar de ideia. Enterro o rosto na curva do seu pescoço, porque não quero que ele olhe para mim. Tenho medo do que vai ver quando olhar nos meus olhos.

— Não preciso colocar por enquanto — sussurra Miller. — A gente pode fazer outras coisas antes. Quer dizer... tecnicamente, eu ainda nem encostei no seu peito.

Agarro sua mão e a deslizo por minha barriga, até chegar no meu seio. Miller geme, e então é ele quem enterra o rosto no *meu* pescoço.

— Vamos acabar logo com a parte difícil. A gente pode fazer outras coisas depois — sussurro.

Miller assente, se afasta e me dá um beijo leve. Sinto ele remover a samba-canção enquanto me beija. Então tira os lábios dos meus e coloca a camisinha, mas mantém a boca próxima.

Quando ele gira para cima de mim, seus olhos me encaram cheios de sentimentos. Desejo, carinho, fascínio. Quero sentir tudo que Miller sente enquanto temos essa experiência pela primeira vez, mas só consigo me sentir traída. Enganada. *Burra.*

— Relaxe um pouco — diz ele. — Não vai doer tanto se você estiver menos tensa.

Tento relaxar, mas é difícil quando não penso em outra coisa além da pena que sinto de Jenny. E do meu pai. E em como essa é a primeira vez que torço para não existir vida após a morte. Pelo menos não uma em que os dois vejam como Jonah e minha mãe estão pouco se lixando para a morte deles.

Os lábios de Miller encontram os meus, e fico grata pela distração. Então, outra coisa me distrai. Surge uma dor e uma pressão entre as minhas pernas quando ele começa a entrar em mim, e então uma dor maior, junto com um sopro de ar saindo da boca de Miller.

Eu me retraio. Ele para de se mexer e me dá um beijo leve no canto da boca.

— Tudo bem?

Concordo com a cabeça.

Miller me beija de novo, e, dessa vez, quando se pressiona contra mim, sinto acontecer. É uma sensação forte, como se uma barreira lá dentro nos separasse, mas, agora, ela se foi, Miller está se movendo sobre mim, e *acabei de perder a virgindade.*

É especial, mas não é.

É doloroso, mas não é.

Eu me arrependo, mas não me arrependo.

Fico parada, as mãos nas costas dele, nossas pernas entrelaçadas. Gosto da sensação de Miller contra mim, mas não sei se gosto do que está acontecendo no geral. Não sinto empolgação nenhuma, o que significa que meu corpo luta para se empolgar. Ele está sendo gentil e fofo, e os sons que emite são deliciosos, mas não me sinto à vontade. Estou preenchida demais pelo ressentimento para dar espaço para o que está acontecendo agora.

Parte de mim deseja que eu tivesse esperado. Teria sido com Miller de qualquer forma. No fim, será que enrolar por mais alguns meses faria diferença?

Provavelmente.

Tudo bem, *todas* as minhas partes desejam que eu tivesse esperado. Agora me sinto mal por apressar as coisas. E pela raiva ter me levado a tomar uma decisão impulsiva. Mas Miller parece estar gostando, pelo menos há isso de positivo.

Talvez eu não me sinta da forma como deveria me sentir agora porque acabei de descobri que o amor é tão cheio de sujeiras e traições, e quem sabe eu não queira nada disso para mim. O que sinto por Miller deve ser o que Jenny sentia por Jonah e o que meu pai sentia pela minha mãe, e veja só como as coisas acabaram.

Sua boca está no meu pescoço agora. Sua mão agarra minha coxa, e meio que gosto da posição em que estamos. Talvez, da próxima vez que tentarmos, a dor seja menor, tanto a física quanto a mental, e eu realmente fique animada com o quanto ele gosta disso. Talvez até *eu* goste.

Porém, agora, não gosto de nada. Minha mente não para de voltar ao mesmo ponto. As ações da minha mãe e Jonah me fazem duvidar do que eu e Miller sentimos um pelo outro, e isso me deixa triste. É doloroso, porque quero tanto acreditar em nós. Quero acreditar na maneira como ele olha para mim, mas já vi minha mãe olhar para o meu pai da mesma forma, então será que isso faz diferença? Quero acreditar em Miller quando ele diz que nunca quis nada tanto quanto quer a mim, mas por quanto tempo isso será verdade? Até ele ficar entediado e encontrar uma garota que deseja mais? *Ainda bem que não tenho uma irmã por quem ele possa se apaixonar.*

Eu o puxo para perto, querendo esconder meu rosto contra sua pele. Odeio pensar desse jeito, *especialmente* agora, mas Miller é a única coisa na minha vida que me deixou feliz desde o acidente, e agora estou com medo da minha mãe e Jonah terem estragado isso. Não apenas questiono os dois, e, agora, Miller, como também toda a noção idiota de monogamia e a força do amor, e penso em como perder a virgindade não é *nem um pouco* especial. Porque, se o amor não for real, então sexo é só sexo, não importa se é a primeira, a quinquagésima ou a última vez.

É só uma parte do corpo entrando na outra. Grande coisa.

Talvez seja por isso que as pessoas tenham tanta facilidade para trair as outras: porque, na verdade, sexo é irrelevante. Igual a trocar um aperto de mão. Talvez transar com seu namorado pela primeira vez tenha tão pouca importância quanto transar com o noivo da sua irmã morta.

— Clara?

Miller diz meu nome no intervalo entre sua respiração ofegante. Entre movimentos. E então para.

Abro os olhos e me afasto do seu pescoço, baixando a cabeça para o travesseiro.

— Estou te machucando?

Balanço a cabeça.

— Não.

Ele afasta meu cabelo do rosto e passa um dedão pela minha bochecha molhada.

— Por que está chorando?

Não quero falar sobre isso. Ainda mais agora. Balanço a cabeça.

— É besteira.

Tento puxá-lo para perto, mas Miller se afasta e gira para sair de cima de mim. Agora, me sinto estranhamente vazia.

— Eu fiz alguma coisa errada? — pergunta ele.

Odeio a preocupação em seus olhos. Odeio que ele ache que qualquer parte da minha reação seja sua culpa, então balanço a cabeça com força.

— Não. Não é você, juro.

Miller parece aliviado, mas só por uma fração de segundo.

— Então o que foi? Você está me assustando — sussurra ele.

— Não é você. É minha mãe. Nós tivemos uma briga feia hoje, e só estou... — Seco as lágrimas. — Estou com tanta raiva dela. Estou com *tanta* raiva, e não sei como processar isso. — Deito de lado, para poder encará-lo. — Ela e Jonah têm um caso.

Miller se afasta um pouco, chocado.

— O quê?

Concordo com a cabeça, e vejo pena no seu rosto. Ele coloca uma mão tranquilizadora na lateral da minha cabeça.

— Mais cedo, quando cheguei em casa, peguei os dois na cozinha. Fiquei com tanta raiva. Nunca senti tanta raiva na vida, e acho que a odeio de verdade. Tipo... não consigo tirar da cabeça o quanto ela traiu meu pai e minha tia. Fico pensando em tudo que posso fazer para me vingar e puni-la, porque ela também merece sofrer. — Eu me apoio em um cotovelo. — Não faz tempo suficiente desde a morte deles para ela pensar em outro cara além do meu pai. E é por isso que tenho quase certeza de que os dois já tinham um caso *antes* do acidente.

Miller fica quieto por um instante, me encarando, perplexo, provavelmente sem saber como me consolar quando estou tão nervosa. Ele deita no colchão e encara o teto.

— Foi por isso que você me chamou aqui? — Sua voz é afiada, apesar de permanecer um sussurro. — Por causa da sua *mãe*?

Sua reação é inacreditável. Estico a mão até seu peito, mas ele agarra meu punho e me afasta. Então vira e senta na borda da cama, de costas para mim.

— Não. Miller, *não*.

Digo que não, mas é mentira, e nós dois sabemos. Toco seu ombro, mas ele se esquiva ao meu toque. Então levanta, e ouço o estalo da camisinha enquanto a tira e a joga com raiva na lixeira ao lado da cama. Ele veste a samba-canção e depois a calça jeans. Nem olha para mim.

— Miller, eu juro. Não foi por isso que chamei você.

Ele atravessa o quarto.

— Então por que foi? Você não estava nada pronta para acontecer hoje.

Miller pega a camisa no chão e finalmente me encara. Eu esperava ver raiva em seus olhos, mas só encontro mágoa.

Sento na cama com a coberta puxada até o peito.

— Mas eu *estava*. Juro. Eu queria estar com você. Foi por isso que liguei.

Tento desesperadamente melhorar a situação, mas acho que estraguei tudo. Estou apavorada.

— Você está chateada com a sua *mãe*, Clara. Não queria estar comigo, queria se vingar. Eu sabia que você não estava pronta. Foi esquisito... foi...

Ele bufa, frustrado.

Uso a coberta para secar minhas lágrimas.

— Eu te liguei porque estava nervosa, sim. Mas foi por estar nervosa que eu queria você.

Miller já passou a camisa pela cabeça, mas para antes de cobrir o peito.

— Eu teria vindo, Clara. Sem o sexo. Você sabe disso.

Por que não consigo parar de ofendê-lo? Não quero magoá-lo, mas é só isso que estou fazendo agora.

Miller abre a janela, e a última coisa que quero é que vá embora. Meu plano não era magoá-lo. Nem colocá-lo no meio dessa bagunça. Mas não quero que ele vá embora e me deixe sozinha.

— Miller, espere. — Ele está prestes a subir na janela, então imploro de novo, indo para a beira da cama, ainda enrolada na coberta. — *Por favor*. Não foi pessoal. Juro.

Essas palavras o fazem se afastar da janela e voltar para a cama. Ele se abaixa diante de mim e segura meu rosto com as mãos.

— É verdade. É por isso que estou tão chateado. A coisa que devia ser *mais* pessoal entre nós não foi nem um pouco assim.

Suas palavras me arrebentam, e um soluço alto escapa do meu peito. Não acredito no que fiz. É como se eu tivesse me rebaixado ao nível da minha mãe. Miller me solta e vai para a janela. Cubro a boca com as mãos, incapaz de segurar os sentimentos que me rasgam por dentro. Não é só o que fiz com Miller. É tudo. Sinto *tudo*. Sinto a perda de tia Jenny, e a ausência do meu pai, e a culpa pela forma como os dois morreram, e a traição da minha mãe, e a forma como magoei Miller, e é tanta coisa ao mesmo tempo que acho que não vou aguentar. Eu me arrasto de volta para a cama e enterro o rosto no travesseiro, mas o que queria mesmo fazer era puxar a coberta por cima da minha cabeça, fechar os olhos e nunca mais sentir nada. É demais. Não é justo. Não é justo, não é justo, não é justo.

Sinto o colchão afundar ao meu lado, e, quando giro na direção de Miller, ele me abraça e me puxa para perto. Isso me faz chorar ainda mais.

Quero pedir desculpas, mas estou chorando tanto que as palavras não saem. Miller pressiona os lábios macios contra a lateral da minha cabeça, e me esforço para falar, mas a única coisa que tenho certeza de que ele consegue entender entre meus soluços é *desculpa*.

Miller não me diz que está tudo bem nem que me perdoa. Não diz nada. A única coisa que faz pelos próximos minutos é me consolar enquanto choro.

Meu rosto está pressionado contra seu peito — enterrado na sua camisa. Quando finalmente recupero a voz, faço uso dela. Fico me repetindo.

— Desculpe. Desculpe mesmo. Você tem razão, me sinto péssima. — As palavras são abafadas contra o corpo dele. — Desculpe.

Miller segura minha nuca com delicadeza.

— Sei que você se sente culpada — sussurra ele. — Eu te perdoo. Mas ainda estou irritado.

Apesar de suas palavras, ele beija meu cabelo, e não preciso de mais nada para me sentir perdoada agora. Miller *devia* estar irritado comigo. Não o culpo. *Eu* estou irritada comigo.

Ele passa um tempo deitado ao meu lado, mas, quando paro de chorar, se afasta e me encara, passando a mão pela minha bochecha.

— É melhor eu ir. Está ficando tarde.

Balanço a cabeça e olho nos seus olhos, implorando.

— Não, por favor. Não quero ficar sozinha agora.

Passo três segundos observando Miller pensar antes de assentir. Então ele senta na cama e tira a camisa. Depois de juntar o tecido, a estica na minha direção e a passa por minha cabeça.

— Vista.

Passo os braços pelas mangas da blusa e, ainda coberta, puxo-a até meu quadril.

Tenho consciência de que, apesar de tudo que aconteceu hoje, Miller ainda não me viu pelada. Ele não olhou para mim depois que tirei a toalha.

Ele entra debaixo da coberta comigo e me puxa para perto, com minhas costas contra seu peito. Dividimos um travesseiro. Ficamos de mãos dadas. E, com o tempo, caímos no sono, com raiva de pessoas diferentes, mas magoados do mesmo jeito.

25
Morgan

Achei que eu tinha chegado ao fundo do poço enquanto lavava mamadeiras e rezava pelo fim do mundo, mas me enganei. Talvez este seja o fundo do poço.

O que as pessoas fazem quando chegam aqui? Esperam alguém jogar uma corda? Vão definhando até ficarem só pele e osso, esperando para serem encontradas por urubus?

Estou na cama, de onde não saio desde à noite, porém desisti de tentar dormir. Agora que o sol está prestes a nascer, não faz mais sentido.

Fui até o quarto de Clara mais umas duas vezes, mas nem me dei ao trabalho de bater. Ela optou pela música para abafar meus chamados, então resolvi deixar minha filha passar a noite me odiando antes de tentar pedir seu perdão.

Talvez tenha sido uma péssima ideia esperar para começar a terapia. Achei que seria melhor deixar alguns meses passarem — para as piores partes do luto se assentarem. Mas é óbvio que isso foi um erro. Preciso conversar com alguém. *Eu e Clara* precisamos conversar com alguém. Tenho minhas dúvidas de que a gente consiga consertar essa situação por conta própria.

Não quero conversar com Jonah, porque ele só vai pedir desculpas, me dizer que tudo vai ficar bem e que as coisas vão melhorar. E talvez isso seja verdade. Talvez uma chuva desabe, alague meu poço, e eu consiga flutuar até o topo e escapar. Ou pelo menos me *afogar*. As duas opções parecem boas.

Mesmo que a gente comece a terapia agora, nada vai mudar o que aconteceu. Nada vai mudar o fato de que minha filha viu a mãe beijando o melhor amigo do pai logo depois da morte dele. É um absurdo. Imperdoável.

Nem todos os orientadores de escola, terapeutas e livros de autoajuda do mundo seriam capazes de tirar essa imagem da sua cabeça.

Estou morrendo de vergonha. Humilhada.

E não importa quantas mensagens ele enviar — *já foram sete desde que saiu daqui ontem* —, nunca mais vou falar com Jonah. Não por um bom tempo. Não o quero na minha casa. Não gosto do que sua presença faz comigo. Não gosto da pessoa em que me transformo. Beijá-lo na noite passada foi um dos piores erros que já cometi, e eu sabia disso antes mesmo dos nossos lábios se tocarem. Ainda assim, segui em frente. Permiti que aquilo acontecesse. A pior parte era que eu *queria*. Queria havia muito tempo. Provavelmente desde o dia em que nos conhecemos.

Talvez seja por isso que me sinto uma merda agora, porque sei que, se Jonah não tivesse ido embora anos atrás, a gente poderia ter acabado na mesma situação que Jenny e Chris. Saindo escondido, traindo nosso cônjuge. Mentindo para nossa família.

A raiva que sinto deles não diminuiu. Apenas desenvolvi uma raiva nova, com a mesma intensidade, mas voltada contra mim. Não há qualquer lição de vida que eu possa ensinar a Clara a essa altura sem ser hipócrita. Parece que tudo que eu disser a ela a partir de agora vai entrar por um ouvido e sair pelo outro. E talvez isso devesse acontecer mesmo. Quem sou eu para educar outro ser humano? Quem sou eu para dar lições de moral? Quem sou eu para guiar alguém pela vida quando estou vendada, correndo na direção errada?

Pulo da cama quando escuto alguém bater à porta. Deus é testemunha de que, se for Jonah Sullivan, não respondo por mim.

Afasto a coberta e coloco meu roupão. Ainda não consegui falar com Clara, então, até isso acontecer, não quero discutir o assunto com ele. Corro pela casa para atender antes que minha filha acorde.

Abro a porta, mas dou um passo para trás quando vejo a Sra. Nettle parada na minha varanda, segurando a porta de tela.

— Só queria ver se você estava viva — diz ela. — Pelo visto, está.

A mulher larga a porta de tela, que bate contra o batente. E pergunto do outro lado:

— Por que a senhora achou que eu tivesse morrido?

Ela segue andando e mancando, apoiada na bengala.

— Uma das telas da janela está caída fora da casa. Achei que alguém pudesse ter invadido a casa e matado vocês duas no meio da madrugada.

Fico olhando até ela chegar em casa, só para garantir que não sofreu nenhuma queda. Então fecho e tranco a porta. *Que ótimo.* Uma tela de janela quebrada. Outra coisa que Chris resolveria caso estivesse vivo.

Estou voltando para o quarto quando paro.

Eu já tive a idade de Clara. Telas de janela não caem sozinhas. *Ela saiu escondida à noite?*

Viro e vou direto para o quarto da minha filha. Nem bato, porque ela não deve estar ali para responder. Empurro a porta, que continua trancada. É uma dessas trancas de gancho, fáceis de levantar e abrir. Odeio ter chegado ao ponto de arrombar seu quarto, mas preciso ter certeza de que ela saiu antes de me arrumar para procurá-la.

Pego um cabide no armário, passo-o pela fresta da porta até prender no gancho. Quando o solto, empurro a porta, mas ela não abre. Clara fez uma barricada lá dentro?

Meu Deus, ela deve estar mais irritada do que imaginei.

Empurro a porta com o quadril, movendo o que está contra ela. Consigo abri-la alguns centímetros, e espio o interior.

Solto um suspiro imenso de alívio. Ela ainda está dormindo. Não saiu escondida. Ou, se saiu, voltou para casa, e isso é o que mais importa.

Começo a fechar a porta, mas paro quando vejo um movimento. Um braço cobre a barriga de Clara. *Um braço que não é o dela.*

Jogo o corpo inteiro contra a porta para abri-la. Clara senta empertigada na cama, assustada. E Miller também.

— Que *porra* é essa, Clara?

Miller levanta, procurando os sapatos. Ele estica a mão para a mesa de cabeceira e pega as camisinhas, enfiando-as no bolso da calça jeans como se tentasse escondê-las antes que eu as veja, mas *já vi*, e estou com raiva, e quero que esse garoto saia da porcaria da minha casa agora.

— É melhor você ir embora.

Miller assente. Ele se vira para Clara com um olhar pesaroso. Ela cobre o rosto.

— Ah, meu Deus, que vergonha.

Miller começa a dar a volta na cama, mas então fica imóvel e olha para Clara, depois para mim, depois para Clara, depois para seu peito nu. É então que percebo que minha filha está usando a camisa dele.

Ele acha que vai receber a camisa de volta agora? Esse garoto é idiota? *É. Minha filha está namorando um idiota.*

— Vá embora!

— Espere, Miller — diz Clara.

Ela pega no chão a camisa que usou ontem e entra no closet. Então se fecha lá dentro para se trocar. Miller parece não saber se devia obedecer a ela e esperar pela camisa ou sair correndo antes que eu o mate. Para sua sorte, Clara demora só alguns segundos.

Ela abre a porta e lhe entrega a camisa.

Miller se veste, então grito com ele de novo, agora com mais força:

— Vá *embora*! — Eu me viro para Clara, vestindo uma camisa que mal cobre sua bunda. — Vista alguma coisa!

Miller corre para a janela e começa a abri-la. *Ele é mesmo um idiota.*

— Use a porta da frente, Miller! Jesus Cristo!

Clara está enrolada no lençol agora, sentada na cama, cheia de raiva e vergonha. *Então somos duas.*

Miller passa por mim, nervoso, olhando para Clara.

— A gente se vê na escola? — sussurra ele, como se eu não fosse ouvir.

Clara assente.

Sinceramente. Ela podia levar qualquer garoto para o quarto, e foi *esse* que escolheu?

— Clara não vai à aula hoje.

Ela olha para Miller enquanto ele entra no corredor.

— Vou, sim.

Eu o encaro.

— Não vai. Adeus.

O garoto se vira e sai. *Finalmente.*

Clara se livra do lençol e pega no chão a calça jeans que usou no dia anterior.

— Você não pode me deixar de castigo da escola.

Graças à minha raiva, a preocupação que eu tinha sobre minha moral para ser sua mãe desapareceu. Ela não vai a lugar nenhum hoje.

— Você tem dezesseis anos. Tenho todo o direito de te colocar de castigo da porra que eu quiser.

Olho em torno do quarto, procurando seu celular para confiscá-lo.

— Na verdade, *mãe*, tenho dezessete. — Ela enfia uma perna dentro da calça. — Mas acho que você estava ocupada demais com Jonah para lembrar que hoje é meu aniversário.

Merda.

Eu me enganei.

Este é o fundo do poço.

Tento me recuperar, murmurando:

— *Eu não esqueci.*

Mas é óbvio que sim.

Clara revira os olhos enquanto fecha a calça. Então entra no banheiro e volta com a bolsa.

— Você não vai para a escola assim. Está usando as roupas de ontem.

— Quer apostar? — diz ela, esbarrando em mim para passar.

Eu me pressiono contra o batente da porta do quarto enquanto a observo atravessar o corredor. O certo seria ir atrás dela. Isso não é aceitável. Esconder um garoto dentro do quarto *não* é aceitável, muito menos transar com um cara que ela mal conhece. Há tantas coisas erradas nessa situação, mas tenho medo das minhas capacidades maternais não darem conta. Não sei o que dizer a ela, como puni-la, nem se tenho o *direito* de fazer isso a essa altura.

Escuto a porta da frente bater com força, e me retraio.

Seguro a cabeça e escorrego para o chão. Uma lágrima escorre por minha bochecha, e depois outra. Odeio isso, porque sei que vai resultar numa dor de cabeça dos infernos. Tenho dor de cabeça todos os dias, desde o acidente, graças às minhas crises de choro.

Dessa vez, eu mereço. É como se minhas ações tivessem dado permissão para Clara se rebelar. *Deram mesmo.* Ela nunca mais vai me respeitar. Uma pessoa é incapaz de aprender algo com alguém que não respeita. As coisas não funcionam assim.

Escuto o som baixo do meu telefone tocando do outro lado do corredor. Tenho certeza de que é Jonah, mas parte de mim torce para ser Clara, apesar de ela não ter tido nem tempo de tirar o carro da frente da casa. Corro para o quarto, mas não reconheço o número.

— Alô?

— Sra. Grant?

Pego um lenço de papel e assoo o nariz.

— É ela.

— Aqui é o técnico que está agendado para consertar sua tevê a cabo hoje. Só queria avisar que alguém precisa estar em casa das nove às cinco, para permitir o acesso.

Afundo na cama.

— É sério? Você quer que eu passe o dia inteiro enfurnada aqui?

Há uma pausa. Ele pigarreia e diz:

— São as regras, senhora. Não podemos entrar na casa sem um responsável.

— Entendo que a regra seja que alguém esteja presente, mas você não pode me dar um espaço menor de tempo? Talvez duas horas? Três?

— É difícil especificar um horário, porque cada atendimento varia.

— Sim, mas francamente. Um dia inteiro? Por que preciso ficar trancada na *porra* da casa por oito horas? — *Ah, meu Deus. Falei um palavrão para o técnico da tevê.* Balanço a cabeça, pressionando a palma da mão contra a testa. — Quer saber? Pode cancelar. Não quero mais tevê a cabo. Ninguém mais tem isso. Na verdade, você devia começar a procurar outro emprego, porque, pelo visto, ser técnico não é mais uma carreira estável.

Desligo, jogo o telefone na cama e o encaro.

Tudo bem. Tudo bem. *Este* é o fundo do poço. Este *com certeza* é o fundo do poço.

26
Clara

Chego à escola meia hora mais cedo. Há poucos carros no estacionamento dos alunos, e a picape de Miller não é um deles. Sem chance de entrar na sala de Jonah antes da hora. Então deito no meu banco e me acomodo.

Não vou chorar.

Na verdade, nem sinto mais raiva agora. Se muito, estou anestesiada. Tanta coisa aconteceu nas últimas doze horas que acho que meu cérebro deve ter uma válvula de desligamento de emergência. Não estou triste. Prefiro essa sensação à raiva da noite passada e à vergonha desta manhã, quando minha mãe foi terrivelmente grossa com Miller.

Eu entendo. Levei um garoto escondido para meu quarto. Fiz sexo. Foi um comportamento horrível, mas, na noite anterior, ela perdeu o direito de me dizer o que seja ou não horrível.

Dou um pulo ao ouvir uma batida à janela do passageiro. Miller está parado ao lado do carro, e deixo de me sentir anestesiada, porque basta vê-lo para algo voltar a ganhar vida dentro de mim. Ele abre a porta e se senta, me passando um café.

Nunca o achei tão bonito quanto agora. Claro, ele está cansado, e nenhum de nós escovou os dentes ou penteou o cabelo, e continuamos usando as mesmas roupas do dia anterior, mas Miller está segurando um café e me olha como se não me odiasse, o que é lindo.

— Achei que um pouco de cafeína ajudaria — diz ele.

Tomo um gole e saboreio o calor contra minha língua e o caramelo doce descendo por minha garganta. *Não sei por que demorei tanto para gostar de café.*

— Se adianta de alguma coisa... feliz aniversário?

Ele fala como se fizesse uma pergunta. É uma dúvida válida, acho.

— Obrigada. Apesar de este ser o segundo pior dia da minha vida.

— Acho que ontem foi o segundo pior dia da sua vida. Hoje ainda pode melhorar.

Tomo outro gole e pego sua mão, apertando-a e entrelaçando nossos dedos.

— O que aconteceu depois que fui embora? Ela botou você de castigo?

Eu rio.

— Não. E nem vai fazer isso.

— Você me escondeu no seu quarto. Não sei como seria possível escapar dessa, mesmo *sendo* seu aniversário.

— Minha mãe é uma mentirosa, uma traidora e um péssimo exemplo para mim. Agora pela manhã, decidi que não vou mais seguir suas regras. Vai ser melhor se eu me criar sozinha.

Miller aperta minha mão. Sei que ele se incomodou com o que eu disse, mas não tenta me convencer do contrário. Talvez ache que só preciso de tempo para me acalmar, mas o tempo não vai fazer diferença. Já estou de saco cheio dela.

— O que Lexie disse quando você contou o que aconteceu?

Eu o encaro, erguendo uma sobrancelha.

— Lexie?

Miller assente, tomando um gole de café.

— Merda! Lexie! — Ligo o carro. — Eu me esqueci de passar na casa dela.

Ele ri.

— Bem, em sua defesa, você teve uma manhã agitada. — Então se inclina para a frente e me beija. — A gente se vê no almoço.

Eu o beijo de volta.

— Está bem.

Miller abre a maçaneta e sai do carro. Aperto seu braço, precisando dizer mais uma coisa. Quando ele volta a recostar no banco e me encarar, levo a mão até a lateral da sua cabeça, sem saber quais palavras transmitiriam o quanto me arrependo pela noite passada. Eu o encaro, meu coração cheio de remorso, mas, a essa altura, pareço ter esquecido como verbalizar qualquer coisa.

Miller se inclina para a frente e pressiona a testa contra a minha. Fecho os olhos, e ele fica parado ali por um momento. Então ergue a mão até minha nuca e faz carinho.

— Está tudo bem, Clara — sussurra ele. — Eu juro.

Seus lábios tocam rapidamente minha testa antes de ele sair do carro e fechar a porta.

Estou completamente ciente de que agi feito uma babaca à noite. Ainda estou morrendo de vergonha. Tanto que já sei que não vou contar a Lexie o que aconteceu com Miller. Nunca vou contar a ninguém. E espero que, um dia, a gente possa refazer aquele momento, porque eu com certeza consegui estragar tudo.

༺ཽ༻

Cheguei tão cedo na escola que Lexie nem percebeu que foi esquecida quando retornei e cheguei à casa dela. Ela veio para o carro com um presente embrulhado e um balão metálico estampado com a frase "Melhore logo".

Lexie sempre faz isso. Deixa para a última hora, até ser tarde demais para encontrar o cartão, o balão ou o papel de presente apropriado. Metade das coisas que me dá vem embrulhada em papel de Natal, não importa a época do ano.

Ainda não acredito que minha mãe tenha se esquecido do meu aniversário. Pelo menos Miller e Lexie lembraram.

Apesar de só fazer algumas horas que tenho dezessete anos, estou orgulhosa da minha recém-descoberta maturidade. Quando entrei na sala de Jonah, há uns trinta minutos, consegui não socá-lo enquanto eu caminhava até minha mesa. Resisti até mesmo quando ele me deu um bom-dia e sua voz falhou no meio da frase. Não fiz nenhum tipo de contato visual.

Faz vinte minutos que ele está falando, e não tomei nenhuma das atitudes com as quais fantasiei desde que cheguei. Já quis gritar com ele, chamá-lo de traidor, contar à turma inteira sobre seu caso com minha mãe, invadir o sistema de alto-falantes e anunciar para a escola toda.

Mas não fiz nada disso, e estou orgulhosa de mim mesma. Permaneci extremamente contida, e, contanto que não olhe para ele, acho que vou conseguir aguentar a aula inteira e escapar sem brigas.

Os dezessete anos estão me fazendo muito bem. Sou praticamente uma adulta agora, graças a Deus, porque não posso mais contar com minha mãe para me criar.

Lexie: Estou começando a gostar de Efren. Vou ter minha primeira folga na sexta desde que a gente começou a se falar, e ele acabou de me perguntar se quero sair.

Sorrio ao receber a mensagem.

Eu: O que você disse?

Lexie: Que não.
Eu: Por quê?
Lexie: Brincadeira. Falei que sim. Estou chocada. Ele é tão baixinho. Mas é meio maldoso comigo, então isso compensa todas as outras coisas que faltam.

Lexie é a pessoa mais exigente que conheço quando se trata de garotos. Sinceramente, estou muito surpresa por ela ter topado sair com ele. Aliviada, mas surpresa.

Começo a digitar uma resposta quando Jonah diz:

— Clara, por favor, guarde o celular.

Meu peito aperta ao som da sua voz. Minha pele se arrepia.

— Vou guardar quando terminar de mandar minha mensagem.

Escuto algumas pessoas arfarem na sala, como se eu o tivesse xingado ou algo assim. Continuo digitando a mensagem para Lexie.

Preciso pedir à coordenação para trocar de turma. Não vou conseguir passar o restante do ano olhando para Jonah. Não quero estar no mesmo cômodo que ele, na mesma casa que ele, na mesma cidade que ele, no mesmo *mundo* que ele.

— Clara.

Jonah diz meu nome com suavidade, quase como se me implorasse para não criar caso. Ele não pode deixar que eu troque mensagens na aula quando ninguém mais tem permissão para usar o celular. Entendo que é uma situação esquisita, que ele não quer chamar minha atenção, mas precisa fazer isso. Eu devia me sentir mal, mas não me sinto. Quase gosto do fato de ele estar desconfortável. Jonah merece uma dose de como me sinto desde que vi suas mãos apalpando minha mãe enquanto sua língua estava enfiada na boca dela.

Meu Deus, por mais que eu tente, não consigo tirar essa imagem da cabeça.

Ergo os olhos e o encaro pela primeira vez desde que entrei na sala. Jonah está parado diante da sua mesa, apoiado nela, os pés cruzados na altura dos tornozelos. Sua pose de professor. Normalmente, eu respeitaria isso, mas, agora, tudo que vejo é o homem que traiu minha tia Jenny. Com minha *mãe*.

Quando ele indica meu celular com a cabeça com uma expressão de pedinte, silenciosamente me implorando de novo para guardá-lo, sou tomada por um ataque de raiva. Pego o celular com a mão direita e o arremesso na lata de lixo ao lado da porta da sala. O aparelho acerta a parede e cai despedaçado no chão.

Não acredito que fiz isso.

Pelo visto, ninguém mais na sala acredita também. Há uma arfada de choque coletiva. Acho, inclusive, que um desses sons saiu de mim.

Jonah se empertiga e vai até a porta da sala. Ele a abre e aponta para o corredor. Pego minha mochila e empurro a mesa para me levantar. Vou marchando até a porta, prontíssima para sair. Eu o encaro com um olhar raivoso quando passo. Tenho certeza de que vou ser acompanhada até a diretoria, então não me surpreendo quando ele fecha a sala e me segue.

— Clara, pare.

Não paro. Não vou escutar Jonah. Nem minha mãe. Cansei de escutar os adultos que sobraram na minha vida. Isso só está prejudicando minha saúde mental.

Jonah agarra meu braço, e o fato de ele tentar me parar e conversar comigo me enche de fúria. Eu me solto e giro. Não sei o que está prestes a sair da minha boca, mas sinto o ódio subindo pela minha garganta.

No instante em que vou atacá-lo, Jonah acaba com o espaço entre nós e me abraça, pressionando meu rosto contra seu peito.

Que porra é essa?

Tento empurrá-lo, mas ele não me solta. Apenas me aperta mais.

O abraço me deixa furiosa, mas também me faz perder o foco por um instante. Que inesperado. Eu achava que seria enviada para a diretoria, receberia uma suspensão ou seria expulsa, mas com certeza não imaginei que ganharia um abraço.

— Desculpe — sussurra ele.

Tento empurrá-lo de novo, mas não com muita força, porque ele está usando o mesmo tipo de camisa que meu pai usava na última vez que me deu um abraço de despedida. Uma camisa de botão branca e macia, gostosa contra minha pele. Minha bochecha está pressionada contra um dos botões, e fecho os olhos, sem saber o que fazer, porque, apesar de eu odiar Jonah agora, seu abraço me lembra o do meu pai.

Até seu cheiro é parecido com o dele. Como grama recém-cortada em uma tempestade. Quando o abraço não termina, começo a chorar. Até a mão de Jonah contra minha nuca parece a do papai. Eu me odeio por isso, mas me apoio nele e deixo que me abrace enquanto choro. Sinto tanta saudade do meu pai. Agora, a tristeza é maior do que a raiva, então deixo Jonah me abraçar, porque prefiro um abraço a uma briga.

Sinto tanta falta dele.

Não sei como vim parar aqui. Não sei como fui de arremessar meu telefone pela sala a chorar contra o peito dele, mas estou feliz por Jonah não me levar para a diretoria. Ele espera eu me acalmar um pouco, então pressiona a bochecha contra o topo da minha cabeça.

— Desculpe, Clara. Nós dois sentimos muito.

Não sei se isso é verdade, mas, se ele se arrependeu mesmo, não faz diferença. Jonah *devia* se arrepender. Estar arrependido é o mínimo que pode fazer para consertar seu erro.

Simplesmente não consigo entender esse nível de traição. Não entendo como, uma hora, minha mãe está andando toda triste por aí por ter perdido sua alma gêmea, e, na outra, enfia a língua na boca do melhor amigo do marido.

— É como se vocês dois estivessem se lixando para eles.

Talvez eu não ficaria tão irritada se tivesse pegado minha mãe beijando um desconhecido. Mas Jonah não é um uma pessoa qualquer. Ele é Jonah. Ele é o Jonah de *tia Jenny*.

Ele se afasta, passando as mãos para meus ombros.

— É claro que a gente não está se lixando. O que você viu... não tinha nada a ver com os dois.

Eu me afasto.

— Tinha *tudo* a ver com os dois.

Jonah suspira, cruzando os braços. Ele realmente parece arrependido. Uma pequena parte de mim quer parar de sentir tanta raiva, só para aquele olhar desaparecer do rosto dele.

— Eu e sua mãe... a gente só... sei lá. Não consigo explicar o que aconteceu ontem. Não quero explicar. Isso é um assunto para vocês duas conversarem. — Ele dá um passo para a frente. — Mas a questão é essa, Clara. Você *precisa* conversa com sua mãe. Não pode viver trancada no quarto. Sei que você está com raiva, e isso é um direito seu, mas prometa que vai falar com ela sobre o que aconteceu.

Assinto, mas só porque ele parece tão sincero. *Não* porque vou conversar com ela.

Sinto menos raiva de Jonah do que da minha mãe, porque, na realidade, a culpa não é dele. Acho que noventa por cento da minha raiva está focada nela. Jonah e Jenny nem eram casados. Não fazia tanto tempo que estavam juntos. E meu pai não era irmão de Jonah, então a traição dele e a traição da minha mãe estão em níveis diferentes. Em *continentes* diferentes.

Jonah devia se sentir culpado, mas minha mãe devia se sentir um lixo.

Olho para o teto e esfrego meu rosto. Então baixo as mãos.

— Não acredito que joguei meu celular.

— É seu aniversário. Você tem direito de dar um chilique. Só não conte para os outros alunos.

Fico surpresa, mas uma risada sai de mim. Então solto um suspiro pesado.

— Com certeza não parece ser meu aniversário.

É difícil sentir como se hoje fosse meu aniversário quando minha própria mãe se esqueceu da data. Acho que isso significa que nossos tradicionais jantares de comemoração acabaram de vez.

Jonah aponta para a porta da sala.

— Preciso voltar. Espere a aula acabar no seu carro. Preciso que a turma pelo menos ache que puni você.

Concordo com a cabeça e me afasto. Jonah volta para a sala, e parte de mim quer lhe agradecer, mas tenho a impressão de que eu me arrependeria imediatamente. Não tenho motivo nenhum para agradecer a ele. Se tivéssemos um placar, Jonah ainda estaria me devendo muito.

As próximas três aulas passam sem nenhum ataque. *Progresso.*

Não vejo meu namorado desde hoje cedo, e isso está me matando. Geralmente, passamos o dia trocando mensagens, mas meu telefone deve estar no fundo da lixeira de Jonah. Quando finalmente chego ao refeitório para o almoço, noto o alívio no rosto de Miller quando me aproximo da mesa. Ele abre espaço no banco para mim, se afastando de Efren.

— Tudo bem? — pergunta Miller quando me sento. — Estão falando por aí que você jogou seu celular no Sr. Sullivan.

— Talvez eu tenha jogado o telefone na direção dele, mas mirei na lata de lixo.

— Ele mandou você para a sala da detenção?

— Não. Ele me levou para o corredor e me deu um abraço.

— Espere um pouco — diz Lexie. — Você jogou seu telefone nele e ganhou um *abraço*?

— Não conte para ninguém. Tive que fingir que fui punida.

— *Eu* queria ter um tio-professor — diz Lexie. — Que injusto.

Miller pressiona os lábios sobre meu ombro, apoiando o queixo.

— Mas você está bem? — sussurra ele.

Assinto, porque quero estar bem, mas a verdade é que hoje está sendo um dia horrível. A noite de ontem foi horrível. Os últimos meses foram horríveis, e parece que nada melhora para mim. Sinto um cansaço nos meus olhos, e então Miller levanta a mão e aperta minha nuca.

— O dia está bonito. Quer dar uma volta na Nora?

Essa é a única coisa que poderia melhorar meu humor agora.

— Seria ótimo.

Já saí de um funeral com ele, usei drogas com ele, fui para a sala da detenção com ele, o escondi no meu quarto, perdi minha virgindade com ele. Se comparado a tudo isso, matar metade de um dia de aula parece uma melhora no meu comportamento.

Vamos para o parque da cidade. Fica à beira de um lago enorme — meu pai costumava me levar para pescar ali em dias assim. Miller senta sob a sombra de uma árvore e abre as pernas, batendo no chão entre elas. Sento com as costas apoiadas em seu peito, e ele me abraça enquanto me ajeito, procurando uma posição confortável.

Apoio a cabeça em seu ombro, e ele encosta a bochecha no topo dela enquanto diz:

— Como era o seu pai?

Não faz tanto tempo assim, mas sinto que preciso forçar minha memória para responder.

— Ele tinha uma risada maravilhosa. Era alta e preenchia a sala toda. Às vezes, minha mãe ficava com vergonha quando estávamos em público, porque as pessoas se viravam para olhar. E ele ria de *tudo*. Meu pai trabalhava muito, mas nunca me irritei com isso.

Provavelmente porque, quando estávamos juntos, ele estava presente. Queria saber sobre meu dia, sempre me contava sobre o seu. — Eu suspiro. — Sinto falta disso. Sinto falta de contar a ele sobre meu dia, mesmo quando não havia nada para contar.

— Ele parece muito legal.

Concordo com a cabeça.

— E o seu?

Sinto o peito de Miller se mover, como se ele soltasse uma risada silenciosa, incerta.

— Meu pai era diferente do seu. Completamente diferente.

— Ele criou você?

Sinto Miller balançar a cabeça.

— Não. De vez em quando, na minha infância, a gente passava um tempo juntos, mas ele vivia sendo preso. Quando eu tinha quinze anos, ele finalmente aprontou feio e foi condenado a mais tempo. Deve ser solto daqui a dois anos, mas duvido que a gente vá se falar. Já havia um tempo que nós não nos víamos, desde quando a última prisão aconteceu.

Então foi por *isso* que meu pai fez aquele comentário sobre o pai de Miller. Filho de peixe, peixinho é. *É óbvio que ele estava errado.*

— Vocês mantêm algum contato?

— Não — diz Miller. — Quer dizer... Não odeio ele. Só entendi que algumas pessoas têm mais talento para a paternidade do que outras. Não levo isso para o lado pessoal. Mas acho melhor não termos muita proximidade.

— E sua mãe? — pergunto. — Como ela era?

Sinto ele murchar um pouco antes de dizer:

— Não tenho muitas lembranças, mas nada negativo. — Miller enrosca a perna em torno do meu tornozelo. — Sabe, acho que foi daí que tirei meu amor por fotografia. Depois que minha mãe morreu... eu não tinha nenhuma lembrança. Ela odiava tirar fotos, então não restaram muitas. Nem vídeos. Pedi minha primeira câmera para o vovô pouco depois disso. Desde então, vivo com ela enfiada na sua cara.

— Você provavelmente conseguiria fazer um filme só dele.

Miller ri.

— Sim. Talvez eu faça. Mesmo que seja só para mim.

— Então... o que vai acontecer quando ele...

— Vou ficar bem — diz Miller em um tom determinado, como se não quisesse falar disso.

Eu entendo. O pai preso, a mãe morta, o avô com câncer terminal. É fácil compreender. Eu também não iria querer conversar sobre essas coisas.

Ficamos em silêncio por um tempo até Miller dizer:

— Droga. Eu vivo esquecendo.

Ele me empurra um pouquinho para a frente e vai correndo até a picape. Então volta com a câmera e um tripé, colocando-os a alguns metros de nós.

Depois, se enfia entre mim e a árvore, voltando à mesma posição.

— Não fique olhando para ela dessa vez.

Estou encarando a câmera quando ele diz isso, então olho para a água.

— Talvez fosse melhor a gente desistir do trabalho.

— Por quê?

— Minha cabeça está cheia demais. Vivo de mau humor.

— Você quer muito ser atriz, Clara?

— É tudo que mais quero.

— Então vai ter um choque de realidade quando descobrir que nem todo dia vai chegar ao set de bom humor.

Suspiro.

— Odeio quando você tem razão.

Miller ri e beija a lateral da minha cabeça.

— Você deve me odiar muito, então.

Balanço a cabeça de leve.

— Nem um pouco.

Ficamos em silêncio de novo. Do outro lado do lago, há um homem com dois garotinhos, ensinando-os a pescar. Fico observando, me perguntando se esse cara trai a mãe deles.

Então a raiva volta, porque a partir de agora vou passar o resto da vida procurando o pior nas pessoas.

Não quero falar sobre tia Jenny nem meu pai, ou sobre minha mãe e Jonah, mas as palavras saem.

— Pela maneira como Jonah falou hoje... ele realmente parecia arrependido. Como se, talvez, o beijo tivesse sido um acidente ou só tenha acontecido uma vez. Quero perguntar para minha mãe, mas fico com medo de ela me contar a verdade e me dizer que vai além disso. Acho que é porque sei que eles foram a um hotel menos de uma semana depois do acidente.

— Como você sabe?

— Pelo aplicativo. Por que eles iriam a um hotel se não estivessem juntos?

— De qualquer modo, você precisa conversar com ela. Não tem outro jeito.

— Eu sei. — Bufo. — Sabe, não me surpreende Jonah fazer algo assim. Ele só voltou para nossa cidade e começou a namorar com Jenny porque ela engravidou. Não porque estivessem loucamente apaixonados. Mas minha mãe... Ela e meu pai estavam juntos desde a época da escola. É como se ela não tivesse respeito nenhum por ele.

— Você não sabe o que está acontecendo. Às vezes, ela e Jonah só estão sofrendo.

— Os dois não pareciam estar sofrendo.

— Talvez procurar consolo um no outro ajude a amenizar o luto.

Não quero pensar nisso. Que jeito mais estranho de amenizar o luto.

— Bem. Matar aula ajuda a amenizar o *meu* luto. Então, obrigada

— Estou sempre disponível. Bem, menos no último tempo. Tenho prova, então preciso voltar logo.

— Quando você quiser.

— Alguma programação de aniversário hoje?

Dou de ombros.

— A gente sempre teve a tradição de jantar em família nos aniversários. Mas acho que isso já era. Nós mal temos uma família agora.

Os braços de Miller se apertam ao meu redor. Fico com saudade dos abraços do meu pai. Até o abraço de Jonah me fez sentir falta dele hoje.

— Bem, se sua mãe deixar, poderemos sair.

— Duvido muito que ela vá me deixar sair de casa, e talvez eu esteja cansada demais para brigar.

— Fico triste de imaginar você passando seu aniversário sozinha no quarto.

— Bem, paciência. É só mais um dia.

Fico me perguntando o que meu pai pensaria se me visse triste no dia do meu aniversário. Ele provavelmente ficaria decepcionado por a gente não seguir com a tradição do jantar. Aposto que tia Jenny também ficaria. Acho que nunca perdemos um aniversário.

Começo a me perguntar por que eu, automaticamente, presumi que não teríamos mais jantares sem eles. Os dois não iriam querer isso.

Apesar de a minha mãe parecer ter perdido o respeito pela tradição, isso não significa que ela deva ser abolida. Pelo menos desse jeito, posso ver Miller hoje à noite.

Eu me empertigo e viro para ele.

— Quer saber? Quero fazer meu jantar de aniversário, sim. E quero que você venha.

Ele ergue uma sobrancelha, cauteloso.

— Não sei. Sua mãe não pareceu muito disposta a me receber na sua casa de novo.

— Vou conversar com ela quando chegar. Se houver algum problema, ligo para você.

— Você está sem celular.

— Ligo do telefone de casa.

— Isso ainda existe?

Eu rio.

— Minha mãe só tem trinta e quatro anos, mas sua cabeça é de uma velha.

Eu me recosto nele, pensando no meu aniversário. Não vai ser justo se minha mãe me pôr de castigo hoje. Se isso acontecer, talvez eu jogue o Langford na sua cara. Deixo o ar entrar devagar em meus pulmões. Quanto mais penso nisso, mais irritada fico. A ideia de os dois estarem se encontrando no hotel apenas uma semana depois do acidente faz com que eu queira me vingar.

Tento não pensar no assunto. Viro e sento no colo de Miller, e então o beijo por vários minutos. É uma boa distração, mas, depois de um tempo, ele precisa voltar para a escola.

Espero no meu carro até as aulas acabarem, o que provavelmente é uma péssima ideia, porque passo esse tempo todo sentada ali, bolando formas de me vingar do jeito que meu pai e tia Jenny merecem.

Então vou para casa, sentindo mais raiva do que quando saí pela manhã.

27
Morgan

Estou no quarto de Clara, pendurando roupas, quando ela volta da escola. Passei o dia inteiro me mantendo ocupada, limpando, lavando roupa, organizando as coisas, tentando não pensar. Percebo que não botei o pé para fora de casa hoje, então não devia ter cancelado o técnico da tevê a cabo. Eu podia estar assistindo a *Real Housewives* agora.

Escuto Clara se aproximando pelo corredor, então me preparo para o impacto. Espero que ela grite ou me ignore. Vai ser uma das duas coisas. Estou pendurando a última blusa quando minha filha entra no quarto e joga a mochila na cama.

— O que vamos comer no meu jantar de aniversário hoje? Estou com fome.

Eu a encaro com cautela, porque aquilo parece algum tipo de pegadinha. *Ela ainda quer um jantar de aniversário?* Que surpresa. Mas finjo que nada está errado, só para o caso de ser algo sincero. *Espero que seja sincero.*

— Pensei em lasanha — digo. Lasanha é seu prato preferido.

Clara concorda com a cabeça.

— Perfeito.

Talvez eu precise ir ao mercado agora. A essa altura, faria qualquer coisa pela chance de termos uma conversa sincera e o jantar seria a oportunidade perfeita. Talvez ela tenha percebido isso também. Sem Jenny e Chris, Jonah não virá. Seremos só nós duas. Já está mais do que na hora de falarmos com o coração.

❦

Estou picando tomates para a salada quando a campainha toca. Seco as mãos em um pano de prato e sigo para a porta. Surpreendentemente, Clara chega na frente. Ela escancara a porta, e fico perplexa ao ver Jonah e Elijah.

O que ele veio fazer aqui? Será que ainda acha que continua sendo convidado para o jantar depois do que aconteceu?

Espero Clara bater a porta na sua cara, mas ela não faz isso. Jonah lhe entrega uma caixa, e, apesar de eu estar na ponta dos pés na entrada da cozinha, tentando ver, não faço ideia do que seja o presente.

— Sério? — Ela parece tão animada.

Sinto que estou em uma dimensão paralela.

— Eu tinha um telefone velho em casa — diz Jonah.

— Mas este é o modelo mais novo.

— Eu fiquei com o velho.

Clara o deixa entrar, e volto para a cozinha. Por que ele lhe deu um celular? Será que esse é seu jeito de conquistá-la? *Não é assim que se educa alguém, Jonah.*

— Já coloquei seu chip antigo nele, então deve estar funcionando.

— Obrigada.

É bom ouvir um tom de alegria na voz dela, mas é difícil me sentir aliviada quando Jonah entra na cozinha, às minhas costas.

— Você comprou um celular novo para Clara? — pergunto, sem me virar.

— O dela caiu na aula hoje. Quebrou, então lhe dei um dos meus.

Puxo o ar antes de me virar para encará-lo. Odeio como me sinto perto dele depois da noite passada. Por mais rápido que tenha sido o beijo, é como se não tivesse acabado. Ainda o sinto em meus lábios.

— O que você veio fazer aqui?

— Clara me ligou há uma hora. Disse que ia ter um jantar de aniversário.

Estreito os olhos na direção do quarto da minha filha.

— O que ela está aprontando?

Jonah dá de ombros, ajeitando Elijah nos braços.

— Talvez ela esteja bem com a situação.

— Que situação?

— Com a gente.

— Não está. E *a gente* não existe.

Com isso, me viro e volto para a salada.

Jonah senta à mesa e começa a brincar com Elijah, fazendo caretas. É fofo e terrível. Não consigo parar de olhar de soslaio, porque é maravilhoso ver os dois interagindo. Talvez até mais do que deveria ser, porque sei que Elijah não é seu filho biológico, e, mesmo assim, o amor de Jonah pelo menino é igual. Odeio saber que Elijah é o resultado da traição de Chris e Jenny, mas amo saber que isso não importa para Jonah.

Vê-los juntos está me trazendo muitos pensamentos positivos, então me aproximo e pego o bebê no colo, só para tentar interromper os sentimentos que me atravessam como um foguete. Sento à mesa e viro Elijah para mim. Ele sorri. Seu rosto sempre se anima ao me ver, e meu coração se derrete todas as vezes.

— Você precisa de alguma ajuda? — pergunta Jonah.

— Pode colocar a cobertura no bolo — sugiro.

Qualquer coisa para tirá-lo de perto de mim.

Jonah termina o bolo ao mesmo tempo que a campainha toca. Nós dois trocamos um olhar confuso.

— Vocês estão esperando mais alguém?

Balanço a cabeça, então passo Elijah para ele antes de ir atender. Porém, mais uma vez, Clara vem correndo para a sala, chegando na minha frente. Quando ela abre a porta, fico paralisada.

Miller Adams está parado do outro lado. O garoto parece nervoso, mas não tenho tempo de analisar sua aparência nem de gritar com ele, porque Clara agarra sua mão e o puxa para dentro da casa. Jonah está parado ao meu lado agora. Ela puxa Miller pelo corredor enquanto ele dá um leve aceno para nós.

— Oi, Sr. Sullivan. — Ele engole em seco, e sua voz sai mais baixa ao se endereçar a mim. — Sra. Grant.

Não temos chance de responder nada, porque Clara o leva para fora da sala.

— Não sei o que fazer — sussurro.

— Sobre o quê? — pergunta Jonah.

Eu o encaro, incrédula, mas então me dou conta de que ele não sabe o que Clara fez na noite passada. Levo-o de volta para a cozinha, lhe dando um empurrão no ombro. Ele se vira para me encarar, e tento manter a voz baixa, apesar da minha raiva.

— Eu peguei os dois na cama hoje pela manhã — chio. — Havia camisinhas na mesa. Clara estava praticamente nua. Ele passou a noite inteira no quarto dela!

Jonah arregala os olhos.

— Ah. Eita.

Cruzo os braços e desabo sobre uma das cadeiras.

— Ela está me testando. — Olho para Jonah em busca de conselhos. — Expulso Miller daqui?

Ele dá de ombros.

— É só um jantar. O garoto não vai engravidar Clara na mesa.

— Você é bonzinho demais.

— É aniversário dela. Ela estava chateada, então deve ter convidado Miller só para irritar você. Pelo menos ele está aqui, assim vai ter uma oportunidade de conhecê-lo.

Reviro os olhos e levanto da cadeira.

— O jantar está pronto. Vá chamar os dois antes que ele a engravide.

∞

Que jantar desconfortável. Não apenas porque sei que Miller muito provavelmente tirou a virgindade da minha filha na noite passada, mas porque eu e Jonah quase não nos falamos. Não conversamos sobre o que aconteceu entre nós, e o assunto paira no ar, pesado.

Minha filha só me dá respostas atravessadas quando tento falar com ela, então preferi parar de fazer perguntas, porque a situação estava em um nível vergonhoso. Nem Miller e Clara estão conversando muito, porque ela devora a lasanha como se estivéssemos participando de uma competição para ver quem come mais rápido.

Jonah segura Elijah no colo, alimentando-o enquanto come. É fofo, então me concentro no meu prato para evitar olhar para os dois.

— Como vai o trabalho de cinema? — pergunta Jonah.

Miller dá de ombros.

— Devagar. Ainda não tivemos uma boa ideia, mas vamos chegar lá.

Pois é, porque vocês estão ocupados demais fazendo outras coisas, quero dizer.

Clara aponta com o garfo para o prato de Miller.

— Coma mais rápido.

Vejo a confusão no rosto dele, mas o garoto pega o garfo e come mais um pouco.

Sei exatamente qual é o plano dela. Clara está fazendo média, torcendo para que tudo seja perdoado depois de passar seu jantar de aniversário em família. Acha que, se não criar caso, eu não vou reclamar depois de acabarmos aqui e ela quiser sair com Miller.

Ela não vai sair com ele. De jeito nenhum.

Clara termina a comida e levanta. Leva o prato para a cozinha. E, quando volta, olha para Miller.

— Já acabou?

Ele está no meio de uma garfada quando Clara tira seu prato.

— Ainda temos que comer o bolo — alerto, apontando para o bolo de chocolate de três camadas no meio da mesa.

Clara me encara. Com raiva. Ela tira o garfo de Miller da mão dele sem desviar o olhar e usa-o para tirar um pedaço do meio do bolo, que então enfia na boca.

— Delicioso — diz ela, irônica. Então larga o garfo e pega a mão de Miller. — Pronto?

— Aonde você acha que vai?

— A um jogo — diz Clara.

— Hoje não é dia de jogo.

Ela inclina a cabeça.

— Tem certeza, mãe? Quer dizer, você nem sabia direito que hoje era meu aniversário.

— Eu sabia que era seu aniversário. Só fiquei nervosa por um instante quando vi que seu namorado dormiu na sua cama ontem.

Clara sorri.

— Ah, a gente não *dormiu*.

Às suas costas, Miller murmura:

— Dormimos, sim.

Olho para ele.

— Você pode ir agora. Dê boa-noite a Clara.
Ela olha para Miller.
— Espere. Vou com você.
O garoto olha de mim para Clara, como se estivesse confuso. Eu me sentiria mal por ele se não estivesse tão irritada.
— Miller, acho melhor você ir — pede Jonah.
Clara vira a cabeça, mirando os olhos nele.
— Se Miller vai embora, você também devia ir. Você não mora aqui.
Jonah parece tão cansado do comportamento dela quanto eu.
— Clara, *pare*.
— Não me diga para parar. Você não é meu pai.
— Nem estou tentando ser.
Levantei. Isso já foi longe demais.
Miller vira e vai embora, como se sentisse que uma bomba está prestes a explodir e não quisesse ser atingido pelos estilhaços.
Clara anda de costas até a porta.
— Hoje é meu aniversário. Vou ignorar meu castigo porque foi o *seu* exemplo que me forçou a quebrar as regras ontem. — Ela abre a porta. — Volto cedo.
Faço menção de dar a volta na mesa e correr até lá, mas Jonah segura meu punho.
— Deixa ir.
Olho para a mão fechada em torno do meu braço.
— Você só pode estar de brincadeira.
Jonah levanta, me forçando a olhar para cima, porque ele se agiganta sobre mim.
— Você precisa contar a verdade a ela, Morgan.
— Não.
— Você está perdendo o controle de Clara. Ela odeia você. E culpa você por tudo.

— Ela tem dezesseis anos. Vai superar.
— Clara tem deze*sete*. E se não superar?
Não consigo ter esta conversa agora.
— Ela tem razão. Você também devia ir.
Jonah não reclama. Só pega as coisas de Elijah, e os dois vão embora. Ele nem se despede.

Olho para a mesa — para toda a comida que sobrou e o bolo quase perfeito.

Desabo mais uma vez sobre uma cadeira, pego um garfo e como um pedaço do bolo.

28
Clara

Estou apoiada na picape, ao lado de Miller, quando Jonah sai com Elijah. Eu viro e encaro a rua para não ter que olhar para ele.

Como já foi provado na aula hoje, fico bem mais irritada quando faço contato visual com ele. E, apesar de Jonah ter sido legal o suficiente para não me punir e depois me dar seu telefone, sei que foi só por remorso, porque ele tem noção do que fez. E agora está aqui, participando do nosso jantar de família, como se meu pai nunca tivesse existido.

Eu escuto Jonah prender Elijah na cadeirinha no banco de trás do carro. Então escuto a porta bater. Suspiro baixinho, aliviada por ele estar indo embora, mas então prendo o ar de novo quando percebo que a porta do motorista não foi aberta. Olho para a frente da picape de Miller e vejo Jonah se aproximando. Minha postura se enrijece quando ele para diante de nós.

Ele põe as mãos em meus ombros, se inclina e me dá um beijo no topo da cabeça.

— Você é melhor que isso, Clara. Todos nós somos. — Jonah se afasta. — Feliz aniversário.

Quando ele finalmente sai com o carro, reviro os olhos e me afasto da picape. Então me apoio no peito do meu namorado, querendo sentir apenas o som tranquilo do seu coração batendo contra minha bochecha. Ele pressiona o queixo sobre minha cabeça enquanto me abraça.

— As coisas aqui são sempre desse jeito? — pergunta Miller.

— Ultimamente, sim.

Seu peito sobe e desce, apenas uma vez. Com força.

— Não sei se consigo continuar assim.

Eu me afasto e olho para cima.

— Você não precisa mais vir aqui. Eu entendo.

Miller me encara com um olhar pesaroso.

— Não estou falando do jantar com a sua família.

Eu o encaro por um momento — por tempo suficiente para notar a irritação em seu rosto. Dou um passo para trás. Ele baixa os braços.

— É meu aniversário.

— Eu sei.

— Você vai terminar comigo no meu *aniversário*?

Miller esfrega o rosto com a mão.

— Não. Eu só...

Ele nem consegue terminar o que ia dizer. Provavelmente porque sabe que está sendo um babaca.

Dou outro passo para trás.

— Você transou comigo ontem e agora está me dando um pé na bunda? *Sério?* — Viro e sigo para minha casa. — Acho que me enganei sobre você também.

Escuto Miller correndo atrás de mim. Ele me alcança antes de eu chegar à varanda. Então segura meu rosto com as mãos, mas não é um gesto carinhoso. Também não é violento, mas, pela raiva na sua expressão, é um toque que eu preferia não sentir.

— Você não tem o direito de jogar isso na minha cara, Clara. *Eu* fui usado ontem. *Não* você.

Com isso, ele afasta as mãos e volta para a picape. Quando escuto sua porta abrir, me retraio.

— Desculpe. — Viro para encará-lo. — Desculpe. O que falei foi babaquice, e o que fiz foi pior ainda. — Volto para a picape. — Mas por que está fazendo isso? Pela manhã, no meu carro, parecia que você tinha me perdoado pela noite passada.

Estou apavorada. A expressão de Miller parece incerta enquanto ele dá batidinhas com o punho na armação da porta. Então ele a fecha e me puxa para um abraço frustrado.

— Sei que você e sua mãe estão se estranhando. — Ele me olha, as mãos inclinando meu rosto para o seu. — Mas sinto como se eu estivesse sendo usado como uma arma nas suas brigas. E isso não é justo comigo.

— Eu não sabia que o jantar acabaria daquele jeito.

— A culpa foi sua por acabar daquela maneira. Você não foi a vítima hoje, Clara. Você provocou tudo.

Eu me encolho e me afasto.

— Se você acha que a culpa foi minha, sua memória está péssima. Caso tenha esquecido, eu descobri que minha *mãe* está tendo um *caso* com *Jonah*.

Miller abre a picape e entra. Eu me enfio no espaço entre o carro e a porta para que não consiga fechá-la. Ele joga a cabeça contra o banco.

— Quero ir para casa.

— Vou com você.

Miller gira a cabeça para me encarar.

— Quero ir sozinho.

Não vou implorar. Já implorei o suficiente na noite passada.

— Que pena.

Eu me afasto para ele fechar a porta. Ele liga a picape, mas abre a janela.

— A gente se vê na escola amanhã.

A voz de Miller perdeu a irritação, mas isso não faz eu me sentir melhor. Ele está me deixando sozinha, no meu aniversário. Sei que o jantar foi uma confusão, mas minha *vida* inteira é uma confusão. *Grande novidade.*

Viro de costas e me afasto.

— Clara.

Ele está me confundindo para cacete com toda essa indecisão.

Eu giro e vou até sua janela, batendo os pés.

— Quer saber? Não preciso disso. Não quero um namorado que faça eu me sentir pior quando já estou para baixo. Não quero mais sair com você. *Eu* estou terminando o namoro. — Então me afasto, mas percebo que ainda não disse tudo que queria, e volto para a picape. — Eles desrespeitaram as duas pessoas mais importantes da minha vida. Eles *me* desrespeitaram. E eu devia fingir que está tudo bem? É esse tipo de namorada que você quer? Alguém que simplesmente desiste e sempre deixa as outras pessoas ganharem?

O braço de Miller está pendurado sobre o volante com um ar despreocupado. Sua voz é calma quando ele diz:

— Às vezes, você precisa sair de uma briga para vencê-la.

Fico furiosa quando o escuto repetir essas palavras. Bato o pé.

— Você não pode terminar comigo e depois citar minha tia morta!

— Eu *não* terminei nada. E estou citando *você*.

— Bem, pare com isso. Não cite *ninguém*! Isso é... é feio!

Não sei como, mas parece que Miller está achando graça.

— Vou para casa agora.

— Que bom!

Ele olha para trás e começa a dar ré. Fico parada onde estou, confusa com nossa briga. Nem sei o que acabou de acontecer.

— A gente terminou? Não entendi!

Miller pisa no freio e olha pela janela.

— Não. Só estamos brigando.
— Sei!
De novo, ele parece achar graça enquanto dá ré até a rua. Quero arrancar o sorriso daquela cara, mas a picape se afasta. Quando ele vira a esquina, entro em casa. Minha mãe está parada na sala, encarando o telefone no viva-voz. Chego já no final da mensagem.
— ... *não avisou na diretoria, então só estamos ligando para comunicar que ela vai precisar trazer um bilhete para não ganhar falta nas aulas de hoje à tarde...*
Minha mãe para a mensagem antes do final.
— Você matou aula hoje?
Reviro os olhos ao passar por ela.
— Foram só três tempos. Eu precisava sair de lá. Não conseguia respirar. *Ainda* não consigo.
Bato a porta do quarto, e as lágrimas começam a escorrer pelas minhas bochechas antes mesmo de eu deitar na cama. Pego o celular e ligo para Lexie. Ela atende no primeiro toque, porque sempre posso contar com sua ajuda. Lexie é a única pessoa confiável na minha vida agora.
— Este... — Puxo o ar várias vezes, rápido, tentando engolir as lágrimas. — Este é o pior aniversário do mundo. O *pior*. Você pode... — Puxo o ar de novo. — Vir aqui?
— Estou indo.

29
Morgan

Pego algumas camisas de Chris no armário e tiro-as dos cabides. Jogo-as dentro do saco grande que vou doar para a igreja.

Faz meia hora que Lexie chegou. Cogitei mandá-la de volta para casa, mas prefiro que ela esteja aqui a deixar Clara sozinha. Fiquei aliviada ao abrir a porta e ver Lexie. Do meu quarto, dava para ouvir Clara chorando, e ela se recusa a falar comigo. Ou talvez seja eu que não queira papo.

Acho melhor deixar a conversa para amanhã.

Agora que Lexie chegou, Clara parou de chorar, o que é bom. E, apesar de eu não conseguir entender as palavras, dá para ouvir que conversam. Pelo menos sei que minha filha está em casa e segura, apesar de me odiar.

Tiro mais duas camisas de Chris do armário.

Desde a semana de sua morte, venho lentamente me livrando de suas coisas. Faço isso aos poucos, torcendo para que Clara não perceba. Não quero que ela ache que estou tentando remover todas as memórias dele dessa casa. Chris é seu pai, e meu objetivo não é apagar a existência dele. A ideia é tirá-lo do meu espaço pessoal. Seu travesseiro foi jogado fora na semana passada e sua escova de dente, hoje pela manhã. Agora acabei de me livrar do que restava na sua cômoda.

Enquanto revirava tudo, imaginei que fosse encontrar algum desleixo. Um recibo de hotel, batom na gola de uma camisa. Qualquer indiscrição no caso dos dois. Tirando as cartas trancadas na caixa de ferramentas, não achei nada. Chris sabia manter segredo. Os dois sabiam.

Eu provavelmente devia tirar as cartas da minha cômoda e escondê-las antes de, sem querer, Clara encontrá-las.

Tiro uma caixa com as coisas dele da última prateleira do armário. Depois que engravidei, eu e Chris fomos morar juntos. Não tínhamos muitos pertences, porque éramos adolescentes, mas essa caixa foi uma das poucas coisas que Chris trouxe. Na época, ela abrigava lembrancinhas bobas, como fotos e prêmios que ganhou. Porém, com o passar dos anos, fui acrescentando outras coisas. Penso nela como *nossa* caixa agora.

Sento na cama e olho as fotos soltas de quando Clara era bebê. Fotos minhas e de Chris. Fotos de nós três e Jenny. Inspeciono cada uma, achando que posso encontrar sinais de quando tudo começou. Mas todas exibem apenas um casal feliz.

E acho que fomos mesmo, por um tempo. Não sei bem quando a situação desandou para ele, mas queria que tivesse escolhido qualquer outra mulher no mundo e não Jenny. Seria o mínimo.

Ou, talvez, tenha sido Jenny quem o escolheu.

Pego um envelope da caixa. Está cheio de fotos reveladas de um filme antigo. Jenny não aparece na maioria, porque foi ela quem as tirou, mas há muitas de mim e Chris. Algumas incluem Jonah. Presto atenção nas fotos dele, tentando encontrar alguma em que pareça feliz de verdade, mas não consigo. Ele quase nunca sorria. Até hoje, isso é raro. Não que Jonah fosse triste. Ele parecia feliz na época, mas de um jeito diferente do restante de nós. Jenny se iluminava perto dele, Chris se iluminava perto de mim, mas ninguém fazia Jonah se iluminar. Era como se estivesse preso em uma sombra eterna, projetada por algo que nenhum de nós via.

Passo pelas últimas três fotos, mas algo no que vejo me faz parar. Separo as três, tiradas em sequência, e as analiso. Na primeira, estou no meio, sorrindo para a câmera. Chris sorri para mim. Jonah está do outro lado, lançando um olhar desolado para o amigo.

Na próxima, Chris sorri para a câmera. Eu olho para Jonah, e ele olha para mim, e me lembro desse momento. *Eu me lembro daquele olhar.*

Na última, Jonah saiu da imagem. Ele tinha parado de olhar para mim e ido embora.

Eu me esforcei para esquecer esse dia e os dez minutos antes de a foto ser tirada, e não pensei mais nisso. Não pensei por um bom tempo. Mas as fotografias me forçam a recordar tudo com uma riqueza de detalhes.

Nós estávamos na casa de Jonah, porque ele era o único que tinha piscina. Jenny estava deitada em uma toalha sobre o piso de concreto, tentando se bronzear, no lado mais raso da piscina. Chris saiu da água e entrou na casa, porque estava com fome.

Jonah segurava uma boia a alguns metros de mim, o corpo submerso na água, os braços esticados sobre ela.

A piscina não dava pé para mim, e minhas pernas estavam cansadas, então nadei até ele e agarrei a boia. Ela estava meio murcha porque provavelmente tinha enfrentado verões demais, então não era das mais firmes. Principalmente suportando o peso de duas pessoas. Comecei a escorregar, e Jonah segurou meus braços, enroscando a perna no meu joelho para me prender no lugar.

Acho que nenhum de nós esperava levar um choque com aquele contato, mas percebi que ele sentiu também. Dava para notar pela forma como seus olhos mudaram de formato e escureceram, ao mesmo tempo que estremeci.

Na época, já fazia um tempo que eu estava saindo com Chris, e nunca senti aquele tipo de eletricidade me atravessar. O tipo que não deixa você apenas ofegante, mas também com medo de que vai morrer sufocada se não se afastar. Eu queria escorregar com Jonah para o fundo da piscina e usar sua boca para suprimir meu ar.

O pensamento me assustou. Tentei me afastar, mas Jonah continuou segurando meus braços. Seus olhos imploravam, como se ele soubesse que, no instante em que eu saísse dali, nunca mais nos tocaríamos daquele jeito. Então continuei onde estava. E nos olhamos.

Foi só isso que aconteceu.

Nada foi dito. E, além da forma como ele me segurava pelas pernas por baixo da água para me manter flutuando, eu não diria nem que a gente se tocou de um jeito inapropriado. Se Chris tivesse visto, não veria problema nenhum. Se Jenny tivesse visto, não ficaria irritada.

Mas apenas porque os dois não sentiam o que se passava entre nós. Não ouviam tudo que não era dito em voz alta.

Alguns segundos depois, Chris voltou para a área da piscina e mergulhou. Jonah desenroscou a perna da minha, mas não soltou meus braços. As ondas do mergulho de Chris balançaram a boia, mas nosso olhar não foi quebrado. Nem quando Chris emergiu ao meu lado e jogou água em nós.

Ele me agarrou pela cintura, me puxando para longe da boia. Meus braços começaram a escorregar dos de Jonah, e eu o vi se retrair quando meus dedos deslizaram dos seus e o deixaram sozinho.

Não havia mais o toque entre mim e Jonah. Chris me segurava, pressionando a boca contra a minha, e eu sabia que Jonah observava nosso beijo.

Naquele momento, me senti tão culpada. Mas não por causa do momento que compartilhamos. Por algum motivo, parecia que eu *traía* Jonah. O que não fazia sentido.

Sai da piscina logo depois. Em segundos, Jenny sacava a câmera, pedindo que a gente posasse para uma foto. Lembro que, depois da primeira, olhei para Jonah. Ele me encarava de um jeito que parecia rachar meu peito. Não entendi a sensação na época. Achei que fosse apenas atração. Um garoto querendo beijar uma garota. Porém, assim que Jenny bateu a segunda foto, Jonah saiu irritado, entrando na casa.

Suas ações me confundiam, e eu queria lhe perguntar sobre o que tinha acontecido, mas nunca fiz isso. Algumas semanas depois, descobri que estava grávida.

E então Jonah Sullivan foi embora.

Encaro a fotografia. A que Jonah olha para mim. Finalmente entendo sua expressão. Não é atração nem desdém.

É angústia.

Devolvo as fotos para a caixa e coloco a tampa no lugar. Eu a encaro, me perguntando o que teria acontecido se ele não tivesse ido embora.

Se Jonah tivesse ficado, será que acabaríamos como Jenny e Chris? Não quero pensar que faríamos isso. Que nos encontraríamos escondido, traindo as pessoas que mais amávamos.

Fiquei com tanta raiva dele por ir embora, mas agora entendo. Era necessário. Jonah sabia que, se ficasse, outras pessoas acabariam magoadas.

Desde sua volta, eu o evitei porque acreditei que meus sentimentos por ele deviam ter ficado no passado. Aquilo era para ser uma paixonite adolescente que acabou depois que fui morar com Chris.

Menti para mim mesma, fazendo de tudo para me convencer de que a única coisa que Jonah despertava em mim era raiva.

Mas sou uma péssima mentirosa. Sempre fui.

Bato de leve à porta da frente. Se Elijah estiver dormindo, não quero acordá-lo.

Dou um passo para trás, me abraçando. Uma brisa leve sopra ao meu redor, mas não sei se os calafrios nos meus braços são causados pelo vento ou por ver Jonah abrir a porta. Ele usa uma calça jeans azul e só. Seu cabelo está molhado e bagunçado. Seus olhos me puxam, como sempre. Porém, dessa vez, não me forço a desviar o olhar.

— Sim — digo.

Ele olha para mim, perplexo.

— Eu fiz uma pergunta?

Assinto.

— Você me perguntou se eu teria largado Chris se não tivesse engravidado. Minha resposta é sim.

Jonah me encara, intenso, e então é como se a parede invisível que sempre o protegeu de mim de repente desaparecesse. Ele se torna uma pessoa completamente diferente. Seus traços ficam mais suaves, os ombros relaxam, os lábios se afastam, o peito sobe e desce, soltando o ar devagar.

— Foi só por isso que você veio aqui?

Faço que não com a cabeça e dou um passo para a frente. Meu coração bate tão rápido que quero virar e correr, mas sei que o único antídoto para a agonia que sinto é Jonah. Quero saber como é a sensação de estar nos seus braços. De estar *com* ele. Esse tempo todo, nunca me permiti imaginar. Agora, quero sentir.

Minhas mãos pendem ao lado do corpo agora. Jonah ergue um dedo, enroscando-o em um dos meus. Um choque elétrico cria um redemoinho no meu peito, e então um calafrio desce pelo meu braço. Os de Jonah estão arrepiados também. O arrepio passa por seu peito e seu pescoço. Deslizo minha mão inteira para dentro da sua, e ele a aperta.

— Posso me arrepender amanhã — aviso.

Jonah dá um passo para a frente, levando a mão livre para minha nuca, me puxando até sua boca. Antes de nossos lábios se encontrarem, seu olhar analisa meu rosto.

— Mas não vai.

Ele me puxa para dentro e fecha a porta. Então me encosta contra a madeira, e sinto como se eu estivesse sendo engolida pelo fogo quando sua boca finalmente toca a minha. É tudo que sempre me recusei a sentir. Nosso beijo na noite passada foi inacreditável, mas este o faz parecer uma mera amostra do que estava por vir.

Jonah pressiona o corpo todo contra o meu, e parece que uma vida inteira de angústia é acalmada com cada toque de seus dedos em minha pele. Com cada movimento da sua língua, com cada som que escapa de nossa garganta. Nós vamos parar no sofá, ele por cima de mim, minhas mãos acariciando suas costas, sentindo os músculos enrijecerem e se mexerem sob minhas palmas.

É como se estivéssemos compensando todos os anos que não nos sentimos assim. Passamos dez minutos nos beijando feito adolescentes. Explorando um ao outro, provando um ao outro, se esfregando um no outro.

Depois de um tempo, preciso virar o rosto para me afastar, só para recuperar o fôlego. Estou tonta. Jonah pressiona a testa contra minha bochecha e puxa todo ar que acabei de roubar.

— Obrigado — sussurra ele, ofegante. Então fecha os olhos e leva a boca à minha orelha. Sua respiração é quente, soprando meu pescoço. — Eu precisava saber que não era maluco. Que as coisas que sentia não estavam apenas na minha cabeça.

Puxo sua boca de volta para a minha. O beijo agora é devagar; depois, ele baixa a cabeça até meu pescoço de novo e suspira.

— Aquele dia na piscina — sussurro. — Você lembra?

Uma risada baixinha bate contra minha pele.

— Estou procurando por aquela sensação desde que Chris afastou você de mim.

Quero dizer *"eu também"*, mas estaria mentindo. Eu não procurei de forma alguma por aquela sensação. Passei todos os anos do meu casamento tentando *esquecê-la* — tentando fingir que conexões assim não existiam de verdade. Sempre que eu me pegava pensando naquele dia, colocava a culpa em outras coisas. No calor. No sol. No cloro da piscina. No álcool que pegávamos escondido da despensa de Jonah.

Ele se afasta e pega minha mão, me ajudando a levantar. Então, em silêncio, me guia para o quarto. Estamos nos beijando enquanto Jonah me conduz até a cama, e adoro sua falta de pressa. Ele não tira nem uma peça de roupa minha. Apenas me beija em todas as posições. Com ele por cima, comigo por cima, com nós dois de lado. A gente fica se agarrando, e me sinto do jeito que torci para me sentir.

Jonah se inclina sobre mim, descendo a boca por meu pescoço. Sua respiração é quente contra a base da minha garganta quando ele diz:

— Estou com medo.

Essas palavras me causam um calafrio. Ele para de me beijar e pressiona a bochecha contra meu peito.

Passo os dedos por seu cabelo.

— De quê?

— Da sua necessidade de proteger Clara. — Jonah me olha. — Da minha necessidade de ser sincero com Elijah. Nós não pensamos igual, Morgan. Passei tempo demais esperando para a gente acabar ficando junto só por uma noite, mas não tenho certeza de que você quer a mesma coisa que eu.

Jonah se empurra para cima no colchão, deslizando a mão por baixo da minha blusa, pressionando a palma contra minha barriga. Eu olho para cima, e juro que o teto parece estar pulsando no ritmo das batidas do meu coração.

— Não sei o que quero. — Nossos olhares se encontram, e eu sei, *sim*, o que quero. Estou mentindo. Sei *exatamente* o que quero. Só não sei se é possível. — Ela nunca vai entender. E o que a gente diria a Elijah?

— Nós contaríamos a verdade. Você acha mesmo que é melhor para Clara acreditar que *nós* somos os vilões da história?

— Você viu como ela ficou arrasada por causa de um beijo. Imagina se descobrisse sobre Elijah, sobre o que Jenny e Chris fizeram... Seria imperdoável.

Vejo um vislumbre de compreensão no seu rosto, mas Jonah balança a cabeça.

— Então... — Ele deita de costas. — Chris e Jenny podem ter um caso. Podem mentir para mim sobre ser pai de uma criança. Podem ser ídolos eternos para Clara. E, enquanto isso, nós dois precisamos ficar de boca calada, vivendo separados e arrasados, por causa de algo que a gente não fez?

— Sei que não é justo. — Eu me apoio no cotovelo e o encaro. Toco seu maxilar tenso e o forço a encontrar meu olhar sério. — Chris foi um marido de merda. Foi um amigo de merda para você. Mas era um ótimo pai. — Aliso os lábios dele, implorando com olhos lacrimosos. — Se ela descobrir que Elijah não é seu, vai ficar arrasada. *Por favor*, não conte a ele. Seu filho não conhece outro pai além de você. Não seria o mesmo que Clara descobrir sobre Chris. Se for para proteger minha filha desse sofrimento, vou levar o segredo para o túmulo.

Jonah vira a cabeça, se afastando do meu toque. A rejeição dói.

— Não penso como você. Não quero mentir para Elijah.

Deito na cama. Mais lágrimas surgem. Eu não devia ter vindo aqui. Foi uma péssima ideia. Passei tanto tempo ignorando e mantendo enterrado esse desejo terrível por Jonah. O que seriam mais cinquenta anos?

— A gente precisa resolver isso. Chegar a um consenso — diz ele. — Quero ficar com você.

— Por isso estou aqui. Para ficarmos juntos.

— Eu não te quero apenas assim.

Fecho os olhos com força por um instante, pensando no que isso significaria. Apesar da infidelidade de Chris, me sinto culpada por estar aqui, na cama de Jonah. Foi tão gostoso beijá-lo enquanto eu não pensava no que estava fazendo. Foi a melhor sensação que tive em muito, muito tempo. Mas, agora que ele me obriga a encarar os rumos que vamos tomar, me sinto arrasada de novo.

Olho nos seus olhos.

— Você diz que está disposto a acabar com todas as lembranças boas que minha filha tem do pai. Mas, na mesma conversa, fala que me quer de outro jeito? Que eu me apaixone por você?

— Não — responde Jonah. — Não estou pedindo para que se apaixone por mim, Morgan. Você já me ama. Só quero que me dê uma chance.

— Eu *não* te amo.

Giro para o outro lado da cama, para longe dele. *Preciso ir embora.*

Começo a me levantar, mas Jonah pega meu braço e me puxa para a cama, de costas.

Pressiono seu peito para afastá-lo, mas ele está em cima de mim agora, me encarando com um olhar familiar. Instantaneamente fico imóvel. Aquele olhar faz com que eu perca as forças. É igual ao da foto. Cheio de angústia.

Ou talvez Jonah fique assim pelo fato de amar tanto uma pessoa a ponto de doer.

De repente, não sinto mais a necessidade urgente de ir embora. Relaxo embaixo dele, nele, ao seu redor. Puxo o ar quando ele baixa a boca até minha mandíbula, arrastando os lábios lentamente até minha orelha.

— Você me ama.

Balanço a cabeça.

— Não amo. Não é por isso que estou aqui.

Jonah me beija um pouco abaixo da orelha.

— Ama, sim — enfatiza ele. — Só consegue esconder bem, mas me dizia isso em todas as conversas silenciosas que já tivemos.

— Conversas silenciosas não existem.

Jonah me olha nos olhos de um jeito que nenhum outro homem já fez. Então, baixa a cabeça e apoia a boca na minha.

— Está tudo bem, não precisa dizer em voz alta. Eu te amo também.

Quando seus lábios se fecham sobre os meus, há uma intensidade no beijo que faz com que eu me perca.

A noção de que sou a primeira escolha de Jonah — talvez até sua *única* escolha — torna todos os seus olhares, toques e todas as palavras capazes de me afetar em um nível que Chris jamais conseguiu. Um nível que sinto tão fundo na minha alma que desejo mais do que toda satisfação que o beijo causa.

Quando ele se posiciona entre minhas pernas, solto um gemido em sua boca e o puxo para mais perto.

Esqueço tudo. Os únicos pensamentos que tenho se limitam a esse momento. Como suas mãos são grossas ao tirar minha blusa. Como seus lábios parecem macios ao encontrar meus seios. Como seus movimentos se tornam suaves ao tirar o jeans. Como nossos gemidos estão sincronizados quando nossa pele finalmente se toca. Como seus olhos são intensos ao me penetrar.

É uma completude que nunca senti antes.

Parece que Jonah sabe exatamente onde me tocar, a intensidade da suavidade, da firmeza, e onde quero seus lábios. É como se ele fosse um professor do meu corpo, e me sinto como uma aluna inexperiente, tocando-o com cuidado, sem saber se meus dedos ou lábios são capazes de retribuir um décimo do que ele me proporciona.

Pressiono a boca contra seu ombro e sussurro:

— Eu nunca estive com ninguém além de Chris.

Jonah está enterrado em mim quando para de repente e se afasta. Nossos olhos se encontram, e ele sorri.

— Eu nunca *quis* estar com ninguém além de você.

Então me beija com carinho, e é assim que se mantém — me beijando, entrando e saindo de mim devagar, até eu não aguentar mais me controlar. Puxo-o para perto para enterrar o rosto contra seu pescoço quando acontece.

Termino primeiro, um momento explosivo de emoções, prazer e anos de supressão finalmente vindos à tona. Meu corpo treme, minhas unhas descem arranhando suas costas quando ele geme contra minha bochecha, estremecendo sobre mim.

Calculo que seja o fim, com ele recuperando o fôlego e, então, girando para fora de mim com um suspiro. Nos últimos dezessete anos de sexo com Chris, era assim que sempre terminava.

Mas Jonah não é Chris, e preciso parar de comparar os dois. *É injusto com Chris.*

Ele segura meu rosto com delicadeza enquanto continuamos a nos beijar. Sinto o que houve entre nós ainda não acabou. Agora que conheci esse lado de Jonah, não sei como vou conseguir viver sem ele.

Isso me assusta, mas estou satisfeita demais para interromper sua boca que se move sobre a minha, passando pela garganta, finalmente parando no meu peito, quando calmamente ele apoia a cabeça. Passamos os próximos minutos esperando a eletricidade entre nós diminuir.

Jonah passa a mão pela minha barriga e começa a alisar preguiçosamente minha pele.

— Eu topo.

Sinto minha respiração falhar.

Ele se apoia em um cotovelo, pairando sobre mim.

— Não vou contar a Elijah. Se você prometer que não colocará um ponto final em nós e que dirá a Clara que quer ficar comigo, não vou contar. — Jonah afasta meu cabelo e me encara com um olhar cheio de sinceridade. — Você tem razão. Clara merece todas as boas lembranças que tem de Chris. Não quero tirar isso dela.

Sinto uma lágrima escorrer até meu cabelo enquanto olho para ele.

— Você também tem razão — sussurro. — Eu te amo *mesmo*.

Jonah sorri.

— Eu sei. É por isso que estamos pelados.

Solto uma gargalhada. Jonah me puxa para cima dele, e, ao encará-lo, percebo que nunca senti como se eu pertencesse a uma pessoa mais do que pertenço a Jonah Sullivan.

30
Clara

Lexie coloca os pés sobre a mesinha de centro, quase derrubando uma das garrafas de vinho.

— Deixa eu ver se eu entendi: Sua mãe está dormindo com o tio-professor?

Solto um soluço. Então assinto.

— Com o noivo da irmã morta dela?

Concordo de novo.

— Eita. — Lexie se inclina e pega mais vinho. — Não estou bêbada o suficiente para isso.

Então toma um gole direto do gargalo. Pego a garrafa, não porque acho que ela esteja exagerando, mas porque desconfio que eu também não esteja bêbada o suficiente. Tomo um gole e prendo a garrafa entre as pernas, segurando o gargalo.

— Há quanto tempo isso está rolando? — pergunta Lexie.

Dou de ombros.

— Impossível saber. Ela está lá agora. A gente tem aquele aplicativo, e ele mostra que ela está. Lá. Com ele.

— Desgraçados — diz Lexie. Depois que o insulto sai de sua boca, ela parece se animar de repente, pulando no sofá. Então perde o equilíbrio, mas se segura antes de cair. — E se a sua mãe e Jonah *causaram* o acidente para ficar juntos?

— Que ideia ridícula.

— Estou falando sério, Clara! Você não assiste a esses programas sobre assassinatos?

Gesticulo para a televisão.

— Não temos mais tevê a cabo.

Ela começa a andar pela sala, um pouco cambaleante, mas sem cair.

— E se foi tudo um plano? Quero dizer, pense um pouco. Seu pai e Jenny estavam juntos no acidente. *Por que* estavam juntos?

— O pneu do meu pai furou. Os dois trabalhavam no mesmo lugar. Jenny lhe deu carona.

Os dois morreram por causa das mensagens que mandei, mas guardo essa parte para mim.

Lexie estreita os olhos e estala os dedos, como se tivesse acabado de resolver o caso.

— Pneus furados podem ser forjados.

Reviro os olhos, pego meu garfo e tiro outro pedaço do bolo sobre a mesa de centro. É o bolo de aniversário mais triste que já tive. Nem um pedaço foi cortado. Há apenas buracos enormes no centro e nas laterais. Falo de boca cheia:

— Minha mãe é uma pessoa horrível. Mas não é uma assassina.

Lexie ergue a sobrancelha.

— E o tio-professor? Faz pouco tempo que ele apareceu. A gente sabe onde ele estava antes? O homem pode ter deixado um rastro de corpos para trás.

— Você assiste à televisão demais.

Ela se aproxima, batendo os pés, e se inclina para a frente, aproximando seu rosto do meu.

— Assisto a programas com casos *reais*! Crimes que foram cometidos de verdade! Essas coisas acontecem, Clara. Com mais frequência do que você pode imaginar.

Enfio uma garfada de bolo na boca de Lexie, para fazê-la ficar quieta.

Mas foi um desperdício, porque, assim que a porta se abre, emudecemos diante da chegada repentina da minha mãe.

Devagar, Lexie começa a se abaixar até a mesinha de centro.

— Oi, Morgan — diz ela, fazendo o máximo possível para parecer sóbria.

Poderia ter funcionado se Lexie não estivesse levantando as pernas e esticando as costas em um movimento estranho diante da mesinha, ao tentar esconder as garrafas de vinho. Seu corpo inteiro está duro e contorcido. Fico grata pelo esforço, mas Lexie superestima a burrice da minha mãe.

Ela fecha a porta e nos encara com um olhar decepcionado. E nota as garrafas sobre a mesa, apesar da tentativa de Lexie de entrar na frente para esconder. Minha amiga não percebeu que também estou com uma garrafa no colo. Não dá para escondê-la agora.

Os olhos de minha mãe se focam em mim.

— *Sério*, Clara?

Sua voz é inexpressiva. Nem um pouco surpresa. Como se nada que eu fizesse fosse surpreendê-la a essa altura.

— Eu já estava indo para casa — diz Lexie, se afastando da mesa.

Ela começa a seguir para a porta, mas minha mãe estica a mão.

— Passe suas chaves.

Lexie gira a cabeça, gemendo. Então tira as chaves do bolso e as entrega.

— Isso significa que posso dormir aqui?

— Não. Chame sua mãe para vir te buscar. — Ela me encara. — Limpe essa bagunça. — E leva as chaves de Lexie para a cozinha.

Minha amiga pega o celular.

— Sério? Você vai me *deixar* aqui? Ela pode ser uma assassina — sussurro.

Não acho que isso seja verdade, mas realmente não quero ficar sozinha com minha mãe assim. Não tenho medo quando ela fica com raiva. Mas, agora, só parece irritada. E isso me assusta. É um comportamento inesperado, o que significa que não sei o que me aguarda.

— O Uber vai chegar em dois minutos — informa Lexie, guardando o celular no bolso. Ela se aproxima e me abraça. — Desculpe, mas não quero ficar para ver o que vai acontecer. Ligue para mim se ela assassinar você, está bem?

— Está bem — respondo, fazendo beicinho.

Lexie vai embora, e olho para a mesinha, pego uma garrafa e começo a beber. Estou no último gole quando ela é arrancada de minhas mãos.

Olho para minha mãe, e talvez seja o efeito do álcool. *Deve* ser o álcool. Mas eu a odeio tanto que nem sei se ficaria triste caso ela morresse. Sempre que a encaro, me pergunto sobre o caso dos dois. Teria começado antes de sua irmã engravidar? Ela já estaria dormindo com Jonah enquanto ele acompanhava tia Jenny nas ultrassonografias?

Sempre pensei que minha mãe fosse uma péssima mentirosa, mas ela é melhor que todo mundo. Até de mim, que sou a atriz da família.

— Então — digo com um tom muito despreocupado. — Há quanto tempo você está trepando com Jonah?

Minha mãe é obrigada a respirar fundo para se acalmar. Seus lábios se apertam de raiva. Não sei se já tive medo de levar uma bofetada antes, mas dou um passo para trás, porque ela parece irritada o suficiente para me acertar.

— Cansei desse comportamento, Clara. — Ela pega a outra garrafa de vinho e os copos vermelhos de plástico que eu e Lexie usamos no início. Quando se empertiga, me olha nos olhos. — Eu *nunca* teria feito uma coisa dessas com Jenny. *Nem* com seu pai. Não me ofenda assim.

Quero acreditar nisso. Eu *meio* que acredito, mas estou bêbada, então minha capacidade de julgar as coisas foi afetada. Ela vai para a cozinha, e vou atrás.

— Era lá que você estava?

Minha mãe me ignora enquanto começa a jogar o pouco que resta do vinho pelo ralo.

— O que você estava fazendo na... — Estalo os dedos, tentando pensar na palavra que usamos para o lugar onde as pessoas moram. Palavras são difíceis agora. — Casa de Jonah! — digo, finalmente. — Por que você estava na casa dele agora?

— A gente precisava conversar.

— Vocês não conversaram. Vocês transaram. Eu sei. Sou especialista nisso agora.

Minha mãe não nega a acusação. Em vez disso, joga as garrafas vazias no lixo, depois encontra a última que sobrou na cozinha e tira sua rolha antes de jogar o líquido na pia.

Estico os braços para ela, batendo palmas.

— Pensando no futuro, saquei. Bom trabalho. *Boa* mãe.

— Bem, não posso confiar e deixar muita coisa por perto, com você nesta situação. Então, não tenho opção.

Quando a garrafa seca, ela a joga no lixo e volta para a sala. Então pega meu celular na mesa. Eu a sigo pelo corredor, apesar de ficar batendo com o ombro na parede. Palavras são difíceis, e andar é mais difícil ainda. Depois de um tempo, me apoio na parede para me equilibrar até chegar ao quarto. Minha mãe está lá dentro, pegando coisas.

Minha televisão.

Meu iPad.

Meus livros.

— Você vai me deixar de castigo dos *livros*?

— Livros são um privilégio. Você pode se esforçar para recuperá-los.

Ah, meu Deus. Ela está tirando tudo que me traz alguma gota de felicidade. Vou batendo os pés até o canto onde, pela manhã, joguei minha almofada favorita. Ela tem lantejoulas roxas e pretas, e gosto de usá-la para fazer desenhos com os dedos. Às vezes, desenho palavrões. É divertido.

— Aqui — digo, entregando-a. — Esta almofada me traz muita alegria também. É melhor levá-la.

Minha mãe a arranca da minha mão, e então procuro outras coisas. É como se estivéssemos em um episódio de Marie Kondo ao contrário. *Traz alegria? Jogue fora!*

Meus fones de ouvido estão na mesa de cabeceira, então os pego.

— Gosto desses. Não dá mais para usar, porque você pegou meu celular e meu iPad, mas talvez eu queira colocar nas orelhas, então leve os fones também! — Arremesso-os no corredor, onde ela coloca todas as minhas coisas. Tiro a coberta da cama. — Meu edredom me esquenta. Ele é gostoso e ainda cheira a Miller. Acho melhor eu me esforçar para recuperá-lo também.

Jogo-o no corredor atrás dela, em cima das minhas outras coisas.

Ela para na porta do quarto, me olhando. Vou até o closet e encontro meus sapatos favoritos. São botas, na verdade.

— Você me deu de Natal e, como aqui no Texas mal tem inverno, nunca uso. Mas adoro quando *consigo* usar, então é melhor levar antes que o inverno chegue!

Jogo-as no corredor, uma de cada vez.

— Pare de zombar, Clara.

Escuto meu telefone apitar. Minha mãe o tira do bolso, lê a mensagem, revira os olhos e o guarda de novo.

— Quem era?

— Não interessa.

— O que a mensagem dizia?

— Você saberia se não tivesse enchido a cara.

Argh. Volto para o closet e tiro uma das minhas blusas favoritas do cabide. Depois outra.

— Melhor levar essas blusas. Leve *todas* as minhas roupas, na verdade. Não preciso delas. Não posso sair de casa. E mesmo que pudesse, não tenho para onde ir, porque meu namorado terminou comigo no meu aniversário. Provavelmente porque minha mãe é maluca!

Jogo um monte de roupas no chão do corredor.

— Pare de ser dramática. Ele não terminou com você. Vá dormir, Clara.

Minha mãe fecha a porta do quarto.

Eu a abro.

— A gente terminou, *sim*! Como você saberia se a gente terminou ou não?

— Porque — explica ela, se virando para mim com uma expressão entediada — a mensagem era dele. Ela dizia *"Espero que você durma bem. Conversamos na escola amanhã."* Pessoas que terminaram não mandam mensagens assim. Nem emojis de coração.

Ela começa a se afastar pelo corredor, então vou atrás, porque preciso saber mais.

— Ele colocou um emoji de coração?

Minha mãe não responde. Só continua andando.

— De que cor era?

Ela me ignora.

— *Mãe!* Era vermelho? Era um coração vermelho?

Estamos na cozinha agora. Eu me apoio na bancada porque sinto algo girando dentro da minha cabeça. Uma onda. Agarro a bancada para me equilibrar, então arroto. Cubro a boca.

Minha mãe balança a cabeça, os olhos cheios de decepção.

— É como se você tivesse feito uma lista de formas de se rebelar e estivesse cumprindo uma de cada vez.

— Não tenho uma lista. Mas, se tivesse, você provavelmente a tiraria de mim também, porque gosto de listas. Listas me deixam feliz.

Minha mãe suspira, cruzando os braços sobre o peito.

— Clara — diz ela com uma voz gentil. — Querida. Como acha que seu pai se sentiria se visse você agora?

— Se meu pai estivesse vivo, eu não estaria bêbada — admito. — Eu o respeitava demais para fazer uma coisa dessas.

— Você não precisa parar de respeitá-lo só porque ele morreu.

— É, pois é. Nem *você*, mãe.

31
Morgan

O comentário de Clara me magoou.

Sei que ela bebeu uma garrafa inteira de vinho sozinha. As duas garrafas estavam completamente vazias. Mas, às vezes, o álcool torna as pessoas mais sinceras do que o normal, o que significa que ela acha mesmo que estou desrespeitando seu pai.

E me sinto mortificada ao saber que minha filha acha que eu sou a errada da história.

Espero que passe. Sua raiva, sua rebelião, seu ódio de mim. Sei que ela nunca vai superar isso por completo, mas torço que, nos próximos dias, consiga encontrar uma forma de me perdoar. Tenho certeza de que isso vai acontecer quando a gente sentar para conversar, mas Clara ainda luta contra a ideia de eu e Jonah estarmos nos relacionando. Para ser sincera, *eu* também ainda luto.

Abro a porta mais uma vez para dar uma olhada antes de ir para o meu quarto. Clara está apagada. Sem dúvida, vai acordar com uma ressaca homérica, mas, por enquanto, parece tranquila.

Na verdade, estou meio que torcendo para que tenha uma ressaca. Talvez uma primeira experiência terrível com bebedeira seja a melhor forma de garantir que sua filha nunca mais beba, certo?

Escuto meu celular tocar, então deixo a porta de Clara entreaberta e vou para o quarto. De todas as vezes que Jonah me ligou, esta é a primeira que me sinto empolgada para ouvir sua voz. Sentada, me recosto na cabeceira e atendo.

— Oi.

— Oi — retribui ele.

Consigo ouvir um sorriso em sua voz.

Ficamos em silêncio por um instante, e percebo que ele só ligou para bater papo. Isso nunca aconteceu antes. É animador se sentir desejada.

Deslizo na cama para deitar.

— O que você está fazendo?

— Olhando para Elijah — responde Jonah. — É estranho como fico fascinado só de ver um bebê dormir.

— É sempre assim. Eu estava admirando Clara dormir quando você ligou.

— Que bom. Então as coisas melhoraram quando você voltou?

Eu rio.

— Ah, Jonah. — Pressiono a testa com a mão. — Ela está bêbada. Detonou duas garrafas e meia de vinho com Lexie enquanto eu estava aí.

— Não.

— Sim. Ela vai se arrepender amanhã.

Ele suspira.

— Eu queria poder dar algum conselho, mas não sei o que dizer.

— Pois é. Vou ligar para uma terapeuta de família. Eu já devia ter feito isso, mas antes tarde do que nunca.

— Clara vai à aula amanhã?

— Não sei se ela vai conseguir sair da cama.

Jonah ri, mas é uma risada compreensiva.

— Espero que os anos passem bem devagar antes de Elijah chegar a essa idade.

— Isso não vai acontecer. O tempo vai passar em um piscar de olhos.

Ficamos em silêncio por um tempo. Gosto de ouvir a respiração dele. Queria estar lá agora. Eu me cubro e viro de lado, apoiando o telefone na orelha.

— Quer saber uma das lembranças favoritas que tenho de você? — pergunta Jonah.

Sorrio.

— Que divertido.

— Foi na minha festa de formatura do último ano Você estava no segundo. Lembra?

— Sim. Você foi com Tiffany Proctor. Passei a festa inteira me esforçando para não olhar enquanto vocês dançavam. Agora posso admitir que estava morrendo de ciúmes.

— Então éramos dois — diz Jonah. — Chris estava animado com a festa, porque finalmente tinha reservado um quarto de hotel para vocês. Passei a noite toda tentando não pensar nisso. Quando chegou a hora de ir embora, ele estava bêbado.

— *Tão* bêbado — digo, rindo.

— Sim, e eu tive que dar carona para vocês. Deixei Tiffany primeiro, e ela ficou fula da vida. Quando chegamos ao hotel, a gente praticamente teve que arrastar Chris pelas escadas. E quando o colocamos no quarto, ele desmaiou bem no meio da cama.

Eu lembro de tudo isso, mas não sei por que essa é a lembrança favorita que Jonah tem de mim. Antes de conseguir perguntar o que aconteceu de tão especial naquele dia, ele continua a história:

— Você estava com fome, então pedimos pizza. Sentamos um em cada lado de Chris. Assistimos a um filme, *A bruxa de Blair*, até a pizza chegar, mas a gente queria deixar a caixa onde nós dois pudéssemos alcançar.

Sorrio ao lembrar.

— Usamos Chris como mesa.

— Botamos a pizza bem nas costas dele. — Escuto o humor na voz de Jonah. — Não sei por que me diverti tanto naquela noite. Quer dizer... era minha festa de formatura, e nem beijei ninguém. Mas passei a noite inteira com você, apesar de Chris estar desmaiado no meio de nós.

— Foi uma noite divertida. — Continuo sorrindo, tentando pensar em uma das lembranças favoritas que tenho de Jonah. — Ah, meu Deus. Você se lembra da noite em que a polícia parou a gente?

— Qual? A gente sempre era parado.

— Não lembro onde estávamos indo, ou se estávamos voltando, mas era tarde, na estrada vazia. Seu carro era uma merda, então Chris quis saber qual era a velocidade máxima que conseguia alcançar. Você estava a cento e quarenta quando a polícia apareceu. O policial foi até sua janela e perguntou: *"Você sabe qual era sua velocidade?"* Você respondeu: *"Sim, senhor. Cento e quarenta."* E o policial disse: *"Existe algum motivo para estar dirigindo quarenta quilômetros acima do limite?"* Você pensou um pouco e respondeu: *"Não gosto de desperdícios."* O policial ficou te encarando, e você apontou para o painel. *"Eu tenho esse velocímetro inteiro e, na maioria das vezes, não uso nem a metade."*

Jonah ri. Muito.

— Não acredito que você se lembre disso.

— Seria impossível esquecer. O cara ficou tão irritado que obrigou você a sair do carro para ser revistado.

— Tive que prestar serviços comunitários por causa daquilo. Passei três meses tirando lixo da estrada todo domingo.

— É, mas você ficava uma graça com seu colete amarelo.

— Você e Chris achavam hilário passar por lá e jogar latas de refrigerante vazias em mim.

— Foi ideia dele — digo, me defendendo.

— Duvido muito — respondeu Jonah.

Suspiro, pensando em todos os bons momentos. Não só com Jonah, mas com Chris também. E Jenny. Tantos momentos com Jenny.

— Sinto falta deles — sussurro.

— É. Eu também.

— Sinto falta de você — digo, baixinho.

— Também sinto sua falta.

Nós dois nos perdemos nessa sensação por um instante, e então escuto Elijah choramingar. Não dura muito. De algum jeito, Jonah deve ter feito o bebê voltar a dormir.

— Você acha que algum dia vai fazer um teste de paternidade? — pergunto.

Sei que Elijah é a cara de Chris, mas pode ser só coincidência. Ando curiosa para saber se Jonah quer alguma prova.

— Cogitei essa hipótese. Mas, sinceramente, seria jogar cem pratas no lixo. Ele é meu, nada vai mudar isso.

Meu coração parece dar cambalhotas no peito depois desse comentário.

— Meu Deus, eu amo você, Jonah.

Minhas palavras me chocam. Sei que já tínhamos dito isso antes, mas eu não pretendia repetir em voz alta agora. Simplesmente me senti assim, e escapou.

Jonah suspira.

— Você não sabe como é bom ouvir você falar assim.

— Foi bom falar. Finalmente. Eu amo você — sussurro de novo.

— Você pode repetir isso mais umas quinze vezes antes de eu desligar?

— Não, só mais uma. Estou apaixonada por você, Jonah Sullivan.

Ele geme.

— Que tortura. Queria que você estivesse aqui.

— Eu também queria estar aí.

Elijah começa a chorar de novo. Dessa vez, não para.

— Preciso preparar a mamadeira.

— Tudo bem. Dê um beijo nele por mim.

— A gente se vê amanhã?

— Não sei — admito. — Vamos ver o que acontece.

— Tudo bem. Boa noite, Morgan.

— Boa noite.

Quando desligamos, fico surpresa com o peso que sinto no peito. Passei tanto tempo lutando contra esses sentimentos, porém, agora que me abri, quero estar perto de Jonah. Quero estar em seus braços, na sua cama. Quero dormir ao seu lado.

Repasso mentalmente toda a nossa conversa enquanto tento dormir.

Mas um barulho me assusta. O som veio do quarto de Clara. Pulo da cama e atravesso o corredor correndo. Ela não está deitada, então abro a porta do banheiro. E a encontro ajoelhada, agarrando a privada.

Lá vamos nós.

Tiro uma toalha de mão do armário, molho-a e então ajoelho ao lado da minha filha. Seguro seu cabelo enquanto ela vomita.

Detesto que Clara tenha que passar por isso, mas também adoro. Quero que seja doloroso e que ela se lembre de cada segundo terrível da ressaca.

Alguns minutos depois, ela desaba sobre mim e diz:

— Acho que acabou.

Quero rir, porque sei que não acabou. Eu a ajudo a voltar para a cama, porque ainda está muito bêbada. Quando ela deita, noto que está se cobrindo só com um lençol. Vou até o quarto de hóspedes em que coloquei tudo que confisquei. Pego seu edredom, a almofada de lantejoulas e uma lixeira, e levo tudo de volta.

Enquanto a cubro, Clara murmura:

— Acho que tem vômito no meu nariz.

Eu rio e lhe entrego um lenço de papel. Ela assopra o nariz e joga o lenço na lixeira. Estou acariciando seu cabelo quando ela diz, com os olhos fechados:

— Nunca mais quero beber. — As palavras saem arrastadas. — Também detestei a maconha. Fedia tanto. Nunca mais quero vômito nas minhas narinas. É horrível.

— Que bom que você detestou — digo.

— Também detestei fazer sexo. Não quero fazer de novo por muito, muito tempo. A gente nem estava pronto. Ele tentou me convencer a mudar de ideia, mas não escutei.

Sei que Clara está bêbada, mas suas palavras me surpreendem. Como assim ele tentou convencê-la a mudar de ideia?

Foi *ela* que insistiu?

Ainda estou acariciando seu cabelo quando minha filha começa a chorar. Ela pressiona o rosto contra o travesseiro. Odeio que esteja se sentindo tão culpada pelo que aconteceu entre os dois, seja lá o que for.

— Está na cara que ele te ama, Clara. Não chore.

Ela balança a cabeça.

— Não é por isso que estou chorando. — Clara levanta a cabeça do travesseiro e olha para mim. — Estou chorando porque foi minha culpa. Eles morreram por minha culpa, e tento não pensar nisso, mas, quando deito minha cabeça no travesseiro, é impossível pensar em outra coisa. Todas as noites. Tirando uma vez, que cai no sono me perguntando por que ursos de pelúcia têm uma cara fofa, quando ursos de verdade são maus, mas, fora isso, não consigo pensar em nada além de que eles sofreram o acidente por minha causa.

— Do que você está falando?

Clara esconde o rosto no travesseiro de novo.

— Vá embora, mãe. — Antes de eu me mexer, ela levanta a cabeça de novo e diz: — Não, espere. Quero que você fique. — Ela chega para o lado, batendo no colchão. — Cante aquela música de quando eu era pequena.

Ainda estou tentando entender o que ela disse sobre o acidente ter sido culpa sua. Por que Clara acharia isso? Quero perguntar, mas ela está bêbada demais para ter uma conversa de verdade agora, então apenas subo na cama e tento acalmá-la.

— Que música?

— Você sabe, aquela música que cantava para mim quando eu era pequena.

— Eu cantava um monte de músicas. Acho que nunca tivemos uma específica.

— Cante outra, então. Você sabe alguma do Twenty One Pilots? Nós duas gostamos deles.

Eu rio e a puxo contra meu peito.

— Cante aquela da casa dourada — pede Clara.

Passo a mão por sua cabeça, em um gesto tranquilizante, e começo a cantar baixinho.

Minha filha assente enquanto canto, indicando que é a música certa.

Continuo cantando, fazendo carinho em seu cabelo, até a canção terminar e ela finalmente dormir.

Com cuidado, saio da cama e a observo. A versão bêbada de Clara é divertida. Eu preferia ter descoberto isso quando ela fosse maior de idade, mas pelo menos foi algo que aconteceu aqui, quando posso me certificar de que tudo está bem.

Ajeito o edredom em torno dela e lhe dou um beijo de boa-noite.

— Você está me enlouquecendo agora, Clara... mas, meu Deus, como eu te amo.

32
Clara

Nunca me senti tão mal na vida.

Eu provavelmente não devia ter vindo de carro para a escola, porque minha cabeça dói tanto que mal consigo manter os olhos abertos. Só que minha mãe confiscou meu celular, e quero e *preciso* conversar com Miller. Não me lembro direito do que aconteceu depois que Lexie chegou, mas com certeza me lembro do que aconteceu com Miller antes de ele ir embora. E me arrependo de tudo.

Quando vejo sua picape no estacionamento, saio do carro e me aproximo. Miller desliga o motor e abre a porta do passageiro. Não tenho ideia se ele continua irritado comigo, então a primeira coisa que faço ao entrar é deslizar pelo banco e abraçá-lo.

— Desculpe por eu ter agido feito uma maluca.

Ele me abraça de volta.

— Você não foi maluca.

Miller me afasta, mas só para ajeitar nossa posição. Depois de deslizar para o meio do banco, ele me puxa para seu colo, com as pernas ao seu redor, para olhá-lo nos olhos.

— Eu me senti mal por ter ido embora, mas estava chateado. Passei tanto tempo querendo ficar com você, só que prefiro que nosso tempo juntos signifique alguma coisa, não que aconteça por causa dos outros nem para irritar alguém.

— Eu sei. Desculpe. Estou me sentindo péssima.

Miller me puxa contra seu peito e esfrega minhas costas, me tranquilizando.

— Não quero que se sinta péssima. Eu te entendo. Você passou por muita coisa, Clara. Não quero que se estresse ainda mais por minha causa ou por nós. Só quero fazer parte de tudo que torna sua vida melhor.

Meu Deus, eu me sinto tão idiota. Que alívio e que sorte a minha por Miller ser tão compreensivo. Eu lhe dou um beijo na bochecha e o encaro.

— Isso significa que você não quer mais terminar comigo?

Ele sorri.

— Nunca quis. Eu só estava chateado.

— Que bom. — Beijo a palma da sua mão. — Porque vai ser muito ruim quando isso acontecer de verdade. Fiquei arrasada só de pensar por dois segundos que a gente ia terminar.

— Talvez isso nunca aconteça — diz ele, esperançoso.

— Infelizmente, as estatísticas não estão a nosso favor.

Ele alisa meu lábio inferior.

— Que chato. Vou sentir saudade de beijar você.

Assinto.

— Pois é. Eu beijo muito bem. Você nunca vai encontrar ninguém melhor.

Miller ri, e apoio a cabeça em seu ombro.

— Qual você acha que será o motivo para a gente terminar no futuro?

— Não sei — diz ele, seguindo minha conversa distraída. — Mas vai ter que ser bem mais dramático do que na noite passada, porque já estamos envolvidos demais.

— Vai ser — confirmo. — Extremamente dramático. Você provavelmente vai virar um músico famoso, se apaixonar pela fama e me deixar para trás.

— Eu nem sei tocar instrumento nenhum, e sou um cantor de merda.

— Então eu, provavelmente, vou virar uma atriz bem-sucedida. E apresentar você a uma das minhas colegas de cena mais famosa, que vai chamar mais sua atenção, e você vai querer tocar em todos os Oscars dela.

— Impossível. Esse tipo de pessoa não existe.

Sento direito para olhar o rosto dele.

— Talvez colonizem Marte, e eu queira me mudar para lá, e você prefira ficar aqui.

Ele balança a cabeça.

— Ainda vou te amar em um planeta diferente.

Paro de falar.

Miller disse *"Ainda vou te amar"*. Sei que não foi isso que ele quis dizer, mas abro um sorriso travesso.

— Isso quer dizer que você está apaixonado por mim?

Ele dá de ombros, mas então seus lábios se esticam em um sorriso tímido.

— Às vezes, acho que sim. Não sei se é isso tudo ainda. A gente não está junto há tanto tempo. Brigamos mais do que eu gostaria. Mas tenho essa sensação. Lá no fundo. Formigando. Que me faz perder o sono.

— Pode ser só a síndrome das pernas inquietas.

Miller sorri enquanto balança a cabeça devagar.

— Nada disso.

— Talvez esse seja o motivo para nosso término dramático. Você dizer que me ama rápido demais.

— Você acha que é rápido demais? Para mim, meio que parecia o momento perfeito. — Miller se inclina e me dá um beijo leve na bochecha. — Esperei três anos para ficarmos juntos. Se me apaixonar rápido demais vai estragar as coisas, então nem gosto de você. Na verdade, te odeio.

Sorrio.

— Também te odeio.

Ele entrelaça nossos dedos e sorri.

— Sério, talvez a gente não termine. Nunca.

— Mas desilusões amorosas fazem bem para o desenvolvimento do caráter. Lembra?

— Estar apaixonado também — responde Miller.

Que ótimo argumento. Acho tão bom que lhe dou um beijo de recompensa. Mas só um selinho, porque imagino que ele não ia gostar de colocar a língua na minha boca depois de ontem à noite.

— Eu e Lexie enchemos a cara depois que você foi embora. Estou com uma ressaca horrível, então acho que vou só voltar para casa. Minha dor de cabeça é do tamanho de Rhode Island.

— Rhode Island é um estado bem pequeno — diz ele.

— Então Nebraska.

— Ah. Bem, nesse caso, você devia ir mesmo para casa e deitar.

Eu lhe beijo de novo, na bochecha agora.

— Vou te dar um beijo melhor da próxima vez que nos encontrarmos. Mas passei a noite toda vomitando.

— Quando a gente vai se ver?

Dou de ombros.

— Venho à aula amanhã, mas acho que vou passar um bom tempo de castigo.

Miller prende uma mecha de cabelo atrás da minha orelha, me dá um abraço e diz:

— Obrigado por vir falar comigo.

— Obrigada por me aturar.

Quando saímos da picape, ele me dá um último abraço. É reconfortante, e, no caminho para casa, penso em seus abraços. Nos abraços do meu pai. Nos abraços de Jonah. São todos ótimos.

Mas, para ser sincera, nenhum se compara com o da minha mãe. Nem com seus beijos. Não me lembro de muita coisa da noite passada, mas sei que ela me ajudou no banheiro. E, por algum motivo estranho, tenho a lembrança dela na minha cama, cantando uma música aleatória do Twenty One Pilots.

E me lembro dela dando um beijo na minha testa antes de dizer que me amava. Mesmo com dezessete anos, ainda sinto todos os cuidados da infância quando estou doente e minha mãe me socorre.

Acordei com meu edredom e minha almofada de lantejoulas. Isso me fez sorrir, apesar da dor de cabeça. Apesar da raiva.

Será que eu vou conseguir separar a raiva do amor? Não quero que seus atos com Jonah afetem meus sentimentos. Ela é minha mãe. Não quero odiá-la. Mas e se eu nunca conseguir perdoar tudo que fez?

Por outro lado, como posso ter certeza de que Jenny e meu pai não ficariam felizes por mamãe e Jonah? E se os dois, de alguma forma, fizeram isso acontecer do lugar onde estiverem?

E se minha raiva estiver interferindo com o plano?

Tenho muitas perguntas. Sei que não há respostas para a maioria. E isso só faz minha cabeça doer mais.

Quando finalmente entro em casa, minha mãe já está acordada. Ela está sentada no sofá com o laptop. Provavelmente procurando emprego. Ela olha para mim quando fecho a porta.

— Você está bem?

Assinto.

— Achei que fosse conseguir ir à aula, mas me enganei. Estou com uma dor de cabeça do Nebraska. — Aponto para o meu quarto. — Vou para a cama.

33
Morgan

Procurei no Google o que Clara falou hoje cedo, quando voltou para casa, *dor de cabeça do Nebraska*, mas não consegui descobrir o que significa. Talvez seja uma gíria, mas, se for, deve ser muito nova.

Eu me sinto muito produtiva hoje. Consegui uma entrevista para um cargo de secretária em uma imobiliária na próxima semana. Não é o ideal, porque o salário é baixo, mas já é um começo. A ideia de ser corretora de imóveis parece interessante, então achei que, se conseguir esse emprego, posso ver como as coisas funcionam e descobrir se é isso que quero estudar. Pesquisei formas de manter um emprego e ir para a faculdade ao mesmo tempo. Hoje em dia, há muito mais opções do que quando eu tinha dezoito anos. Se eu pudesse assistir às aulas à noite ou pela Internet quando Clara era mais nova, provavelmente teria terminado meu curso.

Eu vivia me martirizando, mas, na verdade, nem tudo foi culpa de Chris. Sempre soube que ele não era invencível. Eu poderia muito bem ter frequentado a faculdade por meio período para me preparar caso alguma coisa acontecesse. E tenho uma sorte enorme por ele ter feito um seguro de vida que me dará tempo de me reorganizar.

Enquanto eu dava uma olhada nos meus documentos no quarto, encontrei meu quadro de aniversário, que preenchi com Clara na véspera da morte de Chris. Nunca o recoloquei no lugar porque o dia seguinte mudou tudo. De algum jeito, ele foi parar embaixo da minha cama. Lembrei que ainda precisamos fazer o de Clara. Sei que ela provavelmente não vai se empolgar, mas é uma tradição, então, quando escuto seus passos e o chuveiro sendo ligado, pego as canetinhas e as coloco na mesa. Depois preparo uma tábua de frios e frutas e a posiciono ao lado do seu quadro de aniversário; duvido que ela esteja com fome, mas precisa comer alguma coisa.

Quando minha filha finalmente sai do quarto, estou na mesa com o laptop. Clara encara o quadro de aniversário. Fecho o computador, e, surpreendentemente, ela se aproxima da mesa e senta sem reclamar. Então enfia uma uva na boca. Fazemos contato visual, mas as duas continuam em silêncio. Clara pega uma canetinha azul e eu, a roxa.

Ela encara o quadro — todas as coisas que escrevemos com o passar dos anos. É gostoso ver como sua caligrafia evoluiu com o tempo. O primeiro objetivo foi escrito em giz de cera verde, errado. *Buneca da Americun Gurl*. Era mais um desejo do que um objetivo, mas Clara era pequena. Com o tempo, aprendeu a diferença.

Ela começa a escrever. Não é uma coisa só. São várias. Quando termina, me inclino e leio a lista.

1. Quero que minha mãe enxergue meu namorado por quem ele realmente é.
2. Quero que minha mãe seja sincera comigo, e quero ser sincera com ela.
3. Quero ser atriz, e quero que minha mãe apoie esse sonho.

Clara tampa a canetinha, enfia outra uva na boca e vai pegar uma bebida na cozinha.

Seus objetivos me fazem suspirar. Posso lidar com o primeiro. Posso fingir lidar com o segundo. Mas o terceiro é difícil. Talvez eu seja realista demais. Prática demais.

Também sigo para a cozinha e a encontro se servindo de um copo de água com gelo. Ela pega duas aspirinas e as engole.

— Sei que você quer que eu estude algo mais prático, mas pelo menos não vou fugir para Los Angeles sem ter um diploma — diz ela. — E preciso começar a pesquisar faculdades logo. Preciso saber o que podemos bancar sem papai.

— E se a gente chegar a um meio-termo? E se você estudar algo mais realista, tipo psicologia ou contabilidade, e, depois que se formar, se mudar para Los Angeles e fazer testes para papéis enquanto tem um emprego *de verdade*?

— Ser atriz é um emprego de verdade — diz Clara. Ela volta para a mesa e senta, escolhendo um pedaço de queijo. E mastiga enquanto fala: — Pelos meus cálculos, minha vida pode seguir três rumos.

— Que seriam?

Ela levanta um dedo.

— Eu me formo em teatro na Universidade do Texas. Tento virar atriz. Faço sucesso. — Clara levanta o segundo dedo. — Ou me formo em teatro na Universidade do Texas. Tento virar atriz. Fracasso. Mas pelo menos segui meus sonhos e posso bolar outro plano. — Ela ergue o terceiro dedo. — Ou. Sigo *seus* sonhos, me formo em algo que acho um saco e passo o restante da vida culpando você por não me incentivar a seguir meus sonhos.

Ela baixa a mão e se recosta na cadeira. Eu a encaro por um instante, pensando em tudo que acabei de ouvir. Enquanto a encaro, percebo que algo aconteceu. Não sei quando, nem se foi gradual ou do dia para a noite, mas Clara mudou de verdade.

Ou talvez tenha sido eu que mudei.

Mas ela tem razão. Os sonhos que tenho para sua vida não chegam nem perto de serem tão importantes quanto os sonhos que ela tem para si mesma. Pego minha canetinha e puxo o quadro de aniversário. Escrevo: *"Meus sonhos para Clara < Os sonhos de Clara para si mesma."*

Ela lê e sorri. Então pega outro pedaço de queijo e começa a se levantar da mesa, mas ainda não terminei. Sinto que posso não conseguir outra chance de conversarmos assim por um tempo.

— Clara, espere. Quero falar com você sobre uma coisa.

Ela não senta de novo. Só aperta o encosto da cadeira — sinal de que não quer que a conversa dure muito.

— Ontem à noite, você me disse algo que quero entender. Pode ter sido efeito do álcool, mas... você se culpou. Disse que o acidente foi culpa sua. — Balanço a cabeça, confusa. — Por que você pensaria uma coisa dessas?

Eu a vejo engolir em seco.

— Falei isso?

— Você falou um monte de coisas. Mas essa pareceu deixar você bem chateada.

Os olhos de Clara imediatamente se enchem de lágrimas, mas ela solta a cadeira e se vira.

— Não sei por que falei isso. — Sua voz engasga enquanto ela sai da sala e segue para o quarto.

Dessa vez, sei que minha filha está mentindo.

— Clara. — Levanto e vou atrás dela.

Eu a alcanço antes de entrarmos no corredor. Quando a viro, Clara está chorando. É de partir o coração ver minha filha tão triste, então a puxo para perto, lhe dando um abraço, tentando acalmá-la.

— Eu estava trocando mensagens com tia Jenny quando o carro bateu — diz Clara, agarrada a mim como se tivesse medo de me soltar. — Não sabia que ela estava dirigindo. A gente estava conversando, e, de repente... as mensagens pararam.

Os ombros da minha filha tremem.

Não acredito que pense que a culpa foi dela.

Eu me afasto e seguro seu rosto com as mãos.

— Jenny não estava dirigindo, Clara. Você não tem culpa.

Ela me encara, chocada. Descrente. Então balança a cabeça.

— O carro era dela. Você me disse... no hospital, você me disse que tia Jenny deu carona para papai.

— Eu sei que disse, mas juro que era seu pai quem estava dirigindo. Ele dirigia o carro de Jenny. Eu jamais teria dito isso se soubesse que você se culparia.

Clara dá um passo para trás, completamente confusa. Ela seca os olhos.

— Mas por que você mentiu? Por que falou que tia Jenny estava dirigindo, quando não estava?

Eu me dou conta de que não tenho ideia de como recuperar minha mentira. Também não tenho uma desculpa. Sou uma péssima mentirosa. *Merda.* Dou de ombros, tentando diminuir o que fiz.

— É só que... talvez eu estivesse confusa? Não lembro. — Dou um passo na direção de Clara e aperto suas mãos. — Mas juro que estou contando a verdade agora. Sua tia Jenny estava no banco do passageiro. Se você não acreditar em mim, posso mostrar o boletim de ocorrência do acidente, mas não quero que continue achando que a culpa foi sua.

Clara parou de chorar. Ela me encara com desconfiança.

— Por que papai estava dirigindo o carro de tia Jenny?

— O pneu do carro dele furou.

— Não furou, não. Você está mentindo.

Balanço a cabeça, mas sinto minhas bochechas esquentarem. Meu coração dispara. *Deixe isso para lá, Clara.*

— Por que os dois estavam juntos, mãe?

— Porque estavam. Seu pai precisava de carona.

Viro para a mesa. Talvez se eu me distrair limpando as coisas, não chore. Porém, quando chego à mesa, minhas lágrimas de medo começam a escorrer. Esta é a última coisa que eu queria. A *última*.

— Mãe, o que você não me contou?

Clara está ao meu lado agora, exigindo respostas.

Eu viro para ela, desesperada.

— Pare de fazer perguntas, Clara! *Por favor*. Só aceite o que eu disse e nunca mais fale disso.

Ela dá um passo para trás, como se tivesse levado um tapa. E leva a mão à boca.

— Os dois tinham... — Seu rosto está completamente sem cor. Até os lábios. Ela senta em uma cadeira e encara a mesa por um instante. Então: — Onde está o carro do papai? Se foi só um pneu furado, por que a gente nunca o pegou de volta?

Nem sei como responder. Ela continua.

— Por que você não quis fazer os funerais juntos? Os dois tinham basicamente os mesmos amigos e parentes, então faria mais sentido, só que você parecia tão irritada e ficou insistindo para serem separados. — Clara cobre o rosto com as mãos. — Ah, meu Deus. — Quando ela me encara de novo, seus olhos imploram. E sua cabeça balança de um lado para o outro. — Mãe?

Minha filha me fita com medo.

Estico o braço por cima da mesa. Quero protegê-la desse golpe, mas Clara corre para o quarto. Ela bate a porta, e eu preciso de um momento para ir atrás dela. Agarro o encosto da cadeira e me inclino, tentando respirar devagar — me acalmar. *Eu sabia que isso acabaria com ela.*

Clara abre a porta do quarto. Olho para cima, e ela vem correndo, cheia de mais perguntas. Sei exatamente como é essa sensação, porque continuo com minhas dúvidas.

— E você e Jonah? Há quanto tempo isso está acontecendo? — Sua voz carrega um tom de acusação.

— Nós não... na noite que você nos viu. Aquela foi a primeira vez que nos beijamos. Juro.

Ela está chorando agora. E andando de um lado para o outro, como se não soubesse o que fazer com toda a sua raiva. Em quem descontá-la.

Clara aperta a barriga e para de andar.

— Não. *Por favor*, não. — Ela aponta para a porta da frente. — Foi por isso que ele deixou Elijah aqui? Foi por isso que disse que não ia conseguir? — Clara está arfando entre as lágrimas. Eu a puxo para um abraço, mas não dura muito. Ela se afasta. — Foi meu pai? Elijah não é filho de Jonah?

Sinto a garganta tão apertada que nem os sons passam. Só consigo sussurrar:

— Clara. *Querida*.

Ela afunda no chão, se debulhando em lágrimas. Eu me abaixo e passo os braços ao seu redor. Ela me abraça de volta, e, por mais que seja bom sentir que minha filha precisa de mim agora, eu daria de tudo para que isso não estivesse acontecendo.

— Você sabia? Antes do acidente?

Balanço a cabeça.

— Não.

— Jonah sabia?

— Não.

— Como vocês... quando vocês descobriram sobre eles?

— No dia do acidente.

Clara me aperta ainda mais.

— *Mãe*.

Ela me chama com um sofrimento tão profundo que é como se precisasse de algo que sabe que não posso lhe dar. Um consolo que nem sei como oferecer.

Clara se afasta de mim e levanta.

— Não aguento.

Clara pega a bolsa e as chaves do carro.

Ela está histérica. Não posso deixar que dirija assim. Vou ao seu encontro e pego as chaves. Ela tenta pegá-las de volta, mas não deixo.

— Mãe, *por favor*.

— Você não vai sair. Não nervosa desse jeito.

Clara larga a bolsa, derrotada, e cobre o rosto com as mãos. Ela simplesmente fica parada ali, chorando sozinha. Então deixa as mãos escorregarem pelo rosto e me encara com um olhar de súplica, seus braços pendendo ao lado do corpo.

— *Por favor*. Preciso de Miller.

Essas palavras, junto com seu olhar, me deixam arrasada. Parece que pisotearam minha alma. Porém, de algum jeito, mesmo com toda a dor, eu compreendo. Nesse momento, não sou aquilo de que minha filha precisa, não sou a pessoa que vai lhe oferecer o maior conforto, e, apesar de parecer que uma parte enorme do nosso relacionamento morreu, fico grata por saber que existe alguém que possa lhe oferecer isso além de mim.

Assinto.

— Tudo bem. Levo você até ele.

34
Clara

Miller está com uma fila de clientes quando entro no cinema. Assim que ele me vê, dá para perceber que quer pular por cima do balcão. Meu namorado parece preocupado, mas não pode fazer nada. Ele ergue quatro dedos, então assinto e sigo para a sala quatro.

Dessa vez, sento na poltrona mais próxima da porta. Estou cansada demais para subir até a última fileira.

Fico encarando a tela apagada, me perguntando por que minha tia nunca tentou ser atriz. Ela seria boa nisso. Meu pai também.

Balanço a cabeça, puxando a camisa para secar meus olhos. Eu devia estar aliviada por saber que minhas mensagens não causaram o acidente, já que tia Jenny não dirigia o carro, mas não sinto alívio nenhum. Não sinto nem raiva. Parece que passei tanto tempo direcionando minha raiva para minha mãe que não sobrou nada. Agora só me sinto decepcionada. Derrotada.

É como se todos os livros de romance que já li fossem fantasias distópicas. Passei a vida inteira achando que tinha exemplos maravilhosos de amor e família ao meu redor, mas era tudo falso. O amor que achei que meu pai sentia pela minha mãe era mentira. E o que mais me incomoda nessa situação é que metade de mim veio dele.

Será que isso significa que sou capaz de me tornar o mesmo tipo de pessoa? O tipo de pessoa que trai a esposa e a filha com um sorriso amoroso no rosto por tantos anos?

Ouço a porta da sala abrir. Miller se aproxima e se inclina para me beijar. Eu me afasto. Não quero beijar ninguém agora. Ou talvez só sinta que não mereço um beijo. Fico com medo de que meus sentimentos por ele, seja lá quais forem, não passem de sinais inventados pelo meu cérebro que, eventualmente, desaparecerão.

Miller passa por mim e senta na poltrona à minha direita.

— Eu fiz besteira?

— Não — respondo, balançando a cabeça. — Mas vai fazer. Todo mundo faz. Todo mundo fode com tudo.

— Ei — diz ele, tocando minha bochecha, virando meus olhos cheios de lágrimas para os seus. — O que houve?

— Meu pai tinha um caso com tia Jenny. Elijah é filho dele. Não de Jonah.

Minha confissão o deixa chocado. Miller baixa a mão e desmorona contra o encosto da poltrona.

— Mas que merda.

Foi estranho dizer aquilo em voz alta

— Jonah sabe?

— Ele só descobriu depois do acidente.

Miller passa um braço por trás de mim, apesar de eu ter me recusado a beijá-lo antes. E começa a esfregar minhas costas. Eu me encosto nele, apesar de, agora, estar convencida de que o amor é uma bobagem e de que provavelmente vou partir seu coração um dia.

Balanço a cabeça, pensando em tudo, mas ainda sem acreditar.

— Eu idolatrava meu pai. Achava que ele era perfeito. E *ela*. Ela era minha melhor amiga.

Miller beija o topo da minha cabeça.

— Como sua mãe está lidando com isso?

Não sei como responder, porque, pensando bem, não entendo como ela teve forças de levantar da cama depois de descobrir algo assim. Pela primeira vez, desde o acidente, sinto uma angústia por minha mãe, por tudo que ela passou. Por tudo que *ainda* está passando.

— Não sei como ela consegue continuar.

Agora até faz sentido minha mãe e Jonah buscarem consolo um no outro. Não podia ser diferente. Os dois eram as únicas pessoas que sabiam, e com quem ela poderia conversar, além de Jonah?

Ficamos em silêncio por um instante. Tento digerir a situação. Acho que Miller só está me dando um tempo para pensar. Não espero que ele me dê conselhos. Não é por isso que estou ali. Eu só queria ficar a seu lado. Só queria o seu abraço.

Penso em todas as vezes que vi meu pai consolando minha mãe. Não que ela ficasse nervosa com frequência, mas ele costumava abraçá-la nesses momentos.

Agora sei que era tudo falso. Todas as vezes que meu pai a fitava com um olhar preocupado era mentira. Ele estava transando com a irmã dela. Como podia fingir que a amava enquanto fazia algo tão absurdamente cruel?

Eu confiava mais no meu pai do que em qualquer outro homem no mundo. E isso faz com que comece a questionar tudo. Todos. Eu mesma. Talvez até Miller. Nem sei quais eram suas intenções no começo.

Viro para ele.

— Você teria traído Shelby comigo?

Miller parece surpreso com a pergunta.

— Não. Por quê?

— Aquele dia na sua picape. Achei que, talvez, você quisesse.

Ele solta um suspiro pesado, com um olhar culpado.

— Eu estava confuso, Clara. Queria que a gente conversasse, mas, quando você entrou na picape, não gostei de como me senti. Eu não teria traído Shelby, mas senti vontade.

— Vocês ainda se falam?

Miller balança a cabeça, mas revira os olhos. Ele parece frustrado comigo. Essa percepção faz eu me sentir como se tivesse levado um soco no peito. Sempre que estou com raiva, é ele que acabo colocando no meio da situação. Prefiro que termine comigo a perder o respeito por mim, e, se eu continuar me comportando assim, acho que é exatamente isso que vai acontecer.

— Desculpe — digo. — Essa história toda mexeu com minha cabeça, e não sei de quem sentir raiva.

Miller puxa minha mão até sua boca. Então dá um beijo no dorso dela e a aperta, me tranquilizando.

— Lembra quando você disse que me achava épica?

Dou uma risada. *Como alguém me acharia épica?*

— Ainda acho — responde ele. — Épica de um jeito meio *frustrante*.

— Ou epicamente frustrante. Você começou a sair comigo na pior fase da minha vida. Desculpe por ter que lidar com essa merda toda.

Miller ergue a mão e segura meu rosto com delicadeza.

— Só fico triste por *você* ter que lidar com essa merda toda.

Às vezes, quando ele fala comigo, suas palavras parecem entrar em mim pelo meu peito, e não pelo ouvido. Adoro o fato de Miller ser tão compreensivo. Tão paciente. Não sei onde ele aprendeu a ser assim, mas, talvez, quanto mais tempo passarmos juntos, mais eu passe a ser como ele.

— Imagine como vamos ser ótimos juntos quando eu finalmente recuperar minha estabilidade emocional.

Miller me puxa para um abraço.
— Você já é ótima, Clara. Quase perfeita.
— Quase?
— Eu diria que nota nove de dez.
— Por que perdi um ponto?
Ele suspira.
— Foi o abacaxi na pizza, infelizmente.
Eu rio e levanto o braço da poltrona que nos separa para me aconchegar nele. Ficamos em silêncio por um tempo. Miller me abraça enquanto tento organizar meus pensamentos, mas sei que não podemos passar a noite toda aqui. Depois de alguns minutos, ele me dá um beijo no topo da cabeça.
— Preciso voltar para o trabalho. Ainda nem tirei meu intervalo, e o gerente está aqui hoje.
— Que horas você sai?
— Só às nove.
— Posso ficar aqui esperando? Preciso de uma carona para casa.
— Como você veio?
— Minha mãe me trouxe.
— Ah. Ela não sabe que eu trabalho aqui, então?
Assinto.
— Sabe. Foi por isso que ela me trouxe.
Miller ergue uma sobrancelha.
— Isso foi um progresso?
— Espero que sim.
Ele sorri e me beija. Duas vezes.
— Daqui a quinze minutos, vai começar um desenho animado na sala três. Quer assistir enquanto me espera?
Franzo o nariz.
— Um desenho animado? Não sei.
Ele me puxa para fora da poltrona.

— Você precisa de alguma coisa leve agora. Vá assistir, e levo um lanche.

Saímos de mãos dadas. Ele vai comigo até a sala ao lado, mas, antes de eu entrar, lhe dou um beijo na bochecha.

— Qualquer dia desses, vou tratar você melhor — digo, apertando sua mão. — Prometo.

— Você é perfeita desse jeito, Clara.

— Nada disso. Pelo visto, sou só nota nove.

Miller ri enquanto se afasta de mim.

— Pois é, mas eu só mereço uma nota seis.

Encontro uma poltrona vazia longe das crianças, na última fileira. Miller se enganou. O desenho animado não me ajuda, porque não consigo parar de pensar no que aconteceu.

Tenho noção de que minha raiva ao descobrir sobre meu pai e tia Jenny não chega nem perto do que senti quando achei que minha mãe e Jonah tinham um caso.

Fico pensando nisso, e chego à conclusão de que tudo se resume a uma coisa.

Altruísmo.

Parece algo tão insignificante, mas não é. Minha mãe passou pelo evento mais enlouquecedor, doloroso e trágico da sua vida. Mesmo assim, como sempre, me colocou em primeiro lugar. Antes da sua raiva ou tristeza. Ela fez tudo que podia para me proteger da verdade, mesmo que isso significasse levar a culpa injustamente.

Não duvido do amor do meu pai por mim, mas não sei se ele faria o mesmo caso a situação fosse ao contrário. E tia Jenny também.

Por mais que eu esteja arrasada com a verdade, é menos difícil agora do que quando achei que minha mãe fosse a errada.

Desde que nasci, todas as decisões que ela tomou foram para me beneficiar. Eu sempre soube disso. Mas acho que nunca me senti grata por seus sacrifícios antes de hoje.

O desenho terminou, e todos foram embora da sala, mas continuo encarando a tela desligada, me perguntando como está minha mãe. Ela é a verdadeira vítima da história, e fico triste por saber que as duas pessoas com quem mais contou na vida foram as mesmas que não estavam lá para lhe dar apoio no seu pior momento. E que, na verdade, causaram esse pior momento.

Não consigo imaginar todas as feridas invisíveis que minha mãe carrega, e odeio saber que algumas existem por minha causa.

35
Morgan

Liguei para Jonah depois que deixei Clara no cinema. Foi irônico, porque eu precisava dele da mesma forma que minha filha precisava de Miller. Conversamos por um tempo, mas Elijah já estava dormindo, então ele não pôde vir para minha casa.

Eu teria ido encontrá-lo, mas não queria sair para o caso de Clara voltar.

Duas horas se passaram, e as únicas coisas que fiz foram perambular pela casa e encarar a tela da televisão desligada, me perguntando como Clara está. E se Miller está dando o apoio e o consolo de que minha filha precisa.

Mesmo que ele esteja, sinto um vazio dentro de mim que me impulsiona a ir encontrá-la. Passadas duas horas e meia, pego as chaves e decido voltar ao cinema.

Miller está na bomboniére quando entro, atendendo dois clientes, mas não vejo Clara. Entro na fila e espero minha vez. Ele entrega o troco para os clientes antes de mim, que vão embora. Então, olha para cima e enrijece.

Ao mesmo tempo que gosto de deixá-lo nervoso, também detesto. Não quero causar esse tipo de sentimento em alguém de quem minha filha gosta tanto.

— Está procurando por Clara? — pergunta ele.

— Sim. Ela ainda está aqui?

Miller olha para o relógio na parede às suas costas, depois confirma:

— Sim, ela deve estar sozinha na sala três. O filme acabou há quinze minutos.

— Ela está... sozinha? Sentada numa sala de cinema, sem ninguém?

Miller sorri e tira um copo de uma pilha, enchendo-o de gelo.

— Não se preocupe, ela gosta. — Ele enche o copo de Sprite e me entrega. — Eu estava ocupado, não consegui levar o refil dela. A senhora quer alguma coisa?

— Não precisa. Obrigada.

Faço menção de me virar, mas paro quando Miller diz:

— Sra. Grant? — Ele olha para a esquerda, depois para a direita, certificando-se de que ninguém nos escuta. Então se inclina um pouco, me olhando nos olhos. E pressiona os lábios, nervoso, antes de falar: — Eu queria me desculpar por ter entrado escondido na sua casa no outro dia. E por... todas as outras coisas. Eu gosto mesmo dela.

Tento encará-lo pela primeira vez sem todas as opiniões precipitadas que Chris tinha sobre ele. Quero vê-lo da mesma forma que Jonah — como um bom garoto. Bom o suficiente para namorar Clara. Ainda não estou convencida disso, mas o fato de Miller ter me oferecido o que pareceu um pedido sincero de desculpas já é um bom começo. Assinto, abrindo um sorrisinho, e vou para a sala três.

Quando entro, vejo Clara na última fileira. As luzes estão acesas, e minha filha está encarando a tela desligada, os pés apoiados na poltrona da frente.

Minha presença só é notada quando começo a subir os degraus. Quando ela bate os olhos em mim, se senta empertigada e abaixa os pés. Chego à última fileira, entrego a ela o Sprite e me sento ao seu lado.

— Miller achou que você poderia querer um refil.

Ela aceita o Sprite e toma um gole, passando seu copo vazio para o suporte do assento do outro lado. Então levanta o braço da poltrona que nos separa e se aconchega em mim. Fico surpresa. Eu não esperava por isso. Clara teve uma noite difícil, e, para ser sincera, fiquei imaginando qual seria sua próxima rebeldia. Tiro vantagem desse raro momento de afeição, passando um braço em torno dela e apertando-a contra mim.

Acho que nenhuma de nós sabe como começar a conversa. Alguns segundos passam antes de Clara perguntar:

— Você já traiu o papai?

Ela não fala como se me acusasse. Parece que está só refletindo sobre as coisas. Sou sincera:

— Não. Antes de Jonah, seu pai era o único homem que eu tinha beijado.

— Você está com raiva deles? De papai e tia Jenny?

Assinto.

— Sim. Dói. Muito.

— Você se arrepende de ter casado com ele?

— Não. Ganhei você.

Ela levanta a cabeça.

— Não quero dizer se ficou arrependida de namorarem nem de engravidar de mim. Mas se arrepende de casar com ele?

Afasto o cabelo dela da testa e sorrio.

— Não. Lamento as decisões que seu pai tomou, mas não as *minhas*.

Clara apoia a cabeça no meu ombro de novo.

— Não quero odiar meu pai, mas estou com raiva por ele ter feito isso com a gente. Também estou com raiva da tia Jenny.

— Eu sei, Clara. Mas você tem que entender que o caso dos dois teve tudo a ver com a gente e nada a ver com a gente.

— *Parece* que teve tudo a ver com a gente.

— Porque teve — respondo.

— Você acabou de dizer que não teve.

— Porque não teve também — digo.

Clara solta uma risada derrotada.

— Você está me confundindo.

Eu a afasto um pouco do meu ombro para nos encararmos. Uso as duas mãos para segurar uma das dela.

— Seu pai era ótimo com você. Mas, como marido, ele fez umas escolhas de merda. Ninguém pode ser perfeito em tudo.

— Mas ele *parecia* tão perfeito.

A decepção em seus olhos me entristece. Não quero que ela passe a vida inteira pensando assim de Chris. Aperto sua mão.

— Acho que esse é o problema. Adolescentes acham que os pais deviam saber o que estão fazendo, mas a verdade é que os adultos estão tão perdidos na vida quanto eles. Seu pai errou muito, mas seus erros não deveriam anular todas as coisas boas que fez. O mesmo vale para sua tia Jenny.

Uma lágrima escorre do olho direito de Clara. Ela a seca rápido.

— A maioria das mães iria querer que as filhas odiassem o pai pelo que ele fez.

— Não sou a maioria das mães.

Clara recosta a cabeça na poltrona de veludo vermelho e olha para o teto. Ela ri enquanto as lágrimas continuam escorrendo para dentro de seu cabelo.

— Graças a Deus.

Não foi um elogio direto, mas, mesmo assim, me sinto bem.

— Se eu contar uma coisa, promete que não vai me julgar? — pergunta ela.

— Claro.

Minha filha vira a cabeça para mim, e há certa culpa em sua expressão.

— Um dia, eu estava na picape de Miller. Foi antes de ele terminar com a namorada. Eu queria tanto que ele me beijasse, mãe. E, se ele tivesse tentado, eu deixaria, e isso me incomoda muito. Eu sabia que Miller tinha namorada, e o beijaria mesmo assim. Agora que sei o que papai e tia Jenny fizeram, estou com medo de a capacidade de ter um caso seja algo genético. E se for um tipo de fraqueza moral que atravessa gerações? — Ela volta a olhar para o teto. — E se eu trair Miller algum dia e partir seu coração, como papai e tia Jenny fizeram com você?

Odeio que ela pense assim. Que esteja se questionando. Às vezes, Clara faz perguntas que não sei responder, e fico com medo de essa ser uma delas.

Porém penso em Jonah e na conexão que tínhamos quando éramos mais novos. Talvez seja uma péssima ideia contar isto para minha filha, mas existem momentos na maternidade que nenhum livro explica.

— Aconteceu algo parecido comigo uma vez. Eu tinha a sua idade e estava na piscina com Jonah.

De repente, Clara vira a cabeça para mim, mas fico encarando o teto enquanto falo.

— A gente não se beijou, mas eu queria. Na época, já estava namorando seu pai, e Jonah e Jenny estavam juntos. E, naquele momento, quando olhei para ele, foi como se uma parede bloqueasse todo o resto. A questão ali não era eu estar pouco me lixando para Jenny ou Chris. Foi só que, naquela hora, a única coisa que me importava era a sensação de alguém me olhar daquele jeito. A atração que sentia por Jonah me deixava cega para tudo. E acho que ele sentia a mesma coisa.

— Foi por isso que ele terminou com tia Jenny e foi embora? — pergunta Clara.

Inclino a cabeça e a encaro.

— Sim — digo com total sinceridade.

— Foi por isso que você ficou tão irritada quando ele voltou para a vida de tia Jenny?

Assinto.

— Foi, mas não entendi na época. Nunca reconheci que eu sentia algo por ele até recentemente. Eu jamais teria feito isso com Jenny.

Clara franze a testa, e odeio ver esse olhar no rosto dela. O olhar de quem percebeu que alguém tão importante na sua vida foi capaz de fazer algo terrível. O medo de repetir os mesmos erros.

Suspiro e volto a encarar o teto.

— Eu tive mais tempo para processar esse assunto do que você, então talvez possa compartilhar um pouco do que aprendi com toda a minha raiva. Pense um pouco. A atração não é algo que acontece só uma vez, com uma pessoa. Ela é parte do que faz os seres humanos funcionarem. Nossa atração um pelo outro, por arte, por comida, por entretenimento. É divertido. Então, quando você resolve se comprometer com alguém, não está dizendo *"Prometo que nunca mais vou me sentir atraído por outras pessoas"*. Você diz *"Prometo me comprometer com você apesar do meu potencial de me sentir atraído por outras pessoas"*. — Olho para Clara. — É por isso que relacionamentos são difíceis. O corpo e o coração não param de encontrar beleza e atração simplesmente porque duas pessoas resolvem ficar juntas. Se um dia acontecer de você se sentir atraída por outra pessoa, é sua responsabilidade se afastar antes que tomar uma atitude seja difícil demais.

— Como Jonah fez?

Assinto.

— Sim. Exatamente.

Clara me encara por um instante.

— Papai não podia se afastar da situação com tia Jenny porque ela estava sempre por perto. Talvez tenha sido por isso que aconteceu.
— Talvez.
— Mas isso não é desculpa.
— Você tem razão. Não é.

Clara volta a apoiar a cabeça no meu ombro. Beijo o topo da sua cabeça, mas ela não vê as lágrimas que começam a escorrer pelo meu rosto. É tão bom finalmente estar tendo essa conversa. É tão bom saber que minha filha tem mais capacidade emocional para descobrir a verdade do que imaginei.

— Tudo que eu fiz... não foi culpa de Miller. Ele só tentou me apoiar. Não quero que você o odeie.

Ela não precisa mais defender o namorado para mim. Quando descobri que o garoto tentou convencê-la a não transarem, parei de detestá-lo. E depois do pedido de desculpas hoje, passei a gostar dele.

— Eu não odeio Miller. Na verdade, vou com a cara dele. Só gostaria *mais* dele se ele nunca mais dormir escondido no seu quarto. Mas gosto do garoto.

— Ele não vai mais fazer isso — diz Clara. — Prometo.
— De toda forma, a Sra. Nettle deduraria vocês.

Ela levanta a cabeça.

— Foi assim que você descobriu?
— Às vezes, ter a vizinha mais fofoqueira do mundo compensa.

Clara ri, mas, quando vê minhas lágrimas, seu sorriso desaparece. Dispenso sua preocupação com um aceno de mão.

— São lágrimas de alegria. Juro.

Ela balança a cabeça.

— Meu Deus. A gente foi *tão* má uma com a outra.

Assinto.

— Não achei que fôssemos capazes daquelas coisas.
— Você me proibiu de ler *livros* — diz ela, rindo.

— Você me chamou de previsível.

— Bem, você provou que eu estava errada.

De algum jeito, estamos sorrindo. Fico grata por ela ter aceitado tão bem a notícia. Sei que seus sentimentos podem mudar amanhã. Tenho certeza de que Clara vai sentir muitas emoções diferentes. Mas, por enquanto, fico grata por termos este momento.

Talvez isso seja algo que eu precise aprender a valorizar mais. Nosso relacionamento nem sempre vai ser um mar de rosas, porém preciso aproveitar os intervalos de calmaria entre as tempestades. Não importa meu humor ou o que estiver acontecendo na minha vida, tenho que apreciar os momentos de alegria com Clara.

— Podemos esquecer o passado e recomeçar? Tipo... podemos ignorar a maconha, a sala da detenção, o álcool e a vez que matei aula? Quero muito meu telefone de volta.

— Não foi só isso que você fez de errado — digo.

— Eu sei, mas estava ficando sem fôlego. A lista é *muito* extensa.

Apesar de tudo pelo que Clara passou, ainda acho que ela precisa ficar de castigo. Mas também quero esquecer e recomeçar. Não me orgulho da forma como me comportei.

— Vamos fazer assim. Vou devolver seu telefone se você me prometer que não vai mais zombar de mim por preferir a tevê a cabo ao *streaming*.

Clara me encara com muita seriedade.

— Ah, caramba. Não sei...

— Clara!

Ela ri.

— Tudo bem. Combinado.

36
Clara

Eu e minha mãe saímos da sala de mãos dadas. Miller está no fim do corredor, esvaziando uma lixeira. Mamãe não o vê, mas eu vejo. Pouco antes de virarmos para a saída, Miller sorri para mim.

Este momento não se trata de nós dois, mas algo no seu olhar me faz sentir que ele acabou de se apaixonar por mim.

Sorrio de volta, sabendo que vou me lembrar dessa comunicação silenciosa para sempre.

37
Morgan

Hoje, quando acordei, foi o primeiro dia desde o acidente que não senti um clima tenso na casa. Eu estava estudando termos imobiliários para minha entrevista quando Clara me deu um abraço antes de sair, comendo um biscoito.

Depois da aula, ela mandou mensagem para avisar que faria o trabalho de cinema com Miller. Não faço ideia se isso é verdade. Mas ela tem dezessete anos. E sabe a hora de voltar para casa, então, contanto que não se atrase, não vou insistir para saber detalhes do que os dois fazem. Já sei que ela toma pílula e tenho quase certeza de que sua vida sexual não é ativa, graças à sua confissão bêbada.

Vamos conversar sobre isso, mas no momento certo. Antes preciso me acostumar com nossa nova dinâmica. Se eu pressioná-la demais, talvez ela se afaste de novo, e esta é a última coisa que quero.

Convidei Jonah para o jantar. Foi ótimo. Sentamos à mesa e nos alternamos em dar comida para Elijah, rindo de sua animação por provar coisas novas.

O bebê agora está em um colchonete na sala, se distraindo com os brinquedos trazidos por Jonah.

Nós estamos no sofá. Ele está sentado de lado, as pernas abertas para me encaixar no meio. Apoiei as costas no seu peito, e ficamos observando Elijah brincar no chão.

O braço esquerdo de Jonah está em torno da minha barriga, e, de vez em quando, no meio da conversa, ele beija a lateral da minha cabeça. Quanto mais faz isso, mais me acostumo e menos culpada me sinto. Quero que ele continue me beijando até a culpa desaparecer completamente. Mas acho que vai demorar alguns meses.

Suspiro diante desse pensamento, então, naturalmente, Jonah pergunta:

— O que houve?

— Eu só me preocupo demais, acho. Fico pensando que a traição dos dois vai fazer com que a gente nunca confie de verdade um no outro.

— Não estou preocupado com isso — diz ele, cheio de confiança.

— Por quê?

— Porque não. A gente nunca esteve com a pessoa certa antes.

Inclino a cabeça para olhar para Jonah. E então o beijo por fazer esse comentário.

Ele alisar meu lábio e me encara com um olhar sereno. Acho que nunca vi essa expressão no seu rosto. Jonah está livre depois de ter passado tanto tempo lutando, e sua paz interior é nítida.

— Vamos ficar bem, Morgan. Mais do que bem. Eu juro.

A porta da frente abre, e nós dois reagimos. Clara chegou uma hora mais cedo. Sento no sofá, e Jonah coloca as pernas para baixo. Ela para na entrada, observando a cena. Então fecha a porta.

— Vocês não precisam mais fingir.

Clara larga a bolsa e se aproxima, sentando ao lado de Elijah.

Jonah olha para mim, perguntando em silêncio se deveria ir embora. Clara nota o olhar. Então estica os braços para Elijah e o pega no colo, se encostando no sofá diante de nós.

— Fique — diz ela para Jonah enquanto fita o bebê. — Quero brincar um pouquinho com ele.

Eu e Jonah ficamos em silêncio enquanto a observamos. Não sabemos que humor esperar. Estávamos bem na noite passada e hoje pela manhã. Mas ainda não conversamos sobre meu relacionamento com Jonah. Não sei se estamos prontas para isso, porque ainda não toquei no assunto nem com ele.

Clara segura Elijah no colo, tentando incentivá-lo a repetir sons.

— Ele já disse alguma palavra? — pergunta ela, olhando para Jonah.

— Por enquanto, não. Acho que ainda vai demorar alguns meses.

Clara olha para Elijah e volta a tentar.

— Você consegue dizer *papá*?

Ele impulsiona as pernas contra sua barriga, pulando e emitindo barulhos aleatórios. E, então, para nosso espanto, repete o que ela acabou de dizer. O som é tão perfeito que ficamos imóveis, porque acho que todos duvidam do que acabamos de escutar.

Então Jonah diz:

— Ele acabou de...?

Clara assente.

— Acho que sim.

Jonah sai do sofá e senta ao seu lado. Elijah é pequeno demais para falar intencionalmente, mas me aproximo para o caso de repetir. Sento no chão, do outro lado de Clara.

Ela repete:

— Papá?

Clara tenta convencer Elijah a imitá-la de novo, mas ele só balbucia vários outros sons. Sei que foi uma coincidência, mas o momento foi perfeito.

Minha filha vira o bebê de frente para Jonah.

— Aí está seu papá — diz ela.

Não sei se é por ouvir Clara se referindo a ele como pai de Elijah, ou se por escutar a palavra saindo da boca do filho, mas os olhos de Jonah se enchem de lágrimas.

Assim que vejo a primeira lágrima escorrer por sua bochecha, *eu* começo a chorar.

Clara olha para Jonah, depois para mim, depois de novo para Jonah.

— Ótimo. Achei que a choradeira tinha terminado.

Agora *ela* está chorando.

Observo minha filha, e, apesar das lágrimas, ela sorri enquanto brinca com Elijah. E, então, faz algo inesperado. Ela suspira e apoia a cabeça no ombro de Jonah.

Aquilo pode não significar muito para Clara, mas faz uma enorme diferença para mim. É um gesto que vale mais do que palavras.

Ela está pedindo desculpas. Desculpas pelo que Chris fez com ele. Desculpas por achar que a culpa era nossa.

Esse pequeno ato faz com que minhas lágrimas caiam com mais intensidade. Acho que também emociona Jonah mais ainda, porque, assim que Clara tira a cabeça do seu ombro, ele olha para o outro lado, tentando esconder o rosto.

De nós quatro, Elijah é o único que não chora.

— Uau — diz Jonah, bufando. Ele seca as lágrimas com a camisa. — Nós somos patéticos.

— Muito patéticos — acrescenta Clara.

Ficamos sentados no chão por um tempo, brincando com Elijah. Rindo das caras que ele faz. Rindo quando ele ri. Tentando convencê-lo a dizer *papá* de novo, mas sem sucesso.

— O que você vai contar a Elijah? — pergunta Clara.

— A verdade — responde Jonah.

Ela assente.

— Que bom. A verdade é sempre a melhor opção. — Então dá um beijo na bochecha de Elijah. — Sempre quis um irmão mais novo. Talvez de um jeito mais convencional, mas assim está bom.

Fico feliz por ela ser madura o suficiente para conseguir separar a origem de Elijah do seu amor por ele. O rancor é uma carga pesada para ser carregada pelo resto da vida.

As últimas vinte e quatro horas me encheram de orgulho. É tão maravilhoso ver minha filha lidar com tudo isso com tanta benevolência e maturidade.

Elijah boceja, então Jonah começa a arrumar as coisas para ir embora. Eu o ajudo, mas, quando paramos diante da porta, prontos para nos despedirmos, é estranho. Quero levá-lo até o carro, mas não sei o que Clara pensaria.

Percebo que Jonah quer me beijar, mas não faria isso na frente dela.

— Boa noite — sussurra ele. E faz uma careta, como se fosse doloroso se afastar sem um beijo, depois de tanto tempo obrigado a fazer isso.

— Ah, fala *sério*, gente — diz Clara, sentindo nosso desconforto. — É esquisito, mas paciência, vou me acostumar.

Nosso rosto é tomado pelo alívio, então saio com Jonah, agora que temos a permissão de Clara.

Depois de colocar Elijah no carro, ele fecha a porta, passa os braços em torno da minha cintura e me gira para pressionar minhas costas contra o carro. E me dá um beijo na bochecha.

A única coisa que sinto em seus braços é alívio. Os últimos dias podiam ter dado errado de várias maneiras, mas não deram. Talvez tenha sido graças a Clara. Ou a Jonah. Ou a todos nós. Não sei.

— Ela é maravilhosa — diz ele.

— É, sim. Às vezes eu me esqueço de como é difícil ser adolescente. Ainda mais na situação dela. Acho que fico subestimando os hormônios e as emoções próprios dessa idade.

— Você foi muito paciente com Clara o tempo todo.

O elogio me faz rir.

— Você acha? Porque, na minha opinião, perdi a cabeça algumas vezes.

— Espero conseguir ser metade do que você é com ela.

— Você está criando um filho que não é biologicamente seu. Isso já o torna duas vezes melhor do que eu.

Jonah se afasta, sorrindo para mim.

— Gosto quando você elogia minha habilidade paternal. É meio... sexy.

— Também acho. Ver você sendo um bom pai é a coisa que mais me atrai.

— A gente é muito esquisito — diz ele.

— Eu sei.

Jonah entrelaça os dedos aos meus e leva nossas mãos para minhas costas, pressionando-as contra o carro. E beija minha bochecha de novo.

— Posso fazer uma pergunta? — Jonah roça os lábios pelo meu rosto até chegar à boca. Assinto. Ele se afasta, mas só o suficiente para conseguirmos nos olhar. — Quer ser minha namorada?

Eu o encaro por dois segundos antes de soltar uma gargalhada

— Os homens ainda fazem isso? Pedem as mulheres em namoro?

Jonah dá de ombros.

— Não sei. Mas faz tempo demais que quero perguntar isso, então seria legal você me agradar e dizer que sim.

Eu me inclino, esfregando os lábios nos dele.

— *Claro* que sim.

Jonah solta minhas mãos e segura meu rosto.

— Quero te beijar, mas não de língua, porque aí não vou conseguir te soltar. Não quero que Clara ache que estamos nos agarrando aqui fora.

— Mas estamos.

— É, mas ainda deve ser esquisito para ela. — Ele me dá um selinho rápido. — Volte para casa e aja naturalmente.

Eu rio antes de jogar as mãos em torno da cabeça dele e puxá-lo para minha boca. Jonah geme quando nossas línguas se encontram e me pressiona com mais força contra o carro. Passamos um minuto inteiro nos beijando. Dois minutos.

Quando ele finalmente se afasta, balança um pouco a cabeça enquanto me observa.

— É surreal — diz ele. — Faz tanto tempo que desisti de pensar em nós.

— E eu nunca nem me permiti cogitar que a gente era uma possibilidade.

Jonah sorri, mas é um sorriso triste. Ele desliza as mãos por minhas costas.

— Eu abriria mão de tudo se isso pudesse trazer os dois de volta. Por mais feliz que eu fique por estarmos juntos, nunca quis que acontecesse desse jeito. Espero que você saiba disso.

— É claro que eu sei. Você nem precisava falar isso.

— Entendo. Mas acho que ainda estou tentando processar tudo. É bom finalmente estarmos juntos, só que também me sinto culpado pela forma como tudo aconteceu. — Ele puxa minha cabeça contra seu peito. Passo os braços em torno da sua cintura, e ficamos abraçados por um tempo. — Parte de mim se pergunta se você realmente quer isto. Se *me* quer. Eu entenderia se não fosse o caso. É uma mudança enorme. Não tenho tanto dinheiro quanto Chris tinha, e ainda por cima venho com um bebê a tiracolo. Você pode recomeçar agora, e talvez queira um tempo para ficar sozinha. Sei lá. Mas eu entenderia. Quero que saiba disso.

Meu primeiro impulso é balançar a cabeça e discordar, mas penso no que acabei de ouvir. Se seguirmos em frente, vou criar outra criança e me comprometer com uma vida nova, logo depois da minha antiga sofrer uma mudança tão drástica. A maioria das pessoas precisaria de mais tempo para se ajustar. Especialmente com a ideia de sair de um casamento de anos e entrar em um relacionamento novo; em um intervalo de poucos meses. Entendo por que Jonah esperaria certa hesitação da minha parte.

Fecho os olhos e ajeito a cabeça sobre o peito dele. Consigo ouvir seu coração batendo rápido.

Subo a mão por sua camisa, parando logo acima do seu coração. Mantenho-a ali por um instante, prestando atenção na velocidade com que o órgão bombeia o sangue por seu corpo. Pela rapidez e pela força das batidas, sei que ele está cheio de medo.

Fico triste, porque, se existe algo com que Jonah Sullivan não precisaria se preocupar, são meus sentimentos sobre ele. Mas nunca lhe expliquei por quê.

Levanto a cabeça, olhando nos seus olhos enquanto digo tudo que ele merece ouvir.

— Quando éramos adolescentes, você era o único que ria das minhas piadas. E costumava disfarçar, como se aquilo fosse revelar seu amor por mim. Mas eu prestava atenção na sua reação. E quando eu e Chris brigávamos você nunca usava essas oportunidades para tentar nos separar. Pelo contrário, você ouvia meus desabafos e, então, me lembrava de todas as qualidades dele. Quando Jenny engravidou no ano passado, eu sinceramente achei que você fosse sumir. Mas não foi isso que aconteceu. E na noite em que voltou para buscar Elijah depois de descobrir que ele não era seu filho biológico... Acho que foi aí que me apaixonei totalmente por você. Não eram apenas algumas partes suas que eu amava. Era a pessoa completa.

Não quero que Jonah pense que precise me responder. Já sei como ele se sente sobre mim. Como sempre se sentiu. Agora é a vez de ele experimentar a sensação de saber que sempre foi a primeira escolha de alguém.

Afasto a mão do seu peito e toco sua bochecha.

— Casei com Chris porque ele era o pai da minha filha, e queria que as coisas dessem certo. Eu o amava — acrescento. — E também sempre vou amar Jenny. Mas você é a primeira e a única pessoa no mundo que amei sem motivo nem razão. Eu te amo porque não consigo evitar, e é um sentimento tão bom. A ideia de criar Elijah ao seu lado me deixa feliz. E sei que, antes de a gente fazer amor pela primeira vez, eu disse que ia me arrepender, mas nunca estive tão enganada. Não me arrependi naquela noite, e não me arrependo agora. Tenho certeza de que nunca vou passar nem um segundo na minha vida me arrependendo de você. — Fico na ponta dos pés e beijo sua boca com delicadeza. — Eu te amo, Jonah. Demais.

Passo por ele e vou para casa. Quando abro a porta da frente, olho para trás, e Jonah continua parado lá, sorrindo para mim.

E é algo lindo de se ver.

Fecho a porta e, pela primeira vez na vida, sinto como se cada pedacinho meu começasse a ser preenchido. Jonah já ocupa todas as partes da minha vida, aquelas que sempre pareceram tão vazias com Chris.

E estou tão orgulhosa de Clara e da mulher que ela está se tornando. O caminho até aqui foi complicado, e minha filha passou por momentos mais difíceis do que a maioria das pessoas com sua idade. Meu orgulho de ser sua mãe voltou.

Ainda não sei bem o que quero ser nem qual carreira seguir, mas foi interessante passar os últimos meses pensando nisso. Faz tempo que quero trabalhar e voltar para a faculdade, mas, por algum motivo, sempre achei que fosse tarde demais. Mas não é. Sou uma pessoa em desenvolvimento. Talvez seja assim para sempre. Não sei se algum dia vou me sentir como um projeto final, nem sei se quero. A busca por mim mesma está se tornando minha parte favorita dessa nova jornada.

Lembro que escrevi no meu quadro de aniversário: *Encontrar algo que me empolgue*. Talvez eu não me anime com uma coisa apenas. Podem ser várias, e nunca permiti que eu mesma e meus desejos fossem uma prioridade. A ideia de que tenho o restante da vida para me descobrir é animadora. Há tantas coisas que quero experimentar, independentemente de darem certo ou não. Acho que encontrar algo que me empolgue *é* o que me anima.

Depois que Jonah vai embora e Clara se deita, entro no meu quarto e pego todas as cartas de Jenny que Chris escondeu na caixa de ferramentas. Desde o dia em que descobri a verdade, tantas perguntas se passaram por minha cabeça. Eu achava que precisava das respostas, mas isso mudou. Sei que amei as melhores versões de Jenny e Chris. Mas os dois se apaixonaram pelas piores versões de si mesmos — as versões capazes de trair e mentir.

Sempre vou ter minhas lembranças, porque eles eram uma parte imensa da minha vida. Mas as cartas não são minhas. Não são algo que quero saber nem guardar.

Uma por uma, rasgo-as em pedacinhos sem ler nada.

Estou feliz com o rumo que minha vida está tomando, e sei que ficar obcecada pelo passado só vai me manter presa em um lugar que estou mais do que pronta para superar.

Jogo todos os pedaços da história de Jenny e Chris na lixeira do banheiro. Quando olho para cima, vejo meu reflexo no espelho.

Estou começando a parecer feliz de novo. Feliz de *verdade*.

E é algo lindo de ser visto.

38
Clara

Alguns meses depois

Entro na sala e seguro a mão de Miller. Nós dois estamos nervosos. A gente se dedicou tanto ao filme, e quero muito que Jonah goste.

Minha mãe apaga as luzes e senta ao lado de Lexie e Efren. Jonah está sentado na ponta do outro sofá, mais ansioso do que todos para assistir ao nosso trabalho.

No fim, resolvemos fazer um pseudodocumentário. Quando começamos o projeto, nossa vida estava lotada de problemas sérios, então preferi fazer algo divertido, para variar.

Como a duração deveria ser poucos minutos, foi mais difícil do que o esperado bolar algo com começo, meio e fim. Mas espero que tenha dado certo. Só não sabemos se alguém vai achar graça.

Miller olha para mim, e vejo que está nervoso. Sorrimos um para o outro assim que o filme começa.

A tela está preta, mas num tom vivo de laranja surge o título: *CROMOFÓBICOS*.

A cena abre com uma personagem de dezessete anos, *KAITLYN*, *cujo nome* aparece na tela. Kaitlyn (interpretada por mim) está sentada em um banco, em uma sala vazia. A luz é direcionada sobre ela enquanto a jovem olha para algo fora da câmera, retorcendo as mãos, aflita.

Alguém fora da imagem pergunta:

— Pode nos contar como começou?

Kaitlyn olha para a câmera, apavorada. Ela assente, com ar nervoso.

— Bem... — É nítido que ela sente dificuldade em tocar no assunto. — Acho que eu tinha cinco anos, talvez? Seis? Não lembro direito... — A câmera se aproxima do seu rosto. — Mas... eu me lembro de todas as palavras daquela conversa, como se tivesse ocorrido hoje. Mamãe e papai... estavam sentados na sala, encarando a parede. Eles seguravam umas... umas... amostras de tinta. Tentavam decidir com qual tom de branco iam pintar as paredes. E foi então que tudo aconteceu. — Kaitlyn engole em seco, mas continua, apesar do desconforto. — Mamãe olhou para papai. Ela só... *olhou* para ele, como se não soubesse que suas palavras estavam prestes a destruir de vez nossa família. — Kaitlyn, obviamente horrorizada com a lembrança, seca uma lágrima que escorre por sua bochecha. Ela respira fundo e continua falando enquanto exala o ar. — Minha mãe olhou para ele e disse: *"Que tal laranja?"*

A lembrança a faz estremecer.

A tela escurece de novo, depois mostra outro personagem. Um idoso, magro e melancólico. Então o nome *PETER* aparece. Ele é interpretado pelo vovô.

Peter está sentado em uma poltrona verde antiga. Ele cutuca o estofado com os dedos frágeis, soltando a linha da costura. Ela cai no chão.

Mais uma vez, uma voz fora da imagem pergunta:

— Por onde quer começar, Peter?

Ele olha para a câmera com os olhos castanho-escuros cercados por anos de rugas, cada uma de profundidades e tamanhos diferentes. Seus olhos estão injetados.

— Pelo começo, acho.

A imagem passa para um flashback... para uma versão mais jovem de Peter, no fim da adolescência. Ele está em uma casa antiga, no quarto. Há um pôster dos Beatles pendurado na cama. O garoto revira o armário, frustrado. A voz do velho Peter começa a narrar a cena.

— Eu não conseguia encontrar minha camisa da sorte — diz ele.

A cena exibida na tela é do adolescente frustrado (interpretado por Miller), saindo do quarto e depois da casa, pela porta dos fundos.

— Então... fui procurar minha mãe. Perguntar se ela sabia onde estava, sabe?

A mãe está parada diante de um varal de roupas no quintal, prendendo um lençol.

— Eu perguntei: *"Mãe, sabe onde está minha blusa azul?"*

A tela volta para a versão mais velha de Peter. Ele encara as próprias mãos, girando os dedões. Então bufa, voltando a olhar para a câmera.

— Ela olhou para mim e respondeu: *"Ainda não lavei."*

A imagem volta para o adolescente. Ele encara a mãe, completamente chocado. E leva as mãos à cabeça.

— Foi então que percebi... — diz a narração de Peter. — Que só havia uma opção.

A cena segue o adolescente enquanto ele volta para a casa, batendo os pés, entra no quarto e abre o armário. Suas mãos afastam as roupas até a câmera focar em uma única camisa, pendurada lá, balançando para a frente e para trás.

— Era minha única blusa limpa.

A imagem volta para o velho Peter. Ele pressiona as mãos suadas contra as coxas, recosta a cabeça na velha poltrona verde. E encara o teto, pensativo.

Uma voz fora da tela o chama.

— Peter? Quer fazer uma pausa?

Ele se inclina para a frente, balançando a cabeça.

— Não. Não, só quero acabar logo com isso. — Ele bufa, voltando a encarar a câmera. — Fiz o que precisava ser feito — continua, dando de ombros.

A câmera segue o adolescente enquanto a camisa é puxada do cabide. Ele arranca a blusa que está usando e, então, veste com raiva a peça limpa que acabou de tirar do armário.

— Eu *não* tinha opção. — O velho Peter agora encara a câmera com seriedade. — Não podia ir sem camisa. Era a década de *cinquenta*. — Ele repete, sussurrando: — Eu não tinha outra opção.

Uma pergunta é feita fora da câmera:

— De que cor era a camisa, Peter?

Ele balança a cabeça. A lembrança é difícil demais.

— Peter — insiste a voz. — De que cor era a camisa?

Ele bufa, frustrado.

— Laranja. Era *laranja*, está bem?

Peter desvia o olhar da câmera, envergonhado.

A tela escurece.

A próxima cena mostra uma nova personagem, vestida de forma profissional. Ela tem cabelo louro comprido e usa uma blusa branca sem nenhum amassado. Está ajeitando a blusa enquanto olha para a câmera.

— Estamos prontos? — pergunta ela.

— Quando quiser — responde a voz fora de cena.

A mulher assente.

— Tudo bem então. Posso começar a falar? — Ela busca orientação de alguém. Então olha para a câmera. — Meu nome é Dra. Esther Bloombilingtington. Sou especialista em cromofobia.

Uma voz fora da imagem pede:

— Pode nos dar uma definição desse termo?

A Dra. Bloombilingtington assente.

— Cromofobia é o medo persistente e irracional de uma cor.

— De que cor, especificamente? — pergunta a voz.

— Ela se manifesta de forma diferente em cada paciente — responde a doutora. — Alguns temem o azul, ou o verde, ou o vermelho, ou o rosa, ou o amarelo, ou o preto, ou o marrom, ou o roxo. Até o branco. Nenhuma cor está fora de cogitação, na verdade. Há quem tema uma *variedade* de cores, ou, em casos mais graves... — Ela encara a câmera. — *Todas* as cores.

A voz faz outra pergunta:

— Mas a senhora não veio falar de todas as cores hoje, não é?

A Dra. Bloombilingtington balança a cabeça, voltando a olhar para a câmera.

— Não. Hoje, estou aqui por um motivo específico. Uma cor que apresenta resultados com uma consistência alarmante. — Ela ergue os ombros enquanto respira fundo. Depois volta a abaixá-los. — Os resultados do nosso estudo são importantes, e acredito que devem ser compartilhados com o mundo.

— O que precisa ser compartilhado?

— Com base em nossas descobertas, acreditamos que a cor laranja não é *apenas* a causa da maioria das ocorrências de cromofobia, como também temos provas irrefutáveis de que o laranja é, de *longe*, a pior cor de todas.

A voz fora de cena pergunta:

— E que provas a senhora tem disso?

A Dra. Bloombilingtington olha para a câmera, muito séria.

— Além de várias curtidas em nossas enquetes no Twitter e muitas visualizações em nossos *stories* do Instagram sobre o assunto, também temos... as *pessoas*. As pessoas e suas histórias. — Ela se inclina para a frente, estreitando os olhos enquanto uma música lenta e dramática começa a tocar. — Apenas *escute* as *histórias*.

A imagem escurece.

A próxima cena volta com a primeira personagem, Kaitlyn. Agora, ela segura um lenço de papel enquanto fala:

— Assim que mamãe falou isso para meu pai... — Ela ergue os olhos e encara a câmera. — Ele... ele *morreu*.

Kaitlyn seca os olhos com o lenço.

— Ele só... ele só olhou para ela, chocado com a *ideia* de pintar a sala de uma cor como o laranja. Assim que as palavras saíram de sua boca, meu pai largou as amostras de tinta no chão, apertou o peito e simplesmente... simplesmente *morreu*.

Kaitlyn parece atordoada.

— A última palavra que ele disse foi... *laranja*. — Um soluço escapa. Ela balança a cabeça de um lado para o outro. — Nunca vou perdoar minha mãe. Que tipo de pessoa sugere *laranja* para pintar uma *parede*? Essa foi a última coisa que ele ouviu na vida. A *última!*

A imagem escurece imediatamente após o acesso de raiva de Kaitlyn.

Voltamos para o flashback do jovem Peter, que agora dirige uma velha picape azul. Ele usa a camisa laranja. Seu rosto está retorcido e contorcido de raiva.

— Eu queria usar a camisa azul, mas não tive escolha — narra o velho Peter. — Sabia que Mary gostava de azul. Ela me falou isso no dia em que a convidei para sair. Eu falei que seu vestido amarelo era bonito, e ela girou para mim e respondeu: *"Não é?"* Assenti, e ela disse: *"Gosto da sua camisa, Peter. Azul combina com você."*

A câmera está focada no velho Peter agora, sentado na poltrona verde. Seus olhos parecem ainda mais injetados do que no começo.

— Quando cheguei ao cinema... vi Mary parada lá na frente. Sozinha. Estacionei a picape, desliguei o motor e fiquei observando. Ela estava tão bonita, no seu vestido amarelo.

O flashback mostra o jovem Peter sentado na picape, usando a camisa laranja enquanto observa uma menina bonita de vestido amarelo esperando, sozinha. Ele faz uma careta.

— Eu simplesmente não consegui. Não podia deixar que ela me visse daquele jeito.

O jovem Peter liga o carro e começa a sair do estacionamento.

A câmera volta para a versão atual de Peter, na poltrona verde.

— Que *opção* eu *tinha*? — Ele está tão irritado que tenta levantar, mas é velho demais para conseguir ficar em pé. — Eu não podia encontrar com ela usando aquela camisa! Ir embora era minha *única escolha*!

Peter desaba sobre a poltrona. Ele balança a cabeça, obviamente se arrependendo de uma decisão que afetou profundamente o restante de sua vida.

— Peter?

Ele encara a câmera, a pessoa que fala fora da cena.

— Pode nos contar o que aconteceu com Mary?

Peter se retrai, os olhos encontrando uma maneira de formar ainda mais rugas.

— O que aconteceu com Mary, Peter?

Ele tenta se levantar de novo, agitando um braço.

— Ela se casou com Dan Stanley! Foi *isso* que aconteceu! — Peter volta a cair na poltrona, sendo consumido pela tristeza. — Os dois se conheceram naquela noite... no cinema. Na noite em que eu devia me encontrar com ela usando minha camisa azul. E se apaixonaram. Acabaram tendo três filhos e uns bodes. Ou ovelhas. Droga, já esqueci. Mas foram muitos. Eu costumava passar pela fazenda deles todo dia no meu caminho para o trabalho, e aqueles animais malditos pareciam tão... *saudáveis*. Como se Dan Stanley cuidasse muito bem deles. Do mesmo jeito que cuidava bem de Mary, mesmo que ela devesse ter sido *minha*. — Peter estica o braço para a mesinha ao lado da poltrona. Pega um lenço de papel. Assoa o nariz. — Agora, estou aqui. — Ele acena para a sala, como se não tivesse nada para mostrar de sua vida. — Sozinho. — Ele assoa o nariz de novo, olhando para a câmera, que se aproxima do seu rosto. Há uma pausa demorada, pesada. Então Peter diz: — Não quero mais falar desse assunto. Já chega.

A tela escurece de novo.

A próxima cena exibe a Dra. Bloombilingtington, as sobrancelhas unidas de preocupação.

— O que a senhora espera que as pessoas aprendam com esse documentário? — pergunta a voz fora da imagem.

Ela encara a câmera.

— Minha esperança... minha *única* esperança... é que todos que assistam a isso se unam para banir essa cor cruel. O laranja não apenas destrói vidas, como a palavra nem *rima* com nada. As pessoas *tentam* fazer rimas com laranja, mas... não existe nada que combine. Simplesmente não *existe*. — A câmera se aproxima do seu rosto. A voz dela é um sussurro sério. — E *nunca* existirá.

A tela escurece.

Novas palavras surgem em todas as cores, *menos* laranja. Elas dizem: Se você, ou alguém que conhece, já viu a cor laranja ou disse a palavra laranja em voz alta, pode estar sofrendo de cromofobia. Por favor, entre em contato com um psiquiatra para obter um diagnóstico oficial. Se quiser fazer uma doação ou participar de nossa campanha para banir esse termo de nosso idioma e do mundo, envie um e-mail para CampanhaContraACorQueNãoSeráNomeada@gmail.com.

A tela escurece.

Os créditos começam a subir, mas há apenas três nomes, já que eu, Miller e o vovô interpretamos todos os papéis.

Miller passou o tempo todo segurando minha mão. A dele está suando. Sei que o vídeo só tem cinco minutos, porém pareceu mais demorado. Com certeza a gente levou bem mais tempo para fazer tudo.

A sala está em silêncio. Não sei se isso é bom ou ruim. Olho para Jonah, mas ele continua encarando a tela.

Lexie e Efron olham para o chão.

Minha mãe é a primeira a falar.

— Foi... — Ela se vira para Jonah em busca de ajuda, mas ele continua encarando a televisão. Ela volta a falar: — Foi... *inesperado*. Está muito bem-feito. As atuações foram ótimas. Quer dizer... não sei. Vocês pediram para sermos sinceros, então... não entendi. Talvez eu seja velha demais.

Lexie balança a cabeça.

— O problema não é a idade, porque também estou muito confusa.

— É um *pseudodocumentário* — diz Miller, na defensiva. — A ideia é fazer piada dos documentários de verdade. E ser *engraçado*.

Efren assente.

— Eu ri.

— Não riu, não — diz Miller.

Ele vai até o interruptor e acende a luz.

Ainda estou esperando Jonah dizer alguma coisa. Ele finalmente tira os olhos da televisão e se foca em nós dois. E apenas nos encara em silêncio por um instante.

Mas então... começa a aplaudir.

É devagar no começo, mas as palmas aceleram enquanto se levanta. Ele começa a rir, e sinto que a reação de Jonah faz Miller finalmente começar a se acalmar.

— Foi *brilhante*! — diz Jonah. Ele coloca as mãos no quadril e olha para a televisão. — Quer dizer... a qualidade. As atuações. — Ele nos encara de novo. — Quem fez Peter?

— Meu avô — responde Miller.

— *Muito* bom — diz Jonah. — Achei fantástico. Talvez vocês dois tenham chance de ganhar.

— Você está tentando ser legal? — pergunta minha mãe. — Não sei dizer...

— Não. Quer dizer, acho que começamos achando que ia ser bem mais sério. Talvez mais pessoal. Mas, quando entendi que era um pseudodocumentário, fiquei embasbacado com o quanto deu certo. Vocês acertaram em cheio. Os dois.

Eu e Miller suspiramos aliviados. A gente se esforçou tanto. Sei que é um filme bobo, mas a intenção era essa.

Não fico ofendida por ninguém mais ter entendido. Só estávamos preocupados com a opinião de Jonah, porque é o nome dele que vai aparecer como professor responsável.

Miller me dá um abraço. Sinto o alívio emanando dele enquanto suspira contra meu pescoço.

— Que bom que acabou — diz ele. — Achei que Jonah fosse detestar.

Também estou aliviada.

Que sensação boa.

Miller vai até o laptop que conectou à televisão.

— Certo, tenho mais um vídeo.

Inclino a cabeça, confusa.

— Mas a gente só fez um...

Ele olha para mim e sorri.

— Este é surpresa.

Miller abre outro arquivo e, assim que a televisão se conecta com o computador, corre para apagar as luzes.

Não sei o que ele está aprontando.

Continuo no fundo da sala quando Miller me abraça por trás. E apoia o queixo no meu ombro.

— O que é isso?

— Shh — diz ele. — Só assista.

O filme começa com Miller encarando a câmera. Ele mesmo a segura, apontando-a para o próprio rosto. E acena.

— Oi, Clara. — Então baixa a câmera. Vejo seu quarto. Ele senta na cama e diz: — Certo, eu sei que você falou que não queria nada muito elaborado, mas... meio que comecei isso antes de a gente conversar sobre o assunto. Então... espero que goste.

A tela escurece e volta com uma filmagem de nós dois. É o rolo B que gravamos nos últimos meses. Clipes de nós sentados contra a árvore no parque. De nós conversando sobre o trabalho de cinema. De nós na escola, na casa dele, na minha casa.

A montagem termina, e, na próxima cena, há som. É Miller, mexendo na câmera. Ele está na picape, bate a porta e aponta a câmera para si mesmo.

— Oi, Clara. Acho que você devia ir à festa de formatura comigo.
— Sua voz sai em um sussurro.

Ele coloca a câmera em um tripé. E a aponta para mim.

Esse foi o primeiro dia em que ligou a câmera, quando estávamos no *food truck*. Ele se afasta para pedir os sanduíches, e a filmagem me mostra fazendo caretas.

A próxima cena é o dia em que matamos aula. Ele ajeita a câmera no tripé, apontando-a para a árvore. Estou apoiada no tronco, olhando para a água. Miller não aparece na imagem no começo, mas então enfia o rosto da frente da câmera.

— Oi, Clara — sussurra ele, rápido. — Você devia ir à festa de formatura comigo.

Então se afasta e senta entre mim e a árvore, como se nada tivesse acontecido.

Eu não fazia ideia de que ele estava fazendo isso. Viro para encará-lo, mas Miller me incentiva a olhar para a frente.

As próximas três cenas são todas de quando estávamos juntos, com ele sussurrando convites aleatórios para a festa de formatura sem eu ter noção de que fazia isso.

Então começa uma cena dele parado na fila da Starbucks. Miller aponta a câmera para mim. Estou sentada sozinha em um canto, lendo um livro.

Ah, meu Deus. Esse foi o dia em que nos beijamos pela primeira vez.
Miller vira a câmera para si mesmo na fila.

— Você é tão fofa, sentada ali, lendo seu livro — sussurra ele. — Acho que devia ir à festa de formatura comigo.

— Miller — murmuro.

Tento me virar para encará-lo de novo, mas ele não quer que eu tire os olhos da televisão. Estou em choque. Não esperava que nenhuma das imagens fosse de antes de começarmos a namorar.

Na cena seguinte, Miller está do lado de fora, apoiado em um poste. Não reconheço o lugar no começo, mas, quando ele seca o suor do rosto e tira o pirulito da boca, percebo que está parado na frente da placa dos limites da cidade. Ele olha para a câmera e diz:

— *Então*. Clara Grant. Você acabou de passar de carro por mim, e sei que me viu parado aqui no acostamento. Vamos combinar o seguinte. Eu tenho namorada, mas não penso mais nela antes de dormir, e vovô diz que isso é um mau sinal, e que a gente devia terminar. Quer dizer, já faz um bom tempo que tenho uma quedinha por você, e acho que minhas oportunidades estão acabando. Então, vamos fazer um acordo. Se você virar o carro no fim da colina e voltar, vou aceitar isso como um sinal, finalmente prestar atenção nos meus instintos, terminar com minha namorada e, depois de um tempo, convidar você para sair. Talvez eu até a convide para a festa de formatura. Mas, se você *não* virar o carro, vou aceitar que não era para... — Seus olhos se voltam para cima, e ele vê alguma coisa. Então sorri e encara de novo o telefone. — Veja só. Você voltou.

Essa parte do vídeo termina, e, agora, estou chorando.

Quando a próxima cena começa, não reconheço nada. A câmera está apontada para o chão e depois para seu avô.

Ele parece alguns anos mais novo no vídeo. Mais saudável do que agora.

— Tire isso da minha cara — diz o vovô.

Miller vira a câmera para si mesmo. Ele também parece mais novo. Mais magro. Devia ter uns quinze anos.

— Vovô está animado para ver a peça — diz Miller para a câmera, sarcástico.

E aponta a câmera para o palco.

Meu coração dispara no peito quando reconheço o cenário.

Minha mente começa a pensar rápido. O vovô tentou me contar duas vezes sobre algo que aconteceu na escola quando Miller tinha quinze anos. E, nas duas vezes, Miller ficou com tanta vergonha que o fez calar a boca.

Ele beija a lateral da minha cabeça. Sabe que estou esperando para escutar essa história desde o dia em que conheci o vovô.

A câmera é desligada. Quando liga de novo, é a mesma noite, mas no final da peça. Agora o foco sou eu. Tenho catorze anos e estou sozinha no palco, apresentando um monólogo. A câmera lentamente sai de mim e passa para Miller.

O vovô deve estar filmando agora.

Miller encara o palco. Ele está inclinado para a frente, as mãos entrelaçadas sob o queixo. A câmera se aproxima do seu rosto enquanto ele me observa. E fica ali por um minuto inteiro. Miller presta atenção em cada palavra que digo no palco, completamente fascinado. O vovô nunca desvia a câmera, mas ele não faz ideia de que está sendo filmado.

O monólogo é o fim da peça, então, quando digo a última fala, todos começam a aplaudir.

Miller, não.

Ele está imóvel.

— Uau — sussurra. — Ela é incrível. *Épica*.

E então olha para o lado e vê a câmera apontada para sua cara. Ele tenta tirá-la do avô, que a puxa para trás e a vira para filmar os dois. Miller revira os olhos quando o vovô diz:

— Acho que você acabou de se apaixonar.

Miller ri.

— Cale a boca.

— Foi isso mesmo, e eu filmei. — Ele aponta a câmera para o neto de novo e pergunta: — Como é o nome dela?

Miller dá de ombros.

— Não sei direito. Acho que é Clara. — Então abre o panfleto da peça em busca do meu nome. — Clara Grant interpretou o papel de Nora.

Vovô continua filmando. Miller nem se dá ao trabalho de negar. Todos na plateia agora estão aplaudindo os atores que entram no palco, mas ele encara a câmera.

— Já pode parar.

O vovô ri.

— Achei fofo. Talvez você devesse convidá-la para sair.

Miller ri.

— É, claro. Ela é nota dez. Eu sou quatro. Talvez cinco.

O vovô vira a câmera para si mesmo.

— Eu daria um seis para ele.

— *Desligue* isso — repete Miller.

O vovô sorri para a câmera. Então a aponta para o neto de novo. Quando anunciam meu nome e é minha vez de agradecer os aplausos, Miller morde o lábio, tentando esconder um sorriso.

— Você parece fissurado — diz o vovô. — Que pena, porque ela é areia demais para o seu caminhãozinho.

Miller olha para a câmera. Ele ri, nem tenta esconder o fato de que está impressionado. Então se inclina, se aproximando da tela, encarando-a.

— Um dia desses, aquela garota vai me notar. Pode esperar.

— Não sou imortal — diz vovô. — Nem você.

Miller olha de volta para o palco e ri.

— Você é meu pior avô.

— Sou seu único avô.

— Graças a Deus — responde Miller, rindo.

Então a câmera é desligada.

Lágrimas escorrem por minhas bochechas. Estou balançando a cabeça, completamente chocada. Miller continua me abraçando. Ele leva a boca até minha orelha.

— E você disse que convites elaborados para a festa de formatura eram chatos.

Eu rio enquanto choro. Então me viro e o beijo.

— É óbvio que vivo falando besteira.

Ele pressiona a testa contra a minha e sorri.

Alguém acende a luz. Nós nos separamos, e minha mãe está secando as lágrimas.

— Era *esse* filme que vocês deviam entregar.

Lexie assente.

— Esse não segue os requisitos — diz Jonah. — Não foi totalmente filmado neste ano. — Ele olha para Miller e pisca. — Mas foi ótimo.

Eu encaro a tela desligada, incrédula. Então, a ficha cai.

— Espere um pouco. — Encaro Miller. — Você disse que o nome da sua picape era em homenagem a uma música dos Beatles. Mas Nora era o nome da minha personagem naquela peça.

Ele sorri.

— Existe alguma música dos Beatles chamada Nora?

Miller balança a cabeça, e fico sem acreditar. Ele nunca vai conseguir superar o que acabou de fazer.

Uma hora depois, ainda estou louca. Não louca de *verdade*. Louca por Miller.

Ele prometeu me levar para fazer um lanche, porque estou morta de fome, mas vai na direção oposta ao centro da cidade.

— Achei que a gente fosse comer.

— Primeiro quero te mostrar uma coisa lá em casa.

Ocupo o meio do banco da picape, apoiando a cabeça no ombro dele. Estou olhando para o telefone quando sinto que começamos a diminuir a velocidade. Mas passamos pela casa de Miller. Ele para no acostamento, no escuro.

— O que você está fazendo?

Ele abre a porta e pega minha mão, me puxando para fora. Então anda comigo por alguns metros e aponta para algo. Vejo a placa dos limites da cidade.

— Notou alguma coisa?

Olho para baixo, e ela está cimentada no chão.

— Uau. Você conseguiu. Mudou os limites da cidade.

— Pensei que a gente podia ficar na minha casa e pedir pizza com o vovô hoje.

— Pepperoni e abacaxi?

Miller balança a cabeça, larga minha mão e começa a andar de volta para a picape.

— Tão perto de gabaritar, Clara. *Tão* perto.

Cinco minutos depois, eu e o vovô agimos como se ver Miller pedir uma pizza fosse a coisa mais fantástica do mundo. Nós dois estamos sentados na ponta das poltronas. Começo a roer as unhas. Miller colocou o telefone no viva-voz, então o clima na sala fica tenso quando o atendente diz:

— Acho que não entregamos tão longe. Nossa área de entrega é dentro dos limites da cidade.

— Mas eu moro dentro dos limites da cidade. A uns seis metros — responde Miller, confiante.

Há silêncio do outro lado da linha antes de o cara responder:

— Certo. Você está no sistema. Deve demorar uns quarenta e cinco minutos.

Quando ele desliga, pulamos e batemos as mãos. O vovô não consegue pular, então me aproximo para bater na mão dele também.

— Sou um gênio — diz Miller. — Cinco meses de trabalho duro e ilegal finalmente foram compensados.

— Estou meio orgulhoso — comenta o vovô. — Apesar de eu não querer apoiar nenhuma ilegalidade. Mas, veja bem... é pizza, então...

Miller ri. O alarme dos remédios do vovô toca, então vou até a cozinha pegar os comprimidos de que ele precisa. Enquanto Miller está no trabalho, tenho ajudado por aqui. Durante o dia, um acompanhante fica com ele, agora ele precisa de cuidados integrais.

Gosto de passar tempo com o vovô. Ele me conta tantas histórias divertidas sobre Miller. Sobre sua própria vida. E, apesar de ainda brincar que foi largado pela esposa na cidade, adoro quando fala sobre ela. Os dois foram casados por cinquenta e dois anos, até ela falecer. Escutar histórias sobre eles me ajuda a voltar a acreditar no amor.

Jonah e minha mãe também ajudam. Foi esquisito por um tempo, ver os dois juntos. Mas eles combinam. E estão indo devagar, resolveram esperar antes de tomar grandes decisões, tipo morarem juntos. Mas jantamos com Jonah e Elijah quase todas as noites.

Ele é uma pessoa completamente diferente com mamãe do que era com tia Jenny. Não que fosse ser infeliz vivendo com minha tia e Elijah. Mas minha mãe o faz se iluminar de um jeito que nunca vi antes. Sempre que ela está por perto, Jonah a encara como se nunca tivesse visto nada tão maravilhoso.

Pego Miller olhando para mim desse jeito, às vezes. Tipo agora, enquanto estou parada na cozinha, organizando os remédios do seu avô.

Levo os comprimidos para a sala e me sento ao lado de Miller, no sofá.

Seu avô toma os remédios e coloca seu copo de água na mesa ao lado da poltrona.

— Então? Acho que hoje finalmente foi o dia de assistir ao vídeo de quando Miller se apaixonou por você?

Eu rio e me apoio no meu namorado.

— Seu neto é muito romântico.

Ele ri.

— Não, meu neto é um idiota. Ele demorou três anos para, finalmente, convidar você para sair.

— Paciência é uma virtude — diz Miller.

— Não quando se tem câncer. — O vovô levanta. — Faz sete meses que estou esperando para morrer, mas nada acontece. Acho melhor acabar logo com isso.

Com o andador, ele segue lentamente para a cozinha.

— Acabar com o quê? — pergunta Miller.

O vovô abre a gaveta onde guarda seus documentos. Ele folheia os papéis e tira uma pasta, trazendo-a de volta à sala. Então a joga sobre a mesa, na frente do neto.

— Meu plano era esperar e deixar meu advogado dar a notícia depois que eu morresse. Achei que ia ser mais engraçado assim. Mas, às vezes, acho que não vou morrer nunca, e não resta muito tempo para você se inscrever na faculdade.

Miller puxa a pasta, abre-a e começa a ler a primeira página. Parece um testamento. Ele passa os olhos pela folha e ri.

— Você deixou mesmo seus direitos do ar para mim no testamento? — pergunta ele, olhando para cima.

O vovô revira os olhos.

— Faz dez anos que eu digo isso, e você fica rindo de mim.

Miller dá de ombros.

— Talvez eu não esteja entendendo a piada? Como você pode deixar *ar* para alguém?

— São *direitos aéreos*, seu idiota! — O vovô se inclina na cadeira. — Eu comprei quando tinha trinta anos, na época que morava com sua avó em Nova York. Aqueles desgraçados ficam tentando me convencer a vender, mas eu já tinha prometido que ia dar tudo para você, e não quebro minhas promessas.

Estou tão confusa quanto Miller, acho.

— O que são direitos aéreos?

O vovô gira a cabeça.

— Essas escolas não ensinam nada mesmo. É tipo ser dono de uma terra, mas, em cidades maiores, você pode comprar partes do ar para as pessoas não construírem nada na frente ou em cima da sua casa. Tenho um pedacinho do ar em Union Square. Da última vez que conferi, valia uns duzentos e cinquenta mil dólares.

Miller engasga. E continua engasgando. Forte. Bato em suas costas antes de ele levantar e apontar para a pasta.

— Você está brincando?

O vovô faz que não com a cabeça.

— Sei o quanto você quer estudar naquela faculdade em Austin. Meu advogado me disse que seus estudos devem custar uns cento e cinquenta mil. Além do mais, vai ter que pagar os impostos quando vender os direitos. Acho que deve sobrar o suficiente para dar entrada em uma casa algum dia, talvez viajar. Ou comprar equipamentos de filmagem. Sei lá. Você não vai ser rico, mas é melhor do que nada.

Miller parece prestes a chorar. Ele anda de um lado para o outro da sala, tentando não encarar o avô. Quando o faz, seus olhos estão vermelhos, mas ele ri.

— Esse tempo todo, você ficava dizendo que eu herdaria *ar*. Achei que fosse só uma das suas piadas. — Miller se aproxima do avô e lhe dá um abraço. Então se afasta. — E como assim você estava esperando morrer para eu receber a notícia? Por quê?

O vovô dá de ombros.

— Achei que seria engraçado fazer uma última piada depois de morto, quando você menos esperava.

Miller revira os olhos. Depois olha para mim, sorrindo. Sei que estamos pensando na mesma coisa, e é a melhor notícia do mundo saber que talvez a gente more na mesma cidade depois que eu me formar no próximo ano. Estudaremos na mesma faculdade. Talvez até assistiremos às mesmas aulas.

— Você sabe o que isso significa? — pergunto a ele.

Miller dá de ombros.

— A Universidade do Texas? A cor da sua faculdade será *laranja*, Miller.

Ele ri. O vovô também. Mas Miller não sabe que as piadas ainda não acabaram. Estou guardando uma para a festa de formatura.

Comprei o vestido perfeito para nossa ocasião especial. No pior tom de laranja que consegui encontrar.

Fim

Agradecimentos

Primeiro e principalmente, quero agradecer a você por ler este livro. Eu pareço ser incapaz de me apegar a uma categoria, então o fato de que meus leitores apoiam tudo que estou no humor de escrever é o que mais valorizo na minha carreira.

Minha tendência é ter uma lista enorme de pessoas para agradecer em todos os livros, mas acho que mencionei quase todo mundo que conheço nos agradecimentos de *Verity*. Apesar de eu poder repetir a dose, vou resumir estes para me concentrar primeiro em algumas pessoas que não tiveram nada a ver com a criação deste livro. Kimberly Parker e Tyler Easton, quero agradecer por vocês serem exemplos tão épicos para todos os pais. A forma como lidam com seus filhos e a separação é inspiradora e esperançosa, e acho que isso precisa ser reconhecido. Também quero agradecer a Murphy Fennell e Nick Hopkins pelo mesmo motivo e por serem os melhores pais que minha sobrinha poderia ter.

Obrigada a todos que leram este livro enquanto eu o escrevia. Brooke, Murphy, Amber, Goleb, Tasara, Talon, Maria, Anjanette, Vannoy e Lin: fico grata por sua sinceridade e seu feedback. Vocês me inspiram a querer continuar crescendo nesta carreira, e é por isso que continuam sendo bombardeados com meus rascunhos.

Minha gratidão imensa à minha agente, Jane Dystel, e à equipe inteira. Vocês sempre me impressionam com seu apoio, conhecimento e incentivos intermináveis.

Obrigada a Anh Schluep e todos na Montlake Romance. Este é nosso primeiro livro juntos, e adorei trabalhar com toda a equipe da Montlake. Mal posso esperar para criar mais histórias com vocês!

Obrigada a Lindsey Faber por ser uma companheira de trabalho fantástica. Espero que eu possa ficar com você para sempre.

A todos os meus amigos escritores, leitores, blogueiros, Instagrammers e YouTubers de livros, profissionais da indústria e similares. Obrigada por fazerem parte deste maravilhoso mundo da literatura. A criatividade dentro de todos vocês me mantém inspirada.

Este livro foi composto na tipografia Adobe
Jenson Pro, em corpo 11/15,5, e impresso em
papel off-white no Sistema Cameron da
Divisão Gráfica da Distribuidora Record.